백화점

그리고 사물·세계·사람

백화점

그리고 사물·세계·사람

조경란

차례

1F 어느 작가의 오후 012
시계에 대한 취향 016
프루스트 현상 022
신에게 바친 향기 027
우리를 둘러싸고 있는 물건이 우리를 말해주는 것일까? 033
타인의 눈—책을 팔다 038

2F 에스컬레이터를 타고 046
파리, 봉마르셰 백화점 053
나는 입는다, 나는 존재한다 059
빨간 원피스 두 벌 065

3F 구두 파는 남자 072
하이힐과 부츠 078
실비와 제롬의 삶 088
첫 잇백 098

4F

어바웃 블랙 106

헤어를 입다 111

청바지와 정체성 121

밤의 백화점에서 128

5F

도시, 익숙하지도 낯설지도 않은 138

권공장, 박람회 그리고 일본 백화점의 탄생 144

미츠코시에 가다 149

남자의 풀오버는 사지 않는다 155

남자들을 위한, 이세탄 백화점으로 162

슈즈카운슬러라는 직업 167

6F

철도의 발전과 병리적 도둑질 176

백화점의 조건과 변신 182

티셔츠와 아웃도어 점퍼 189

선물의 리스트 195

7F   미소는 육체노동일까 정신노동일까?   202
다른 곳이 아니라 바로 여기 지금   207
아동매장의 출발   211
크리스마스 이야기   216
스누피, 내가 사랑한   225

8F   혼자 쇼핑하는 사람들   234
수집, 해보지 않으면 결코 이해하지 못하는   241
수집, 그 쓸모없음의 의미   248
스마일 라인   254
앉고 쉬고 일하고 놀기   259

9F   우리나라 백화점의 역사   268
쓸모 있는, 경험법칙들   275
돈은 신비의 창일까   284
문화가 사물처럼   291

10F   인공정원에서   298

식당가에 관한 몇 가지 단상들   303

악어를 만났다   311

지금은 없는 백화점을 위하여   319

B1F   종이를 경배하라   328

개인의 발견   337

닭집이 있었다   348

삶의 소란스러움   357

작가의 말   364

참고문헌   368

"이제 경이의 세계로 통하는
거대한 수문이 열렸다"

_ 허먼 멜빌 _

어느 작가의 오후

국립중앙도서관 삼층 정기간행물실에서 오후를 보낸다고 해서 꼼짝없이 책만 읽고 있기란 쉽지 않다. 도서관에는 책보다 책을 보려는 사람과 책을 찾는 사람들이 더 눈에 띄기 마련이다. 어느 쪽이든 아무리 오래 봐도 싫지 않은 풍경이기는 하다. 나는 창가 자리를 선호하는 편인데 그쪽에 앉아야 사람들을 구경하기도, 또 고개를 살짝 오른쪽으로 돌려 우면산의 완만한 산등성이로 해가 지는 장면을 바라보기도 좋기 때문이다.

우연히 아는 사람을 만나기도 한다. 선배 작가도 있고 출판사 편집자나 내 소설을 읽었다는 독자, 또 가깝지는 않지만 서로 이름 정도는 알고 지내는 평론가도 있다. 누구와 만나게 되건 도서관에서만큼은 나 자신이 친절해지는 것을 느낀다. 그것은 노력이 필요한 일도, 가식도 아니다. 이따금 나는 내가 타인에게 퍽 친절한 사람이기도 하구나, 스스로 놀랄 때가 있는데 그건 바로 내가 도서관에 있을 때다. 그러니까 나에게는 '장소', 즉 내가 지금 어디에 있는가, 하는 문제가 중요하게 느껴질 때가 많은 것이다.

동절기에 정기간행물실이 문을 닫는 시간은 오후 다섯시. 그러나 이미 네시 오십분부터 책을 제자리에 꽂아두고 자리를 정돈해 달라는 안내 멘트가 흘러나오기 시작하고 실제로 정각 다섯시까지 고집스럽게 자리에 앉아 책을 읽는 사람도 드물다. 나는 십 분이나 일찍 도서관을 나가달라는 투의 그 방송이 마음에 안 들어 또각또 각 조심성 없는 구두 소리를 내며 읽던 책들을 제자리에 꽂아놓고 문을 밀고 나온다.

쫓기듯 나오긴 했어도 도서관을 나올 때는 느긋한 기분에 빠져 들고는 한다. 오후를 이런 식으로 보내는 것, 정기간행물실에서 건 축이나 미술, 미용, 산악, 낚시, 가구에 관한 책을 읽거나 과월호 계간지를 보는 것. 그리고 책을 읽고 책을 찾는 사람들을 바라보는 것. 이런 오후라면 그 주에서 가장 평온한 오후가 된다는 걸 안다. 한 문장도 떠오른 게 없고 쓰지도 못했지만, 괜찮다. 조금 추웠는 데 누군가 목에 톡톡한 목도리를 하나 둘러준 느낌이랄까. 해가 기 울어가는 도서관을 나올 때는 그런 느낌이다. 아무것도 쓰지 못했 고 쓰고 있는 글을 머릿속으로 조금도 진척시키지 못했지만 느긋 해질 수밖에 없다. 서너 시간 책들도 읽었으니 오늘 작업을 아주 안 한 것은 아니다, 라고 위안한다. 역시 원고를 쓰고 있을 때는 도 서관에 오는 게 아닌데.

도서관 앞마당을 천천히 걸어 나온다. 집에서 도서관까지는 택 시로 이십 분 거리. 서둘러 올 때와는 달리 집으로 돌아갈 때는 지 하철을 탄다. 도서관에서 나와 짧은 거리라도 걷지 않는 것은 좋은 영화를 보고 나와 음미할 틈도 없이 바로 다른 영화를 보는 것과 같다. 경찰서와 대검찰청을 지나 이호선 서초역. 우리 집은 이호선 서울대역이다. 사당 방면으로 네 정거장째. 그러나 나는 서초역에 서부터 갈등한다. 곧바로 집으로 돌아갈 것인가 아니면 중간에 지하철을 갈아탈 것인가. 그 갈등이 정말 매번 일어난다는 게 신기하기까지 하다. 갈등의 이유도 명확히 짐작할 수 없었다. 적어도 페터 한트케의 신간을 읽기 전까지는.

아무려나, 지하철을 탄다. 다시 갈아탄다. 이대로 그냥 집으로 가기는 아쉽다. 나는 눈에 익은 일곱 개의 꽃잎 모양 로고를 따라 익숙하게 에스컬레이터에 오른다. 이 에스컬레이터는 이제 나를 도서관이 아닌 다른 장소로 데려다줄 것이다.

지난여름, 막 번역돼 나온 페터 한트케의 중편소설을 손에 들었다. 오후였고 꼭 해야 할 일도 나가야 할 데도 없었다. 일곱 평짜리 작업실 바닥에는 아직 읽지 못한 책들이 쌓여 있었으며 나는 헐렁한 실내복 차림으로 소파베드에 비스듬히 등을 기대고 있었다. 햇살이 비쳐들고 있는데도 적막한 느낌이 든다면 다른 누구보다 페터 한트케의 글을 읽기 가장 좋은 때, 라는 생각을 하고 있었을 것이다. 글을 쓰기 위해 이미 오래전에 스스로를 격리시키고 사회인으로서의 패배를 시인한 작가의 글을.

『어느 작가의 오후』라는 짧은 소설은 쌀쌀한 십이월 어느 날, 집의 이층 작업실에서 그날의 글쓰기를 마친 '작가'가 오후의 외출을 시작하는 이야기다. 특별한 사건도 없고 다른 인물이 등장하지도 않는다. 자, 어디로 산책을 갈까, 작가는 고민한다. 주변 세계의 눈에 띄고 싶지도 않고 사람이 붐비는 장소도 피하고 싶다. 그러면서도 그는 시내 쪽으로 방향을 잡는다. 우선 그는 식당을 찾아 두리번거리며 이렇게 적는다. "배가 고파서라기보다는 오히려 사람이 많이 모이는 장소에 앉아 약간의 서비스를 받고 싶은 욕구 때문이었다. 다시 말해 혼자 방 안에 오랫동안 머물러 있었다는 이유만으로 그는 당당하게 그런 요구를 하려는 것 같았다."

  사람이 모인 장소에서 약간의 서비스를 받고 싶은 욕구…… 아, 그렇구나! 이 36페이지에서 나는 갑자기 자세를 고쳐 앉으며 뒤늦게 깨닫는 것이다.

시계에 대한 취향

백화점 일층이다.

단연 눈에 띄는 것은 화장품 매장들. 백화점 일층에 화장품 매장이 가장 많은 이유는 화장품이 백화점 전체 매출의 70퍼센트 이상을 차지하고 있기 때문이다. 동선을 고려한다면 운영자 측에서는 효자 상품인 화장품 매장을 일층에 둘 수밖에 없을 것 같다. 그러나 그 많은 화장품 매장들이 모여 있는데도 불구하고 백화점 일층에 들어섰을 때 답답하거나 공간이 비좁다는 느낌은 들지 않는다. 화장품 매장은 다른 매장에 비해 크기가 절반 수준이며 칸막이도 낮게 설치할 수 있다. 그래서 고객들은 일층에 들어섰을 때 탁 트인 느낌을 받게 된다.

백화점의 층을 대략 지하층, 하층, 중간층, 상층으로 나누어보면 일층은 하층에 속한다. 이 하층의 역할은 전략적인 판매장으로서의 백화점의 얼굴이다. 특히 시선이 집중되는 에스컬레이터 주변은 일층의 명당으로 통한다. 때문에 일층에서 이층으로 올라가는 에스컬레이터 주변은 대개 특별매장으로 구성돼 있다.

나는 왼쪽으로 몸을 움직이며 느리게 걷는다. 낯선 도시, 낯선 공간을 오래 산책하다 깨달은 사실인데, 걸음을 느리게 할수록 주변의 시야가 넓어진다. 먼저 둘러보는 코너는 일층 특별매장. 예기치 않은 물건을 발견할 때가 종종 있어서다. 이런 식의 즐거움을 자주 느껴본 것은 아마 헌책방 순례가 취미였던 십대 후반이 아니었나 싶다. 지금은 헌책이 아니라 비싼 걸 잠깐 싸게 파는 접시나 담요, 옷칠한 티슈 케이스 같은 사물로 바뀌기는 했지만.

바뀌지 않은 것이 있다면 그때나 지금이나 나는 꼭 사야 하는 책의 목록, 쇼핑의 목록을 갖고 서점이나 백화점에 가는 것은 좋아하지 않는다는 거다. 어떤 것을 사야 하는지 아직은 모르는 대로, 아무것도 사지 않아도 그만인 채로 대형 서점이나 백화점을 어슬렁거리는 상태를 더 선호한다. 책을 사는 일이든 물건을 사는 일이든, 그날 무엇을 꼭 구해 가야 하는 경우라면 부담스럽고 피곤할 뿐이다. 물건을 사는 행위 속에는 걷는다, 본다, 라는 동사들, 그 행위가 반드시 포함되어야 한다고 나는 믿는다. 특히나 백화점에서의 쇼핑은 일을 마친 뒤에 나서는 오후의 산책과 동일하다. 지금 내가 차고 있는 손목시계도 그런 오후, 백화점 일층 특별매장에서 고른 것이다.

나는 사람들이 시계에 대해 어떤 취향을 갖고 있는지 잘 알지 못한다. 물론 다른 사람의 손목시계를 유심히 보기도 하고 시계 디자인으로 그 사람의 취향을 가늠해보기도 하지만 그걸로 타인의 취향을 안다고 말하는 것은 위험한 일이다. 그러나 상대방이 어떤 손목시계를 차고 있는지 관심 있게 보게 되는 심리는 단순하지만은 않다. 내가 내 기호에 맞고 나에게 어울리는 물건을 고를 때, 지금은 손목시계라고 치자, 거기엔 남과는 다른 것을 갖고 싶어 하는 욕망이 숨어 있을지도 모른다. 월등한 것이든 희귀한 것이든. 중요한 것은 달라야 한다, 라는 욕망.

다행히 나에게는 남들에 비해 월등하게 값나가는 물건을 소유할 수 있는 경제적 능력이 없다. 그게 가장 큰 이유가 되었겠지만 성년이 된 후로 내가 구입할 수 없는 것을 욕심내본 적도 어떤 물건을 너무나 갖고 싶어 했던 적도 거의 없다. 그래서 사고 싶은 것을 사지 못해 괴로워해본 경험도 적은 편이다. 적어도 사물에 관해서는 내가 원고를 써서 큰 부담 없이 살 수 있는 것을 산다, 라는 신조는 갖고 있다. 이 시계를 살 때의 마음이 그랬다. 딱 하루 반값에 특별판매하는 중저가 브랜드 시계였다. 괴로운 것은 경제적인 능력이 아니라 내 취향 때문인지도 모른다. 나는 단순하게 디자인된 거면 뭐든 좋아하는 편인데 의외로 소품이나 옷은 내 몸에도 맞고 잘 어울리는, 그런 종류를 만나기가 쉽지 않다.

시계판은 검정, 둥근 테두리에 촘촘히 작은 큐빅이 박혀 있었다. 밴드는 차가워 보이는 메탈. 다른 것은 없었다. 검정과 원형 그리고 반짝임. 그것만으로도 충분했다. 내 손목에 잘 어울렸다. 점원은 흡족해하는 나를 보더니 그 옆의 크기가 더 작은 시계를 권했다. 그게 여성용이라고. 아, 그래요. 나는 고개를 끄덕거리는 체했다. 그러나 고백하지만 나는 단 한 번도 여성용 시계에 먼저 눈이 간 적이 없다. 단순하면서도 크고 검은색이거나 묵직하고 클래식해 보이는 시계. 내가 찾는 시계는 그런 거였고 그런 종류는 십중팔구 남성용이다.

나는 귀걸이나 목걸이, 반지 같은 장신구에는 관심도 없고 착용하는 일도 드물다. 시계라면 얘기가 다르다. 깜박하고 시계를 차지않은 채 외출한 날엔 내가 눈에 띄게 불안해하는 것을 느낀다. 시계가 없는 내 손목은 헐벗고 가난해 보인다. 빨리 시계들이 있는내 집으로 가거나 그 자리가 파할 때까지만이라도 앞사람의 시계를 잠깐 빌려 차고 싶다. 빈 손목으로는 아무래도 안정이 안 된다.시계만큼의 적당한 무게와 정확함을 가진 것, 전적으로 신뢰할 수있는 사물이 주변에 있다면 얼른 손 위에 올려놓고 싶어 주위를 두리번거린다.

시계에 대한 특별한 관심 때문에(특히 분해에 관해서) 『시계구조의 이해 및 분해 · 조립』이라는 책을 흥미롭게 읽은 적이 있다.어떤 기준이 시계를 남성용과 여성용으로 나누는지 나는 모른다. 혹시 크기에 달려 있을까. 시계의 크기를 나타내는 단위는형型이다. 시계 내부인 무브먼트movement의 직경을 표시하는. 예를들면 1형은 2.256밀리미터. 여자용 시계는 보통 3형에서 8형, 남자용 시계는 8형에서 12형이 사용된다고 한다. 나는 내가 왜 8형은 넘는, 일반적인 여성용보다 큰 사이즈의 시계를 선호하는지 진지하게 생각해본 적이 없는 것 같다. 그리고 보니 가방을 고를 때도 무조건 빅사이즈다. 혹시 내 신체 크기가 스스로 만족할 만큼크지 않다는 것을 늘 의식하고 있는 걸까. 시계는 시계일 뿐인데,왜 이런 복잡한 생각이 드는 것일까. 아무래도 나는 그저 물건 하나를 사고 있는 게 아닌 모양이다.

시계를 왜 좋아하는지 그 명확한 이유를 시계를 분해해보고서야 알게 되었다. 문자판과 초침 분침 시침의 가늘고 날렵한 바늘들, 톱니바퀴 같은 크고 작은 몇 개의 휠^{wheel}, 날짜판, 그리고 태엽. 그것들은 기계와 기계의, 납작한 것과 둥글고 뾰족한 형태들의 완벽한 착종錯綜이었다. 분해됐어도 시계에서는 여전히 정확한 속도로 진자가 움직이는 소리가 생생히 들리고 그때마다 똑딱똑딱 초침이 눈앞에서 지나가는 것 같았다. 한 치의 오차도 없이 정교한 것, 작은 것들이 모여 하나의 완성품을 이루는 것, 그리고 생명체처럼 둥글고 회전하는 것. 그런 것들에 매료당한 시절이 있었다. 지금도 아니라고는 말할 수 없지만.

텔레비전이든 라디오든 무언가를 분해해본 사람들은 알겠지만, 분해란 매우 개인적이고 은밀한 행위여서 여간해서는 돌아나오기 어렵고 그만둘 적당한 때를 알기도 어렵다. 소심한 나는 가족들 몰래 몇 개의 시계를 고장 내고는 조바심치다 돌연 그만두었다. 다행한 일이 아닐 수 없다. 성격 탓인지 대개의 경우 나는 한번 시작하면 중간에 돌아서는 법이 드물기 때문이다. 하지만 이따금 작은 일자드라이버나 빅토리녹스 나이프, 트위저 같은 것을 손에 들고 있을 때면 저도 모르게 시계의 비밀스러운 내부, 정교한 아름다움으로 꽉 차 있을 그 조그만 전체를 떠올려보곤 한다. 한번 열기는 쉬워도 닫기는 어려운. 만약 돌아 나오지 못했다면 지금쯤 나는 어디선가 작은 시계포를 운영하며 살아가고 있을지도 모른다. 인생은 정말 알 수 없으니까.

분^{minute}과 초^{second}가 생긴 것은 시계가 발명되고 난 이후다. 시계는 오랫동안 사람들의 행동에 동시성을 부여하는 역할을 해왔다.

내가 시계를 좋아하는 이유는 시계에 의해 통제받는 것을 스스로 즐기기 때문이다. 나는 나를 긴장시키는 사물이 좋다. 내가 갖고 싶은 단 하나의 주얼리는 두말할 것도 없이 손목시계다. 그런데 매 순간 시계를 보고 차고 있으면서도 약속 시간만큼은 잘 안 지키는 이유는 대체 뭘까.

　시계 하나를 산 이야기는 길어졌지만 나는 이제 겨우 이 거대한 백화점 일층에 서 있을 뿐이다.

프루스트 현상

공원, 카페, 시장, 학교 운동장, 한강, 공터, 극장. 누구에게나 자주 가는 장소가 있을 것이다. 그 장소가 야외인가 실내인가 구분하면 백화점만큼 넓은 실내 공간은 도시에서 흔치 않다. 입장료도 필요 없고 원한다면 누구나 다 외부와 차단된, 다른 세상으로 들어갈 수 있다. 구경꾼이 될 수도 있고 만보객이 될 수도 있으며 물론 쇼퍼shopper가 될 수도 있다. 폐쇄돼 있지만 완벽한 보호성을 지닌 장소다. 이 거대한 실내에 들어서면 한동안 시간을 잊게 되는 것도 이 점과 관련이 있을 것이다. 잘 알려진 사실과 같이 백화점 내부엔 시계도 창도 없다.

동선은 자유롭다. 백화점을 건축계획할 때 내부 공간은 먼저 동선계획부터 시작된다. 고객의 흉부 위치에서부터 고객이 가방을 하나 들었을 때, 두 명이 팔짱을 끼고 지나갈 때의 너비와 길이까지 고려해 치수를 계산하는데, 그 공식 또한 따로 있다. 백화점을 구성하는 핵심 동선요소는 고객, 상품 그리고 종업원이다. 취재를 다니면서 알게 된 사실 중 하나는 백화점 바닥에는 우리 눈에는 보이지 않지만 '고객 동선'과 '직원 동선'이 엄밀하게 나뉘어 있다는 사실이다. 거기에 '상품의 동선'까지. 동선계획의 첫째 목적은 고객이 자유롭게 걸어다니면서 즐길 수 있는 공간을 만드는 것이다.

　나는 구경꾼이 될 때도 있고 만보객이 될 때도 있다(개인적으로 나는 내가 시장에 있을 때는 '산책자'라는 단어를 사용하는 것을 좋아하고 백화점 같은 대규모 실내 공간에 있을 적에는 이 '만보漫步하다'

라는 말을 쓴다. 두 단어 모두 '한가롭게 거닐다'의 뜻을 가졌지만 만보에는 그러한 '걸음걸이'까지 포함돼 있기 때문이다). 백화점을 자주 가는 편이라고 말해야 하지만 내가 진정한 쇼퍼가 되는 경우는 드

물다. 그런데도 백화점에 가는 이유는 무엇일까.

　나는 천천히 걷는다. 일층, 여기는 백화점 전체에서 가장 좋은 향기가 나는 층이다. 이 향기는 어디서 왔을까. 코를 킁킁거리며 향기를 따라간다. 향기는 부드럽게 내 몸을 껴안곤 살며시 그쪽으

로 이끈다. 세상에는 사십만 가지의 냄새가 존재하며 인간은 약 만 가지의 향기를 맡을 수 있다고 한다. 코라는 감각기관이 없다면 불가능한 일이다.

　'코'라는 말을 들으면 어떤 조건반사처럼 아쿠타가와 류노스케의 단편소설 「코」가 떠오른다. 길이가 대여섯 치에 턱 밑까지 늘어

진 "가늘고 긴 순대 같은" 코를 가진, 소심한 젠치禪智 법사의 이야기다. 밥 먹을 때 국그릇에 빠지기 일쑤인 긴 코가 불편하기도 했

지만 법사가 코를 짧게 만들고 싶어 한 건 타인의 시선 때문이었다. 자신의 일을 돕던 상좌에게 배운 대로 법사는 뜨거운 물에 코를 삶기로 결정한다. 삶은 코를 남에게 질근질근 밟게 하면 코가

짧아진다는 거였다. 법사의 코는 드디어 짧아지긴 했지만······ 열 페이지쯤 되는 짧은 소설이다. 인간에게 있는 모순된 두 가지 마음, 그리고 상대방의 궁지가 속속들이 드러나고 묘사될 때 사람이 얼마나 카타르시스를 느끼는가, 하는 인정하고 싶지 않은 진실을 담고 있다. 법사가 뜨거운 물에 삶은 코를 상좌에게 밟게 할 때, 그 코의 생김새와 모공에서 나오는 "깃털의 심 같은" 피지들이 우스꽝스럽지만 꽤나 노골적으로 묘사돼 있어 비위가 약한 독자라면 그 부분에서는 마음의 준비가 약간 필요하다. 생각날 때면 다시 펼쳐 읽곤 하는 소설인데 나는 매번 이게 궁금하다. 그렇게 크고 긴 코를 가진 젠치 법사라면 남보다 더 냄새를 잘 맡았을까? 코의 크기와 길이는 후각의 기능과 역할에 영향을 미칠까 아닐까?

글 쓸 때 내가 자주 막막해지는 이유 중 하나는 냄새, 향기에 관해서 언어로 표현하기가 특히 어렵다는 것을 깨닫곤 하기 때문이다. 그야말로 벽에 부딪친 느낌, 바로 그렇다.

청각 촉각 시각 후각 미각. 인간에게 있는 오감五感 중 뇌와 가장 직접적으로 연결돼 있는 감각이 무엇일까? 투표를 한다면 나는 기꺼이 후각 쪽에 손을 들 거다. 시각이라고 주장하는 사람들이 더 많을 것 같긴 하지만 보는 행위는 빛이 존재하지 않으면 불가능하다. 인체 해부도를 보면 콧속에 부비동이라고 하는 기관이 있다. 코 안쪽과 두개골을 연결하고 있는 구멍이다. 냄새를 들이마신다는 것은 그때 그 시간의 공기를 뇌 속으로 빨아들이는 것과 같다. 후각은 빛이 없이도 공간과 시간을 가로질러 그 냄새를 처음 맡았던 바로 그때로 우리를 순식간에 되돌려놓는 힘을 가졌다. 마르셀

프루스트가 홍차에 마들렌을 적셔 먹다 유년의 기억을 떠올리며 『잃어버린 시간을 찾아서』라는 소설을 쓴 사실은 유명하다. '프루스트 현상'이라는 말은 그 후에 생겨났다. 어떤 특정한 냄새에 이끌려 기억을 찾아 되짚어보는 현상을 말한다.

나의 첫 책 『식빵 굽는 시간』을 쓰던 때는 오월이었다. 동네 집집마다 아카시아가 한창이었다. 밤이면 가끔 창을 활짝 열어놓은 채 글을 썼다. 우리 집은 봉천奉天이라는 지명답게 고지대에 위치해 있는데다가 내 방은 거기서도 옥상에 있다. 좋은 향기를 맡게 될 때는 잊고 있다가도 악취 비슷한 것을 맡게 되면 냄새는 왜 고집스럽게 위로 올라오는 것인지 궁금해진다. 그러나 아카시아 꽃향기는 분명 기분 좋은 냄새에 속한다. 숨을 들이쉬고 내쉴 때마다 아카시아 향이 내 몸속으로, 피부와 뇌 속으로 스며드는 것 같았다. 글 쓰느라 곤두선 신경도 누그러지고는 했다.

그 후 십오 년이 흘렀고 우리 동네도 많이 변했다. 재개발 붐이 휩쓸고 지나가면서 집들은 대부분 기숙사처럼 생긴 잿빛 연립주택들과 오피스텔들로 바뀌었다. 풍경이 바뀐 건 말할 것도 없고 나무들이라고 무사할 리 없었다. 그러나 지금도 오월 오후, 내 방에 한가로이 엎드려 책을 읽고 있을 적이면 어디선가 아카시아 향기가 스며들어온다. 아마 저쪽, 관악 어느 산자락에서 불어오는 냄새일지도 모른다. 혹은 아무 냄새가 나지 않은 것인지도. 그저 오월이라는 달력을 보면서 느낀 후각 감수성 같은 것일 수도 있다. 그러나 나는 그 달콤하고 싱그러운, 조금은 끈적거리는 듯한 아카시아 향을 알아차리고, 감각한다. 그리고 아! 하는 감탄사를 내뱉고는 불안과 긴장, 떨림과 매혹으로 첫 책을 쓰던 이십대 후반, 내 오월의 날들을 지금, 현재인 듯 떠올리는 것이다.

아름다운 시절이었다. 쓰는 것밖에 생각하지 않았던. 동시에 어렵고 아픈 시절이었다. 한 사람을 막 알아가던 때였다. 5월 1일에 시작한 원고를 17일에 마쳤다. 원고지 오백 매가 넘는 경장편이었다. 우리는 십칠 일 동안 만나지 않았다. 호출기와 테이블마다 전화가 놓인 카페가 유행하던 때였다. ……냄새는 기억을 불러내는 마법사 같다. 그 순간이, 생생하다.

냄새와 기억은 한 몸일까.

오월의 아카시아 향. 그러나 이것이 나의 가장 강렬한 '프루스트 현상'은 아니다.

시간이 얼마나 빨리 흘러가는지, 잠깐 정신을 딴 데 팔고 있으면 일 년이 그냥 훌쩍 지나가버린다. 뒤돌아보는 일은 하고 싶지 않다. 이십대를 돌아보는 일은 정말이지 더더욱. 나의 이십대는 뭐랄까, 한마디로 복잡하고 끔찍했다. 그때는 히키코모리라는 말이 생기기도 전이었는데, 지나고 보니 내가 그랬다.

아무튼 그때의 나를 떠올리면 정말이지 괴물에 가까웠던 것 같다. 실패와 열등감, 욕구불만, 자기비하 같은 단어들을 모아 뭉뚱그려놓은 한 삐딱이가 있다면 그게 바로 나였다. 성격도 행동도 그랬지만 어째서인지 옷도 특이하게 입고 다녔고 화장을 막 시작한 스물다섯 살 무렵에는 요즘 스모키라고 부르는, 눈만 강조해 검게 칠하고 부각시키는 그런 화장을 했다. 그 시절 동생들이 찍어준 스냅사진이 몇 장 남아 있다. 들여다볼 엄두는 나지 않지만.

향수에 관해 말할 때는 망설이게 된다. 나는 사실 '사향'이라는 게 무슨 뜻인지 정확히 몰랐다. 내가 고집했던 그 사향의 향수가 그 나이에는 도무지 어울리지 않는 종류라는 걸 알게 된 것은 시간이 더 지나서다. 보통의 성냥갑처럼 생겨 윗부분은 둥글고 초록색, 몸통은 검은색으로 된 아모레 제품이었다. 향수 이름은 머스크^{musk}, 사향의 냄새라는 뜻. ……! 코를 마비시킬 만큼 강렬하고 육중한 향기가 풍겼다. 풍겼다기보단 병 속에서 향기가 콧속으로 뛰어들어오는 것 같았다. 한번 맡으면 결코 잊을 수 없는 향기였다. 나는 무엇에 푹 찔린 듯 그 사향의 향수에 빨려들었다. 비싸지 않은 가격으로 동네 화장품 가게에서 쉽게 구할 수 있었다. 스커트에도 뿌리고 몸에도 뿌리고 집에 있을 때도 뿌리고 서점에 갈 때도 뿌리고 산책을 나갈 때도 뿌렸다. 막상 나 자신한텐 향기가 나지 않는 것 같아 흠씬 뿌리고 또 뿌렸다. 우울 때문에 후각이 마비된 줄도 모르고.

어느 날 단골 화장품 가게 여주인이 말했다. 그 향수가 이젠 출시되지 않는다고. 나는 절망에 빠져버렸다. 빈 머스크 향수병을 낡은 책장 서랍에 오래도록 간직했다. 향기는 완전히 사라지지 않아 서랍을 열면 엷어지고 가벼워진, 한때 내 후각을 완전히 사로잡았던 향을 희미하게나마 맡을 수 있었다. 어떤 때는 그리움으로 어떤 때는 그 시절에 대한 연민으로 책장 서랍을 열었다 닫았다 했다. 단 한 개 남아 있던 그 빈 향수병을 버린 건 겨우 몇 해 전의 일이다. 그 향수 이후 내가 크리스찬 디올의 푸아종^{poison}을 선택하게 된 것은 당연한 수순처럼 보인다.

머스크. 고환을 의미하는 고대 인도어에서 나왔으며 인도인들은 사슴에서 나오는 사향을 최고로 쳤다고 한다.

오랫동안 나는 내가 왜 그 향기, 그 특정한 향수에 집착했었는지 알고 싶었다. 그러다 한 가지 사실을 발견하게 되었다. 그것이

내가 자발적으로, 나를 위해 맡아보고 고른 첫 번째 향수였던 것이

다. 그러나 이유가 어떠하든 그 시절의 나를 만난 사람, 그 시절의
나를 기억하고 있는 사람이 거의 없다는 사실은 참으로 다행이다.

  후각이라면 나도 꽤 민감한 편에 속한다. 이것이 좋을 때도 있
지만 불편하고 불유쾌해질 때도 많다. 짙은 색으로 칠해진 두꺼운
병 속에 갇힌 듯 시계視界가 심하게 좁아진 적이 있었다. 두 번째 소
설집을 준비하던 해였다. 의사 말로는 안정을 취하는 방법밖에 없

다고 했다. 이런저런 생각의 끝은 언제나 만약 눈이 안 보인다면?
맛을 느낄 수 없게 된다면? 냄새를 못 맡게 된다면? 하는 등의 아
직 일어나지 않은 일에 대한 불안과 두려움으로 이어지곤 했다.

  나중에 알게 되었지만 냄새를 못 맡게 되면 인간은 신체감각들
의 상호작용을 통해서 미각도 잃고 성욕도 상실하며 깊은 우울증

에 빠지게 된다. 나는 내가 자주 우울해지는 것을 느끼고 안다. 스
스로 세심한 주의를 기울이며 적당한 자가치료 방법도 몇 가지쯤
갖고 있다. 그중 하나가 향수를 뿌리는 것이다. 내 몸에서 좋지 않

은 냄새가 난다고 여기기 때문이다. 향수를 뿌릴 때만큼은 기분 좋
은 향, 기분 좋은 공기가 나를 감싼다고 느낀다. 이 세상에 나를 껴

안는 것은 어둠과 슬픔뿐이라는 생각도 잠시 잊을 수 있다.
  과학적인 근거는 없지만 어떤 심리학자와 생물학자들은 향수가
스트레스 수치를 줄이고 감각적 즐거움을 느끼게 한다고 말한다.

맞는 말일 것이다. 그러나 여기엔 주의할 점이 한 가지 있다. 만약
당신의 애인에게서 나는 향수의 향이 점점 짙어진다면 당신의 애

인은 우울하거나 우울증에 빠진 게 틀림없다. 우울한 감정은 후각 기능을 현저히 떨어뜨린다. 우주와 같은 무중력상태에서도 후각과 미각 기능은 상실돼버린다.

자, 너무 많이는 안 돼! 나는 향수를 뿌리고 있는 나에게 말한다. 향수를 몸에 바르거나 뿌리지 않는다. 허공에 대고 칙, 칙, 두 번 분사한다. 미세한 입자로 흩어지는 향기들을 바라본다. 숨을 들이마신다. 좋은 냄새가 난다. 그러면 떨어지기 시작하는 입자 속으로 내 몸을 한 발 밀어넣고는 이것으로 되었다, 라고 여긴다.

향수의 기원은 신을 모시는 데서 시작되었다. 메소포타미아인들이 신에게 바칠 제물을 태울 때 나는 악취를 없애기 위해 특별한 향을 만들었고 결국 그것이 향수의 출발이자 탄생이 되었다고 한다. 향수의 오랜 역사를 보면 때로 향수는 치료를 목적으로 쓰이기도 했지만 부의 상징과 미적, 성적인 용도로 사용된 기간이 길었다. 우리의 후각기관 속에는 서비골이라는 기관이 따로 있는데 그 역할이 바로 성적 체취인 페로몬을 감지하는 것이다. 16세기 초 르네상스 시대의 인문주의자인 파올로 코르테시는 가금류 판매인이나 요리사, 향수 제조자들에게서 나는 냄새가 사람들의 욕망을 자극한다고 확신해 추기경의 궁을 그들의 집 근처에 지어 욕망을 이기는 훈련을 해야 한다고 주장하기도 했다.

좋은 향기는 우리를 유혹하기 충분하다. 백화점 일층에 가장 많은 매장은 화장품 매장이다. 수천 종의 화장품과 향수가 섞여 있다. 그 일층을 채우고 떠도는 향기를 한 가지로 요약하기란 불가능할지 모른다. 레몬 라벤더 월계수 사향 아세톤 에테르 바닐라 재스민 향들의 혼합일 것이다. 그러나 샤넬 N°5, 이 고전적 향수를 나는 '백화점 일층의 향기'로 표현하고 싶다.

1921년에 처음 소개된 샤넬 N°5는 향수의 세계와 코, 후각에 관한 책에서 언제나 빠지지 않고 거론되는 독보적인 향수다. 혼합

분자인 알데히드로 만들어진 최초의 향수이며 마릴린 먼로가 잘 때 입고 잔다고 해 화제가 되었다. 오래된 코냑의 마개처럼 둥글고 약간은 묵직한 뚜껑을 살짝 비튼다. 시향할 때 요즘은 대체로 향을 묻힌 종이막대를 사용하지만 나는 향수병을 직접 만지고 연 후, 코

에서 좀 떨어뜨린 거리에서 향을 맡는 예전의 시향 방식을 더 좋아 한다. 처음에는 장미 백합 붓꽃 백단향 등 향수를 제조할 때 기본적

으로 사용하는 향기가 난다. 그 뒤에 후각을 자극하는 분자는, 먼 데서 힘껏 달려와 땀방울을 튕기며 부딪치는 듯한 사향의 냄새.

한 남자를 만난 적이 있다. 처음 만난 날, 나는 그에게 좋아하는 것과 싫어하는 것에 대해 물었다. 세 번째 만났을 때 그가 나에게 서 나는 어떤 냄새에 관해 지적했다. 나는 그가 싫어하는 것을 열

거할 때 그중에 '나쁜 냄새'도 있었다는 사실을 퍼뜩 떠올렸다. 후 각이 굉장히 예민하다고 말했던 것도. 그를 만나는 동안 가방 안에 미니 향수병을 하나 넣어갖고 다녔다. 어디 들렀다 그 사람을 만나

러 갈 때면 평소에는 몸에 안 묻히던 향수를 손목이나 귓불에 문질 렀다. 피곤해졌다. 다섯 번째 만났을 때 그는 내 휘어진 코를 지적

했다. 열한 번째 만난 게 마지막이 되었다. 마지막이라는 말도 작 별인사라는 것도 없이. 돌아보니 그랬다. 처음 만났을 때는 서로

모든 문들을 이례적으로 활짝 열었다가 서로를 더 정확히 알아가던 나머지 만남들에선 열었던 문들을 착착착 차례로 닫아갔던. 그래도 작별인사는 할걸 그랬다. 마지막이 될 줄 알았다면. 하지 못한 말이 있다. 내가 가진 두려움들 중에는 지적당하는 두려움도 있다고.

조금 비뚤어지기는 했지만 나의 코는 소중하다. 그 속의 섬세하고 예민한 후각기관들, 후구와 비강과 인강들 역시. 사람의 코가 앞으로 튀어나와 있는 이유는 코 안쪽 깊숙이 냄새를 빨아들이기 위해서라고 한다. 특정한 냄새를 맡았을 때, 우리가 저도 모르게 코를 씰룩거리는 건 냄새 입자들을 후각기관으로 서둘러 전달하기 위한 본능적인 움직임이다. 나는 킁킁, 코를 씰룩거리며 투명하고 정교하게 디자인된 유리병, 향수병들이 보석처럼 진열돼 있는 화장품 코너로 가까이 다가간다. 청춘 시절에는 몰랐지만 향수에 대해 지금 이해하는 한 가지는 이렇다. 향수를 쓰는 다양한 이유 중, 나의 것 하나만은 타인과 구별하고 싶은 무의식적 욕망도 있다는 것을.

이제 나는 나 자신을 위해서 향수를 뿌린다. 가볍게 뿌린다. 가끔 세계가 구체적이다!라고 느낄 때가 있다. 내가 어떤 한 냄새를 기꺼이 받아들이고 이해하며, 연거푸 숨을 내쉬고 들이쉬는 그런 때.

우리를 둘러싸고 있는 물건이 우리를 말해주는 것일까?

도서관에 갈 때는 편한 차림이다. 대개 검은 진바지에 풀오버나 검은 셔츠, 겨울에는 거기에 외투만 하나 더 걸치는 식이랄까. 백화점 일층 매장에는 화장실이 없다. 통로 아무 데나 서서 고개 숙인 채 나를 내려다본다. 지금 이 차림이 명품매장에 들어가기에 적당한지 아닌지 확신할 수 없다. 손수건을 꺼내 먼지가 뽀얗게 묻은 구두코를 한 번 문지른다. 내가 내 옷차림을 살피는 이유는 명품매장에 들어가는 순간 어쩐지 나라는 사람이 한눈에, 아니 거의 단칼에 평가받는 느낌이 들기 때문이다.

단정한 헤어스타일에 티끌 하나 없이 타이트한 유니폼을 차려입은 명품매장 직원들에게 나는 언제나 압도당한다. 고객이 매장 문턱을 넘어서는 그 찰나에 벌써 그 손님이 흰 면장갑을 끼고 다루어야 하는 자신들의 상품을 살 수 있는 고객인지 아닌지 알아차리는 것 같다. 내가 모르는 어떤 특별한 재능을 갖고 있는 걸까. 아니면 훈련에서 비롯된 것일까. 이 책을 쓰기 전에 잠깐 망설인 이유가 하나 있다면 그건 내가 한 번도 제대로 된 '명품'이라는 것을 구입한 경험이 없기 때문이다.

아닌가? 펜디의 시계가 명품에 속한다면 한 번 산 적이 있다. 파일럿인 막내 제부의 직원카드 할인을 받아 백화점 면세점에서 하나 샀다. 함께 쇼핑 나간 막냇동생의 부추김도 있었지만 단정한 사각 프레임에 내가 좋아하는 로마숫자가 선명하고 단순하게 새겨진 시계가 마음에 들었다. 몇 번쯤 차다가 사각 프레임이 내 손목에는 어울리지 않는 것 같아 동생에게 주었다. 그게 다다. 그러니 어쩌면 나는 명품에 관해서 이야기할 자격이 없는 사람일지 모른다.

그러나 나는 가끔 명품매장에 간다. 욕망을 채우는 방법은 꼭 구매에 달려 있지는 않다. 물건에 따라서는 보고 구경하는 것만으로도 만족을 느끼는 경우가 있다. 보지 않으면 감각은 떨어지고 취향이라는 것도 생겨나지 않는다. 지금보다 더 젊었을 적에는 럭셔리한 매장으로 걸어 들어가 내가 살 수 없는 상품을 구경하고 둘러보는 데 상당한 용기를 필요로 하곤 했다. 지금은 그렇지 않다. 내가 살 수는 없지만 나에게는 볼 권리가 있다. 일단 물건을 구경하는 것 자체가 좋다. 보는 것은 경험이며 느끼는 것은 체험이다. 꺼려할 이유가 없다. 그렇게 생각하면서도 피식 웃음이 난다. 나이 때문인지도 모른다는 짐작이 들어서다.

예전에 나는 부끄러움이 몹시 많은 사람이었다. 지금은 그렇지 않다. 밥 호프라는 희극배우가 스무 살 때는 다른 사람이 나를 어떻게 생각할까 걱정하고, 마흔이 되어서는 다른 사람의 생각은 신경 쓰지 않으며, 예순이 되면 사람들이 자신에 대해 전혀 생각하지 않는다는 것을 깨닫게 된다고 한 말이 생각난다. 나는 지금 그 중간에 있다. 그리고 실제로도 다른 사람이 나를 어떻게 생각하는지 크게 신경 쓰지 않는다. 그러나 예순이 되었을 때 아무도 나에 대해 생각해주지 않는다는 걸 깨닫게 되면 씁쓸할 것 같기는 하다. 명품매장의 상품들을 살 수 있는 능력은 없지만 매장 직원들, 매니저들이 나를 어떻게 보고 판단하든 거기로 뚜벅뚜벅 들어가 구경하기 시작한 때도 마흔 무렵부터였던 것 같다. 사람은 쉽게 달라지지 않는다고 믿는 편이면서도 이렇게 써놓고 보니 나라는 사람은 그동안 정말 많이 달라진 모양이다. 예전에는 나 자신과의 약속보다 타인과 한 약속이 더 중요했고 내가 나를 보는 것보다 남이 나를 어떻게 볼까, 그게 무척이나 중요하게 느껴졌었는데.

어쨌거나 오늘은 백화점에 온 김에 이 목걸이를 세척해 가야 한다. G브랜드의 문턱을 넘는다. 벌써 위축되는 기분이다. 안 보는 척하면서도 판매원들이 내가 어떤 고객인지 이미 파악했다는 걸 안다. 진열대 앞으로 걸어간다. 손님이 있어도 명품매장은 도서관만큼이나 조용한 것 같다.

"무엇을 도와드릴까요?"

여직원이 다가와 묻는다. 나는 내 목에서 목걸이를 푼다. 막냇동생이 어디서 받은 것을 나에게 선물해준, 작은 하트가 두 개 달려 있는 은 목걸이. 여직원은 두꺼운 가죽 장부를 펼치더니 구매 날짜와 이름을 묻는다. 눈빛처럼 목소리도 쌀쌀맞게 들리는 것 같다. 저기, 하며 나는 우물쭈물한다. 동생이 해준 말이 있다. 이 목걸이를 산 사람이 매장에 동생 이름으로 등록해놓았다고. 나는 막냇동생 이름을 댄다. 그 잠깐 우물쭈물하는 사이에 직원은 벌써 그 목걸이를 내가 직접 구매한 게 아니며 내가 이런 매장을 드나들고 그녀를 다루는 데 익숙하지 않은 종류의 손님이라는 걸 눈치 챘을 거다.

"음, 여기 있군요."

구매 리스트를 살피던 여직원이 말한다.

"어머, 다행이네요."

얼떨결에 그런 말이 나온다. 그 목걸이가 가짜가 아니라는 게 판명이라도 된 것처럼. 이탈리아 어느 레스토랑의 홀 뒤쪽에는 '당신의 가치를 알고 항상 웃으세요'라고 쓰여 있다는데 여긴 식당이 아니어서 그런가, 웃지 않는 게 자신들의 가치를 더 높이는 방법인 것처럼 내가 만난 명품매장 직원들의 표정은 엄숙한 데다 도도하기까지 하다. 어느 때의 그들은 마치 잠재적 구매자를 만날 때의 화상畵商들처럼 약간의 오만함은 미덕이라고 굳게 믿고 있는 듯 보인다. 나는 피식 웃음이 나려고 한다. 여직원의 말투와 표정은 꼭 나에게 당신이 명품을 알아? 라고 묻는 것 같다. 혹시 그들이 파는 것은 상품이 아니라 그 상품이 가진 프라이드일까? 그게 그건가, 아닌가. 고객들이 사는 것도 상품이 아니라 그 상품의 로고가 갖고 있는 프라이드인가.

여직원이 나에게 이십 분쯤 시간이 걸릴 거라고 알려준다. 목걸이가 세척되는 이십 분 동안 나는 다른 매장을 돌아보다 올 수도 있고 여기 G매장의 고급 가죽의자에 앉아 기다릴 수도 있다. 자, 어떻게 하시겠어요? 하는 얼굴로 직원이 또 나를 사무적으로 본다. 손님도 없는데 바쁜 모양이다. 나는 갑자기 이 여직원을 붙잡

고 내가 여기서 뭘 더 살 수 있는 사람이 아니라는 걸 어떻게 알았

어요? 하고 눈을 똥그랗게 뜨고 물어보고 싶다. 명품매장의 매니
저들과 몇 마디 주고받을 때면 판매원이 아니라 그 상품, 수백만
원짜리 가방과 대화하고 있는 느낌이다. 우리를 둘러싸고 있는 물
건이 우리를 말해준다, 라고 했던 한 화장품 회사 설립자의 말이

저절로 떠오른다. 내 자격지심 때문이어도 상관없다. 이 노골적인
푸대접을 이제 내 식대로 즐길 줄 안다.

나도 저런 표정으로 손님들을 대한 적이 있었다. 당신이 책이

뭔지 알기나 해요? 하는 눈빛으로.

"여기서 기다릴게요."

새침하게 말하곤 나는 매장 한가운데 있는 의자로 가 털썩 앉는다.

타인의 눈—책을 팔다

내가 다닌 대학은 이년제여서 이학년이 되면 곧바로 졸업반이 되었다. 교지편집 일을 맡고 있었는데 장학금을 받는 대신 일 년에 한 번씩, 졸업 때까지 교지校誌를 두 권 만들어야 했다. 이학년, 편집실의 고참이 되면 교지에 실을 광고들을 구해 와야 하는 게 큰일이었다. 어쨌거나 그 일은 아쉬운 소리를 잔뜩 하면서 뭔가를 얻어 와야 하는 그런 일에 속했으니까. 그래서 그 일을 얼마나 잘해내느냐에 따라 후배들에게 교지편집부 선배로서의 마지막 능력 같은 걸 평가 받기도 했다. 학과 특성상 광고는 주로 출판사를 섭외하고, 그 대가로 얻은 책들은 학교 도서관에 기증하거나 우리끼리 한 권씩 몰래 나눠 가졌다. 그 일을 내가 떠맡게 되었다. 전문대 졸업을 앞두었지만 나이는 이미 스물일곱, 게다가 날씨도 어딜 가나 추운 십일월 말이었다. 딱히 그 일이 아니더라도 힘든 시기였다. 졸업 후에는 꼼짝없이 취업이란 걸 해야 할 터였고 신춘문에 마감도 코앞으로 다가오기 시작한.

소설가가 되어 내가 민음사라는 출판사에 처음 가본 것은 1997년 가을이다. 그 이듬해 펴내게 될 새 책 계약 때문에 만들어진 저

038
039

녁자리였다. 출판사 문을 밀고 들어가는데 그 기분을 뭐라고 설명하기 어려웠고 그건 지금도 마찬가지다. 민음사 신사동 사옥, 그 오층 유리문을 밀고 들어간 게 그때가 처음이 아니었으니까.

교지에 실릴 광고를 얻기 위해 각 출판사마다 전화를 걸었지만 번번이 딱지를 맞았다. 민음사와 웅진출판사에서 승낙했을 때 얼마나 기뻤는지! 세 자매들과 쓰던 옷장을 뒤져 가장 좋은 코트를 골라 입고 광고 필름을 받으러 출판사를 찾아갔다. 그때는 그 일을 편집부 직원들이 담당하고 있었다. 민음사에 갔을 때 직원 책상 위에 시집 두 권이 놓여 있는 것을 보았다. 내가 유심한 눈으로 그 시집들을 보고 있자 나에게 광고 필름을 건네주던 직원이 막 나온 시집이라고 말해주었다. 시를 쓰고 싶어 스물여섯 살에 대학에 들어간 나, 그리고 미래에 대한 아무런 기약 없이 졸업을 앞두고 있던 나는 한 권 주시면 안 될까요? 하는 말을 하지 못했다. 광고 필름과 책 몇 권을 선뜻 내준 편집부 직원에게 꾸벅 인사를 하곤 민음사를 나왔다. 며칠 후 종로서적에 가서 내 또래 시인들의 그 시집 두 권을 샀다. 『가끔 중세를 꿈꾼다』와 『로큰롤 헤븐』. 이 글을 쓰다 말고 시집들을 펼쳐보니 초판 날짜가 1995년 11월 25일, 모두 같다.

그 한 달 후 십이월. 교지편집실에서 추위에 덜덜 떨며 두 손으로 난로 기둥을 감싸고 있다가 전화 한 통을 받았다. 내가 단편소설을 응모한 두 군데 신문사 중 동아일보의 문학담당 기자에게 온 전화였다.

신춘문예로 등단하는 특별함 중 하나는 새해 첫날 신문에 응모

작이 단연 눈에 띄게 실린다는 점이 아닐까 싶다. 잊었던 사람, 모르는 사람, 당선자가 정말 나인지 확인하고 싶어 하는 사람들에게서 전화가 걸려오기 시작했다. 그중에는 광고를 주었던 웅진출판사 과장의 전화도 있었다. 축하한다고 했다. 나는 고맙다고 심드렁하게 대꾸했다. 광고를 받으러 처음 만나러 갔을 땐 내가 45도 각도로 인사했던 사람이었다. 과장은 아르바이트 같은 걸 한번 해보지 않겠냐고 말했다. ……어떤 일인데요? 나는 뜸을 들이다 물었다.

막상 그토록 바라던 대로 등단하기는 했지만 크게 달라진 점도 할 일도 없는 게 이상하네, 고개를 갸우뚱거리고 있을 때였다. 광고회사에 카피라이터로 취직할 생각은 없냐는 전화와 연애소설을 써주면 거액의 계약금을 주겠다는 한 출판사의 전화와 고스트 라이터가 돼줄 수 없겠느냐는 전화들은 무서웠다. 가방을 꾸려 경주 기림사로 내려갔다. 스물네 살 때 가출을 한 번 해본 이후로는 그게 내가 처음 혼자 떠난 여행이다. 무턱대고 총무스님을 찾아가 절에 머물게 해달라고 했더니 내 주민등록증을 맡고 있겠다고 했다. 비어 있던 승방과 요사채를 옮겨다니며 절 안에서도 눈칫밥을 얻어먹다가 다시 집으로 돌아왔다. 그러곤 책을 팔기 위해 종로 영풍문고로 갔다.

특설매장 중 하나였다. 웅진출판사에서 나온 각종 책들을 팔아야 하는 게 내가 하루 종일 할 일이었다. 좋은 책도 있었고 그렇지 않은 책들도 많았다. 졸업을 했고 등단도 했지만 나는 이제 내가 자주 다니던 서점에서 책을 팔고 있었다. 이따금 나를 알아보는 손님도 있었다. 1월 1일자 신문을 본 사람들이었다. 누군가 나를 알아보는 사람이 있다는 사실보다 작가가 되었는데 여기서 왜 이런 일을 해요? 하는 표정들이 더 당황스러웠다. 다행히 책을 사러 오는 사람은 많지 않았다. 나는 책이 쌓여 있는 매대에 등을 기대고 서서 지나가는 사람들을 물끄러미 바라보았다. 지하도로 통하는 회전문과 가까운 거리였고 그 문이 돌아갈 때마다 혹시 내가 아는 사람이 있을까 두리번거리기도 했다.

　물건을 팔고 그걸 사러 오는 손님을 상대해야 하는 경험을 처음 했다. 육체적인 노동 없이도 그런 일이 얼마나 사람을 지치게 만드는지도. 상냥해야 한다는 강박 때문이었을지도 모른다. 직업이 그 사람의 감정을 어떻게 지배하는지 배우게 되었다. 판매자임에도 불구하고 나는 점점 더 무뚝뚝하고 불친절해졌다. 서점에서 책을 팔던 시절의 조지 오웰에 대해 떠올리기도 했다. 그는 자신이 서점에서 평생 일하고 싶지 않은 이유는 그 일을 하는 동안 책에 대한 애정을 잃어버렸기 때문이라고 말했다. 먼지 쌓인 책을 만지고 책을 팔기 위해 손님들에게 거짓말을 해야 하는 순간도 책에 대한 애정을 잃게 만들었을 터였다.

　나는 책을 만지지도 않았고 책을 팔기 위해 과장하지도 않았다. 내 판단에 책 같지도 않은 책을 찾거나 사 가는 손님들은 무시했다. 손님이 찾는 책은 귓등으로 듣고 내가 책들을 권하는 때도 많았다. 어떤 손님은 뭐 이런 직원이 다 있어? 하는 얼굴로 어떤 손님은 대꾸 없이 다른 매장으로 걸음을 돌렸다. 책이 몇 권 팔리든 나와는 상관없는 일이었다. 나는 진짜로 그런 표정을 짓곤 팔짱을 낀 채 무춤히 책들 속에 서 있다가 밥때가 되면 후다닥 회전문을 밀치고 종로 거리로 나갔다 시간을 넘겨 돌아왔을 뿐이다. 판매자가 구매자가 될 수도 있고 구매자가 판매자가 될 수도 있다는 사실에 대해 그땐 생각지도 못했다.

그때 그 근무태만에 대해 내가 반성을 한 것은 깜짝 놀랄 만큼 많은 아르바이트 비용을 받았을 때와, 그 시절을 떠올리며 글을 쓰는 지금 이 순간이다.

이십 분이 지났다.

동생이 준 목걸이는 처음 그것을 선물 받았을 때처럼 반짝거린다. 나는 구매력이 권력처럼 느껴지는 명품매장을 서둘러 나온다. 뒷모습에도 신경이 쓰인다. 비록 푸대접을 받고 나오긴 했지만 목에 반짝거리는 작은 것이 매달려 있으니 기분이 조금 낫긴 하다. 어떤 시선으로부터는 벗어났고, 또 지금부터는 어떤 시선을 다시 의식하게 될지 알 수 없다. 몸에 눈에 띄는 명품 하나 없이 명품매장에 가게 되는 일이 신경 쓰이는 모양이다. 다른 사람이 나를 어떻게 보고 판단하는지 의식하지 않게 되었다는 말은 포즈에 불과할까. 일상의 크고 작은 상황들, 사람들 속에서 타인의 시선을 얼마나 신경 쓰고 있는지 궁금하다. 나는 자주 아녜스라는 여자에 대해 생각한다. 그녀는 밀란 쿤데라의 소설 『불멸』 속 주인공이다.

동료들이 병에 걸려 아녜스는 사무실에서 혼자 일하게 된다. 그날 저녁 아녜스는 다른 날과 달리 자신이 전혀 피곤함을 느끼지 못한다는 사실을 확인한다. 그러곤 "그녀의 얼굴에 주름들을 새긴 것은 바로 시선들의 예리한 날"임을 깨닫는다. 밀란 쿤데라는 이 소설의 제목을 그 이전에 펴낸 책 제목과 같이 '참을 수 없는 존재의 가벼움'으로 붙이고 싶어 했다고 한다. 쿤데라가 말하고 싶었던 참을 수 없는 존재의 가벼움, 그것은 무엇이었을까.

　에스컬레이터에 오른다. 백화점 내부에 있는 두 번째 수직 수송기관이다. 나는 에스컬레이터에 몸을 맡긴 채 골똘히 생각에 잠긴다. 물건들이 정말 우리를 말해주는 것일까, 아니면 우리가 어떤 사람인가로 물건을 선택하게 되는 것일까. 나는 30도 경사각 높이에 서 있고 풍경은 느리고 미세하게 달라진다. 이제 나는 평평한 곳에 있지 않으며 본격적으로 이 여행이 시작되었다는 것을 느낀다.

"모든 여행에는 여행자가 모르는
비밀의 목적지가 있다"

_ 마르틴 부버 _

에 스 컬 레 이 터 를   타 고

소설가로서 내가 자주 받는 질문들 중 하나는 작품의 주제가 무엇인가? 하는 것이다. 난감하기 짝이 없는 질문이 아닐 수 없다. 경우에 따라서 그 질문은 책을 읽어도 글쓴이의 의도가 제대로 전달되지 않는다는 뜻처럼 들릴 수 있기 때문이다. 대개의 질문들처럼 나는 제대로 된 대답을 내놓을 수 없다. 인터뷰어와 헤어지고 돌아오는 내내 생각한다. 나는 과연 무엇에 관해 쓰고 있는 걸까.

내가 지금보다 젊고, 신인작가라고 불렸을 때는 세계와 싸우고 싶었다. 나를 억압하고 있는 것들, 부당한 것들에 관해 쓰고 싶었다. 더 이상 아무도 나를 젊은 작가라고 불러주지 않는 지금은 나에게 가장 절실하게 느껴지는 것에 관해 쓴다. 그것은 고통일 수도 있고 슬픔, 죽음, 아름다움일 수도 있다. 더 명료하게 말한다면 두려움fear이다.

두려움이라고 말하면 거창하게 들릴지도 모르겠지만 꼭 그런 것만은 아니다. 관계나 소통에 대한 두려움도 있지만 거미에 대한 두려움, 무지에 대한 두려움, 지하철을 타는 것에 대한 두려움, 넓은 장소 혹은 비좁은 장소에 있는 것에 대한 두려움, 비행기를 타는 것에 대한 두려움도 있다. 두려움의 종류는 우리가 일반적으로 알고 있는 것보다 훨씬 많고 다양하다. 나는 타인에 관해 알고 이해하게 되는 가장 좋은 방법이 그가 갖고 있는 두려움에 관해 대화하는 거라고 생각했다. 어쩌면 내가 갖고 있는 두려움을 털어놓고 싶었는지도 모르지만 말이다.

대학에서 학생들을 잠깐 가르친 적이 있다. 첫 수업은 매번 이 주제로 하고는 했다. 자신이 갖고 있는 두려움들을 열거하기. 그러곤 모든 가족들이 각각 비행기를 타는 것, 엘리베이터를 타는 것, 자동차를 몰고 다리를 건너는 것에 대한 두려움을 갖고 있는 존 치버의 「다리의 천사」라는 단편소설을 읽고 토론하는 식이다. 그러다가 어느 날 학생들에게 두려움에 관해 말하게(털어놓게) 하는 수업 방식이 얼마나 폭압적인지 깨닫게 되었다. 내가 학생이라면 그런 것을 요구하는 문학 선생이 정말 싫을 것 같았다. 수직적인 관계에서나 있을 수 있는 일이었다. 나는 곧 그 수업 방식을 그만두고는 이렇게 쓰게 하였다. 자신이 좋아하는 것과 좋아하지 않는 것. 처음 만난 사람이거나 앞으로 계속 좋은 관계를 유지하고 싶은 사람을 만난 경우에도 나는 은근슬쩍 그렇게 물어보곤 한다. 물론 나도 그것에 관해 말해야 한다.

『롤랑 바르트가 쓴 롤랑 바르트』를 읽다가 혼자 웃은 적이 있다. 그는 자신이 좋아하는 것, 좋아하지 않는 것, 그리고 좋아하는 동시에 좋아하지 않는 것에 관해 쓰고 있었다. 롤랑 바르트가 좋아하는 것은: 샐러드, 치즈, 아몬드 파이, 지나치게 차가운 맥주, 손목시계, 만년필, 피아노, 커피, 사르트르, 포도주. 좋아하지 않는 것

은: 딸기, 정치와 성의 결합, 부부싸움 장면, 알지 못하는 사람들과 보내는 저녁시간. 그리고 자신이 '좋아하는 동시에 좋아하지 않는 것'은 '하등 중요한 것이 아니며 명백히는 무의미한 것'이라고 말한다.

내 짐작이지만 그는 위의 열거 방법을 통해 나의 육체는 당신과 동일하지 않다 혹은 '그러므로 우리는 서로 동일한 존재가 될 수 없다'라고 말하려는 듯 보인다. 나에게는 마지막 항목이 가장 흥미롭고 어렵게 느껴진다. 좋아하는 것과 좋아하지 않는 것. 이 두 가지를 놓고 상대방과 서로 이야기를 나누다보면 금방 알게 되는 사실은, 좋아하지 않는 것들이 실은 그렇게 많지는 않다는 거다. 좋아하는 것은, 서로 너무나 많다.

내가 좋아하는 것, 이런 것을 열거하며 이야기 나누다보면 즐거워지고 뜻밖에 친밀감 같은 게 생겨난다. 두려움에 관해 서로 털어놓았을 때의 친밀감과는 다르다. 뭐랄까, 보다 가볍고 유쾌한 친밀감이라고 할까. 그리고 싫어하는 것들에 대해 발화하게 될 때는 나를 불편하게 하는 것들과 나의 불완전성과 모순을 이해하고 알게 되는 경험을 얻는다. 우울하고 무력감에 빠져 있을 때는 잠을 자고 일어나도 침대가 아니라 습기 찬 동굴 속에서 기어나오는 느낌이다. 그럴 땐 의지를 발휘해 내가 좋아하는 것들을 떠올려보곤 한다. 그러면 그 동굴 입구쯤에 슬며시 햇살 한 자락이 비쳐드는 것 같아 자리를 털고 일어나고 싶어지기도 하는 것이다.

나는 내가 좋아하거나 좋아하지 않는 것에 관해, 처음으로 지금 떠올려보고 쓴다. 심야 통화, 숲, 호수, 비, 폭우, 남자의 눈물, 키

위, 퍼ᵐ, 고양이, 나리 과ᵉ의 꽃들, 손에 땀을 쥐게 하는 것들.

두려움에 관해서라면 앞에서 열거한 것 중에 지하철을 타는 두려움을 갖고 있다. 어찌 된 일인지 나는 지하로 내려가는 것을 피하는 사람이 돼버렸다. 그 이유를 알고 싶어서 최면술에 관한 강의도 들은 적이 있지만 최면조차 걸리지 않았다. 어지간해서는 지하

에 있는 술집도 안 가고 식당도 안 간다. 가게 돼도 금방 나온다. 당연히, '계단'에 대한 두려움도 갖고 있다. 뾰족하고 날카로운 것에는 매혹당한다. 한데 모서리는 좀 다른 모양이다. 계단과 관련해

서는 몇 가지 이유가 있긴 하다.

예닐곱 살 때 계단에 얼굴을 정면으로 박듯 넘어져 입술에 흉터가 생긴 것도 있지만, 그보다 더 큰 이유가 있다. 8센티미터 힐을

신은 채 세 살배기 조카를 안고 동네 콩나물해장국집 계단을 내려오다 구른 적이 있다. 애 뒤통수와 보도블록이 퍽, 하고 부딪치는

순간, 지금부터 0.0001초 후 벌어질 장면이 눈앞에 보이는 듯했고 나는 그때 내가 죽었다고 생각했다.

에스컬레이터는 한결 괜찮다. 이것은 계단이 아니라 움직이는

기계다. 하지만 생각뿐이다. 에스컬레이터를 탈 때조차 나도 모르게 주춤거리게 된다. 이 수송기관에 있어 가장 중요한 것은 승객의

안전이라는 것을 알고 있으면서도 말이다. 황색 라인이 그려진 스텝과 스텝 사이에는 발이 끼지 않도록 가드의 표면에 매끄러운 불소 고무가 코팅되어 있으며 만약 발이 끼거나 난간의 인렛 부에 손

이 끌려들어갔을 때도 자동적으로 안전장치가 작동하게 돼 있다. 에스컬레이터를 탔다면 에스컬레이터를 믿어야 한다. B라는 사람

을 만나고 있다면 B를 믿어야 하듯. 의심은 대체로 좋지 않다. 나는 마음을 놓는다. 속도는 분당 30미터. 빠르지도 느리지도 않다. 주위를 둘러보기 알맞은 속도다. 이 에스컬레이터 위에서 보낸 시간도 적진 않은 것 같다.

언제나 쌀쌀한 계절에 혼자만 가게 되어 더 특별해진 도시, 암스테르담에서였다. 진 트렌치코트에 검정 폴라를 받쳐 입고는 레이체 광장을 쏘다니다가 '메츠&코Metz&Co' 백화점에 들어가 오래되고 폭이 좁은 걸로 유명한 에스컬레이터를 작정하고 한번 타보기도 했다.

계단을 오르고 내려가는 일.

어려운 일도, 타인의 이해나 동정심을 불러일으킬 수도 없는 사소한 일들 중 하나일 것이다. 그런데 그게 나한테는 그렇지가 않고 계단 앞에 서면 나는 내가 얼마나 불완전한 사람인가 절실히 깨닫곤 한다. 두려움. 나는 여전히 다른 사람들이 어떤 크고 작은 두려움을 갖고 있는지, 그리고 이 책을 읽고 있는 당신이 어떤 것에 대한 두려움을 갖고 있는지 궁금하고 알고 싶다.

자, 다시 에스컬레이터 이야기로 돌아가자. 고객의 안전한 수송이 가장 큰 목적인 에스컬레이터와 엘리베이터는 어떤 목적으로 만들어졌을까. 이러한 수송기관의 탄생은 많은 사람들이 용이하게 움직이도록 해야 하는 거대한 건축물과 타워들, 그리고 이 인공적인 낙원이라 불리는 백화점의 탄생과 더불어 시작된다.

흔히 '백화점의 왕'이라고 하면 워너메이커 백화점의 창시자인 존 워너메이커를 일컫고, '백화점의 천재'라고 하면 파리에 봉마르셰 백화점을 세운 아리스티드 부시코를 가리킨다. 부시코를 백화점의 천재라고 부르는 이유는 그의 탁월한 상술을 두고 하는 말에 가깝다. 그러나 세계에서 최초로 '백화점'의 형식을 만들어낸 부시코가 창조해낸 것은 그것만은 아니다.

가난한 상인의 아들이었던 부시코는 지방을 돌아다니며 옷감을 팔던 상인을 따라 파리로 올라온다. 당시 파리에는 '마가쟁 드 누보테'라는 양품점 개념의 가게들이 성업을 이루고 있었다. 1930년, 우리나라에 최초의 백화점을 세운 미츠코시도 애초엔 기모노를 취급하던 포목점呉服店에서 출발했다는 점이 흥미롭다. 마가쟁 드 누보테들 중 '프티 생토마'에 취직하게 된 젊은 부시코는 그때부터 가게를 눈에 띄게 만들 방법과 폐쇄된 공간에서의 개방성이라는 공간 연출법을 궁리했다. 유리 지붕을 씌운 아케이드 상가인 파사주에 인파가 몰리던 때였다.

이 마가쟁 드 누보테들은 당시로서는 파격적일 만큼 넓고 호화로운 홀을 꾸며놓고 현금 판매를 도입하는 대신 반품을 허용하는 방식으로 손님을 끌어모았다. 그러나 1848년 11월 혁명부터 1851년 나폴레옹 3세(1808~1873)의 쿠데타에 이르는 사회 혼란으로 경제는 침체에 빠지고 심한 빈부 차와 엷은 중산층 때문에 대부분의 마가쟁 드 누보테는 도산하게 된다. 1852년 부시코는 마가쟁 드 누보테였던 '봉마르셰'의 공동경영을 제안받게 되고 결국 그것이 근대적 백화점의 탄생이 된 셈이다. 파리에서 처음으로 만국박람회가 열리기 삼 년 전의 일이다.

부시코가 백화점의 천재라고 불리는 이유를 수긍하게 된 것은 책을 통해서가 아니라 백화점 취재를 다니면서였다. 그는 고객들이 상품을 필요에 의해서만이 아니라 거기 놓여 있는 것을 발견하고 필요를 느껴 사게 해야 한다는 신념을 갖고 있었다. 공간 연출을 통해 상품을 돋보이게 하며 계절에 따른 다양한 디스플레이와 한 번 온 손님을 다시 자신의 백화점에 오고 싶게 만들 방법들에 대해 끊임없이 연구했다.

놀라운 것은 21세기, 우리가 백화점에서 경험하고 알고 있는 것들, 바겐세일이나 아동용품 매장, 청결한 화장실, 카페, DM이라고 부르는 백화점 내 상점들의 광고지, 연간 매출 일정표, 미끼 상품, 계절을 앞서가는 '계절선취형' 판매 방식, 미술관 설치, 문화 강좌, 자선 활동, 동선의 중요성, 직원들을 위한 식당, 의무실 설치 같은 거의 모든 것이 부시코가 기획한 것이며 현재에도 유용히 쓰이고 있다는 점이다. 그는 소비자를 유혹하고 매장에 오게 하는 이유가 꼭 상품만은 아니어야 한다는 것을 잘 알고 있었다.

1869년, 그는 자신이 가진 모든 것을 쏟아부어 봉마르셰의 신관 공사를 시작한다. 공사에 참여한 사람 중 하나가 이십 년 뒤에 파리 만국박람회에서 에펠탑을 선보일 젊은 건축기사 에펠A.G.Eiffel이었다. 건축의 주재료는 쇠와 유리. 천장을 유리로 만들어 거대한 빛의 파노라마를 연출하고 싶어 한 부시코의 열망이 담겨 있었다. 건물의 이미지만으로도 저기 가고 싶다, 라는 욕구가 일어나게 해야 한다고 그는 믿었다. 이제 소비자들은 특별한 목적 없이도 그 시절엔 드물었던 깨끗한 화장실에 가기 위해, 무료 음악회나 전시회를 보기 위해, 사람을 만나기 위해, 봉마르셰('싸다'라는 뜻)에 가게 되었다. 그즈음 본격적인 소비혁명, 유통혁명이 일어나며, 비슷한 시기에 전 세계적으로 대도시에 하나둘씩 백화점들이 생겨나기 시작한다.

부시코가 원한 것은 단지 '상점'이 아니라 개선문 같은 파리의 상징물이 되는 것이었는지도 모른다. 현재 파리에서 창업자의 이름을 내걸고 있는 백화점은 봉마르셰 한 곳밖에 없다.

2008년 오월, 암스테르담과 벨기에 안트베르펜에서의 인터뷰 일정을 마치고 중앙역에서 기차를 타고 파리로 출발했다. 자비를 들여서는 가기 힘든 곳이기 때문에 이런 식으로 인터뷰나 북페어, 포럼 같은 행사들이 생기면 나는 주최 측에 비행기 표의 행선지를 바꿔달라는 번거로운 부탁을 한 뒤 여비를 아껴 다른 도시에 더 머물곤 한다. 유럽에 가면 숙소를 신세질 데가 있는 베를린이나 파리, 미국에 가게 되는 경우에는 신세질 데라곤 전혀 없지만 언제나 뉴욕으로 간다. 가면 거기 한곳에 머문다. 여행은 하지 않는다.

암스테르담으로 떠나기 전에 홍대 근처에서 카페 '빵빵빵 파리'를 운영하고 있던 레아에게 파리에서 뭐 사다줄 게 있을까? 물어보았다. 그냥 됐다고 하면 내 마음대로 뭔가 사올 것을 눈치 챈 파리통인 레아는 '마리아주 프레르'의 얼그레이 프렌치블루 한 통만 사다달라고 웃으며 말했다. 알겠다고 고개를 끄덕거릴 때는 그 마리아주 프레르라는 티를 적어도 대여섯 통은 사다줘야지, 마음먹었다. 그녀의 카페에서 덤으로 먹고 마셨던 커피와 퐁당 오 쇼콜라 때문이었다.

파리는 여러 번 와봤지만 봉마르셰 본관에 들른 건 그때가 처음이었다. 내가 주로 가는 곳은 그 맞은편에 있는 신관 일층 식품관이다. 신세 지는 값을 하느라 숙소인 K선생의 빌르쥐프Villejuif로 갈 때는 거기 들러 눈여겨본 그 집 가족들 식성대로 블루베리 잼이나 치즈, 무염 버터, 살라미 같은 걸 하나씩 사다 식탁에 몰래 올려놓고는 했다. 그런 식품을 구입하기엔 봉마르셰 식품관이 세계 최고처럼 느껴진다.

마리아주 프레르 전문 매장은 봉마르셰 본관 이층에 있었다. 나는 일층을 빙빙 돌다가 하나씩 둘씩 계단을 밟고 올라갔다. 특히 나선형 계단이 무섭다. 대리석으로 만들어졌으면 가능한 한 두 번 안 간다. 봉마르셰 계단은 많다 못해 압도적이었다. 계단의 휘어진 곡선 때문에 눈앞이 어찔할 지경이었다. 에이, 멀쩡하게 생겨갖곤 바보도 이런 바보가 다 있나. 나는 투덜투덜거리며 이층을 다 올라갔다. 가시마 시게루가 쓴 『백화점의 탄생』에 나와 있는 봉마르셰의 단면도가 떠올랐다. 책에는 그 계단의 배치도가 인체 해부도의 혈액순환처럼 보인다고 표현돼 있다. 물론 거기서의 혈액이란 손님과 상품과 돈. 나는 그 순환도, 계단 손잡이를 단단히 짚었다. 계단을 올라갈 때마다 눈앞의 풍경에 가감이 일어나는 것 같았다. 구경하고 싶은 것들이 무척이나 많았다. 특히나 인테리어 소품들은 어디서도 본 적 없는 희귀한 것들 천지였다.

그러나 그날 나는 마리아주 프레르인지, 이름도 발음하기 어려운 차 한 통만 사갖곤 얼른 내려와버리고 말았다. 올라갈 때의 계단은 그런대로 괜찮다. 그러나 한 번 올라갔다면 그건 반드시 내려와야 한다는 걸 뜻한다.

지금 내가 타고 있는 것은 에스컬레이터. 그래도 안전하게 손잡이를 잡고 있다. 세계 최초로 백화점에 에스컬레이터를 설치한 곳은 1898년 건어물상으로 시작한 영국의 '해롯 백화점'이며 동양에서는 1914년 일본의 미츠코시 백화점이 최초다. 아래위에 배치된 사람들이 손으로 운전을 하는 방식이었다. 고층건물에 대한 욕구로 발명된 이 고가의 운송장치는 손님들뿐만 아니라 아이들에게도 무척 인기가 있었다고 한다. 우리나라에서 에스컬레이터가 처음 설치된 곳은 화신 백화점이다.

에스컬레이터 발판에서 조심스럽게 내려선다. 이층 여성복 매장이다. 최신의 옷들을 차려입고 있는 마네킹들, 쇼윈도 속의 장신구들과 특설매장의 구두와 소품들. 갑자기 눈앞에 전구가 하나 더 켜진 듯 밝아지는 것 같다. 파리지엔들이 18세기 말부터 아케이드

상가에서 윈도쇼핑을 즐길 수 있게 된 이유 하나가 더 있다. 프랑스는 지리적 특성 때문에 날이 빨리 어두워지고 가게들은 일찍 문을 닫을 수밖에 없었다. 거기에 변화를 일으킨 것이 바로 가스등의 보급이었다.

나 는 입 는 다 , 나 는 존 재 한 다

십일월이 시작되면 엄마 얼굴에 주름이 부쩍 느는 것 같다. 김장철이 다가오고 있기 때문이다. 다행히 배추 파동은 지나갔지만 엄마는 여기저기 전화해 정보를 교환하고 믿을 수 있는 절임배추를 구하는 일에 하루를 다 보내고 있다. 자매들과 나도 다르지만 엄마와 내 성격도 아주 다르다. 엄마는 김장을 해야겠다고 생각하면 십일월 내내 김장 생각만 하는 사람이고, 나는 하게 되면 하는 거지 뭐, 매사에 늑장을 부리는 타입이다. 서로 사십 년 넘게 같이 살고 있는데도 성격은 조금도 닮지 않는다. 덕분에 십일월이 되면 나도 김장 스트레스를 받는다. 일단 김장을 해놔야 엄마가 편안한 얼굴로 밥도 짓고 잠도 주무시니까.

어제 총각김치를 담근 엄마는 지금 거실 바닥에 신문을 깔아놓고 앉아 혼자 마늘을 다듬고 있다. 식탁에 앉아 신문을 펼쳐 읽는데 마음이 불편하다. 엄마 옆에 쭈그려 앉아 물기를 뺀 마늘 꼭지를 칼로 자르기 시작한다. 마늘은 단단하고 희고 크기도 일정하다. 어디서 이런 좋은 마늘을 구했어? 엄마 얼굴이 득의만만해진다. 작업실 가야 되지 않아? 엄마가 흘긋 나를 보며 묻는다. 그러나 만류하지 않는다. 마늘은 커다란 플라스틱 그릇으로 가득이다. 하나라도 손을 보태면 큰 도움이 된다는 것을 엄마도 알고 있기 때문이다. 그리고 내가 이런 일, 마늘을 까고, 마늘 꼭지를 깨끗이 다듬고, 붉은 고추를 마른행주로 닦아내고, 고르게 무채를 썰고, 멸치를 다듬는 종류의 일을 아주 좋아하는 걸. 십 년 전인가, 「코끼리를 찾아서」라는 자전소설 끝에 이렇게 썼다. 마음 상한 일이 있거나 자존심이 상할 땐 한 시간이고 두 시간이고 식탁에 앉아 멸치를 다듬는다. 멸치가 없으면 땅콩 껍질이라도 깐다. 그러면 어느새 마음이 가라앉곤 흥, 뭐 이까짓 일로! 하는 마음이 된다. 마늘 꼭지를 다듬고 있는 지금도 마찬가지다.

예전부터 나는 단순하고 손을 움직여야 하고 몰두할 수 있으며 혼자 할 수 있는 일들을 좋아했다. 한때 새벽에 벌떡 일어나 학교 등교 전에 주산학원에 열심히 다녔던 이유도, 남들 입시준비 한창인 고등학교 2학년 때 통기타를 배우러 다닌 이유도, 첫 조카가 막 생긴 십이월에 버스를 타고 명동으로 뜨개질을 배우러 다닌 것도 다 비슷한 이유에서다. 한번 시작하면 멈추는 데 어려움을 겪는다. 뜨개질도 숄이든 목도리든 하나 다 완성할 때까진 잠도 안 잔다. 십자수가 유행하던 무렵 고민에 빠졌다. 시작할까 말까. 긴 원고를 앞두고 있던 중이었다. 과감히 포기했다. 양궁, 바둑, 낚시도 그와 유사한 이유로 아직 시작 못 하고 있다.

대학 입학 원서를 쓸 때였다. 담임 선생님과 면담을 하러 한 사람씩 차례를 기다렸다가 교무실에 가야 했다. 내 성적으로 서울 시내에서 갈 수 있는 대학이 없다는 걸 모르지는 않았다. 그래도 시험이라도 꼭 쳐보고 싶은 학과가 있었다. 그냥 해보는 말이 역력하다는 얼굴로 담임 선생님이 어디 가고 싶냐? 물었다. 얌전한 목소리로 저, S대 의상학과 가고 싶어요, 했다가 말이 끝나기가 무섭게 출석부로 머리를 한 대 맞았다. "야, 정신 좀 차려라 이놈아."

내가 생각해도 어이가 없는 소리긴 했을 거다. 그 시절 그 대학 의상학과는 상위권 성적이 아니면 꿈도 꾸기 어려운 데였으니까. 한데 나는 왜 그런 생각을 하게 되었을까. 그러니까 옷을 만드는 일을 해보고 싶다는. 집 앞에서 142번 버스를 타고 상도동, 한강, 갈월동, 용산, 서울역을 지나 서대문에 있는 여자고등학교를 다닐 때 나는 흔들리는 버스 손잡이에 몸을 의지한 채 '수도복장학원' 이라는 간판을 매일 아침 눈여겨봤다.

아버지가 사우디아라비아, 쿠웨이트 등지로 산업근무를 나가 있던 십 년 동안 엄마는 우리 세 자매를 키우며 부업을 했다. 희고 약간 납작하면서도 톡톡한 천으로 여러 번 매듭을 지어 작고 동그란 중국식 단추를 만드는 일이었다. 치파오에 다는 그런 단추 말이다. 나는 부업을 하고 있는 엄마를 지켜보는 것이 좋았고 단추 하나가 완성될 때마다 경이로운 눈으로 바라보곤 했다. 다 만들어진 중국식 단추는 작지만 단단했고 정교했으며 내가 좋아하는 원ﾌﾞ의 모양을 하고 있었다. 그러다가 엄마를 따라 중국식 단추를 만들기 시작했다. 그것 역시 단순하고 손을 움직여야 하고 혼자 할 수 있고 몰두할 수 있는 일들에 속했고, 어쩌면 그 단추를 만드는 일이 내가 그런 일을 좋아하게 된 결정적인 계기가 되었을지도 모른다.

사막의 나라에서 아버지가 힘들게 생활비를 벌어오는 동안 우리도 엄마 명령대로 근검절약했다. 낡고 해어진 옷도 버리지 않고 자투리라도 모아 어딘가에 다시 썼다. 알록달록한 갖가지 천들이 서랍에 항상 가득했다. 초등학생이었던 나는 가위를 들고 그것을 적극 활용했다. 동생들의 마론인형 옷, 주로 이브닝드레스나 나팔바지, 투피스 같은 것은 내가 다 만들었다. 마론인형이 덮고 잘 솜이불까지. 커서도 옷 만드는 일을 하고 싶어졌다.

중학교 1학년 동안 교복을 입고 다녔다. 일 년만 지나면 교복 자율화가 시작될 거였다. 교복을 입는 게 싫지도 좋지도 않았다. 매일 남들과 똑같은 옷을 입어야 한다는 게 즐겁진 않았지만 자율화가 돼도 마음대로 옷을 사 입을 수 없는 우리 집 형편 때문에 걱정 되었다. 정교하게 주름을 잡은 개더스커트와 어깨가 볼록 솟은 퍼프소매 블라우스를 만들고 자수를 놓던 가사 시간만큼은 교실에 있어도 없는 것 같던 내 존재가 부각되었다.

교복 자율화가 시작된 1983년 봄, 엄마와 나 사이에 본격적인 갈등이 시작되었다. 옷을 사달라는 사춘기 딸과 어린 게 벌써부터 사치만 한다고 여기는 엄마와. 어느 날 아침, 나는 학교에 가지 않겠다고 고집을 부렸다. 바꿔 입을 옷이 없어 사흘이나 똑같은 옷을 입고 학교에 간 다음 날이었다. 현대시장에서 본, 어깨에 테일러칼라처럼 흰 레이스가 하늘하늘 달린 인디언핑크색 블라우스를 사주지 않으면.

무라카미 하루키의 단편 「토니 다키타니」에 나오는 여자 생각이 난다. 일러스트레이터인 고독한 토니 다키타니는 어느 날 원고를 받으러 온 출판사의 새 직원을 보고는 사랑에 빠져버린다. 언제나 옷차림이 멋있어 보이는 여자였다. 두 사람은 결혼하게 되고 드디어 토니 다키타니의 고독한 삶은 끝나는 것처럼 보인다. 그러나 그녀가 연일 새 옷과 구두를 사들이자 토니 다키타니는 불안을 느낀다. 구매를 조금 삼가는 게 좋겠다고 넌지시 말한다. 어느 날 옷을 환불하고 난 후 도로에서 신호를 기다리고 있던 그녀는 방금 환불한 옷, 그 코트와 원피스에 대한 생각을 멈출 수 없다. 신호가 바뀌고, 그녀는 다시 그 옷을 사러 가기 위해 튕겨나갈 듯 힘껏 액셀을 밟는다. 대형 트럭이 전속력으로 그녀의 차머리를 박는다. 토니 다키타니에게 남겨진 것은 이제 아내의 방 하나 가득한 사이즈 7짜리 옷더미와 이백 켤레나 되는 구두들이었다. 장례식을 마친 그는 비서를 모집하기 위해 신문에 구인광고를 낸다. 사이즈 7, 신장 161센티미터 전후, 신발 사이즈 22의 여성을 구함, 월급 최우대. 그리고 한 여자가 그의 집으로 온다. 영화에서는 미야자와 리에가 열연했다. 첫 데이트 때 그녀는 이렇게 말하곤 수줍게 미소 짓는다. "옷을 좋아해요." 그리고 토니 다키타니가 옷 사는 걸 조금 삼가면 어떻겠냐고 말했을 때 그녀는 "왠지 자신이 텅 비어버린 듯한 기분"을 느낀다. "공기가 적은 혹성을 걷고 있는 듯한 기분"을.

　내가 만난 여성들 중에는 옷을 싫어하는 사람도 있었다. 입을 때마다 어떤 선택을 해야 한다는 게 부담스럽다고 했다. 나와는 비교도 안 될 만큼 옷을 잘 입고 좋아하는 사람도 많았다. 선택하고 조화롭게 꾸미는 것이 좋다고 했다. 옷은 그저 옷이 아니라 자신과 일치시켜 생각하게 되는 사물이라는 이유에서. 나는 잘 이해한다는 듯, 가만히 고개를 끄덕거린다. 옷은 스스로 '자기창조^{self-creation}' 한다. 입는 사람의 창조에 힘을 불어넣어주곤 하는 것이다.

핑크, 레이스, 둘 다 지금은 내 취향이 아니지만 나는 꽤 오랫동안 핑크에 집착했다. 지금 같이 살고 있는 두 조카 중 네 살짜리 여자애는 핑크 옷 핑크 핀 핑크 가방만 보면 어디든 한달음에 달려간다. 그 꼬맹이가 큰이모인 나를 유독 좋아하기 시작한 이유를 안다. 뭐니 뭐니 해도 자신의 취향을 제대로 이해해주고 적극적으로 도와주는 건 큰이모가 최고니까.

엄마는 고집부리고 있는 나를 쟤가 진짜 커서 뭐가 되려고 그러나 하는 눈으로 보다가 물었다. 말해봐, 왜 꼭 그 옷을 입어야 하는지. 나는 곧장 대답했고 지금도 그 대답을 기억한다. 열다섯 살의 사춘기 소녀는 이렇게 말했다.

엄마, 그 옷이 내가 존재하는 것을 도와줄 거야!

마늘 꼭지를 다듬다 여러 가지 생각을 해봤다.

멸치가 없으면 땅콩 껍질이라도 깐다, 뒤에는 이런 문장이 이어진다. "가끔은 이쁜 옷을 차려입고 이탈리안 레스토랑에 가서 파스타를 먹고 와인을 마시기도 한다"라고. 그 '이쁜 옷'을 사야 할 때가 있고 그런 옷이 꼭 필요한 날이, 인생에는 찾아오기 마련이다.

옷 매장에서 눈을 먼저 사로잡는 것은 옷이 아니라 그 옷을 입고 있는 마네킹들이다. 아름답고 도도하고 차갑고 매력적이다. 옷보다 더 근사해 보이는 마네킹도 있다. 옷은 옷으로 자신을 말하지 않는다. 옷은 입고 있는 마네킹을 더 돋보이게 만들고 그게 옷의 역할이라는 것을 잘 안다. 그러나 옷이 벗겨진 마네킹들도 있다. 깡마르고 춥고 허전해 보인다. 옷이 벗겨진 마네킹을 보고 있는 때 나는 슬픔을 느낀다. 어느 땐 그것이 꼭 실제로 구현된, 나는 아무것도 아니다, 라는 문장처럼 느껴지기 때문이다.

사람의 몸은 불완전해서 비틀리고 주름지고 파묻히고 구부정해지며 옷은 바로 그런 점들을 고려한다고 피에르 상소는 말했다. 마네킹은 완벽해 보이는 체형을 갖고 있긴 하지만 옷 없이는 불완전해 보인다. 옷이 벗겨진, 팔다리가 떨어져나간, 가발도 벗겨진 몇 개의 마네킹들이 겹쳐 쓰러져 있는 장면은, 끔찍했다. 옷 매장으로 들어가려다 말고 문득 마네킹의 기원이 궁금해진다. 사람은 왜 사람과 닮은 밀랍인형을 만들기 시작했을까. 혹시 나와 비슷한 궁금증을 가진 독자들에게라면 폴란드 작가 브루노 슐츠의 『계피색 가게들』에 수록된 「마네킹에 대한 논설」이 도움이 될지도 모르겠다. 불완전하긴 하지만 마네킹에도 생명이 깃들어 있다는 데 나는 동의한다.

옷 매장으로 성큼 들어간다. 오늘은 혼자가 아니다.

세 자매 중 바로 아래 동생이 언니 나 결혼할까봐, 라고 말했을 때 허를 찔린 것 같았다. 우리는 영원히 이렇게 같이 살 줄 알았다. 결혼을 하겠다는 동생을 앞에 두고 나는 한동안 아무 말도 하지 못했다. 알 듯 말 듯한 감정이 둔중히 머리를 한 번 때리고 지나갔다. 축하한다는 말은 정말이지 입에서 나오지 않았다. 축하라니. 나는 멀리 내던져진 것 같았다. 오래된 집에서 부모와 셋이 소리 없이 늙어가게 될 내 모습이 떠올랐다. 그동안 독립할 기회를 틈틈이 엿보긴 했으나 번번이 실패했다. 한 가지 일을 오랫동안 했어도 경제적으로 나는 무능하기 짝이 없었다. 동생이 결혼하고 그리고 막냇동생까지 결혼해버리고 나면 부모만 남는다.

두려움 뒤에 깊은 체념의 상태가 찾아왔다. 시간이 걸리긴 했지만 그 체념은 신념으로 변했고 지금도 나는 부모와 같이 살고 있다. 그 신념은 맏딸로서 부모를 모셔야 한다, 라는 게 아니다. 이것이 나의 자연스러운 삶이다, 라는 것에 가깝다. 그리고 내 인생은 그렇게 진행되었다.

내가 두려워한 것은 동생들의 결혼이 아니라 그 결혼 때문에 일어나게 될 변화였는지도 모른다. 나는 모험심도 없고 대부분의 일과 관계들 속에서 일어날 수 있는 변화에 쉽게 적응하지 못한다.

모두들 가버리고 진화하고 움직이는데 나만 언제나 계속 그 자리에 남아 있는 것 같다. 동생들이 결혼을 한다, 라는 사실을 받아들이게 되자 비어 있게 될 동생들의 방과, 대화가 거의 없는 부모와 나 사이에 눈에 띄게 생겨날 무거운 침묵을 염려하기 시작했다.

동생들의 결혼으로 일어난 변화는 뜻밖에도 내 비관적 추측과는 달랐다. 하나둘씩 조카들이 태어나면서 '친정'이 된 우리 집으로 동생들이 다시 모이기 시작했다. 일본 남자와 결혼하여 도쿄에 살게 된 둘째야 하는 수 없지만, 맞벌이인 막냇동생의 아이들은 친정엄마, 그러니까 내 엄마가 키워야 했고 그건 마땅히 나와도 같이 살아야 한다는 뜻이었다.

지금은 아직 조카들이 태어나기 전, 결혼식을 앞두고 있고 세 자매들은 옷을 고르는 중이다. 자신들의 결혼식에 '작가 언니'가 입고 나타날.

껌정은 무조건 안 돼!

동생들은 미리 못 박았다. 잠도 덜 깬 나는 고개를 끄덕거린다. 검은색이 안 된다면 대체 나한테 뭘 입으란 말인가, 항변할 기운도 없다. 계간지 여름호 원고를 마감하고 있는 중이었다. 공교롭게도 두 동생 모두 2002년부터 이 년 간격으로 오월에 결혼식을 치렀다. 한창 여름호 원고에 집중해야 할 시간인데, 나는 맥없이 중얼거렸다. 게다가 검은 옷도 못 입게 하고. 나는 마음을 고쳐먹었다. 동생들 결혼식이다. 자매들이 원한다면 핑크 원피스를 입으라고 해도 들어주고 싶다.

자매들이 옷 매장을 잔뜩 어지럽히며 샅샅이 둘러보고 있다. 세 자매가 함께 백화점에서 옷을 골라보기는 처음이다. 매장 의자에 앉아 꾸벅꾸벅 졸고 있는 나를 깨워 자매들이 눈앞으로 옷을 내민다. 눈에 불꽃이 탁 튀는 것 같다. 강렬한 붉은색 원피스다. 이거 입어봐, 언니. 동생들은 씩씩하고 즐거워 보인다. 불쑥 눈물이 날 것 같다. 한 방에서 부대끼며 지내야 했던 시간이 더 길었다. 너네 언니 요즘 뭐 하니? 누가 물으면 할 말이 없게 만들었던 시간도 길었다. 가장 어려웠던 순간, 가장 행복했던 순간을 함께 보낸 자매들이었다. 웃고 있지만 결혼을 앞두고 있는데도 자매들 얼굴엔 기미가 끼어 있고 그 얼굴이 꼭 내 얼굴 같다. 결혼하지 말고 계속 이렇게 같이 살자, 이런 말이 튀어나올 것만 같다. 나는 서둘러 자리에서 일어나 원피스를 움켜쥐곤 탈의실로 숨어버린다. 그런데 맙소사. 이런 새빨간 원피스를 입게 될 날이 올 줄은 몰랐다. 게다가 민소매, 등도 V자로 푹 파였다.

비죽거리며 탈의실에서 나온 나를 보고 자매들이 이구동성으로 외쳤다.

오, 완전 잘 어울리는걸!

시간이 지난 지금, 한 가지 의문이 든다. 그런데 왜 레드였을까? 두 자매들 결혼식 모두 나는 디자인만 약간씩 다른 붉은 원피스를 입었다. 자매들 의견도 의견이었지만 나 역시 머뭇거리면서도 그 선택에 동의했고 결혼식 날, 그 옷이 나에게 제법 잘 어울렸다는 것도 안다. 그러나 평소의 나였으면 일 초도 주저하지 않고 블랙을 선택했을 텐데.

지금도 믿고 싶지 않지만 우리나라 풍습에 동생이 결혼하는데 언니가 만약 싱글이라면 결혼식에 나타나지 않는 거라고 한다. 여행을 가거나 집에 있거나. 가까운 친지 중 누군가 눈치 없는 나에게 넌지시 알려주었다. 나는 그러고 싶지 않았다. 내 자매들이 눈처럼

하얀 웨딩드레스를 입고 사랑하는 사람과 결혼이라는 의식을 치르는 걸 왜 내가 볼 수 없다는 말인가. 그러니까 나보고 결혼식에 나타나지 말란 말이지? 어쩌면 그 약간의 불편한 마음과 반감이 작용

했던 건 아니었을까. 그래서 나는 자매들의 결혼식 때마다 세상의 모든 색깔들 중에서도 가장 강렬하고 격렬하며 가장 시끄럽다는 빨강을 선택한 것일까. 옷을 고르고 입을 때는 언제나 덜 새롭고 덜

과시적이고 덜 장식적이며 덜 개방적인 것을 선택하는 내가. 어찌 되었든 그날 나는 펄럭이는 빨간 원피스를 입고 하객들 사이를 휘

젓고 돌아다니며 나의 새 페르소나를 유감없이 발휘했고, 자매들은 예뻤다.

이제 나는 열다섯 살 때 내가 뭣도 모르고 한 말을 이해할 수 있다. 자매들의 결혼식 날, 그 빨간 원피스들은 내가 거기에 존재하는 것을 도와주었으니까. 안방에 있는 엄마 옷장에는 두 동생들 결

혼식 때 입었던 나의 빨간 원피스 두 벌이 고이 걸려 있다. 집이 비면 슬그머니 안방으로 들어가 옷장 문을 열어보곤 한다. 내가 다시 그 빨간 원피스를 입게 될 날이 올지 오지 않을지 그건 아직 알 수

없지만.

"많은 아름다운 것들은
고통과 대화할 때 그 가치가 드러난다"

_ 알랭 드 보통 _

구 두 파 는 남 자

백화점에 가는 이유는 여러 가지다. 신상품을 구경하기 위해서도 가고 특정인의 선물을 사러 가기도 하고 화장품이 떨어졌을 때 가기도 한다. 필요에 따라선 약속 장소로도 이용한다. 첫 부부싸움 끝에 휴대전화를 꺼놓고 막냇동생이 하루 종일 시간을 보낸 곳도 백화점이다. 내 경우에는 시장에 갈 때처럼 물건을 사고파는 사람들을 구경하기 위해서도 간다. 목적 없이 가서 예기치 못한 물건을 만나는 기쁨을 느끼기 위해서도 간다. 꼭 백화점에 갈 이유는 없다. 마트에 갈 수도 있고 동대문 새벽시장에 갈 수도 있다. 굳이 백화점으로 가고 싶다면 사려는 물건의 종류 때문이기도 하다.

반대로 꼭 백화점에 가야 할 경우가 있는데 그 백화점에서 산 물건들에 수리가 필요해진 경우다. 겨울이 오기 전에 오늘은 부츠 두 켤레의 수선을 맡겨야 한다. 그러고 보면 나는 새 상품을 사기 위해서보다는 예전에 산 물건의 수선을 맡기기 위해 더 자주 백화점에 가는 것 같기도 하다.

내가 주로 미소페 구두를 사 신는 이유는 그 브랜드의 구두가 가장 편하거나 발에 잘 맞기 때문이라고는 말하기 어렵다. 그러나

타사의 구두들은 발에 더 잘 맞지 않아 새로 샀어도 아예 못 신는 경우가 있어 이제는 그런 모험을 하지 않는다. 얼마 전 동네 지하철역 앞에 커다란 할인 쇼핑몰이 생겼는데 일층에 미소페가 입점돼, 이제는 백화점이 아니라 그 할인 쇼핑몰을 이용할 수 있게 되었다. 아쉬운 점도 있다. 할인점에서 산 구두는 백화점 매장에서는 수선을 해주지 않는다.

내가 갖고 있는 부츠는 두 켤레. 십 년 전에 산 앵클부츠와 삼년 전에 다시 산 검은 롱부츠. 두 켤레 모두 굽을 바꿔야 한다. 그 부츠들을 신고 걸었던 거리를 합하면 전부 얼마나 될까? 내가 처음으로 유럽행 비행기를 탔던 것은 2001년. 그 후 내가 다닌 세계의 도시들은 꽤 된다. 오랜 시간 체류한 도시들도 있고 체류의 기간만큼 많이 걸어다니기도 했다. 낡고 오래된 이 앵클부츠는 내가 세계 여러 도시의 보도블록 위를 또각또각 걸어다닌 흔적들을 갖고 있다. 트렁크를 꾸릴 때 제일 먼저 챙기는 것도 이 7센티미터 플랫폼 굽의 앵클부츠. 수선을 맡기러 백화점에 갈 때마다 판매원들이 고개를 갸우뚱거린다. 아직도 이런 낡은 구두를 수선해서 신는 사람이 있다니. 꼭 그런 표정들이다. 트렁크에 여유가 있으면 롱부츠도 챙긴다.

삼층 매장은 구두들의 거대한 전시장 같다. 어떤 구두는 편안해 보이고 어떤 구두는 그 자체만으로도 빛을 발하고 어떤 구두는 얌전하며 어떤 구두는 섹시해 보인다. 모든 구두들에게 공통점이 있다면 그저 둘러보는 손님들마저 잠재적 구매자로 판단하고 끊임없이 유혹한다는 점이다. 디자인으로 광택으로 굽의 갖가지 모양으로 색깔로. 구두를 보자, 나는 마음이 사뭇 흔들리기 시작한다. 매장을 더 돌며 구경하다가는 끝내 판단력을 잃어버릴 것 같다. 서둘러 걸음을 옮긴다.

수선 맡길 부츠 두 켤레를 건네자 이 판매원의 얼굴에도 역시 내가 매장으로 걸어 들어갈 때 자신에게 준 기대를 무너뜨렸다는 듯한 표정이 지나간다. 십 년 전에 산 구두 수선을 맡길 때, 내가 정말 아무렇지 않은가 하면 그건 사실 아니다. 수선을 맡길 때마다 손님으로서의 당당함을 잃는 기분이 든다. 어쨌든 지금은 구매자로 온 것은 아니니까. 하지만 내가 그 구두 수선을 맡기면서 당당함을 잃고 싶지 않은 것은 아무도 모르는 그 오래된 구두와 나만의 역사와 그것을 더 지속하고 싶은 소망이 있기 때문이다. 내 발에 더 잘 맞는 앵클부츠도 아직 알지 못하고 최신형의 디자인으로 구두를 사게 되더라도 그 구두에 내 발을 맞추는 데는 그 못지않은 긴 시간이 걸릴 거라는 걸 잘 알고 있다. 새것보다 오래된 물건이 편한 경우다. 다행히 이 구두 판매원은 표정을 얼른 수습하곤 수선증을 써준다. 그리고 다시 예의 그 기대감에 찬 얼굴로 필요한 구두는 없느냐고 공손히 묻는다.

구두 파는 남자. 내가 세상의 다양한 판매원들 중 가장 친밀감을 느끼는 사람들이다.

내가 어렸을 적, 부모의 표현을 빌리자면 우리는 그야말로 '찢어지게' 가난했다고 한다. 훗날 내가 그랬다는 사실을 깨달은 것은 자전소설을 쓰면서 막냇동생이 태어나던 순간을 떠올렸을 때였

다. 해산하러 병원에 갈 수 없었던 엄마는 집에서 문을 걸어 잠근
채 혼자 딸 셋을 출산했다. 아무에게도 도움을 청하지 않았고, 다
닥다닥 붙은 이웃에게 폐를 끼치는 게 싫었다고 한다. 막냇동생이
태어나던 때는 정확히 무슨 일이 일어나고 있는 건지도 모르면서
내가 물을 끓이고 가위를 가져다드리는 심부름을 했다. 뭔지는 잘
몰랐지만 그래도 바로 아래 동생에게는 보여주고 싶지 않아 내가
그 애를 품에 꼭 껴안고 있었다.

　나는 겨우 대여섯 살이었으나 그때의 장면만은 선명히 떠올릴
수 있다. 엄마에게는 참담하고 극단적으로 느껴졌을 그런 가난의
체험들이 나에게는 유년의 한 신비하고도 흐릿한, 결코 슬프다거
나 부끄럽지 않은 기억으로, 어느 때는 아련하기조차 한 장면으로
남아 있는 게 이상할 때도 있다.

　부모 모두 일찍부터 학업을 중단해야 했다. 그 아쉬움이 남아서
였을까. 부모가 어쩌다가 우리에게 사준 것은 옷과 장난감 같은 것
이 아니라 책이었다. 대개는 전집류나 백과사전이었다. 그중 계몽
사의 『세계소년소녀동화전집』 오십 권은 우리 자매가 대학생이 된
후 사촌들에게 물려준 것을 후회했을 만큼 우리, 나에게 큰 영향을
끼친 책이었다. 모든 것을 아껴 써야 하고 새것을 살 때는 반드시
그 이유를 말해야 했던 우리들에게 부모가 사주는 책들은 턱없이
많고 턱없이 잦은 선물처럼 느껴졌다. 그러나 다른 장난감도 없던
세 자매에게 그 책은 유일한 장난감이 되었고 급기야 더없는 흥밋
거리가 되었다.

　초등학생이 되기 전에 바로 아래 동생과 나는 그 책들을 모두

읽었다. 초등학교 국어 수업이 재미있을 리가 없었다. 어떤 책을 더 사줘야 할까? 부모는 나름대로 고민했던 모양이다. 우리가 초등학생이 되었을 때는 제법 형편이 나아져 있었고 처음으로 부모는 작은 집을 장만했다. 방 두 칸 중 한 칸은 세를 주었다. 세 살던 젊은 남자의 직업은 방문판매원이었다. 품목은 도서. 그때부터 우리 자매들의 책장은 날로 늘어갔다. 나와 자매들은 이제는 각종 사전들을 읽는 것에 도전하기 시작했다. 그 시절 무슨 유행이었는지 아버지는 도쿠가와 이에야스의 열 권짜리 『대망』도 들여놓아주었다. 그 책은 영원히 전시용으로 끝나버렸지만. 그 시절을 추억하고 싶은 마음 때문일까, 아직도 내가 갖고 있긴 하다.

도윤이 삼촌은 아버지 배다른 형제들 중 셋째 삼촌이다. 아버지 고향인 여수에서 구두 파는 일을 하고 있었다. 큰형인 내 아버지처럼 어떻게든 서울에 와서 자리 잡고 싶었던 이십대의 삼촌은 그 먼 데서부터 기차를 타고 자주 우리 집으로 놀러왔다. 와서 하는 일이라고는 서울에 살고 있는 친구들과 밤새 어울려 노는 게 전부처럼 보였지만 어린 우리들과 시간을 보내는 것도 좋아했다. 빨리 결혼해서 우리 같은 딸들을 낳고 싶다고 했고 서울에서 살고 싶다고 말했던 것을 아직도 기억한다. 그 표정이 너무나 진지하다 못해 슬퍼 보였기 때문이다. 그럼 삼촌, 우리 집에 와서 살면 되잖아. 아무것도 모르는 우리들은 삼촌 팔에 매달려 응석을 부렸다. 삼촌은 우리 자매들이 집 안에선 주로 책을 읽고 기껏 놀아도 책을 세로로 세워 집을 만들며 노는 것을 지켜보다 고향으로 돌아갔다.

여수에서 소포가 날아오기 시작했다. 그 당시 유행하고 있던

《소년중앙》《소년동아》 같은 두꺼운 잡지들이었다. 나와 자매들은 환호성을 질렀다. 결국 서울로 올라오지 못하고 도윤이 삼촌은 여수 도화동 '케리부룩'에서 조용히 구두를 팔며 우리들에게 매달 책을 부쳤다. 막냇동생까지 초등학교를 졸업할 동안. 성년이 돼서도 우리 자매가 아버지 형제들 중 도윤이 삼촌에게 특별한 마음을 갖게 된 건 당연한 일인 것 같다. 이젠 삼촌이 아니라 작은아버지라고 불러야 하지만 자매들은 아직도 도윤이 삼촌! 하고 부른다. 다시 우리 집에 놀러온 삼촌은 구두를 파는 일이 적성에 맞는 것 같다고 했다. 어쩐지 풀죽은 목소리였다. 그럼 서울엔 못 올라오겠네요 삼촌. 삼촌은 내 머리를 쓰다듬고는 기차를 타러 서울역으로 갔다. 그 후 삼촌은 한 십 년 넘게 케리부룩에서 구두 파는 일을 계속했다.

광화문 근처에 있는 고등학교를 다니던 시절보다 작가가 되어 더 자주 그 거리에 나가게 됐을 때 대로변에 케리부룩이라는 구두 매장이 선명히 눈에 들어왔다. 내가 책을 일찍 접하고 많이 읽게 되고 책이라는 사물에 흥미를 느끼게 해준 사람이 바로 여수 그 브랜드 매장에서 구두를 팔던 도윤이 삼촌이다. 작가가 돼서도 여전히 외톨이처럼 방에 틀어박혀 책만 읽는 나를 끌어내 당구나 볼링을 가르쳐준 사람도.

하 이 힐 과 부 츠

백화점에 구두 수선실이 따로 있다는 사실을 알게 된 것은 최근이
다. 양해를 구하고 들어가본 구두 수선실은 한 두어 평이나 될까.
짐작보다 좁은 공간에서 수선공이 거꾸로 세운 구두 굽을 망치로
두들기고 있었다. 별도의 수선실이라기보다는 간이시설 느낌이
들었다. 구두 굽 가는 데 보통 사천 원. 손님은 하루에 삼사십여
명이라고 한다. 여기서는 구두뿐만 아니라 핸드백과 가방 수선도
겸하고 있었다. 백화점에서 산 구두만을 수선하는 데가 아니라 여
타에서 구입한 구두 수선이 필요한 손님들의 편의를 위한 임대매
장이다. 주로 백화점 이층이나 삼층 코너에 위치하고 있다.

　구두 수선실은, 내가 고객의 자격으로는 둘러볼 수 없으나 취재
를 허락받고 볼 수 있었던 백화점의 많은 공간들 중 가장 협소한
곳이었다. 수선이 필요하지만 매장이 없어진 경우나 백화점에서
사지는 않았지만 수선해서 더 신고 싶은 구두들이 있다면 유용하
게 이용할 공간이다. 혹여 몸에 닿아 벽에 걸려 있는 구두나 핸드
백이 떨어질까봐 어깨를 웅크리고 구두 수선실을 나오다 말고 나
는 문득 뒤돌아본다. 수선을 마친 그 구두와 핸드백들. 꼭 누군가

찾아가주길 기다리는 헌책방의 책들처럼 보인다. 겉은 낡았지만 아직은 쓸모 있고 누군가에게는 큰 영향을 미칠지도 모를.

구두 수선실이 있다는 사실을 모르는 나는 예전부터 그래왔듯 매장으로 간다. 그 수선을 맡길 당시에 구두 수선실이 있다는 것을 알았어도 매장으로 바로 갔을 것 같다. 어쨌든 그 구두를 산 곳이니까 그 구두를 가장 잘 이해하고 수선에 필요한 적합한 부속품들을 갖고 있을지도 모른다는, 검증되지 않은 기대 때문에 라도.

뭐 필요한 게 없느냐는 판매원의 질문에 나는 바로 돌아 나가지 못하고 매장을 둘러보는 척한다. 단연 킬힐과 부츠 종류들이 많다. 킬힐의 굽은 아찔하게 높다. 저런 것을 신고서도 걸을 수가 있나? 의심이 들 만큼. 내가 갖고 있는 최고로 높은 굽은 8센티미터.

킬힐이 막 유행하던 때에 구두 매장에 가서 마음에 드는 디자인을 골라 한번 신어본 적이 있다. 11센티미터짜리. 하이힐이 주는 장점 중 하나는 몸의 선을 드러내며 살려준다는 것이다. 다리도 길 어 보인다. 누가 이런 것을 만들었을까. 나는 거울 속의, 킬힐을 신고 있는 내 모습을 보며 자신감이 차오르는 것을 느낀다. 마릴린 먼로가 여자들이라면 누구나 '그'에게 큰 신세를 지고 있다고 말 했을 때의 그는 바로 하이힐을 가리킨다. 자, 그럼 어디 한번 걸어 볼까?

거울 앞에서 발을 떼자마자 나는 팔을 버둥거리며 크게 휘청거 린다. 항간에 킬힐을 두고 도는 유행어처럼 그건 구두를 신는 게 아니라 구두 위에 몸을 올려놓는 그런 느낌이었다. 유행에 크게 뒤처지지 않는 것은 중요하지만 그 철심이 박혀 있을 킬힐을 신고 도저히 걸어다닐 자신이 없었다. 대체 이런 걸 신고 어떻게 계단을 오르내리는 거지? 계단을 생각하자마자 금세 풀이 죽어버렸다. 나는 지미 추라는 구두는 신어본 적도 없고 잘 알지도 못하지만 그 디자이너가 11센티미터가 넘는 굽은 만들지 않겠다고 한 말에는 고개를 끄덕이는 사람이다. 지미 추. 마놀로 블라닉과 더불어 슈어홀릭이나 구두에 조금이라도 관심 있는 사람에게라면 이젠 너무나 유명해져버린 디자이너의 이름이다. 이런 디자이너들의 구두가 급부상한 것은 20세기 들어서면서부터다.

1980년대의 의상과 구두 디자인에 큰 영향을 미친 것은 여권신장이라는 사회적 분위기였다. 여성들 사이에서 어깨를 강조하고 부풀린 재킷과 뾰족하고 위협적으로 보이는 높은 굽의 구두들이 유행했다. 패션의 세계에서 "추한 것은 팔리지 않는다"라는 R.뢰비의 말은 중요한 명제처럼 굳어져 있지만, 디자이너들은 애초에 팔리지 않을 물건은 만들지 않는다. 패션을 이끄는 사람이나 그것을 따라가는 사람 모두의 공통점은 미적 자유다. 그 미적 자유에 따라야 하는 행위가 바로 소비다. 소비는 유행과 맞물려 있으며 그 유행을 구축하는 바탕은 사회적 분위기다.

하이힐의 재탄생은 1980년대 여권신장에서 비롯되었으나 그 첫 번째 역사는 여왕 엘리자베스 1세(1533~1603) 때였다. 복장과 장신구에 관심이 컸던 여왕이었다. 영국에선 이미 11세기 후반에 구두장이 길드가 런던에 설립되었고 그것이 최초의 길드로 기록되어 있다. 재력과 권력을 가졌던 엘리자베스 1세는 직속 제화공들을 두어 구두를 만들게 했다. 신분과 계급을 나타내는 화려한 수가 놓인 벨벳 구두와 가죽 구두들. 그 당시엔 지금의 뮬^{Mule}이라고 불리는, 굽이 약간 있는 슬리퍼 형식의 디자인이 대부분이었다. 여왕 사후, 이 구두들 중 아치형의 굽이 발견된다. 그 디자인을 변형시킨 것이 현재 하이힐의 원형에 가까운 쐐기 모양 굽이며, 16세기 후반 엘리자베스 1세를 그린 판화에서 확인할 수 있다.

하이힐의 변천사는 그 후 본격적으로 전개된다. 몸의 라인을 살려준다는 이유 때문에 17세기에는 남성들 사이에서도 크게 유행했다고 한다. 무역이 활발히 이루어지고 레이스나 비단 같은 사치품의 교역이 늘어가던 시기였다. 그러나 한편 이때 유행하기 시작한 또다른 디자인의 구두가 있었으니 그게 바로 부츠다.

남성의 영역인 전쟁과 군대에서 탄생한 부츠가 빅토리아 여왕(1819~1901) 시절부터 여성들에게 유행하기 시작했다는 사실은 흥미롭다. 그 전에 부츠가 여성들 사이에서 아주 인기가 없었던 것은 아니다. 남성용과 마찬가지로 군대 제복에서 빌려온 여성용 부츠는 18세기 초, 길이를 줄이고 레이스나 천으로 장식을 해 다리를 돋보이고 싶어 하는 사람들에게 인기를 끌었다.

그러다가 19세기, 낭만주의가 시작되자 현재의 앵클부츠보다 길이가 더 짧아지고 허리를 졸라매는 드레스에 어울리도록 구두에 장식이 크게 늘어 실용적이라고 말하기는 어렵게 되었다. 그 후 여성들 사이에 유행을 선도한 것은 앙증맞고 우아해 보이는 굽 낮은 비단 구두들. 여성들은 구두를 이용해 발을 작게 보이려고 애썼다. 작은 손과 발이 이상적인 여성의 아름다움이라고 여기던 사회 분위기 때문이었다. 이런 분위기는 빅토리아 여왕 초기까지 이어지지만 여왕의 실외 활동이 늘자 변화가 인다. 아무래도 앙증맞은 핑크색 비단 구두는 실외 활동에 적합하지 않았을 것이다. 상류층 여성들을 중심으로 튼튼한 가죽 구두와 부츠가 다시 유행하기 시작했다.

　반복과 변화를 거듭하는 구두의 역사는 간단하지 않다. 부츠 때문에 실내에서는 슬리퍼를 신어야만 했던 여성들 사이에서 뮬이 유행하게 되고 19세기 중엽, 재봉틀의 등장과 더불어 다양한 디자인의 구두들이 대량으로 쏟아져나온다. 하이힐이 재등장하고 부츠는 사라지는 것처럼 보인다. 하지만 20세기 초, 치마 길이가 짧아지고 스타킹이 패션의 화두로 떠오르면서 부츠를 찾는 여성들이 늘기 시작했다. 이어 펑크의 문화가 열리고 스포츠에 대한 관심, 그리고 핫팬츠 같은 새로운 패션 아이템이 등장하면서 부츠의 디자인은 시대의 요구에 민감하게 반응하게 된다. 그 후 부츠나 하이힐을 포함한 구두 디자인은 1990년대 초 세계적인 경기침체와 복고 열풍, 글로벌 세계에서의 자아표현이 중시되면서 큰 변화를 보이고 있다.

　눈앞에 수백 켤레의 구두들이 전시돼 있다. 어느 것이나 신어볼 수 있고 어쩌면 그중 한 켤레는 살 수 있을지도 모른다. 그러나 너무 많은 것들 속에선 언제나처럼 갈등이 생긴다. 이것은 물건을 살 때의 내 스타일이 아니다. 나는 많이 구경하고 보지만 나에게 필요한 것을 사는 상점은 정해져 있다. 그러나 사진 않아도 지금 이렇

게 보석처럼 반짝거리는, 잘 진열된 구두들을 바라보는 것만으로
도 기분이 좋아진다.

어렸을 적부터 아버지는 구두, 신발에 대해서만큼은 매우 엄격
했다. 운동화라면 언제나 일주일에 한 번은 깨끗하게 빨아 신어야
했고 구두라면 먼지 하나 없이 닦고 다녀야 했다. 현관 앞에 구두

를 벗어놓을 때도 항상 반듯하게. 잠들기 전 맨 마지막에 아버지가
하는 일은 현관 앞, 가족들의 신발을 앞으로 나란히 놓는 것이다.
지금 그 일은, 내가 한다. 나만 그런 걸까. 아무리 잘 차려입은 사

람이라고 해도 어쩌다 시선이 간 신발이 허름해 보이면 그 전부가
허름하게 느껴질 때가 많다. 내가 구두 수선을 자주 하러 백화점에

오는 이유를 알 것도 같다.

"손님?"

문득 정신을 차린다.

"……네?"

"혹시 뭐 필요하신 게 있으신지요."

나에게 수선증을 건네주었던 판매원이 내가 그 매장의 새로운

어떤 구두에게 흥미를 갖기를 여태 기다리고 있었던 모양이다. 이
구두 파는 남자. 신입 직원 같다. 그러나 대개의 구두 파는 남자들
처럼 지나치게 공손한 것 같진 않아 다행이다. 나는 그 지나친 공

손함, 이를테면 구두를 신겨주거나 신은 구두를 벗겨주거나 발 사
이즈를 잴 때 판매원들의 스킨십이 불편하다.

우리나라 백화점 구두 매장뿐만 아니라 도쿄 이세탄 백화점의
남성 구두 매장에서도 느낀 것인데 구두 판매원들을 뽑을 때는 어

떤 특별한 기준이 있는 것 같기도 하다. 이 상냥하고 말끔하게 생긴 직원을 실망시키고 싶지는 않다. 하지만 나는 이렇게 속으로 말하며 돌아선다.

　필요한 구두는 없지만 갖고 싶은 구두는 언제나 있지요.

　신관 통로 쪽으로 가다가 말고 슬쩍 매장을 돌아보니 그 판매원이 어느새 다른 여성 손님의 발에 구두를 신겨주고 있다. 구애하듯 한쪽 무릎을 꿇은 자세로.

　구두 파는 남자들에게 궁금한 게 있다. 발을 만지는 게 좋은가요? 물어보고 싶다. 싫어도 어쩔 수 없죠 뭐. 이런 대답이 돌아올 것 같다. 그러나 만약 네, 난 여성의 발을 만지는 것을 좋아합니다, 라고 대답하면 뭐라고 말할까. 그러면 나는 적어도 발에 관해서라면 가장 집요한 묘사가 살아 있고 아름다움이 있는, 다니자키 준이치로의 「후미코의 발」이라는 단편소설을 들려줄 것이다. 첩으로 들여앉힌 열일곱 살 후미코의 발에 매혹당한, 죽어가는 한 전당포 노인의 페티시즘을 탐미적으로 표현한 짧은 이야기를. 그리고 우리가 더 이야기를 나눌 수 있게 된다면 발에 대해 내가 갖고 있는 콤플렉스에 대해서도 말할 수 있을지 모른다.

　어쨌든 오늘 쇼핑은 무엇을 사게 되건 집에 갈 땐 성공했다고 말할 수 있을 것 같다. 구두를 충동구매하진 않았으니까. 구두는 누구에게나 필요한 물건이지만 언제나 새로 필요한 아이템은 아니다. 판매자와 구매자 사이에 존재하는 문제는 팔려고 하는 물건과 필요한 물건, 그 사이에 있는 법이다. 그리고 나는 다시 내가 백화점에 오는 이유를 깨닫는다.

어느 때, 나는 다른 데가 아니라 나를 배려해주는 곳에서 물건을 사고 싶다. 특히 구두 같은 상품은.

클래식 음악과 구두 사이에는 아무 연관성이 없을지 모른다. 그러나 나에게는 그렇지가 않다. 둘 다, 더 깊이 들어갔다가는 틀림

없이 돌아 나오지 못할 것 같아 두렵다. 다양하고 아름다운 것들에는 언제나 적당한 거리를 두려고 한다. 꼭 필요한 경우가 아니면 듣지도 보지도 않는다.

내가 구두에 빠질 가능성? 구십구 프로다.

실비와 제롬의 삶

쇼핑할 때의 즐거움은 일상에 보탬이 될 만한 새로운 것을 발견했을 때. 쇼핑의 괴로움은 부족한 것을 발견했으며 그것을 구매할 수 없을 때이다. 여기서 요구되는 것은 단순성과 통찰력이다. 만약 이 두 가지를 잃어버린다면 그날의 쇼핑은 끝까지 후회나 쓸쓸함을 남길 가능성이 크다. 물질적 풍요와 행복은 별개의 것이다. 그러나 물질의 결핍이 행복한 삶을 좌지우지하는 큰 지표처럼 느껴질 때가 많다.

화려한 쇼핑센터나 백화점에서 쇼윈도 안의, 어떤 물건과 맞닥뜨렸다고 치자. 지금은 그것을 살 수 있는 경제적인 능력이 없다. 하지만 그 사물은 눈을 잡고 놓아주지 않는다. 사물들의 힘은 위대하다. 우리 눈에 호소하고 어리광 부리고 칭얼거리며 유혹하고 구슬리고 설득하며 끌어당긴다. 자, 여기서는 단순하게 생각해야 한다. 이 사물이 지금 내 삶에 꼭 필요한 것인가 아닌가? 물론 이 질문에는 통찰력도 포함돼 있어야 한다.

쇼핑의 모순은 주체인 우리가 언제나 생활에 꼭 필요한 것만 구매하기 어렵다는 사실이다. 우리는 선택할 수 있지만 어떤 사물은 흔들리고 갈등하는 우리에게 선택을 요구한다. 어떤 사물은 운명처럼 어떤 사물은 갈등 속에서 어떤 사물은 부추김 속에서 구매한다. 이럴 때의 사물들은 구매자보다 힘이 세다. 사물에 욕망이 결합되었을 때.

파리에 살고 있는 실비와 제롬은 각각 스물둘 스물네 살이며 사회심리조사원이었다. 그들의 삶을 결정짓는 가장 큰 특징은 '단순성과 통찰력의 부재'였다. 그들은 가난뱅이도 부자도 아니었다. 다만 그들은 자신들의 시대가 요구하는 유행, 아름답다고 말하는

물건들을 그 누구보다 사랑했다. 그 욕구는 직접적이며 분명했다. 그것은 바로 소유였다. 사회심리조사원으로 힘들게 번 수입으로 그들은 실크 블라우스며 가죽 구두 같은 "어디서도 얼굴을 붉힐

필요가 없는" 물건들을 사들이기 시작한다. 실비와 제롬이 사들이는 사물들의 목록은 점점 많아지고 고가의 제품이 늘어난다. 아무

리 많이 구매해도 사물들의 목록은 결코 줄어들지 않는다. 한번 커진 욕망은, 그들의 변명처럼 결코 제어할 수 없으며 되레 눈덩이처럼 불어난다. 실비와 제롬은 마침내 파산을 눈앞에 둔다. 그런 순

간엔 누구도 자신들이 행복하다고 말할 수 없을 것이다.

조르주 페렉의 1965년 르노도상 수상작인 『사물들』은 물질추구적인 삶을 살았던 젊은 실비와 제롬을 통해 현대 소비사회에서

의 행복은 무엇인가? 하는 질문을 던지고 있다. 그런데 실비와 제롬의 삶은 어디서부터 잘못된 것일까. 부유하지도 가난하지도 않

은 사람들은 언젠가 자신이 부자가 될지도 모른다는 희망을 갖고 있다. 어떤 끝끝내 버릴 수 없는 헛된 희망들처럼. 실비와 제롬의

잘못은 그들이 부자가 아니었다는 데 있지 않고 그들이 처음부터 행복하지 않은 사람들이라는 데 있다. 그런데 이 행복하지 않은 상태를 잘못이라고 말할 수 있을까.

행복하지 않은 많은 사람들이 할 수 있는 여러 가지 행위들이 있다. 그중 하나가 쇼핑, 물건을 구매하는 것이다. 소비의 동기는 단순하지 않다. 남과 나를 구분하기 위해서 하는 소비도 있고 남과 같아지기 위해서 하는 소비도 있으며 말로 표현하기 어려운 소비도 있다. 소비의 탄생은 처음부터 타인을 염두에 두지 않았다. 자신의 욕망. 이것이 소비의 가장 중요한 동기이자 필수조건이다.

장 보드리야르의 소비이론은 이러한 우화로 전개된다. 옛날에 희소성 속에 살고 있는 한 남자가 있었다. 경제학을 통해서 많은 모험과 오랜 여행을 한 끝에 그는 풍부한 사회라는 여자를 만났다. 그들은 결혼하여 많은 욕구를 낳았다. 호모 에코노미쿠스에게는 남다른 두 가지 원칙이 있다고 한다. 자신의 행복을 추구하는 데 망설임이 없다는 점과 자신에게 최대한의 만족을 이끌어줄 사물을 선호한다는 점이 바로 그것이다.

그 후 실비와 제롬은 어떻게 되었을까. 나는 그들이 끝내 불행해지기를 원하지 않았고 젊은 실비와 제롬에게 새로운 사물, 어쩌면 더 큰 사물을 바라볼 수 있는 생의 기회가 주어지기를 바랐다. 그들은 도시를 떠나 시골로 내려간다. 아이들을 가르치며 아직 서른 살도 안 된 그들은 은퇴한 노부부와 같은 삶을 산다. 활기는 사라졌다. 어느 날 실비와 제롬은 기차를 타고 여행을 떠난다. 도망치는 게 아니다. 단지 아무것도 그들을 붙잡는 것이 없을 뿐. 기차는 부드럽게 덜컹거리고, 배고픔을 느낀 그들은 천천히 식당칸으로 가 음식을 시킬 것이다. 비록 그 음식은 맛이 없을지라도, 지금 실비와 제롬은 "공범의 미소를 지으며" 함께 나란히 앉아 있다.

소비하고 욕망하는 실비의 삶이 문학작품들 중에서 여성 소비자의 표상으로 말해지는 귀스타브 플로베르의 『마담 보바리』의 주인공 엠마와 다른 것은 경제적 불행과 도덕적 불행의 차이에 있으며 파국적 결말이 아니라 열린 결말이라는 점이다.

사물의 욕망에 관해 플라톤은 『향연』에서 무언가에 대한 욕망을 느낄 때 그의 욕망은 그가 갖지 못한 것, 그 자신이 아닌 것, 그에게 결핍된 것, 이런 유형의 사물들 쪽으로 향하는 경향이 있다고 했다. 결핍된 것, 갖지 못한 것은 언제나 우리를 매혹한다. 그 매혹을 그냥 지나쳐갈 수도, 그에 굴복당할 수도 있다. 하지만 다행인 점이 있다면 우리의 욕망과 우리의 영혼이 원하는 것이 언제나 동일한 것은 아니라는 사실이다.

욕망은 갖고 있을 때도 뜨겁지만 그것으로부터 벗어날 때는 더 뜨겁고 강렬한 힘을 필요로 한다. 사물들 앞에서 나는 종종 질문한다. 지금 이것을 산다면 더 행복해질 수 있을까?

쇼핑을 이론적, 철학적 측면에서 접근한 사람은 프랑스의 철학자 프레데리크 페르넹이다. 그는 쇼핑의 행위를 각각 구경하기, 선택하기, 구매하기, 소유하기로 분류하고 그것을 현대성을 비추는 하나의 프리즘으로 이해하며 "소비와의 놀이" 혹은 모험으로 표현한다. 과소비사회의 소비심리를 분석한 철학자이자 사회분석가인

질 리포베츠키도 『행복의 역설』에서 "소비에 열광할수록 삶은 망가지"며 소비는 자신을 보상해주는 순간적인 놀이와 같다고 말한다. 쇼핑을 이론으로 발전시킨 마틴 린스트롬은 쇼핑학Buyology을 이렇게 정의학고 있다. 바이올로지란 삶에서 우리의 구매 결정을 충동질하는 무의식적 상념과 감정, 그리고 욕망에 대한 학문이라고 할 수 있다.

쇼핑과 욕망, 구매와 욕망의 문제를 분리해놓고 이야기하긴 어려워 보인다. 그리고 이러한 쇼핑학, 소비심리에 관한 문제가 제기되기 시작한 것은 백화점의 탄생과 유행, 대량생산 시대로의 진입과 맞물려 있다. '소비사회'라는 말을 처음 쓰기 시작한 것은 1920년대부터이며 소자본주의 시대로 접어든 것은 세계적으로 파리의 봉마르셰나 미국의 메이시 등 대형 상점들의 발전과도 시기를 같이한다. 이제 소비는 커지고 장도 확대된다. 백화점뿐만 아니라 시장, 슈퍼마켓, 대형 할인점에서도 우리는 쇼핑할 수 있게 되었다. 우리는 욕망한다. 그리고 소비한다. 마틴 린스트롬의 말은 '우리 모두가 소비자'라는 사실을 일깨워준다. 소비의 양식은 변화하고 발전해왔다. 과소비사회로 접어든 현재, 소비는 이제 소비자들에게 한 가지 숙제를 남겨주었다. 과연 소비문화를 어떻게 건전한 생활방식과 결합시킬까, 하는.

중요한 것은 바로 구매의 동기다.

나는 백화점에 있고 내가 갖지 못한 사물들, 나에게 부족한 사물들은 끊임없이 내 시선을 끌고 발을 멈추게 한다. 그럴 때마다 내 정서의 기조가 미세하게 달라지는 것을 느낀다. 두뇌 속의 도파

민이 활발하게 움직인다. 그건 몹시 허기져 있을 때 딱 때를 맞춰서 맡게 되는 갓 구운 빵 냄새와 비슷하다. 그대로 두면 자제력과 판단력을 잃게 마련이다. 내 의지와 선택이 아니라 어떤 강력한, 거부할 수 없는 힘에 의해서 그 사물을 집어들게 될지도 모른다. 그럴 때의 구매는 자발적 선택이 아니라 강요받은 선택에 가깝다. 뇌의 단축회로, 즉 '체감표지$^{somatic\ marker}$'를 통제해야 한다. 나는 이제 사물을 보지 않고 쇼윈도에 비친 나를 본다. 그리고 질문한다. 나는 왜 지금 이것을 사야만 하는가?

　중요한 질문은 중요한 결론을 낳게 한다. 나는 가까스로 자제력을 되찾는다. 그리고 깨닫는다. 모든 쇼핑에는 철학과 나름대로의 이론이 담겨 있다는 것을. 그러나 이것은 증거를 바탕으로 이야기해야 하는 고고학 같은 학문과는 전혀 다를 것이다. 동시에 나는 느낀다. 이럴 때 통제하면 할수록 "새로운 복종 현상"이 나타난다는 질 리포베츠키의 이론이 사실일지도 모른다는 불안을.

　지금보다 더 가난하고 젊었을 적에 나는 내가 혹시 쇼퍼홀릭이 돼가는 것은 아닐까 의심한 적이 있다. 그때의 나는 지금보다 더 자주 우울했고 즐거움과는 먼 시간을 보내고 있었다. 아무도 곁에 없다고 생각했고 작가로서도 평범한 한 여성으로서의 삶에도 실패했다고 믿고 있었다. 그럴 때 내가 자발적으로 할 수 있는 행위는 몇 가지나 되었을까. 자고 먹고 침묵하는 것. 세계 속에서 자신을 숨길 때 가장 유용하게 써먹을 수 있는 방법들이다. 삶에 대해서 우리들이 말할 때, 삶은 건너가는 것이며 삶은 흘러가는 것, 삶은 질주하는 것. 그러나 어떤 삶 속엔 질주하는 우울과 슬픔도 있는 것이다.

2004년 가을과 겨울, 미국의 중부도시 아이오와^{Iowa}에서 보내고 있었다. 자동차로 서너 시간씩 가도 가도 평원과 옥수수 밭만 드넓게 펼쳐진 소도시였다. 소도시라고 표현했지만 내가 보기에는 완전한 시골에 가까운 곳이었다. 도시가 아닌 곳에서의 삶이 낯설었고 그토록 오래 집을 떠나본 것도 처음이었다.

아이오와 시티 다운타운에 '자바하우스$^{Java House}$'라고 하는 카페가 있었다. 창가 자리에 앉아 책 한 권만 읽으면 그 앞을 오가는, 시티의 거의 모든 사람들을 볼 수 있었다. 다른 나라에서 온 작가들을 사귀고 펍에 다니고 영문과 수업을 청강하고 단체로 데이트립$^{day\ trip}$이나 주민들의 파티에 불려다니고 하는 일들도 한 달이 넘자 지루해졌다. 날씨도 우기로 접어들면서 비가 자주 내렸고 한번 비가 오면 기온이 뚝 떨어지는 날이 많았다.

나는 날씨 변화에 민감하며 특히 비가 오거나 습도가 높은 날에는 정상적인 리듬대로 움직일 수 없게 된다. 우울에 관한 나의 장점은 거기서 벗어나는 여러 가지 방법을 알고 있다는 것이고 단점은 그것을 주기적으로 반복해줘야만 한다는 점이다. 서른일곱 개 나라에서 온 작가들이 다 모였을 때 보모 같은 역할을 담당했던 메리가 우리에게 가르쳐준 것 중엔 은행계좌를 만들고 소셜넘버를 받는 등의 일 외에 학교 앞에서 버스를 타고 코럴빌^{Coralville}의 쇼핑몰로 데려다준 것도 있었다. 아이오와에서 가장 큰 쇼핑몰이라고 했지만 내게는 그저 규모가 큰 슈퍼마켓 정도로만 느껴졌다. 그러나 나는 코럴빌로 가는 방법을 머릿속으로 정확하게 외워두었다.

키친은 따로 없었지만 임시적 거주였어도 필요한 것은 대부분 갖추고 있었다. 더 필요한 것, 부족한 것이 언제나 있을 뿐. 그러나 비가 오는 날이면 나는 한사코 침대에서 꼼짝도 하지 않으려는 나를 부추겨 밖으로 나갔다. 검정색 가죽 백팩에는 방에 아무렇게나

굴러다니고 있던 다운타운의 서점 '초원의 빛^{Prairie Lights}' 쇼핑백을 챙겨 넣었다.

버스를 타고 사십 분쯤 털털 달리면 삼각형 모양의 유리 지붕이

보였다. 몰의 초록 네온사인만 봐도 조금 안도가 되었고 추운데 막 따뜻한 핫초코 한 모금을 마신 기분이었다. 나는 내 손으로 삼 개

월 밤낮으로 키웠으나 지금은 제 부모가 사는 도쿄에서 자라고 있는 두 살짜리 조카를 위한 진 재킷과 코듀로이 바지, 펼치면 동물들이 튀어나오는 팝업북, 나무로 만들어진 독일제 기차 레고 같은

것들을 샀다. 이제 막 파일럿 시험에 통과한 막내 제부를 위해서는 비행기 모양의 묵직한 문진을, 나를 위해서는 두꺼운 빨간색 풀오버 같은 것들을 샀다. 한꺼번에 사지 않고 그때그때 나누어서 두세

가지씩.

쇼핑을 마치고 나면 쇼핑백을 서점 비닐백에 넣곤 그걸 다시 백

팩에 넣었다. 교정이나 숙소 복도에서 누구와 마주치게 될지 몰랐다. 쇼핑을 하면서 타인의 시선을 그토록 의식해보기는 난생처음이었다. 함께 생활하던 작가들은 대부분 제3세계에서 왔으며 내가

하루에 한 번씩 '비싼' 커피 값을 내고 카페 자바 창가에 멍하니 앉아 있는 것을 이해하기 어려워했다. 알코올이라면 모를까 커피

는 커먼룸에도 얼마든지 있는 음료였으니까.

나는 나의 쇼핑을 누구에게도 알리고 싶지 않았다. 두꺼운 스웨터 같은 것을 산 날은 백팩에 다 들어가지 않아 한 손에 서점 비닐백을 들고 회랑처럼 좁고 긴 숙소의 복도를 살금살금 걸어야 했다. 그때 복도에서 부딪친, 부에노스아이레스에서 온 내 단짝 빅토리아는 부럽다는 얼굴로 나에게 이렇게 말했다. 오우, 너는 정말 책을 자주 사는구나! '초원의 빛' 봉투에 그날 산 물건들을 넣곤 덜렁덜렁거리며, 약간의 생기를 찾아 돌아오던 그 쇼핑이 아이오와에서의 나의 은밀한 즐거움이었다는 사실을 깨달은 것은 그로부터 한참 후였다.

아이오와는 소도시였지만 내가 처음 가본 넓은 세계였고 수많은 작가들 속에서 여전히 나는 아무것도 아닌 사람이었다. 오래전부터 준비한다고 했어도 영어는 태부족이었다. 나는 그때 나를 짓눌렀던 의기소침과 무력감과 우울을 선명히 기억할 수 있다. 아이오와에서 나의 어떤 날들은 폐가의 계단처럼 삐걱거렸고, 위험했다. 그때 만약 코럴빌로 쇼핑을 다니지 않았더라면 그 시간들을 어떻게 견뎠을지 궁금하다. 그리고 나는 궁금하다. 그때 왜 나는 책을 읽거나 다른 작가들과 어울리거나 글을 쓰거나 함께 여행을 떠나거나 오직 방에만 머물거나 하지 않았을까. 왜 나는 쇼핑을 하러 비 오는 날 걸을 때마다 빠닥빠닥 소리가 나는 프라다 천의 검은색 긴 외투를 차려입고 검은 우산을 쓰고 검은 백팩을 맨 채 덜컹거리는 버스를 타고 코럴빌까지 가야 했는지 말이다.

불완전하며 부족한 나는 결코 사물로 완성되지 않는다. 그러나

사물은 나에게 즐거움을 준다. 그 즐거움의 순간이 아무리 짧을지
라도 그것은 확실하고 분명한 즐거움이다. 나는 구매했다. 여기에
필수적인 요건은 '나는 선택했다'라는 감정이다. 나는 선택했고
그것은 즐거움으로 남는다. 소비에 당위성은 없다. 소비의 이유도
소비의 기쁨도 저마다 다를 것이다. 그러나 한순간, 우리는 행복
했다.

　쇼핑은 경험이다. 경험은 변화를 만들고 거기엔 그 무엇도 끼
어들 수 없는 지나간 시간이 있기 마련이다. 그때 나의 가장 절실
한 의지의 경험은 살고자 하는, 쓰고자 하는 의지였다. 2004년 가
을과 겨울을 떠올릴 때면 나는 초원의 빛에 담긴 나의 소소한 사
물들을 떠올리며 누구도 이해할 수 없는 희미한 미소를 짓곤 하는
것이다.

　소비의 동기 중에 결정적인 것은 새로움이다. 구매에는 새로움
이 필요하다. 하지만 새로움의 문제는 그것이 언제까지나 새롭지
만은 않다는 데 있다. 새로움은 다른 새로움을 요구하고 갈망하게
만들며 우리는 만족을 모르는 호모 에코노미쿠스인 것이다. 이것
이야말로 쇼핑에 관한 행복의 역설이 아닐까.

백화점의 BGM을 결정하는 일은 방송실에서 담당한다. 계절에 따라 각층의 성격에 따라 층마다 다른 종류의 음악을 내보낸다. 아무리 젊은 층이 모이는 플로어라고 해도 너무 빠른 음악은 틀지 않는다. 음악이 빠르면 빨리 걷게 되고 쇼핑 시간은 그만큼 짧아지는 것이다. 고급 시계나 보석류를 파는 층에선 느리고 클래식한 음악이 나오는 데 비해 삼층 매장에서 들리는 음악은 경쾌하고 리드미컬하다. 볼륨이 크지는 않지만 확실히 다른 층과는 다른 리듬이다.

삼층은 화장품이나 명품매장이 있는 일층과는 다르지만 시야가 툭 터져 있다는 점에선 비슷한 느낌을 받게 된다. 상품의 진열 방식 때문일까. 상품 진열의 기본은 분류에 있다. 상품에 대한 기호나 가격 등급, 용도, 계절, 색상, 치수 그리고 디자인 등 분류의 기준이 다양하다는 것은 VP^{Visual Presentation}라고 불리는 일종의 판매전술이다. 전술의 목적은 고객의 시선을 사로잡는 것. 진열 방식은 계절에 따라 크게 달라지지만 진열의 단계는 일정한 편이다.

진열 단계는 통로 측 진열대에 가장 중심이 되는 상품을 전시하는 소개기, 관련 상품에 관한 안내 역할을 하는 최성기, 그리고 세일 기간 중에 다른 상품과 구분할 수 있도록 진열되는 정리기, 이렇게 세 단계로 나뉜다. 삼층 매장의 특성은 거의 모든 상품이 소개기, 최성기의 상태로 진열돼 있다는 인상을 준다는 점이다. 구두나 가방이라는 아이템의 특성 때문일까. 상품들은 손님이 매장에 섰을 때 무리 없이 상품을 볼 수 있다는, 바닥에서 55센티미터에서 130센티미터 정도 높이의 '골드라인gold line'에 놓여 있다. 상품들은 대체로 파는 상품과 보이게 하는 상품, 그리고 보충 상품으로 나뉜다.

 골드라인에 진열된 상품들은 물론 파는 상품이므로 그대로 선 채 손을 뻗기만 하면 만질 수 있다. 대부분 가죽 소재의 상품들이다. 조심스럽게 손을 내밀어본다. 부드럽고 미지근한, 가죽의 촉감이 느껴진다. 처음 만져도 처음 만지는 것 같지 않은 감촉 중 하나다. 어떤 가죽의 첫 촉감은 실크처럼 그대로 내 손을 휘감아버릴 것만 같다.

 나는 여유롭게 소개기, 최성기의 진열대에 놓인 가방들을 구경한다.

 클래식한 검은색 사각 토트백, 온화한 머스터드 컬러의 숄더 겸용 백, 수납공간이 많아서 사용하기 편할 것 같은 메신저 토트백, 가죽과 패브릭을 섞어 실용적으로 만든 백팩, 브라운색 가죽에 둥근 압정 같은 징을 박아 연출한 빈티지 백, 검은색 가죽을 엮어 장식한 럭셔리 숄더백, 입구에 주름을 잡아 보자기처럼 보이도록 만든 그레이 핸드백, 스쿨룩에도 잘 어울릴 것 같은 모던한 디자인의 검은색 백팩, 반짝거리는 큐빅과 진주를 박아 넣은 지갑 사이즈 정도의 클러치, 이브닝드레스에 딱 어울릴 것 같은 골드 컬러의 시퀸 클러치, 퀼티드 데님 소재의 토트백, 손바닥에 착 감길 것 같은 페이즐리 무늬의 토트백, 알록달록한 스트라이프 패턴의 빅백, 빨간색 긴 어깨끈이 달린 핸드백, 팔각형 모양의 딱딱한 검은 빅백, 짧은 손잡이가 달린 보라색 실크 클러치, 반달 모양의 아무 무늬 없는 숄더백.

가방들은 런웨이에 선 모델처럼 의기양양하고 화려해 보인다. 아름답다. 빛나고 귀해 보인다. 갖고 싶다. 다 갖고 싶진 않다.

음악은 경쾌하고 조명은 한층 더 밝다. 가방에는 보이지 않는 입술도 달려 있는 것일까. 나를 들기만 하면 당신에게 곧 근사한 일이 생길 거예요, 귀에 대고 속삭이는 것 같다. 모든 유혹의 힘이 센 것은 아니다. 패션의 진정한 유혹은 우리가 그 가치를 인정하고 이해했을 때 시작된다. 사물은 그때 비로소 하나의 기호가 된다.

구매의 동기 중엔 그런 이해도 포함돼 있다. 나는 내가 어렵게 구매한 어떤 사물이 나의 몸과 일치한다는 느낌을 받을 때가 있다. 옷일 경우도 있고 구두이거나 한 자루의 연필이나 스푼일 때도 있다. 그게 사물들이 나에게 주는 기쁨들 중 하나다. 하지만 그런 느낌은 일단 체험해보지 않으면 알 수 없다. 그리고 언제나 그런 기쁨을 찾기 위해서만 물건을 사지는 않고, 그러기도 힘들다.

때로는 고통 때문에 소비를 하는 경우도 있다. 고통을 잊기 위해서가 아니다. 사고 싶은 물건을 살 때의 그 짧은 순간, 그마저의 찰나의 행복 없이, 그런 순간적인 즐거움에 기대지 않으면 건너기 어려운 순간도 있다. 그런 감정에서의 구매, 그 첫 번째 경험의 각인이 나에게는 내가 살 수 있을 거라곤 생각하지 못했던, 그러나 꼭 갖고 싶었던 검정 가죽 숄더백으로 남았다.

어느 날 엄마가 조용히 내 옥탑방에 올라와 우리 가족이 이 집을 떠나야 할 것 같다고 말했다. 침대에 엎드린 채 책을 읽고 있던 나는 의아한 얼굴로 엄마를 돌아봤다. 이사를 가는 것도 아닌데

왜? 틀림없이 나는 그런 적이 드물던 엄마의 내 방 방문이 귀찮고 불편하다는 표정을 역력히 짓고 있었을 것이다. 이제 막 작가가 되

었을 때였다. 그러나 소설이 뭔지 전혀 알지 못해 전전긍긍하고 신경질적이었던, 나를 찾는 전화들은 인생에서 가장 많았던 스물아홉 살 무렵이었다. 나는 자세를 고쳐 앉곤 엄마의 이야기를 들었

다. 처음에는 귀로 그다음에는 마음으로 듣고 마지막엔 머리로 이해하게 되는 그런 이야기였다.

나는 아주 복잡하거나 얽혀 있거나 두 번 생각해야 알 수 있는

일들을 이해하는 능력이 현저히 떨어지는 편이다. 그러나 이것은 집에 관한 문제였다. 그대로 잃는다면 당장 잘 데도 책상을 놓을

데도 없게 될 테니까. 게다가 나는 딸 셋 중 장녀였고 그 시절의 전망으로만 보자면 모든 가족이 가장 기댈 만한 사람이기도 했다. 말을 마친 엄마가 방에서 나갔다. 나는 나답지 않게 이성적으로 정리

했다. 집이 넘어가게 되었다. 그런데 이만큼의 액수만 구할 수 있다면 당장은 아니다. 아, 그건 다행이다. 그런데 어떻게? 내가 어

디서 그런 액수를?
사흘 밤낮 누워 고민했다. 엄마 귀에서 피가 흘러나오는 걸 보

고, 그제야 나는 어딘가로 전화를 걸고 세수하고 이쁜 옷을 차려입었다. 아버지가 직접 지은 집이었다. 부모의 꿈이 담겨 있는 집. 나는 여기서 더 살고 싶었다, 자매들과 그리고 부모와 함께. 무엇이와도 나는 무너지고 싶지 않았다. 그러나 그게 집이라면 달랐다. 액수는 컸다. 한 번에 한 사람에게 부탁해서는 안 될 거였다. 그날로부터 열흘 동안 내가 아는 사람들을 매일 만나고 다녔다. 세 번째 약속 장소는 사당역 입구, 한 이층 찻집이었다.

신생 출판사였다. 커피를 마시고, 나는 계약서에 사인을 했다. 계약금은 다음 날 입금될 거라고 말하는 사장의 얼굴을 묵묵히 마주 보았다. 왜 이렇게 담담한 걸까. 아무도 걱정해주지 않자 나는 나를 걱정하기 시작했다. 괜찮아. 괜찮다고 자꾸 생각하면 진짜 괜찮아질 거야. 나는 중얼거렸다.

사장과 헤어지고 나서 사당역에서 이호선을 탔다. 두 정거장만 가면 집이다. 반대로 가는 지하철을 타고 을지로입구역에서 내렸다. 롯데 백화점으로 갔다. 아주 빨리 걸었고 머릿속으로는 많은 생각들이 그보다 더 빠른 속도로 휙휙 지나가고 있었다. 삼층 매장으로 올라갔다. 작가가 되자 갈 데도 많고 오라는 데도 많아졌는데 변변한 가죽 가방 하나 없었다. 방금 막 나의 허물어진, 누추해진 데를 가리고 싶었을까, 아니면 변상해주고 싶었을까. 아무것도 질문하지 않자 금방 어떤 가방 하나가 내 눈길을 빼앗았고 나는 무력해졌다. 그것을 선택했다. 그것이 나를 선택했다는 느낌이 들기 전에 재빨리.

사각형에 가까운 사다리꼴 모양의 딱딱한 검정 가죽 토트백이었다.

　그 몇 년 후, 한 편집자를 만난 자리에서 나는 그녀가 모르게 소

리 없이 웃었다. 그때 내가 산 금강제화 토트백과 똑같은 것을 그
녀가 들고 있었기 때문이다. 토트백이긴 했지만 A4용지 정도는 들
어가고 캐주얼한 차림이나 정장 차림 모두에 잘 어울리는 심플한

가방이었다. 가방 표면에 스크래치가 쉽게 일어난다는 단점이 있
긴 했지만.

　한동안 나는 그 가방을 무슨 대단한 장신구처럼 손에 들고 끼고

다녔다. 어쨌거나 그 가방은 나의 가장 값비싼, 나의 첫 번째 잇백
이었으니까. 그때는 몰랐지만 그 가방을 사던 순간의 나의 소비는
'스스로 나 자신을 보상해주는 놀이'와 다르지 않았을지도 모른

다. 그 후로 내 인생에는 몇 번의 유사한 구매가 이어지고 유사한
깊은 슬픔과 반복 속에서 내가 가장 먼저 달려가는 장소는 백화점

이 되었다.

　그때 그 집에서 나는 아직 살고 있다.

"인간의 진정한 삶은 사적인 영역이
충족될 때 완성될 수 있다"

_ 재클린 케네디 오나시스 _

어바웃 블랙

내가 '검정'에 대해 자주 질문 받는다는 사실을 최근에 깨달았다. 인터뷰하러 나갔을 때 생전 처음 만난 상대방이 마치 나에 대해 잘 알고 있다는 얼굴로 아 오늘도 역시 검정을 입고 나오셨군요, 라고 인사를 하거나 소설 쓰는 후배와 저녁을 먹다가 불쑥 선배는 무늬 있는 옷은 안 입으세요? 라는 질문을 받게 되는 식이다.

블랙에 관한 결정적인 질문은 화실에 다닐 때 받았다. 하루 종일 소설만 쓰고 소설 생각만 하고 있다가는 병이 들어버릴 것 같았다. 때로 다른 것을 보고 다른 것에 빠지고 다른 것을 배워야 한다는 판단 끝에 새로 시작한 것은 그림 그리기였다. 삼성동에 있는 화실이었다. 지하철 이호선을 타야 했고 엘리베이터 없는 건물 오층에 있었으므로 처음부터 나에게는 쉽지 않은 도전이었다.

선긋기를 오랫동안 하지는 않았다. 내가 선을 그을 때마다 선생들은 고개를 갸우뚱거리는 것 같았다. 수채화를 시작하게 되었다. 말할 것도 없이 사과를 먼저 그렸다. 내 머릿속에는 언제나 세잔의 사과가 하나 놓여 있다. 농담濃淡을 여러 가지 단계로 표현해 사과를 채색하였다. 나의 첫 번째 사과였다. 흡족한 얼굴로 내 그림을 보는 나와 달리 화실 선생은 그 어느 때보다 심각한 얼굴로 나에게 이렇게 질문했다.

그런데 왜 사과를 검정으로 칠했어요?

세계사에서 검정black에 관한 논의는 끊임없이 이어져왔다. 이 논의에 선행하는 한 가지 질문은, 검정을 색으로 볼 것인가 아닌가 하는 것이다. 심리학에서 검정은 불안 강박 금욕 혼돈을 의미한다. 암흑의 빛으로 간주했던 예술사에서 검정은 색이 아니라 색채 세계의 한 구멍에 지나지 않는다고 여겨졌다. 패션의 역사에서 검정은 우울 비통 상실 굴욕 수치의 색으로 간주돼왔으며 색채론을 광학의 한 분야로 생각한 물리학자들은 검정의 색은 왜 검정인가? 라는 본질적인 질문을 던졌다. 인지학認知學에서는 검정을 "죽음의 영적인 영상"으로 정의해놓고 있다. 검정이 죽음의 이미지와 연관되어 있다는 의혹은 떨쳐내기 어려워 보인다. 그러나 그것이 검정의 전부일까?

패션의 역사는 색의 역사와 무관하지 않다. 옷에는 그 옷을 선택한 사람의 삶에 대한 기호와 코드가 담겨 있기 마련이고 그 첫 번째 선택은 옷의 디자인보다 색상에 달려 있기 때문이다. 모든 옷에는 '언어'가 담겨 있다고 생각하면 패션에 대한 개념이 확장되는 것을 느낄 수 있다. '언더코드undercode'라는 용어를 선호한 움베르토 에코는 옷의 의미가 '분명하게 합의된 기호들을 통해서가 아니라, 집합적인 암시와 어림짐작을 통해 생겨난다'고 말한 반면에 롤랑 바르트는 '패션 체계The Fashion System'에서 옷과 언어가 무엇을 표현하는 방법은 독자적이라는 것을 보여주고 있다. 흥미로운 것은 그런 롤랑 바르트조차 패션에서 검은색은 완전한 색이다, 라고 말했다는 사실이다. 그는 또한 검정은 정장을 연상시킨다고 말하기도 했는데 그것은 검정의 오랜 역사를 놓고 보면 개인이나 그룹을 구분하는 데 검정이 한 역할을 했다는 의미로도 이해할 수 있을 것이다.

나는 오랫동안 검정을 입어왔다. 내가 스스로 괴물 같았다, 라고 표현했던 이십대 때도 마찬가지였다. 직장도 없고 오라는 데도 갈 데도 없었던 그 시절에 앞머리를 일자로 자른 뱅 헤어스타일에 이대 앞 골목을 뒤져 찾아낸 까만색 바지 정장을 차려입고 명동을 쏘다니거나 종로서적과 교보문고, 혹은 혼잡한 그 거리 어느 사이쯤엔가 서성대고 있었다. 쇼윈도 속의 나는 어쩌면 흠잡을 데 없이 완벽해 보였을지 모른다. 그리고 내가 만족한 것은 나라는 실체가 아니라 쇼윈도에 비친 모습이었을지 모른다. 나는 블랙에 대한 어떤 고유한 언어도 갖지 못했고 그런 것에 대해서는 알지도 못했다. 그저 나에게도 눈을 뜨면 할 일이라는 게 좀 생겼으면, 하는 바람이 가장 절실했던 때였으니까. 그러나 나는 검정을 선택했고 그 검정을 통해서 내가 아무것도 아니라는 불안한 자의식을 숨기고 싶었던 것은 아니었을까. 그때 나의 블랙은 블랙을 선택한 나 자신과 마찬가지로 우울하고 소외감과 슬픔이라고밖에는 말할 수 없는, 내 원래의 정서적 기질을 가감 없이 드러내고 있었을 거였다.

2006년 가을, 베를린 내셔널갤러리에서였다. 크리스티안 샤드 Christian Schad의 작품 〈소냐Sonja〉 앞에서 문득 발을 멈추었다. 긴 담뱃

대를 든 한 손은 흰 테이블보에 올린 채 어깨가 살짝 비치는 검정 시폰 드레스를 입고 무뚝뚝한 표정으로 정면을 보고 있는 소냐라
는 여자의 그림이었다. 무릎까지 내려오는 그 검은색 드레스는 지금까지 내가 본 그 어떤 검은색과도 달랐다. 그 검은색 짧은 머리카락도. 그 색은 세상엔 이런 검은색, 우울하지만 자신감 있고 힘
이 넘치며 중요하고 단호한 검은색도 존재한다, 라고 보여주는 듯했다. 정면을 뚫어지게 응시하는 소냐의 표정과 눈빛, 그것을 단번에 표현해주고 있는 대범한 '검정'이었다.
    나는 검은색을 입은 많은 아름다운 사람들을 봐왔으며 어떤 여성 앞에서는 기가 죽기도 했고 찬사를 보낸 적도 여러 번 있다. 내가 '아름답다'라고 느꼈던 것은 어쩌면 검정을 입고 있는 사람이
아니라 검정이 하는 말, 검정의 언어였을지 모른다. 세상의 모든 검정은 나에게 말하는 것 같다. 나는 소중하다! 라고. 청춘 시절, 아르마니를 본뜬 까만색 보세 바지 정장을 차려입고 거리를 배회
하던 나 역시 그런 말을 세상에 하고 싶었던 건 아닐까.
    그런데 이상한 일은, 드디어 아침에 눈을 뜨면 나에게도 할 일이 있었던 신인작가 시절에도 여전히 그런 딱 떨어지는 정장 차림
을 즐겨 했다는 사실이다. 그 무렵 펴낸 중편소설『움직임』에 보면 그러한 어느 날의 한 컷이 흑백으로 실려 있고 작가의 말에도
이십세기 마지막 개기일식이 있었고 검은색 정장을 차려입은 나는 주머니에 손을 찌른 채 시내를 마냥 돌아다녔다, 라고 쓰여 있다.
한 사람이 검은색을 입는 것과 그것이 그 사람의 정서적 기질을 드러낸다는 말은 동일한 것일까. 그렇다면 여태도 내가 검은색 일색

이라면, 거기에는 어떤 자발적 언어가 담겨 있는 것일까.

화실에 다니던 시절에 사과를 왜 검정으로 칠했는지 지금은 잘 기억나지 않는다. 다만 그때 색을 선택하는 데 있어서만큼은 망설이지 않았던 건 분명하다. '사과'를 하나의 세계라고 간주하고 있었다. 그 뒤에 숨어 있는 빛을 표현하고 싶었다. 어떤 사물에도, 어떤 사람도 갖고 있는 그림자, 그것을 내적으로, 순전한 빛으로 표현하고 싶었을 것이다. 예나 지금이나 나에게 사과는 사과 이전에 고유한 미학적 대상에 가깝다. 신이 창조한 모든 것을 응축하고 있는. 인상파 화가들이 검은색은 색이 아니다, 라고 말했을 때 세잔은 사물들 뒤에 숨은 색을 끌어오려는 작업을 지속했고 그것은 미술사에서 곧 검은색의 회귀를 의미하게 되었다.

사람은 일만육천 가지의 색깔을 구분할 수 있는 능력이 있다고 한다. 어떤 사람은 원색을 고집하고 어떤 사람은 흑백에 집착한다. 나는 블랙을 입는다. 지금의 내 스타일을 찾기까지 수많은 시행착오를 거쳤고 드디어 찾았다고 생각하는 이 스타일 역시 시간이 흐른 후엔 시행착오였다고 말하게 될지 알 수 없다. 하지만 지금은 단순히 블랙이 좋을 뿐이다. 블랙 그 자체로도 빛을 지녔다는 것을 알기 때문이다. 옷은 나를 표현하기 위해 입기도 하지만 옷 속에 나를 숨기고 싶을 때도 있다. 이럴 때 역시 최선의 선택은 블랙이다. 풀 죽은 날, 옷을 골라 입어야 할 때 나는 소녀의 검정을 떠올리고는 한다.

헤어를 입다

여자들은 자신이 언제 나이 들었다고 느낄까?

　개인적으로 나는 스물아홉 살에서 서른으로 넘어가던 해는 잊을 수 없을 만큼 행복했다. 이십대는 참으로 길었고 지루했으며 단단하고 차가운 금속의 얇은 란제리가 온몸을 꽉 죄고 있는 것처럼 답답했다. 서른에서 서른다섯 살까지도 그런대로 괜찮았다. 원고를 쓴 양도 그때 가장 폭발적으로 늘었다. 슬픔 같은 게 있어도 에너지로 뒤바꿀 수 있는 의지도 있었다. 그 이후부터는 시들시들 맥이 빠지기 시작했다. 서른아홉이 넘어가던 해는 침울한 상태가 극에 달했던 것 같다. 뭘 해도 자신감이 사라졌다. 자신감뿐만 아니라 그와 유사한 감정들, 자존감 자기애 같은 건 애초에 갖고 있었다고 믿을 수조차 없었다.

　나이 들어가는 것도 서러운데 가만히 있어도 이렇게 힘까지 들다니. 나는 탄식했다. 그래도 때때로 나와 비슷한 연배의 여성들을 만나면 아직 염색하지 않아도 되는 내 머리카락 상태나 예전과 달라지지 않은 체중에 대해 적이 안심하는 마음이 들곤 했다. 숱은 원래 없어도 '까만' 머리카락이라면 웬만큼은 자신 있었다. 그 점에 있어서는 친탁을 한 모양이다. 올해 칠순이 되는 아버지 머리카락은 약간의 흰머리가 섞였달 뿐 아직도 검은 편이다. 엄마는 서른쯤부터 흰머리를 감추느라 염색을 시작했으니 외탁을 했다면 게으른 나로서는 정말 큰일 날 뻔했다.

서른아홉에서 마흔으로 넘어가는 생일을 고도 사만삼천 피트 상공에서 맞았다. 그때 기내 담요를 머리 위까지 뒤집어쓴 채 몇 가지 생의 각오들을 세웠다.

기분은 조금 나아졌는데 거기에 찬물 끼얹듯 하나둘씩 흰머리가 눈에 띄기 시작했다. 보이는 대로 눈썹가위로 잘라버렸다. 그러고 보니 풍성했던 속눈썹도 숭숭 빠지고 있는 것 같았다. 뭘 해도 자신감이 사라졌던 때로 되돌아간 것 같았다. 더 젊은 사람들을 보면 이유도 없이 기가 죽고 젊은 작가가 쓴 좋은 소설이나 영화를 봐도, 그들과 웃고 농담하며 술 마시고 있을 때도 기가 죽었다. 나는 그 느낌으로 내가 나이 들어가고 있다는 걸 알아차렸다. 그러던 어느 봄날 저녁.

한 소설가 선배가 몇 년 만에 저녁이나 먹자고 해서 홍대 중국식당으로 나갔다. 소설 쓰는 여자 셋이 밥을 먹고 있는데 키 큰 한 남자가 불쑥 룸의 문을 열었다. 인근에 있는 출판사 사장이었다. 식당 입구에서 예약자 이름을 보곤 그 선배에게 인사를 할 요량이었던 것 같다. 그랬으면 됐지. 선배와 인사를 마친 그 사장이 나에게 이런 한마디를, 마치 어디 한번 만나기만 해봐라 꼭 이렇게 말하고 말거다, 미리 작정하고 외우고 있었던 것처럼 재빨리 말했다.

어휴, 조 선생 못 본 새에 많이 늙으셨네요 머리도 많이 빠지고.

그 말을 마치자마자 문을 탁 닫고 나가버렸다. 두 선배들이 내 쪽을 돌아보며 어머머머, 왜 그래? 저 사장이랑 무슨 일 있었어? 물었다. 나는 가만히 앉아 있었다. 무슨 일이 없었던 건 아니지만, 실은 대꾸할 말도 없었다. 그 사장 말이 사실이니까. 그리고 어쩐지 오늘은 그런 말을 가만히 앉아서 듣고 있어야 할 것 같은 기분도 들었다. 그래야 상대방의 마음이 풀린다면 말이다. 하여간, 그날도 기가 팍 죽어서 귀가하면서 난 생각했다. 도대체 사람의 마음은 왜 한결같기가 힘든 걸까.

한 후배 시인이 옆자리에 앉아 머리숱이 더 가늘어지고 힘없어져 걱정이라는 내 말을 듣더니 고갤 쑥 들어 내 정수리께를 봤다. 어? 정말이네, 이러다가 골룸 되시겠어요. 때론 모르는 게 약이다. 나는 어리둥절한 얼굴로 물었다. 골룸이 뭔데?

도쿄 거리를 걷다보면 일본 젊은 여자들의 머리카락은 어쩌면 저렇게 풍성하고 탐스럽고 윤기가 흐를까, 감탄하게 될 때가 많았다. 을지로와 명동을 걷다가 그와 유사한 젊은 여성들을 자주 보게 되었다. 나는 스무 살 때도 그처럼 탐스럽고 풍성한 헤어는 가져본 적이 없어서 그런지 요즘 특히 옷차림보다는 헤어스타일에 먼저 시선이 가는 것을 느낀다. 그런 헤어스타일의 일부가 가발, 특히 부분가발의 도움을 받아서 만들어졌다는 걸 알게 된 건 최근이다. 속눈썹을 길게 이어붙이는 미용이나 네일아트처럼 이제 가발은 아는 사람들만 알아본다는 브랜드처럼 바야흐로 패션의 새로운 전성시대를 만들고 있는 모양이다. 우리나라든 일본이든 백화점 내부의 눈에 잘 띄지 않는 구석에 있던 가발 매장들이 어느 새인가 고객이 많이 몰리는 층으로 옮겨가기 시작한 것이다.

가발 매장 매니저와 인사를 나누었다. 화장품 매장 직원은 메이크업에 가장 신경 쓰고 옷 매장 직원은 신상품 옷을 잘 차려입는 데 주력하는 법이라 이 매장 매니저의 헤어스타일은 어떤가, 나도 모르게 눈이 갔다. 귀밑까지 내려오는 세련된 흑갈색 볼륨 스타일이었다. 거울을 죽 늘어놓은, 권해준 자리에 앉으며 내가 주로 어떤 고객들이 가발을 사러 오나요? 물었다. 음, 하더니 매니저가 갑자기 손을 자신의 정수리께 갖다 대는 듯싶었다. 그러더니 뭔가 훌러덩 벗겨냈다. 나도 모르게 어머, 했을 땐 매니저 손에 벌써 부분가발이 들려 있었다.

눈 깜짝할 사이에 일어난 일이었다. 종종 그런 일을 하고 종종 그런 어머, 소리를 듣는지 매니저가 미소 지으며 가발을 벗겨낸 자신의 원래 머리를 손가락으로 매만지고 있었다. 한 마디 말 없이도 알 것 같았다. 부분가발을 썼을 때와 2프로 부족한 원래 머리 모양, 이 둘의 헤어스타일이 얼마나 큰 차이를 만들어내는지를. 매니저의 재치에 나는 그만 깔깔 웃고 말았는데, 여기서 매니저의 퍼포먼스가 다 끝난 게 아니었다.

또 눈 깜짝할 사이에 매니저가 그 부분가발을 내 정수리에 내려놓는 것이 아닌가! 아니 뭔가 내 머리 위에 놓는다, 라고 느끼는 순간 핀을 꽂을 때처럼 딸깍, 소리가 한 번 났다. 그리고 끝.

내 앞에 놓인 건 거울들밖에 없는 것 같았다. 쭈뼛거리며 나는 정면을 보았다. 겨우 부분가발 하나를 정수리에 올려놓았을 뿐인

데 내 헤어스타일은 내 평생 보아온 중 가장 풍성하고 가장 탐스러웠다. 어때요? 거울 밖에서 매니저가 묻는 건 그 말에 대한 대답이 아닐 것이다. 그 표정은 이렇게 말하고 있었다. 근사하다고 말하세요, 어서! 얼떨결에 나도 모르게 고개를 끄덕거렸다. 어떻게 이렇게 진짜 같을 수가 있을까. 게다가 매니저가 빗을 들고 가발 사이사이로 내 원래 머리카락과 섞어놓자 정말 감쪽같아졌다.

슬픔도 부족함도 모르고 하루하루 흥미진진한 모험을 하듯 친구들과 어둡도록 동네 야산과 골목을 쏘다니던 유년 시절, 내가 자주 듣고 스쳤던 건 머리카락 파세요! 외치고 다니던 사람이었다. 넝마주이나 고물장수보다 많았던 시절도 있었다. 그때는 머리카락도 사고파는구나, 생각조차 안 했을 수도 있다. 머리카락이 몇 안 되는 우리나라의 대표적인 수출품인 것을 알 리도 없었을 터이다. 1977년인가 수출 100억을 달성했다는 떠들썩한 뉴스를 기억할 리 없다. 그랬던 가발 시장이 1990년대 이후 반도체나 자동차에 자리를 내주며 사라져버렸다는 사실 또한.

이리저리 고개를 돌려가며 거울을 들여다보고 있자니 머리 위에 오백 페이지짜리 책 한 권이 놓인 것처럼 점점 무거워진다.

나는 매니저가 내준 두 개의 다른 가발을 유심히 본다. 둘 다 인모다. 하지만 한눈에 보기에도 다르다. 머리카락의 윤기와 질, 모두. 같은 인모인데, 하나는 전체가 한 사람의 머리카락으로 만들어진 제품이다. 다른 하나는 여러 사람의 모발이 섞여 있으며 염색 처리한 것. 주로 짧은 가발을 만들 때 쓰이는 머리카락들이다. 물론 앞의 가발이 훨씬 고가다. 가공 염색하지 않은 천연모이며 아직

큐티클 층도 살아 있다고 한다. 그런데 이 인모는 어디서 왔을까? 나 어렸을 때처럼 지금도 어디선가 머리카락을 사고파는 일이 행해지고 있을까?

내 질문에 매니저가 그럴 리가요, 하는 표정으로 웃는다. 예전에 우리의 가발 시장이 커질 수 있었던 것은 건강모가 많아서였다고 한다. 그 시절, 염색도 파마도 스프레이 사용도 거의 하지 않았던, 모질이 좋은 머리카락들. 지금은 아무리 젊어도 우리나라 사람의 모질은 이미 상해서 가발을 만들 용도로는 사용하지 못한다. 그러니까 이 인모들은 중국이나 인도, 베트남 등지에서 선별해온 젊은이들이 머리카락.

치료를 목적으로 통가발을 썼던 예전과 달리 패션에 대한 관심이 커지면서 이제 붙임머리, 헤어피스, 톱피스라고 부르는 가발들은 자신을 연출하는 새로운 개념의 웨어^{wear}, 혹은 장신구로서의 느낌이 강해졌다. 내 손에 들린 팸플릿에는 Hairwear를 입으세요, Style을 입으세요, 라고 쓰여 있다. 나는 슬그머니 내 정수리를 덮고 있는, 겨우 30그램, 달걀 하나의 무게밖에 안 나간다는데도 어째 점점 무거워지고 있는 부분가발을 벗었다. 2프로 부족한 나의 숱 없는, 가늘고 힘이 없어지는 헤어가 푹 처져 있다. 가발은 그저 가발이 아니었던 듯 화장을 지웠을 때처럼 갑자기 민숭민숭, 나이들어 보인다.

가발 매장에 앉아 나는 다시 패션에 대해 생각한다. 장신구에 대해서도 생각한다. 내가 장신구를 몸에 걸치지 않는 것은 다른 이유가 있어서가 아니다. 장신구를 걸치지 않는 것, 그것이 나의 패션 중 하나이기 때문이다. 어떤 것은 선택하고 어떤 것은 선택하지 않을 수 있다. 패션에 있어서 나에게 중요한 것은 선택보다 배제다. 있는 것보다 없는 것을 택하는 것. 내가 지금 이 매니저에게 그럼 이런 가발은 장신구의 역할을 겸하는 거겠군요? 라고 묻는다면 아니라고 할까 그렇다고 할까. 장식의 세 가지 쾌락과 목적에 관해 게오르그 짐멜이 한 말이 생각난다.

타인에게 칭찬받는 것, 타인에게 우월감을 나타내는 것, 타인의 욕망을 불러일으키고 질투를 받는 것.

적어도 장신구에 관해서라면 나는 나를 억압하는 편에 속한다. 그것은 선택적 억압이므로 엄밀히 말하면 억압이 아닐 수도 있다. 그러나 때때로 장신구를 걸치고 싶어져도, 망설이다 결국 하지 않는 경우가 많다. 나는 장신구가 가진 은근한 힘을 혹시 두려워하거나 견제하는지도 모른다. 몸에 걸칠 때, "모든 인격이 자신 이상이 되는" 것. 그것이 장신구의 힘이다.

그러나저러나 계속 이렇게 머리카락이 가늘어져 정수리께가 훤히 들여다보이면 어쩌나. 그때는 이런 장신구를 하나 걸쳐야 하겠지. 나는 가발 매장 거울 앞에서 일어난다. 그냥 가시게요? 하는 서운한 눈으로, 매니저는 대신 이렇게 말한다. 참 좋은 골상을 가지셨네요.

이 골상에 내가 원하는 꿈의 헤어스타일이 하나 있다. 턱과 얼굴 전체를 드러내는 완전한 쇼트커트. 〈호텔 슈발리에〉에서 나탈리 포트만이 하고 나온 헤어스타일, 얼마나 근사한가! 내가 가장 매력적이라고 생각하는 여성의 헤어스타일이면서도 사각턱 때문에 시도하지 못하는 스타일이다. 그러나 언젠가, 내 헤어스타일이 갑자기 쇼트커트로 바뀌었다면 그때는 묻지 말아주었으면 한다. 그게 진짜 내 머리인지 아니면 통가발인지를.

그날, 홍대 중국식당에서 나에게 그렇게 한마디 쏘아붙이고 나간 사장은 백화점 삼층에서 나의 첫 잇백을 사던 날, 계약했던 출판사 사장이다. 그날 계약을 마치고 백화점으로 달려가면서 나는 결심했었다. 이 고마움은 절대로 잊지 말자, 라고. 그러나 나는 그 출판 계약을 지키지 못했고 결국 구 년 후 계약금을 돌려주는 형식으로 일을 마무리 짓긴 했다. 한번 만나자는 약속도 못 들은 척하다 오랜 시간이 지난 후 그 중국식당에서 우연히 마주치게 된 것이다.

얼마 전, 그 출판사 편집위원과 편집장 그리고 그 사장과 다시 홍대 근처 중국식당에서 만나 밥을 먹었다. 그간 아무 일도 없었던 듯, 서로 그랬다. 나는 그 자리가 일종의 화해의 자리라고 생각했다. 마흔 살이 되면서 내가 한 각오들 중에는 포기하지 말고 좋은 소설 꼭 쓰자! 라는 차원 높은 소망 외에 어려울 때 힘이 되어주었던 사람들을 잊지 말자, 같은 것도 있었다.

그 저녁 외출 준비할 때, 특히 머리에 신경 쓰고 나갔다.

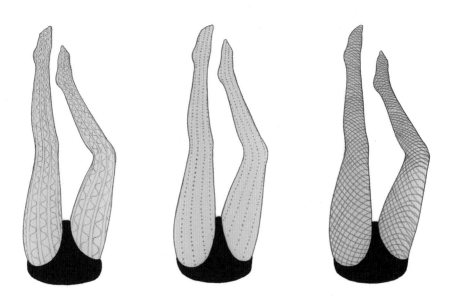

청 바 지 와 정 체 성

앤 브래셰어즈의 『청바지 돌려 입기』는 여름방학을 앞둔 네 명의 소녀들 앞에 낡은 청바지 한 벌이 나타나면서 시작되는 소설이다. 재활용 옷가게에서 고른 그 청바지는 몸매가 제각각 다른 네 명의 소녀들에게 신기할 정도로 딱 맞는다. 그것도 지금껏 입어온 어떤 청바지보다 맵시 있고 세련돼 보인다. 소녀들은 그것을 마법의 청바지라고 감탄하며 떨어져 있게 된 여름방학 동안 청바지를 서로 돌려 입기로 한다.

세상에 정말 그런 청바지가 있을까?

나에겐 여러 벌의 청바지가 있고 그중 하나를 A라고 치자. 만약 내가 이 A라는 청바지를 만나지 못했다면 나는 『청바지 돌려 입기』라는 소설을 아예 읽을 생각도 하지 않았을 거고 설령 책장을 넘기게 됐더라도 에이, 이런 게 어딨어, 하고 말았을 것이다. A라는 청바지 때문에 나는 도무지 청바지 입을 만한 좋은 체격을 갖지 못한 사람에게도 눈에 확 띌 만큼 잘 어울리고 몸의 단점은 감추고 장점은 돋보이게 하는 그런 신비의 청바지가 이 세상 어딘가에 존재한다는 사실을 믿게 되었다.

중학교 2학년 때 시작된 교복 자율화는 여러 모로 내 인생에 큰 영향을 미친 사건이다. 교복을 입고 다닐 때와 사복을 입을 때가 어떻게 다르고 내가 어떤 것을 싫어하고 어떤 것을 추구하는지 깨달았기 때문이다. 그런 복합적인 감정들은 '옷'에 관한 것이 아니라 나 자신에 관한 것으로 확대되었다. 사복을 입기 시작하자 여러 가지 변화들이 나타났다.

갈기를 휘날리는 말 머리 모양 로고의 조다쉬 청바지와 나이키, 프로스펙스 같은 캐주얼 옷과 운동화가 유행했다. 내가 실제로 그런 청바지와 운동화를 갖게 된 것은 유행의 끝물쯤에서였지만 이미 나는 캐주얼한 복장이 나에게 전혀 어울리지 않는다는 걸 알게 되었다. 알면서도 부업하느라 바쁜 엄마를 졸라 그 유행의 차림을 해본 것은 크게 드러내놓을 만한 것이 못 되는 내 패션사에서는 이렇게 간단히 요약할 수 있다. 경험과 실패.

유행을 무시하는 것도 어렵고 무조건 유행을 따르는 것도 옳지 않다는 그 교훈은 크게 도움이 됐고 나의 개인적 스타일을 찾는 데 고심하게 만들었다. 그래서 나는 캐주얼한 것이 아니면 무조건 눈에 띄고야 마는 그 학창 시절에 분홍색 '정은'(바른손의 전신이며, 내가 고등학교를 다니던 시절, 광화문 신문로에 복층 구조의 큰 매장이 있었고 그 옆이 바로 '공씨 책방'이었다) 가방을 든 채 무릎까지 일자로 떨어지는 면 소재의 분홍 점퍼스커트의 취향으로 돌아왔다. 십 년 전의 나는 여전히 나인 것 같은데 그 이전의 나는 어째 내가 아닌 것 같다. 아무려나 나는 틴에이저였을 적부터 청바지로 대표되는 거의 모든 캐주얼한 차림으로부터 영영 멀어지는 것처럼 보였다.

청바지 A를 발견한 것은 백화점 사층 캐주얼 매장에서였다. 진 소재라면 검정 원피스에 받쳐 입을 수 있는 재킷이나 트렌치코트,

롱부츠와 매치시켜서 입을 수 있는 스커트 외엔 입지도 보지도 않던 내가 어떤 이유로 그 청바지 앞에서는 걸음을 멈추었을까? 더

러 입어보지 않아도 한눈에 아 이건 내 옷이구나 싶은 옷들이 있긴 하다. 그러나 청바지는 언제나 아니었고 그런 적은 서른세 살이 되 도록 단 한 번도 없었다.

물이 살짝 빠진 듯한 그 청바지는 끝이 약간 나팔처럼 퍼졌고

양쪽 한가운데 세로로 길게 줄이 들어가 있었다. 세로줄 때문에 입으면 다리가 좀 길어 보이기는 하겠군. 나는 지나쳤다. 사층 매장

을 한 바퀴 돌곤 다시 그 매장으로 성큼성큼 걸어가 이거 입어볼게요, 단숨에 말해버렸다. 혹시 내가 청바지 입은 걸 본 사람이 있다

면 그게 그때 그 청바지다.

1960년대 반전의 시대를 지나 패션의 역사에서 눈에 띄는 변화가 일기 시작한 때는 1980년대를 전후해서다. 자기표현 욕구가

강해지면서, 포스트모던에 관해 레비스트로스가 사용한 '브리콜라주bricolage'라는 용어처럼 비싼 것과 싸구려, 남성적인 것과 여성

적인 것, 유행과 철 지난 것을 결합시키는 패션들이 등장하기 시작한 것이다. 일상복에 가까웠던 청바지가 디자이너들의 브랜드로, 고가로 팔리기 시작한 것도 이 무렵이다. 청바지에 관해 내가

긍정적으로 생각하는 점은 그것의 출현은 기교적이며 과시적인 옷이 아니라 활동적이며 편안함을 추구하는 사람들의 욕망에서

비롯되었다는 점이다. 옷의 역사를 살펴보면 뜻밖에도 오랜 시간 동안 개인의 개성이나 기호보다는 계급 신분 지위를 나타내는 수단이었다는 점을 발견할 수 있다. 문화연구가들이 14세기 중엽부터 패션이 시작되었다고 말하는 것은 신체를 가리는 데 급급했던 옷의 형태에 변화가 생겼기 때문이다. 이때 등장한 옷들은 허리를 꽉 졸라매거나 체형을 드러내는, "분할된 육체를 볼 수" 있는 그런 옷들이었다고 한다.(엄밀한 의미에서 14세기 중반 이전에는 패션이 존재하지 않았다고 보는 사회학자들의 시각이 일리 있는 이유는 그 이전 시기의 의복이라는 것은 철저하게 성의 구분과 차별로 이루어졌기 때문이다.) 의상에 과장과 변화가 일기 시작하며 또 한 가지, 사치의 문화도 더불어 시작된다.

사람들은 질문한다. 옷을 왜 입는가? 왜 어떤 옷은 입고 어떤 옷은 입지 않는가. 그것은 한 개인의 특수성에 관해 질문하는 것과 마찬가지다. 패션의 역사는 놀이와 축제 그리고 개성의 표현으로 말할 수 있다. 옷을 입는다, 이 말 속에는 패션에 관한 짐멜의 말처럼 개인의 취향과 개인주의, 그룹에 속하고 싶은 열망과 그 그룹과 구별되고 싶은 욕망이 함께 포함돼 있기 때문이다. 옷을 고르고 입는 행위는 무엇보다 개인적이다.

캐주얼한 옷의 대표라고 할 수 있는 청바지의 출현이 패션의 역사에서 중요한 의미를 갖는 이유가 바로 이 새로운 개인주의 시대를 연 데 있다고 해도 과언이 아니다. 기표로서의 의미가 아니라 일상에서의 자유와 여유, 느슨함을 추구하는 개인들의 열망이 반영된 것이 청바지 열풍이다. 사회적 지위나 연령의 차이와 상관없이 블루진과 데님이 인기를 끌기 시작했다. 한 청바지의 광고, "전설의 일부가 되라"의 의미는 유행보다 패션에 있어서의 이 개인주의의 가치들을 말하고 싶어 한 것은 아니었을까.

　그런 사실을 모를 때나 알고 있을 때나 옷을 고르기는 쉽지가 않다. 나는 당신의 옷이야, 라고 옷은 자주 말해주지 않는다. A와 같은 신비의 청바지는 그 이후 다시 만날 수 없었다. 그것이 이유가 되었을까. 나는 다시 청바지를 입지 않는 사람이 되었고 청바지가 잘 어울리는 사람을 몹시 부러워하는 예전의 상태로 되돌아갔다. 달라진 게 하나 있다면 진을 입어도 이젠 모두 블랙이며 진처럼 보이지 않는 진을 신중히 고르고 입는다는 사실이다.

　청바지 A가 나에게 준 선물은 그 옷을 입고 즐겁게 걸어다녔던 추억뿐만 아니라 한때 내 신체조건으로는 금기에 가깝다고 여겼던 다른 청바지들을 시도해보고 가능성에 대해 생각케 한 마음이었다. 그런 시기들을 거쳐 나는 완전한 블랙에 가까운 차림, 그리고 겨울을 제외하곤 스커트를 입지 않는 패션을 고수하게 되었다. 개인의 패션의 역사는 자아 정체성과 닮아 있다. 어느 것도 실패와 모험과 시도와 깨달음 없이는 완성되지 않는다. 어쩌면 결코 완성될 수도 없는.

　패션에 관한 개인적 원칙 같은 것들이 있다. 우선 나는 몸에 세 가지 색 이상을 걸치거나 입지 않는다. 같은 블랙이라도 소재는 다르게 겹쳐 입는다. 단순하고 심플한 것을 추구해도 라인은 언제나 중요하다. 더욱이 블랙 니트나 풀오버라면 언밸런스한 디자인을 선호한다. 블랙의 종류는 무궁무진하다. 소재와 디자인의 차이가 블랙의 종류를 만든다. 싫증날 땐 흰색 셔츠를 매치시켜 입는다. 그리고 블랙 마니아라면 다 알고 있는 사실이겠지만 메탈 벨트는 여러 개 갖고 있는 게 좋다. 같은 색감의 스카프나 머플러 또한. 다른 장신구는 웬만하면 하지 않는다.

하지만 패션에서 눈에 띄는 차이를 만들어내는 요소는 색보다 형태다. 디자인. 나는 옷을 사러 갈 때 옷을 산다, 라고 생각하지 않는다. 디자인을 사러 간다, 라고 여긴다. 안나 윈투어는 패션에는 사람을 긴장시키는 무언가가 있다, 라고 말했다. 몇 개의 선으로 이루어진 형태. 그것은 나를 긴장시킨다. Less is more. 이 기준으로 나는 새로운 블랙과 형태의 옷을 찾는다. 그리고 무엇보다 나는 나 자신을 위해서 옷을 입는다.

아르마니 패션 가운데 변하지 않는 요소가 무엇이냐는 질문에 조지 아르마니가 한 대답은 이렇다.

우아함, 개인의 스타일 그리고 진화.

편리함이나 활동성보다 내가 패션에서 추구하는 목표이기도 하다. 지금까지도 많은 여성들 사이에서 '재키 스타일'이 회자되는 것은 이 세 가지 요소들을 그녀가 모두 갖고 있었기 때문이 아닐까. 재클린 케네디 오나시스의 멋진 사진들 중 내가 가장 좋아하는 것은 그녀가 두 남편을 잃은 사십대 중반 이후, 편집자로 일할 때 원고를 읽으면서 피프스 애비뉴를 혼자 걸어가고 있는 사진이다. 검은 재킷에 청바지를 입은 재클린.

어떤 세계관과 사회적인 입장이 옷을 통해 드러날 수 있다는 점은 옷을 입는 즐거움과 긴장감을 높여준다. 자신에 대해서, 자신의 욕망에 대해서 그리고 스타일에 대해서도 정체성은 갖고 있어야 한다. 고유하며 나 자신과 유사한 그런 특성. 옷을 고르고 입는다는 것은 그 정체성의 연장이다. 내가 청바지 A를, 지금은 블랙을 입는 이유도 그것들이 나의 정체성을 나타내주기 때문이다. 그 안에서 편안함과 익숙함 그리고 개별성을 느낀다. 옷에 관한 당신의 취향이 어떠하든 그것은 이 도시에서 살아남기 위한, 혹은 도시의 삶을 스스로 즐기기 위한 개인적 선택의 하나인 것이다.

각자의 개성들처럼 패션에 관한 우리의 생각은 일치하기 어려울 것이다. 하지만 옷에 관한 한 모든 여자들의 생각은 어쩌면 이 한 문장으로 말할 수 있지 않을까?

언제나 입을 만한 옷이 없다!

밤의 백화점에서

쇼윈도 속의 어떤 상품은 카페인과 같을 때가 있다. 맛과 냄새는 없지만 중추신경을 자극하는. 특히 일층에서 여기 사층까지의 상품군들이 그렇다. 적절한 판단력과 확실한 구매의사가 필요한 층이다. 이후부터의 층은 나 자신보다는 타인을 위한 물건을 구매하기에 더 적합한 층일 가능성이 크다. 화장품과 옷 그리고 구두를 골랐다면 지금부터는 잠시 숨을 고를 필요가 있다. 쇼핑은 여기서 끝나지 않을 테니까. 다리도 좀 아픈 것 같다.

쇼핑백을 여러 개 들었다면 지하 일층으로 내려가 물품보관소에 맡겨둘 수도 있다. 거긴 냉장고, 냉동고도 갖추고 있다. 근처에 남대문시장과 서울역이 있는 지리적 특성 때문인지 이 백화점의 물품보관소에 맡겨지는 물건들 중에는 유난히 꽃다발과 트렁크들이 많다고 한다. 인근 다른 백화점에서 물건을 산 쇼핑백도. 많은 건 그것뿐만이 아니다. 폐점 시간이 지나도록 찾아가지 않는 물건도 상당수라고 한다. 깜박 잊고 집으로 돌아간 경우다. 물품보관소를 찾는 손님은 하루에 이백여 명. 외투를 맡길 수 있도록 긴 행거도 설치돼 있다. 내가 실내를 구경해볼 수 있었던 날은 자전거 한 대도 맡겨져 있었다. 누굴까? 자전거를 타고 백화점에 온 사람은. 그 사람이 여성이라면 사각 프레임의 선글라스를 쓰고 목엔 멋진 스카프를, 그리고 핏이 잘 사는 진을 입었을 것 같다. 그러나 여자들은 자전거를 타고 백화점에 가지 않는다.

단편소설을 쓰느라 지하철 유실물 센터를 취재한 적이 있다. 모든 물건들, 사물들 속에는 이야기가 담겨 있다. 백화점 내에서 내가 일해보고 싶은 데가 두 곳 있다. 한 군데는 물품보관소. 고객의 물건을 받아 목록을 작성하고 보관하는 일. 그런 일이라면 별다른 기술 없는 나도 잘해낼 수 있을 것 같다. 나는 낯선 사람과 대화하고 사물을 보고 상상하는 일이라면 주눅 들진 않는 편이니까. 백화점 내부는 읽으면 읽을수록 더 궁금해지는 백과사전 같다. 나는 물품보관소에 물건을 맡겨본 일은 없다. 그곳을 이용할 수도 있다는 생각을 못 한 탓도 있지만 그런 생각을 했다 쳐도 아마 실행하지 않았을 것이다. 물건을 맡겼다는 사실을 까맣게 잊은 채 그대로 집으로 귀가하는 사람들. 틀림없이 난 그에 속할 테니까. 지금 손에 든 건 무겁지 않다. 다만 어딘가 잠깐 앉아 있고 싶다. 두리번두리번 주위를 둘러본다.

의자다.

에스컬레이터 옆에 팔걸이가 있는 소파들이 적당한 간격으로 나란히 놓여 있다.

『쇼핑의 과학』이라는 책에는 "고객을 사로잡는 쇼핑 매장의 9가지 성공 법칙"이 나온다. 소개하자면 다음과 같다. 고객의 손을 자유롭게 하라. 고객의 동선에도 법칙이 있다. 광고의 생사는 1미터로 결정된다. 고객의 본성에 섣불리 도전하지 마라. 남성은 마음 편한 쇼핑을 원한다. 여성은 고급스러운 쇼핑을 원한다. 작은 것은 불편하고 큰 것은 아름답다. 아이들의 쇼핑—쇼핑은 상품과 노는 것이다. 쇼핑은 체험이다.

백화점의 이 의자들. 여성 고객이 많은 층에 더 많이 놓여 있다. 여성을 위한, 쉬어가는 자리처럼 보인다. 하지만 이것은 처음에 여성의 것이 아니었다. 여성을 따라 백화점에 오게 된 남자들을 위해 고안된 첫 번째 편의시설이 바로 이 의자가 아닐까. 소매환경에 대한 관심이 커진 것은 고객을 더 오랫동안, 더 편안한 마음으로 쇼핑에 집중할 수 있게 하기 위해서다. 특히 여자친구나 아내를 따라 백화점에 오게 된 많은 남성 고객들을 위한 '공공 공간'을 마련하지 않으면 안 되었던 것이다.

여기에 의자를 빼놓고 생각하기는 어렵다. 매상이 오르는 데 의자가 큰 기여를 한다는 사실은 소매환경의 세계에서는 공공연하게 알려져 있다. 그래서 이 의자를 공공 공간 외에 매장의 '인접물'이라고도 부르는 것이다. 이 인접물에 앉아서 '진열물'을 바라볼 수도 있고, 거기서 흘긋 보고 지나친 상품에 대해서 다시 되돌아볼 여유를 얻기도 한다. 어쩌면 불필요하게 자리를 많이 차지하고 있는 것처럼 보이는 이 의자 속에는 21세기 남성들의 쇼핑 방식에 관한 고찰이 숨겨져 있을지 모른다. 남성들은 백화점보다 슈퍼마켓에 가는 것을 더 편안해하고 자주 간다. 필요한 것만 사고 빨리 거길 빠져나올 수 있어서다. 그런데 이제 의자가 놓임으로써 백화점을 찾는 남성과 그리고 그들과 함께 온, 조금 더 쇼핑할 시간을 원하는 여성들 모두를 만족시킬 수 있게 되었다. 그래서 그런지 빈자리 하나 찾기가 쉽지 않다.

간신히 한 자리 차지하고 앉는다. 사층 아래의 층들을 고스란히 내려다볼 수 있는 위치다. 적절한 높이의 창가 자리에 앉아 차를 마실 때의 느낌이다. 지나가는 사람들, 그 사람들이 있는 풍경을 구경하고 들여다볼 수 있는. 지금 내가 있는 곳의 전경과 배경은 거대한 인공의 실내다. 환하게 불이 켜져 있고 음악이 흐르고 적당한 소음과 발소리가 들리는. 눈을 감고 있으면 의자 하나에 파묻혀 거대한 공원, 자연 속에 놓여 있는 것 같다.

내가 맨 처음 백화점에 사로잡힌 이유는 내가 맨 처음 도시에, 광화문에 사로잡힌 이유와 같다. 나에게 자연自然은 숲과 대지의 품이 아니라 이 인공적 공간들이다. 나는 숲이나 바다나 산보다 도시가 만들어낸 인공의 공간, 백화점이나 고층빌딩, 카페, 미술관, 도서관 안에 있을 때 더 편안하고 안도가 된다. 내가 더 나답고 자연스럽다고 느낀다. 눈을 뜬다. 조명은 아직도 너무나 밝다. 그러나 밤이 오면 이 조명도 음악도 사라질 것이다. 인공의 공간에도 밤은 찾아온다. 나는 오늘 더 오래 여기 머물 수 있다.

폐점 후의 백화점에 관해 내게 말해준 사람은 아버지다. 백화점 일층 내부 수리를 며칠 맡게 되었을 때다. 아버지와 어머니는 당신들이 생각하기에 어떤 특별한 공간, 특별한 이야기를 보고 들게 되면 그것을 반드시 나에게 들려주어야 한다고 생각하시는 것 같다. 작가 딸을 둔 부모로서의 어떤 책무처럼. 내가 귀를 기울이거나 말거나 아버지는 폐점 후의 백화점에 대해, 일층 화장품과 명품매장에 관해 이야기했다. 흰 천으로 가린 매장과 매장의 물건들. 그리고 시시각각 돌아가던 빨간 감시카메라의 눈과 보안요원들에 대해서.

쇼핑 후 식당가에서 혼자 밥을 먹고 엘리베이터를 타고 출구를 찾아 일층으로 내려왔을 때 보았던 매장 풍경을 머릿속으로 떠올리며, 아버지 말을 건성으로 흘려들었던 걸 기억해낸다. 그 짧은 시간 동안, 인테리어를 바꾸거나 청소를 하고 있는 것 같은 사람들, 인부들을 보기도 했다. 그 속에 언젠가는 아버지도 있었던 모양이다. 일을 하던 그 며칠 저녁 사이에 아버지가 백화점에서 본 것은 무엇이었을까. 무엇을 말해도 우리는 서로 다 말하지 않는다. 그것이 아버지와 나의 대화법이다. 어려운 책을 읽듯 행간을 잘 이해하고 읽어야 한다.

폐점 후의 백화점. 목요일이다. 특별행사나 세일은 대부분 금요일부터 시작된다. 백화점의 목요일 밤은 분주하다. 내일부터 몇 개 브랜드가 특별할인 기간에 들어간다고 한다. 옷이 담겨 있을 커다란 박스들이 휑하게 넓은 행사장 바닥에 첩첩이 쌓여 있다. 장갑을 낀 사람들이 테이프로 밀봉된 박스를 풀고 있다. 그것을 그쪽 용어로는 '까대기한다'라고 하는 모양이다.

나는 가능한 한 천천히, 백화점 내부를 걸어다니기 시작한다. 다시는 가질 수 없는 시간일지 모르니까. 옷이 잔뜩 걸린 채 가로로 테이프를 둘둘 감아놓은 이동식 행거들. 이 행거들은 사물에 관해 피에르 상소가 한 말, 서로 포개 끼워져 체인으로 연결된 짐수레들을 보면 슬퍼진다는 말을 떠오르게 한다. 멋진 흰 셔츠를 입고 있지만 하의는 벗겨진 채 서 있는 남녀의 마네킹들, 흰 천으로 덮인 화장품 매장의 물건들, 하얗게 빨아놓은 퍼프들과 명품을 만질 때 쓰는 여러 켤레 실크 장갑들. 그리고 움직이지 않는 엘리베이터들. 매장 영업시간이 끝나 작동을 멈춘 공기순환장치. 뜨문뜨문 불을 밝혀놓은, 조도가 낮은 실내.

나는 움직이지 않는 에스컬레이터를 걸어다닌다. 위로 아래로. 걸을 때마다 딱딱딱 크고 차가운 소리가 난다. 내일 아침을 준비하는 사람들. 모두가 분주하게 움직이고 박스에서 테이프들을 뜯는 소리가 느린 밤을 찢는 소리처럼 들린다. 화려했던 가방과 구두와 옷들, 화장품, 한껏 세련되게 차려입은 마네킹들, 쇼윈도.

모든 게 정지해 있다. 그것을 쳐다보는 사람은 이제 여기 아무도 없다. 욕망의 시선도 갈등도 탐욕도 없다. 그런 시선이 사라져서일까. 모든 사물에서 생명력이 빠져나간 느낌이다. 허룩하고 안쓰러워 보인다. 아니 그것은 휴식일까. 타인의 시선에서 잠시 벗어날 수 있는, 지금은 긴장하지 않아도 좋을 시간. 생명 있는 것만이 시선을 요구하는 것은 아닌 것 같다. 예찬받고 싶어 하는 것들. 건축이나 사물들. 그것들은 타인의 시선을 요구하며 필요로 한다. 밤의 백화점은 시선이 사라진 사물들의 서 있는 침대, 간절히 내일을 기다리고 있는 사물들의 숨으로 가득 차오른다. 밤의 숲은 두려웠어도 지금은 아니다.

아버지와의 대화가 생각난다. 내가 미처 읽지 못했던 그 행간. 아버지가 밤의 백화점에서 본 것은 일하는 사람의 모습이었을 것이다. 노동. 그것은 아버지가 그랬듯 나 역시 말로는 설명하기 힘든 인간의 움직임이다. 매일매일을 최대한으로 살기는 어렵다. 아니 불가능하다. 그러나 매일매일, 적게라도 일한다. 노동이 없는 세계. 아버지는 그것을 정직하지 못한 세계라고 내게 말한 적이 있었다.

자, 나는 그만 의자에서 일어난다. 이 의자에 담긴 것은 휴식의 의미만은 아니듯 우리가 놓치기 쉬운 한 가지 사실이 더 있다. 대부분의 공공건물에 비치된 의자는 두 가지 요건을 충족시켜야 한다. 적절한 강도를 가졌을 것. 그리고 다른 하나는 사람들이 너무 오래 앉아 있진 못할 만큼 '적당히' 불편해야 한다는 것.

토요일 이른 아침. 엄마와 나 그리고 친정에서 김치를 얻어갈 막냇동생까지 이렇게 셋이 김장을 담근다. 점심 메뉴는 김장을 마친 여느 해와 마찬가지로 뜨겁고 싱싱한 생태찌개. 후루룩, 국을 떠먹는 엄마 표정은 세상에서 제일가는 부자처럼 보인다. 설거지는 내가 자청한다. 며칠 전부터 추위 속에서 장을 보고 무채를 썰고 미나리와 쪽파를 다듬었던 엄마는 피곤에 지쳐 낮잠을 잔다. 나는 떠날 준비를 한다.
헤어숍에 가서 머리를 자르고 슈퍼에 들러 스타킹과 칫솔 같은 것을 사 집으로 돌아온다. 작은방 구석에 놓인 빨간색 엘르 트렁크를 꺼내 먼지를 닦는다. 여섯 살 네 살, 조카 둘은 기다렸다는 듯 쪼르르 달려와 거실 바닥에 펼쳐놓은 트렁크 안으로 들어가 놀기

시작한다. 트렁크 안에서 소꿉놀이를 하고 책을 읽고 둘이 싸우고 운다. 우는 애를 달래놓자 이번엔 두 손을 얌전히 모으곤 유치원 음악회 때 독창으로 부를 노래 연습을 한다. 간다간다간다간다 골

목길로 간다간다간다간다 넓은 길로.

차례차례 조카 넷과 살아보고 키우고 있지만 모든 아이들이 다 약속이나 한 것처럼 트렁크 안에 들어가 노는 것을 좋아한다. 신기

하다. 트렁크를 일부러 닫아놓고 지켜보면 그 위에 털썩 올라가서 논다. 손으로 신나게 바퀴를 굴린다. 저리 가, 저리들 좀 가, 큰이

모 짐 좀 싸자. 화내는 척을 해도 소용없다. 집에서는 기분 좋은 냄새와 노랫소리가 들린다. 집이 언제나 종처럼 튼튼하고 단단한 거라면 좋겠다. 나에게 각인된 엄마 얼굴은 집을 비워야 한다고 말하

던 그 순간의 얼굴이다. 그러나 지금 낮잠에 빠진 엄마는 뿌듯한 듯 미소 짓고 있다. 지금이다. 한동안 내가 집을 떠나 있어도 좋은 때. 짐을 꾸리며 나는 조카의 노래를 따라 부른다.

간다간다간다간다 하늘 높이, 라라라라 비행기.

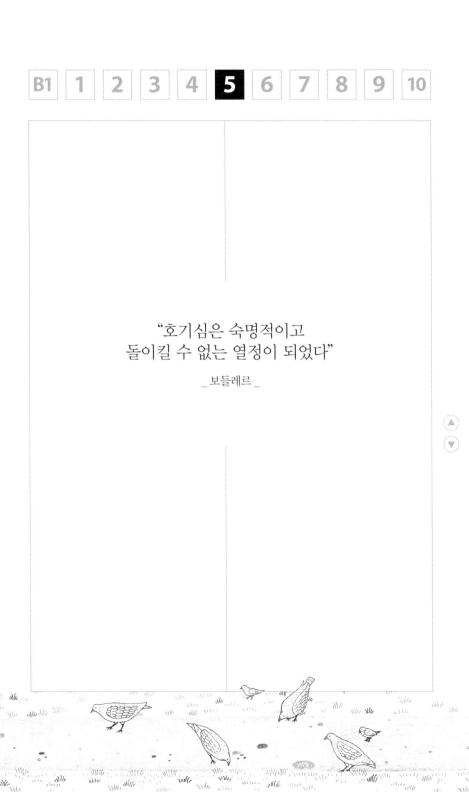

"호기심은 숙명적이고
돌이킬 수 없는 열정이 되었다"

_ 보들레르 _

도시, 익숙하지도 낯설지도 않은

내 본적은 서울시 관악구 봉천동 산1번지다. 지금은 봉천동이라는 지명도 사라지고 없지만 나는 어려서부터 내 본적을 뚜렷이 기억하고 있었다. 내가 몇 살이든, 어디에 있든 내가 살고 있는 주소, 심지어 잠깐 머무는 호텔 주소까지 외우는 버릇이 생긴 건 네 살 때 아이를 못 낳는 여인에게 유괴를 당했다 어렵게 다시 집으로 돌아온 후부터일 것이다.

태생지인 여수를 떠나 서울로 올라온 아버지가 처음 뿌리를 내리고 딸 셋을 낳고 키운 데가 여기다. 나는 나의 많은 것들을 아버지로부터 배웠고 물려받았다. 글을 쓰지 못했다면 아버지를 따라 목수가 되었거나 집 짓는 사람이 되었거나 그도 저도 아니면 언젠가 아버지가 시도하려다 생각을 바꾼 열쇠수리공을 하며 살았을지도 모른다. 많은 시간, 그런 아버지와 불화하고 반목했지만 나의 많은 면이 아버지의 전철을 밟고 있다는 사실을 잘 안다. 문학을 시작한 것도 마찬가지다. 내 꿈인 줄 알았던 시인이야말로 아버지의 첫 번째 실패한 꿈이라는 걸 나중에 알게 되었으니까. 봉천동 산동네에서 살게 된 건 아버지의 뜻이었지만 그건 내 운명에 가까웠을 것이다.

나는 아카시아 군락인 뒷산에서 역시 나와 같은 처지로 판자촌에 살던 친구들과 나무를 오르고 꽃을 따먹고 눈사람을 만들며 컸다. 뒷산은 내가 가본 장소 중에 가장 넓고 컸다. 산이 험하고 위험을 숨긴 데며 언제나 조심해야 하는 장소라는 것은 어른이 돼서야 알았다. 사시사철 산이 무서운 줄 모르고 지냈던 그 유년의 날들이 나의 완벽한 행복의 시기가 아니었나 싶은 생각이 들기도 한다.

중학교에 입학하게 되면서부터 야산에 올라가 놀게 될 일이 사라졌다. 친구들도 어디론가 뿔뿔이 흩어져버렸다. 나는 내 몸에 너무 헐렁한 교복을 입고 커트 머리를 한, 겁에 질린 얼굴로 대방동에 있는 중학교에 다녔다. 봉천동은 넓었고 관악구는 무한한 것 같았다. 거길 벗어난다는 생각은 해본 적이 없었다. 한데 내 삶에 정말 알 수 없는 일이 생겼다. 고등학교 배정을 받는데, 전교에서 딱 두 명만 관악구를 벗어난 곳으로 다니게 되었다. 그것도 시내한복판에 있는.

버스를 타고 떨리는 마음으로 한강을 건넜다. 어딘가에도 썼지만 내가 한강을 건넌 것은 그때가 처음은 아니었을 것이다. 하지만 한강을 건넌 내 선험적 기억은 그때로부터 시작된다. 고등학교는 서대문과 정동에 넓게 걸쳐 있었다. 열일곱이 되어가는 중이었고 그때 나는 광화문이라는 거대한 장소에 처음 발을 들여놓게 된다. 그리하여 훗날 나는 내 인생의 첫 번째 근대의 장소가 바로 광화문이다, 라고 쓰게 되는 것이다.

변두리 산동네에서 자랐기 때문일까. 내가 서울에 대해 갖는 느낌은 좀 다르다. 복잡하고 거대한 대도시가 아니라 친구가 있고 나무들, 작은 집들, 언덕, 눈, 꽃, 동생들, 방앗간, 우물, 마당, 넝마주이, 개천, 목공소 같은 것들로 둘러싸인 아늑한 장소였다. 사람들이 대도시에 관해 말할 때 쓰는 일반적인 표현들을 내가 체험한 것은 광화문에 갔을 때였다. 그 후는 맨 처음 비행기를 타고 도쿄에 내렸을 때.

도시가 주는 많은 위험들, 유혹과 찬란함과 의혹투성이의 간판들, 변형의 골목들, 고층건물들, 인파, 무정형의 구름과 바람. 도시에 대한 기대와 흥분과 끌림으로 내 머릿속이 팽팽하게 긴장되는 것을 느끼고 있었다. 그것은 충격이었다. 열망이었다. 나는 그것을 읽고 이해하고 싶었다. 열일곱의 나에게, 드디어 도시라는 커다란 텍스트가 다가온 것이다.

도쿄에서의 내 일상을 셋으로 나눈다면 자고 읽고 걷는 것, 뭐이 정도쯤으로 말해도 좋겠다. 집에 있을 때와 다를 게 없다. 차이가 있다면 서울에 있을 때보다는 더 오래 걷는다는 것. 그리고 서울에 있을 때보다 텔레비전을 조금 더 본다. 텔레비전을 통해서 배우게 되는 것들도 많고 감탄하게 될 때도 자주 있다. 그건 책에서 배우는 것과는 조금 다른 종류의 것이다. 도쿄에서 채널을 돌리면, 어딘가 반드시 기타노 다케시가 나온다. 자신이 말을 할 때도 상대방의 말을 되받아칠 때도 "관객의 웃음과 웃음 사이를 냉정하게 지켜보고 있"는 무시무시하게 차가워 보이는 그가.

내가 도쿄에 처음 온 것은 스물한 살 때였다. 그해 한 칠 개월쯤, 생에 처음으로 직장생활이라는 것을 했다. 내가 다니던 회사는 컴퓨터 그래픽 디자인 회사였는데, 협력 관계를 맺은 일본 디자인 회사에 가서 교육을 받아야 하는 일이 생겼다. 지금 생각해봐도 어째서 나 같은 애송이한테 그런 기회가 주어졌는지 모를 일이다. 아무튼 기간은 일주일, 디자인 전공인 동료들 셋과 맨션에서 합숙했다. 아침이면 도쿄 어딘가에 있는 사무실에 가서 잘 알아듣지도 못하는 일본어로 교육을 받았고 어두워진 후에야 숙소로 돌아올 수 있었다. 내가 기억하는 도쿄는 오직 밤의 도쿄였다.

일주일 후, 그 도시를 떠나게 될 때 언젠가 여기 다시 와야지, 결심했다. 바로 밑의 동생이 친구처럼 지내던 연하의 일본 남자와 결혼을 하여 도쿄에서 살림을 차리게 되었다. 어쨌거나 이제 나는 동생 집에 자주 간다.

2005년 여름, 도쿄에서는 처음 시마다 마사히코를 만났을 때였다. 롯폰기, 이자카야에 서서 생맥주로 목을 축이다 말고 마사히코가 기세 좋게 휴대전화 폴더를 열어젖히며 물었다. 누구 만나고 싶은 사람 있으면 말해봐.

기타노 다케시.

음, 넥스트.

요시토모 나라.

넥스트.

쿠사마 야요이.

넥스트.

기타노 다케시.

이윽고 마사히코가 폴더를 탁 접으며 이렇게 말했다.

임파아써블.

백화점 점원, 택시 기사, 코미디언을 거쳐 세계적인 명감독이 되었지만 사람들에게 문화예술인으로 대접받는 것을 싫어하는 기타노 다케시는 오늘도 우스꽝스러운 재킷을 걸친 채 다른 패널들과 함께 뭔가 물컹물컹해 보이는 음식을 시식하고 있다.

죽을 때까지 뭔가 "웃기는 짓"을 하고 싶다는 그가 말한 영화 철학은 명료하다. 좋아하는 영화를 만드는 것과 만든 영화를 좋아하는 것은 다르다. 이 말은 되뇌어볼수록 무시무시한 데가 있다. 그러니까 이런 식으로 말이다. 좋아하는 소설을 쓰는 것과 쓴 소설을 좋아하는 것은 다르다. ……정말 사실이다. 그리고 영화든 소설이든 자기 자신을 위해서 만들고 쓴다. 맨 처음의 목적은 어쨌든 그것이 나 자신을 위한 일이어야 한다.

주섬주섬 신발을 찾아 신는다. 익숙하지도 낯설지도 않은 도시에 와서 가장 처음에 그리고 가장 마지막까지 하게 되는 건 걷는 일이다. 걷고 또 걷는 것. 그것이 떠나온 자의 변증법이다. 걸으면서 쫓아버릴 수 없을 만큼 무거운 생각이란 하나도 없다는 키르케고르의 말을 이해하게 된 때는 내가 걷는다, 라는 행위의 지속성을 인식하고도 오랜 시간이 지난 뒤다. 쓰는 일은 손으로만 하는 게 아니라 발과 몸 전체가 세계와 맞닿은 결과로 시작된다는 사실 또한.

이리하여 나는 걷는 것을 멈출 수 없게 되고 정신과 육체에 짧지만 잠시나마 탄력이 생기고 충만해지는 것을 느낀다. 하루도 쉬운 날은 없다. 그러나 걷지 않으면 하루는 더 무거워진다. 거리에 있으나 거리에 없고 보고 있으나 구경꾼은 아니다. 걷는 것은 무위의 노동이 아니다. 내가 세계로부터 얼마나 떨어져나와 있는 것인지, 불안과 호기심이 뒤섞인, 이 보는 즐거움의 이유는 무엇인지 생각한다. 이 거리의 기원은 무엇인지. 이 포석들, 휘황한 간판, 위용을 자랑하는 고층건물, 낯선 언어, 현상하는 사물들. 감각이 깨어나는 것 같다. 나는 걷는다. 생각한다. 다시 걷는다. 곧 엄청난 추력推力이유람하는 자, 도시의 상습적 산책자를 사로잡게 될 것이다.

　그런데 나는 한가로운 장소가 아니라 어쩌다가 이 떠들썩하고 복잡한 도시에서 걷게 되었을까.

권공장, 박람회 그리고 일본 백화점의 탄생

근대는 도시의 형성과 함께 시작된다. 전 세계적으로 상거래가 활발해지기 시작한 19세기부터 그 거래를 원활히 하기 위한 공공건물들이 등장한다. 아케이드와 파사주 같은 상점들, 대형 백화점들이 들어서며 공공건물의 황금기가 열리고 랜드마크로 기능하게 된다. 공간에 대한 개념이 실외에서 실내로 이동한다. 이러한 공공건물들은 환경을 점유하기도 하지만 환경을 확장시키는 역할도 한다. 건물들 주변으로 철도역이나 지하철역 같은 것이 지어지며 도시는 망network을 형성한다. 이러한 변화의 시작은 바로 상업이다.

권공장勸工場이란 메이지明治 시대에 설립된 점포의 한 형태다. 가운데 통로를 중심으로 제각각 주인이 다른 점포들, 이를테면 포목점, 문방구, 일용품을 파는 잡화점들로 구분돼 있다. 권공장이 그 당시 사람들에게 인기를 끌었던 것은 이전의 상점과는 달리 눈으로 보고 선택할 수 있는 상품의 진열 방식에 있었다. 또 신발을 벗지 않고도 상점에 들어갈 수 있는 토족土足을 시행한 것도 한몫했다. (도로 사정이 열악하던 때였으므로 토족의 시행은 혁신적인 데가 있었다. 그리고 이것은 백화점의 건축 양식에도 영향을 끼쳤다. 건물 안으로 신발을 신고 들어올 수 있도록 바닥재나 마감재를 고려해야 했던 것이다.) 권공장이 마지막으로 인기를 끌던 시기는 쇼와昭和 15년, 1940년이었다. 이 무렵 일본 백화점의 연표를 보면 미츠코시를 비롯해 다카시마야, 마츠야, 이세탄 등 대형 백화점들이 자리를 잡고 대중에게 큰 인기를 끌었다. 하지만 권공장은 백화점에 자주 갈 수 없는 서민들의 삶에 없어서는 안 될 친근한 상점의 역할을 담당하고 있었다.

최초의 권공장은 1878년, 지금의 마루노우치에 세워졌다. 1877년 여름과 가을에 걸쳐 도쿄 우에노 공원에서 개최되었던 내국권업박람회에서 팔고 남은 물품들을 진열하고 판매할 장소가 필요해졌고, 권공장은 그 물품진열소로 개장하게 된 것이다. 박람회의 최초 목적은 농공상 모든 분야를 권장해서 전국 각지의 물산을 활성화시키는 데 있었다. 주로 필수품들, 해외에 판매할 만한 진귀한 물건들 중심으로 출품되었다. '바자'와 '페어'라는 말이 그때부터 자주 쓰이기 시작했다. 사람들은 취향대로 물건을 직접 보고 만지고 또한 저렴한 가격으로 살 수 있는 박람회의 새 방식에 열광했다. 권공장도 우에노 공원과 긴자를 중심으로 곳곳으로 확산되었다. 물건이 싼 대신 조잡하다는 비난도 있었지만 권공장은 서민들이 언제라도 가벼운 마음으로 들를 수 있는 대형 잡화점이었다.

그러나 권공장은 인기를 얻은 것과 동시에 급속도로 쇠퇴의 길을 걷게 된다. 관동대지진으로 인한 휴점, 지나친 가격경쟁으로 인한 품질의 저하, 새로운 시대가 요구하는 장소 및 건축물로서의 변화를 발 빠르게 꾀하지 못한 점 등이 그 이유가 되었다. 하지만 권공장은 사람들에게 혁신적인 상거래의 장을 열어준 박람회의 중요성을 확인시켰으며, 훨씬 더 큰 규모의 상점과 판매 방식의 필요성을 이끌어낸 판매장의 역할을 했다.

이 무렵, 이러한 필요성을 느낀 몇 개의 포목점들이 서서히 변화를 시도한다. 그 첫 번째 포목점이 미츠코시三越이다. 1905년《지지신보時事新報》에 다음과 같은 미츠코시 포목점에 관한 전면 광고가 실린다.

저희 가게에서 파는 상품은 앞으로 그 종류를 늘려갈 것이며, 아울러 그 의복장식에 관한 품목은 1동 아래층을 손님들의 요구에 대응할 수 있게끔 설비하여, 결국 미국에 가면 볼 수 있다는 디파트먼트 스토아의 일부를 실현시킨 것으로……

이것이 바로 일본 대중에게 선보인 최초의 백화점 선언이다. 백화점이 소비를 연출함으로서 근대를 만들어나갔다면 권공장은 바로 그 소비의 장을 대중에게 소개하면서 근대를 연 셈이다.

잠깐 박람회 이야기로 돌아가보자. 무엇보다 백화점의 기원은 박람회라고 말해도 과언이 아니니까.

최초의 산업박람회는 1798년 파리에서 열린 박람회였으며, 국제박람회로는 1851년 런던의 만국박람회가 처음이었다. 세계 각국의 대도시에서 개최된 박람회를 통해 신기술과 발명품이 소개되고 무역이 활발해지면서 상업주의가 확산되는 계기가 된다. 부시코가 에펠에게 철과 유리 소재로 된 신점포의 설계를 의뢰한 것도 이러한 상업주의의 확산과 필요성과 관련돼 있다. 박람회와 백화점 사이의 보이지 않는 동형의 본질을 백화점의 천재인 그는 재빨리 간파했던 것이다.

박람회의 장점은 권공장과 마찬가지로 그 이전엔 없던 진열방식에 있었다. 관람객들은 상품을 비교하며 고를 수 있는 권리를 비로소 갖게 되었다. 물건을 보고 비교하고 선택하는 즐거움이 생겼다.

1880년 일본은 최초로 국가적인 박람회를 개최하기로 하면서 박람회의 의의를 다음과 같이 들었다. "앉아서 천하의 물산을 한 곳에 모을 수 있는 것, 일찍이 보지 못한 물품과 그 이용 등을 살펴보고 이해할 수 있는 것, 기계 기술 습득의 기회가 되는 것, 국내의

진보를 촉진시키고 수출을 증대시키는 것, 그 풍속의 좋고 나쁨을 살펴 개화의 우열을 보는 것" 등등.

근대를 주도한 박람회의 역사는 20세기, 본격적인 백화점의 시대로 접어들기 전까지 그 풍요의 시기를 지속한다. 1900년 파리 만국박람회를 지켜보았던 나쓰메 소세키는 그 소감을 이렇게 쓰고

있다. "문명을 자극이라는 주머니에 골라 넣으면 박람회가 된다. 박람회를 깊은 밤 달빛에 빛나는 모래에 섞으면 멋진 일루미네이션이 된다. 적어도 살아 있다면, 살아 있다는 증거를 구하기 위해

서는 일루미네이션을 보고서 앗! 놀라지 않을 수 없다."

우리나라의 첫 박람회 기록은 비공식적인 참가였지만 1883년 민영익 일행이 관람한 보스턴 지역박람회로 되어 있으며, 조선 정부가 정식으로 참가한 첫 국제박람회는 1893년 시카고 박람회였

다. 국내임시박람회사무소 설치가 건의된 것은 1902년의 일.

국제 규모의 상거래와 무역이 비약적으로 늘어나면서 세계는 서서히 자본주의 시대를 받아들일 준비를 하고 있었다. 그와 더불어 박람회보다는 조금 더 항구성을 지닌 매개체가 필요해졌다. 새로운 시대는 새로운 건축 양식을 요구한다. 19세기 전반, 벤야민의 말처럼 만보객을 탄생시키며 도시를 상징하던 파사주도 도시의 개조가 이루어지면서 헐리게 된다. 하지만 외부에서 내부로 변형되는 백화점의 건축 양식은 이제 윈도쇼핑이라는 혁신적인 방식으로 다시 만보객들을 끌어들였다.

세월은 가도 일출이나 일몰 같은 천문학적 질서는 결코 변하지 않는 것처럼 사람에게도 그런 게 있을 것 같다. 나는 기본적으로 사람은 잘 변하지 않는다고 믿는 편이지만 돌아보면 아주 많은 것들이 변했고 나 역시 어딘가 모르게 달라진 데가 있을 것이다. 달라지지 않은 것 중 하나는 음식이나 어떤 특정한 사물에 탐욕이 있다는 것이고 그중에는 문구류에 대한 욕심도 있다.

지금은 노트북으로 원고를 쓰고 있으니 덜한 편이지만 예전에는 스스로 생각해도 그 정도가 지나치긴 했다. 나아진 지금, 방 한구석에 내가 쓰는 모닝글로리 노트를 주문한 상자가 한 박스, 각종 펜들이 한 통씩, 더블에이 A4용지도 한 박스씩 쌓여 있다. 작업실 책상 서랍은 각 도시 미술관에서 사온 엽서들로 가득 차 있다. 이런 경향에는 아무래도 내 별자리가 염소자리라는 것도 한몫하는 게 아닐까 짐작해볼 따름이다.

직장생활을 하던 스물한 살 때, 점심시간이면 나는 밥 먹자고 하는 사람도 같이 밥 먹을 사람도 없었지만 약속이 있는 사람처럼 지갑을 챙겨 들곤 빠른 걸음으로 사무실을 빠져나왔다. 그 무렵 강남에 처음 생긴 대형 북스토어였던 월드북센터에 가 책을 고른 후 지하에 있던 웬디스에 들르는 게 아니라면 신사역에서 지하철을 타고 한 정거장 거리인 압구정역에서 내렸다. 지하철역에서 현대 백화점으로 연결되는 통로가 있었다. 사층인가 오층인가에 스테이셔너리stationary가 있었다. 사무실을 자주 드나들던 다른 회사 직원에게 선물 받은 고급 다이어리를 교환하러 갔다가 그 백화점에 문방구가 있다는 사실을 알게 되었다.

작지만 귀하고 보기 좋고 갖고 싶은 노트와 펜들, 수첩들이 많았다. 아무것도 사진 못했어도 구경하는 것만으로도 흥이 났다. 칠 개월, 가까스로 다니던 직장을 그만두겠다고 이사에게 말하고 퇴근한 날 저녁에 그 백화점에 가 큰맘 먹고 커다란 노트 한 권을 샀다. 연둣빛 가죽 장정이었다. 거기에 무엇을 쓰게 될지, 어떤 기록을 남기게 될지는 몰랐으나 한 가지 사실은 분명했다. 이제 나는 한동안 집 밖으로 나가지 않으리라는 것.

압구정역도 현대 백화점도 그 후 개인적으로 가볼 일이 별로 없었다. 지하철이나 택시를 타고 근처를 지날 때마다 그 백화점 안에 고요하게 떠 있는 작은 섬 같던 문방구를 떠올리고는 했다. 지금은 아마 사라지고 없으리라. 취재를 도와준 백화점의 과장과 차를 마시다가 문득 그때가 생각나 요즘 백화점에 문방구는 없나요? 물어보았더니 그런 질문은 처음 받아본다는 듯 난처해하기에 말을 돌리고 말았다. 내 청춘 시절에 백화점엔 문방구도 있었다, 라는 추억을 갖게 된 것을 다행이라고 여겨야 할 시대인 것 같다.

도쿄에 있을 때 긴자에 자주 간다. 특히 주말이면 차량 통행이

금지되는 주오도리(중앙도로)의 일직선으로 뻗은 인도 양쪽을 번갈
아가며 걸어다니는 것을 좋아한다. 대로는 각종 명품매장들이 자
리를 차지하고 있지만 몇 걸음, 바로 뒷골목으로 걸어 들어가면 수
백 년씩 된 작은 식당들과 이자카야, 특이한 좁은 상점들로 가득하
다. 나는 새것도 오래된 것도 다 좋아한다. 그 둘이 같이 있다면 그
것대로 소중한 풍경이 아닐 수 없다.

걷다가 지치면 교차로 앞 이층 도토루로 올라간다. 커피 한 잔
을 마시고, 집 생각 잠깐 하고, 그리고 손을 씻고 내려온다. 다시
걸을 준비가 되었다.

긴자엔 언제나 사람들이 많다. 비가 오는 날에도 바람이 부는
날에도. 하늘을 올려다본다. 긴자의 상징물처럼 와코 백화점의 시
계탑이 동그랗게 떠 있다. 교차로에서 길을 건너 왼쪽으로 쭉 내려
간다. 미츠코시, 마츠자카야 긴자점을 지난다. 초대형 붉은 클립
모양 간판, 도쿄 최대의 문구점 이토야^{Itoya}가 보인다. 내가 긴자에
가는 이유들 중 하나다.

12월 1일 수요일.

미츠코시 니혼바시점 정문 앞에서 동생을 기다리고 있다. 하네
다 공항 면세점에서 일하고 있는 동생이 곧 도착할 시간이다. 나는
머릿속으로 생각한다. 동생이 오면 우동을 한 그릇 사 먹고 어딘가
밖이 내다보이는 곳에서 같이 커피를 한 잔 마시자, 라고. 그러나
동생은 곧 허겁지겁 자리에서 먼저 일어나야 한다. 조카들이 보육
원에서 돌아오는 시간에 맞춰 데리러 가야 하니까. 그래도 커피는

꼭 같이 마시고 싶다. 내가 이렇게 도쿄에 와 있지 않으면 나와는 달리 알뜰하기 짝이 없는 동생은 밖에서 커피 한 잔 사 마시지 않으니까. 평소에 무뚝뚝하기 이를 데 없는 동생이 나와 카페에 나란히 앉아 창밖을 보고 있다가 언니가 오면 이런 게 좋아, 라고 지나가듯 하는 말이 정말이지 듣기 좋다. 내가 도쿄에 자주 가는 이유는 어쩌면 동생을 데리고 밖에 나가 그런 시간을 갖기 위해서인지도 모른다. 아주 잠시뿐이지만.

길 건너편에서 갈색 베레모를 눌러쓴 동생이 신호를 기다리고 있는 게 보인다. 나는 손을 번쩍 들어올린다.

일본 최초의 백화점으로 기록된 미츠코시 본점은 니혼바시에 있다. 본점 건물은 르네상스 양식 건축물로서의 보존 가치를 인정받아 1999년에 '도쿄도 선정 역사적 건조물'이 되었다. 미츠코시를 대표하는 이미지인 두 마리의 청동 사자가 본관 정문에 세워져 있다. 이 사자 상은 런던 트래펄가 광장의 사자 상을 본떠 만든 것이라고 한다.

정문 유리문 안쪽에 소파가 놓여 있고 정장 차림의 노인들 네 명이 말없이 앉아 거리를 바라보고 있었다. 도쿄의 많은 백화점들을 다녀보았지만 그중 중장년층이 가장 많은 데가 바로 미츠코시인 것 같다. 그래서인지 실내도 다른 백화점과 달리 시끌벅적하거나 소란스럽다는 느낌이 들지 않는다. 물론 화려하지도 않다. 빛깔로 치면 수수한 잿빛. 그러나 모든 기기나 물품이 오래되고 낡았어도 청결해 보인다.

무엇보다 여기 미츠코시 본점에 오면 에스컬레이터 생각을 하지 않을 수 없다. 동양 최초로 '보통 사람들'이 탈 수 있는 에스컬레이터가 설치된 곳이다. 에스컬레이터 양쪽으로 백열등 같은 흰 조명이 들어온다. 좁지만 그리 길지는 않다. 처음 미츠코시에 에스컬레이터가 생겼을 때 그 사실이 화제가 되어 아이들을 동반한 많은 인파가 몰렸다. 당시 에스컬레이터와 엘리베이터는 '무료로 탈 수 있는 재미있는 설비'로 알려져 사람들을 끌어모으는 데 큰 역할을 했다. 지금도 미츠코시 본점 구관 엘리베이터에는 파란색 웃옷에 검은 모자, 검은 정장을 입은 안내원이 수동식 손잡이가 달린 엘리베이터를 운행해주고 있다.

여기서 뭘 사려고?

동생이 삐딱하게 묻는다.

어, 글쎄.

나는 얼버무린다.

동생이 크리스마스 특설매장으로 구경하러 간 사이에 나는 오층으로 내려간다. 거기 문방구가 있으니까.

캐럴이 흘러나온다. 캐럴을 들으면 마음이 약해지고 빙 크로스비가 부르는 캐럴을 듣게 될 때면 더욱 그렇다. 크리스마스 때 부모가 우리 자매들 머리맡에 놓아준 선물은 오리온 땅콩과자 두 봉지였다. 크리스마스 날 아침이면 세 자매가 빨간 내복 바람으로 모여 앉아 사이좋게 나눠 먹었던 땅콩과자. 그때 그 과자 냄새가 지금 이 미츠코시를 걸어다니고 있는 나를 따라다니는 것 같다. 동생은 크리스마스 특설매장에서 무엇을 볼까? 서울로 돌아가기 전에 조카들과 동생 부부에게 줄 크리스마스 선물 목록을 떠올려본다.

아무리 생각해도 카드만 제외하고 이 스테이셔너리에서 동생 부부
가 좋아할 만한 것은 없는 듯싶다.

　네시가 되자 동생을 배웅하곤 오층 문구점으로 올라가 탁상용
까만 가죽 연필통을 하나 산다. 다리가 아프다. 삼층 여성복 매장
화장실에 가 손을 씻는다. 다른 층의 화장실과는 사뭇 다른 데가

있다. 이 매장의 화장실은 미츠코시가 기모노점으로 출발한 백화
점이라는 사실을 여실히 보여주는 것 같다. 낡긴 했지만 나무 책상
같은 단순하게 생긴 개인 화장대들이 나란히 놓여 있다. 화장실 문

을 열어보니 안에도 따로 세면대와 거울이 있다. 옷을 갈아입고 혼
자서 오랜 시간을 보내도 불편하지 않을 만큼 널찍한 공간도. 백화

점 '파우더룸'의 역사가 거기 고스란히 간직되어 있는 것 같다. 화
장실을 나와 일렬로 놓여 있는 의자에 가 앉았다.

　백화점에 시계가 없다는 말은 사실이 아니다. 오층 벽면에 빨간
색 바늘의 시계가 조각돼 있다. 시계는 당당하고 마땅한 자리에 와

있다는 표정이다. 도쿄의 어둠은 서울보다 정확히 삼십 분 일찍 찾
아온다. 나는 동생에게 집에 가자마자 베란다에 널어둔 이불을 걷
으라고 말한다는 걸 깜박 잊었다고 생각한다.

남 자 의 풀 오 버 는 사 지 않 는 다

우리가 폴라라고 부르는 옷의 정식 명칭은 풀오버^{pullover}. 목을 가리는 스웨터 종류의 옷을 가리킨다. 유난히 감기에 잘 걸리기도 하지만 나는 한여름에도 목을 드러내놓는 옷은 한기가 느껴져서 잘 입지 못한다. 불가피하다면 여름에는 목에 스카프를 두르고 봄과 가을 같은 간절기에는 풀오버지만 민소매거나 반소매, 혹은 칠부 소매의 옷을 입는다. 그리고 일단 찬바람 불기 시작하면 그때부터는 무조건 풀오버다. 목을 가려야만 옷을 제대로 차려입은 것 같고 감기에도 안심이 된다.

한사코 목을 가리는 디자인의 옷이라면 나도 좀 갖고 있는 편이다. 이런 데는 체질 탓도 있지만 유년 시절에 겪은 혹독한 추위의 영향도 있을 것이다. 그래도 그때의 추위는 무섭거나 피하고 싶은 종류의 것은 아니었다. 그 폭설과 추위 속에서도 뒷산에서, 골목에서, 마당에서 친구들과 자매들과 함께 뛰어놀았던 추억은 지금도 생생하고 그립다. 어쩌면 맨 마지막에 내가 떠올리게 될 순간은 흰눈이 펑펑 쏟아지던 집 앞 골목, 그 희디흰 골목에서 자매들과 와와 환호성치며 무서울 것 없이 털옷을 입고 세상의 눈 위를 뒹굴던 그 순간이 아닐까.

변두리의 삶이란 내남 할 것 없이 비슷비슷한 데가 있고 그것은 옷차림에서도 마찬가지였다. 엄마가 중국식 단추를 만드는 부업 말고 살림을 위해 한 여러 가지 일들 중 하나는 뜨개질이었다. 딸이 셋인데다가 우리들은 부쩍부쩍 컸다. 지금 내 키가 초등학교 6학년 때의 키니 그중에서도 나는 눈에 띄게 자랐다. 옷을 사줘도 얼마 못 입고 동생들에게 물려줘야 했다.

아랫동네 골목엔 초등학교 동창이자 친구인 은경이네가 살았다. 은경이 엄마의 뜨개질 솜씨는 단연 최고였다. 꼭 길버트 그레이프의 엄마처럼 뚱뚱한 데다 방 안에서 꼼짝도 하지 않고 아랫목에 앉아 하루 종일 뜨개질을 하였다. 밥을 차리고 동생을 돌보는 것은 그 당시 우리 초등학교 안에서 최고의 미인이었던 은경이가 도맡았다. 우리 엄마를 비롯해 동네 아주머니들은 오후가 되면 각자의 뜨개 바구니를 들고 은경이네로 모였다. 뜨개질을 가르칠 때의 은경이 엄마가 생각이 난다. 엄숙하면서도 어딘가 은경이처럼 도도하고 새침해 보였던.

사실 우리 엄마 솜씨는 드러내놓을 만한 것이 못 되었지만 살림을 절약해야 했다. 하나부터 열까지 은경이 엄마의 코치를 받아가며 엄마는 우리 세 자매의 조끼, 스웨터, 목도리, 장갑, 방울 달린 모자, 심지어 내 바지까지 떠 입혔다. 나는 아직도 엄마가 새로 짠 스웨터에 머리를 처음 들이밀 때 맡았던 실의 냄새, 까슬까슬하지만 곧 기세가 꺾일 털실의 감촉, 그리고 옷을 다 입고 났을 때의 아련한 온기 같은 것들을 기억한다.

동네 아이들 대부분이 머리부터 발끝까지 자기 엄마가 떠준 편물옷을 입고 다녔다. 한 계절이 지나면 스웨터의 푸른색이 조끼의 푸른색으로, 나중에는 모자의 푸른색으로 달라졌다. 옷이 작아지거나 낡으면 실을 풀어 주전자의 김을 한번 쐬어주고는 그 실로 다시 다른 옷을 뜨는 것이다.

내 아버지처럼 그 시절 친구들의 아버지들도 바레인이나 사우디아라비아 공사 현장에 파견돼 나가 있었다. 잘해야 일 년에 한 번 휴가를 얻어 집에 왔다. 아주머니들이 한번 모이면 이야기는 끝이 나지 않았다. 거기 모이지 않은 여자는 춤을 추러 간 게 틀림없다고 흉을 보았다. 쉴 새 없이 이야기를 나누면서도 뜨개질하는 아주머니들의 손놀림은 정확하고 빨랐다. 그런 날이면 우리들은 은경이네로 몰려가 저녁을 먹어야 했다.

한겨울 내내 우리들이 입고도 남을 만한 옷을 뜨고 나면 엄마도, 아주머니들도 아버지의 조끼나 스웨터를 뜨기 시작했다. 주로 쥐색이나 회녹색 실. 엄마는 가끔 비싸다는 앙고라 털을 섞어 아버지 옷을 뜨기도 했다. 그건 세상에서 본 편물옷 중 가장 크고 가장 두껍고 따뜻해 보였다. 빼빼한 우리들이 둘이나 들어가고도 남을. 우리들 옷을 뜰 때와 달리 아버지들의 조끼와 스웨터에는 겉코와 안코를 교차해서 뜬 무늬, 나뭇잎 무늬, 꽈배기 무늬, 사슴이나 눈 결정체 같은 손이 많이 가는 무늬들을 섬세하게 떠넣었다.

서른 살 즈음인가. 동네 시장 골목에 있는 편물 가게로 뜨개질을 배우러 다닌 적이 있었다. 그때 그런 무늬들의 이름이 10코 12단 1무늬, 24코 52단 1무늬라는 것을 알게 되었다. 이름처럼 뜨는 것도 쉽지는 않았지만 모르는 걸 배워가는 기쁨은 무척이나 새롭고 신기했다.

그 경험은 단편 「나의 자줏빛 소파」에 이렇게 나온다. 뜨개질할 때 중요한 건 익숙한 솜씨가 아니라 집중력과 인내심이에요. 잠시만 딴 데 정신을 팔아도 겉코뜨기해야 할 때 안코뜨기가 돼 있고 그러다보면 무늬는 엉망이 되어버리고 말지요. 사실 뜨개질도 생각처럼 쉬운 것은 아니랍니다. 한 코만 놓치거나 실수를 해도 금방 표가 나고 틀린 자리부터 다시 시작해야 하니까 말이지요.

내가 뜨개질과 글쓰기에서 발견한 두 가지 공통점이 있다. 둘다 집중력과 인내심을 요구하는 작업이라는 것, 그리고 잘못 들어선 지점에서부터 다시 돌아 나와야 한다는 사실.

아버지들이 돌아오는 시기는 대개 엇비슷했다. 비슷한 손뜨개 옷을 입고 아버지들이 동네 골목을 쓸고 산을 다니다가, 다시 뜨개 옷을 모두 벗어놓고 더운 나라로 갔다. 그런 영향 때문일까. 내가 갖고 있는 남자 옷에 관한 로망은 면바지에 손뜨개(혹은 털 스웨터) 윗옷을 입은 차림이다.

H의 첫 선물을 고를 때도 고민하지 않았다. H를 잘 알지는 못했지만 그런 차림이 아주 잘 어울릴 것 같았다. 선물을 고를 때 나는 자주 실수한다. 잘 고치지 못하는 이유도 안다. 그 사람이 어떤 것을 갖고 싶어 하고 원할까가 아니라 내가 갖고 싶은 것, 내가 좋아하는 것을 고르기 때문이다. H의 생일에 맞춰 미색 풀오버를 샀다. 예전에 엄마가 떠준 내 옷에도, 아버지 조끼에도 들어 있던 꽈배기 무늬와 나무줄기 무늬가 앞판 뒤판에 적절하게 섞여 있었다.

나의 첫 번째 남자친구인 H가 그 옷을 입고 책상 앞에 앉아 책 읽는 모습을 상상하니 저절로 피식피식 웃음이 나왔다.

풀오버. 1950년대 초부터 생겨 상류층의 경영자들이나 독립적인 직업을 가진 이들이 주로 입었다는 옷.

「잠시 동안의 일」은 줌파 라히리의 소설 『축복받은 집』 맨 앞에 실려 있는 단편소설이다. 부부인 쇼바와 슈쿠마르가 사는 동네에 닷새간 저녁에 한 시간씩 정전이 된다. 결혼 후 어느 때부턴가 "서로를 교묘하게 기피하게 된" 쇼바와 슈쿠마르는 그 정전 시간 동

안 상대에게 하지 못한 이야기를 매일 한 가지씩 하기로 한다. 남편인 슈쿠마르가 아내 쇼바에게 한 이야기 중에는 이런 것도 있

다. 결혼 3주년 기념으로 쇼바가 사준 스웨터 조끼를 실은 잃어버린 게 아니라 필렌 백화점에 가 현금으로 환불받고선 대낮에 호텔 바에서 혼자 술을 마셨다고. 그는 결혼 1주년 때 아내가 자신의

생일을 위해 열 가지 코스 요리로 저녁식사를 준비했다는 걸 떠올린 것이다. 그는 코냑을 마시며 바텐더에게 불평한다. 마누라가

결혼 기념일 선물로 달랑 조끼를 하나 주더군요. 그러자 바텐더가 반문한다.

그럼 뭘 기대했습니까?

나는 H가 그 미색 풀오버를 입은 모습을 한 번도 보지 못했다. 왜 그 옷을 입지 않느냐고 묻지도 않았고 환불하지 그래, 라고 의향을 떠보지도 않았다. 삼 년 후 그와 헤어지게 되었을 때, 서로 그

날이 마지막 만남이라는 사실을 의식하며 말없이 마주 앉아 커피를 마시고 있을 때였다. 침묵 역시 한 대화가 되는 순간이었다.

연애라는 건 미묘해서 그동안은 잊었던 체면이랄까 자존심 같은 것을 헤어지는 순간엔 한꺼번에 부랴부랴 챙기게 마련이다. 가능한 한 눈물은 보이지 말고 큰소리를 내지도 말고 따지지도 말고 그리고 어떤 회고적인 말도 하지 말 것. 나는 작정하고 그 자리에 나가 쿨하게 앉아 있었다. 그런데 왜 그랬을까. 담담히 창밖을 내다보고 있다가 고개 돌려 H의 얼굴을 정면으로 바라보며 기어이 이렇게 물었다. 그런데 그때 그 폴라, 왜 안 입었던 거야?

세상에는 풀오버를 좋아하는 사람과 좋아하지 않는 사람이 있다. 아니 정확히는 풀오버를 입는 사람과 입을 수 없는 사람이. H의 경우엔 까끌거리는 느낌 때문에 편물옷은 원래 못 입는 데다 목까지 올라오는 풀오버는 결코 입을 수 없는 축에 속했다. 그와 헤어지고 나서도 한동안 남자 옷에 관한 나의 로망은 달라지지 않았다. 그런 로망조차 버리게 된 것은 실패한 연애의 경험 때문이겠지만 어디서든 검정이나 쥐색 풀오버를 맵시 있게 차려입은 남자들을 보면 가슴이 콩, 뛰긴 한다. 물론 그 후 지금까지 단 한 번도 남자의 풀오버는 산 적이 없다.

사물로 치면 H는 나에게 아쉽게도 미색 풀오버 한 벌로 남았다. 그 풀오버가 나에게 가져다준 건 옷에 관한 취향을 바꾸어놓은 게 아니라 이런 변화다. 누굴 만났을 때 그가 나를 사랑할까 아닐까, 가 아니라 나는 그를 사랑하는가 아닌가? 먼저 스스로 질문해야 하는 거라고. 그렇게 나는 나이를 먹게 되었고 더불어 누구를 만나도 사랑에 전념 못 하는 사람이 되어버렸다.

오랫동안 가깝게 지내고 싶은 여성을 만나게 되도 가장 먼저 떠

올리는 선물은 내가 뜨개질한 목도리나 숄이다. 그런저런 이유로
첫 조카가 태어났을 때는 아토피용 피부에도 쓸 수 있는 털실을 판

다는 '바늘과 실 이야기' 명동점에 다니며 오렌지색 방울 모자와
목도리를 떠서 선물했다.

이리저리 거닐다가 신관 팔층 뜨개질 코너 앞에서 오랜만에 편

물옷에 관한 향수를 떠올려보았다. 가난이 뭔지 모르고 유년 시절
을 보낼 수 있었던 것은 어쩌면 엄마가 떠준 따뜻한 뜨개옷들 때문
이었을지도 모른다는 생각도.

참고로 서울 시내의 백화점에는 털실을 살 수 있는 매장이 없다.

남자들을 위한, 이세탄 백화점으로

2006년 가을에서 그 이듬해 이월까지 회현역 근처를 지날 때마다 나도 모르게 버스 차창 쪽으로 고개를 바싹 붙여보곤 하였다. 신세계 본점 리뉴얼 현장의 외벽을 장식한 대형 가림막 때문이었다. 공사중인 건물 전체를 감싼 알루미늄 차양막에 프린트된 그림은 푸르스름한 바탕에 중절모와 검은 레인코트를 차려입은 신사들이 마치 비처럼 지붕 위로 내려오고 있는, 초현실주의의 거장 르네 마그리트의 작품 〈골콩드Golconde〉, '겨울비'였다. 그 작품을 쳐다보느라 정체가 되는 것도 서로 싸움을 걸어대는 듯한 클랙슨 소리도 전혀 신경 쓰이지 않았다. 되레 버스가 그 가림막 앞을 좀더 느리게, 더 천천히 지나가주었으면 하는 바람까지 생겼다. 도시에 사는 소소한 즐거움을 느끼게 해주었던 대형 작품이었다.

가림막은 이듬해 곧 사라졌지만 그 후에도 회현역 근처를 지날 때면 저절로 마그리트의 작품을 떠올리게 되었다. 그때 신세계 본점은 전 층을 남성관으로 오픈할 예정이었고 그 이미지를 부각시키기 위해 레인코트 차림의 신사들이 하늘에서 내려오는 듯한 느낌의 마그리트 그림을 선택했다고 들었다. 그러나 정작 그 건물은 공사 도중 콘셉트를 바꾸어 남성관이 아니라 명품관으로 리뉴얼되었다. 우리나라 실정에서 남성관만으로는 수익성이 없을 거라는 판단 때문이었다. 전 층을 남성관으로 계획했을 당시 신세계 본점이 모델로 삼은 백화점은 일본의 이세탄 백화점이었을 것이다. 이세탄 백화점이 유명해진 데는 몇 가지 이유가 더 있지만 그중 가장 큰 것은 1968년 구월 8,000제곱미터 규모로 오픈한 남성 신관이다. 세계적으로도 남성만을 위한 별도의 건물은 몇 곳 없던 시절에 이루어진 파격적인 도전이었다.

아무리 가까운 남자와도 이 두 가지만은 절대로 하지 말아야지 작정했던 게 있다. 같이 미용실에 가는 것과 백화점으로 쇼핑 가는 것.

누구에게 배운 것도 아닌데 나는 남자들이 여자들과 함께 미용실이나 백화점, 쇼핑센터에 가는 것을 좋아하지 않는다는 것을 저절로 알게 되었다. 그 두 장소에서 그런 많은 커플들을 보았기 때문일까. 그런 곳에서 본 남자들의 표정은 딱 이 한 가지다. 따분해 죽겠군!

그런 이유로 내가 이해하지 못하는 여자들은 헤어숍에 갈 때 남자친구와 같이 가거나 역력히 싫은 표정을 짓고 있는 남자친구를 끌고 기어코 쇼핑하고 있는 여자들이다. 학창 시절에도 나는 누가 화장실에 같이 가자고 하면 불편했다. 다른 데라면 몰라도 그런 데는 정말 혼자 가야 하는 장소라고 생각했다. 하지만 나도 할 말은 없게 되었다. 미용실과 백화점에 남자와 함께 가본 적이 있으니까 말이다.

남자와 여자는 다르다. 남자와 여자가 어떻게 다른가, 하고 묻는 것은 사람들의 성격은 왜 서로 다르고 차이가 있을까 하는 질문과 흡사한 데가 있다. 성격이란 지속적이며 부분적으로 유전된 행동의 일관성을 의미한다고 한다. 사람마다 조금씩 유사할 수 있으나 같을 수는 없다. 남자와 여자는 염색체뿐만 아니라 뇌의 구조 또한 다른 종種들이다. 남자는 여자와 달리 왜 쇼핑하는 것을 좋아하지 않을까? 하는 질문에서 '여자와 달리'라는 전제조건은 처음부터 생각하지 않는 게 좋다. 남자와 여자는 뇌의 구조도 다르지만 눈의 구조 또한 다르다. 우리의 망막은 검정과 흰색만 보는 간상체와 그 외의 색깔에 민감한 추상체로 이루어져 있다. 그 두 조직은 각각의 신호를 중추세포들인 M세포와 P세포로 보내는데, 주로 간상체와 연결된 M세포는 대상의 움직임을 감지하는 반면, P세포는 질감과 색을 분석하며 그 정보를 두뇌로 보내는 역할을 한다. 남자의 망막은 P세포보다 움직임을 감지하는 M세포를 더 많이 갖고 있고 여자는 그 반대다. 그래서 여자들은 거의 모든 색과 음영에 빠르게 반응하고 남자들은 M세포가 작동하며 주로 검은색이나 회색 은색 파란색을 선호하게 되어 있다.

백화점의 많은 전략가들은 이런 남성들을, 게다가 통계적으로 여성들보다 폐쇄공포증에 민감한 남성들을 점포로 끌어들이기 위해 오랫동안 연구해왔다. 그 결과 남성 매장은 여성 매장에 비해 무엇보다 넓고 탁 트인 공간으로 쉽게 들어갔다 나올 수 있도록 동선을 단순화해야 한다는 사실을 밝혀냈다. 백화점에 들어가면 여성들은 일단 '구경'하지만 남자들은 자신이 정한 우선순위에 따라 물건을 '사기' 위해 곧바로 그 매장에 들어갔다 돌아 나온다. 남자들이 원하는 것은 쇼핑이 아니라 필요한 물건의 구매일 뿐이다. 적어도 백화점에서라면 '구경하는' 남자들은 매우 드문 것이다.

　그러나 이런 남성들도 여기 이세탄 백화점에 오면 다른 마음이 들 것 같다.

　수직 능선을 강조한 아르데코 건축 양식의 이세탄 백화점은 도쿄, 메이지도오리와 신주쿠도오리의 교차 지점에서 가장 먼저 눈에 띄는 석조건물이다. 백화점이라기보다 이 지역을 상징하는 대표적인 건축물처럼 위풍당당하고 고색창연해 보인다. 백이십여

년이 넘는 역사를 가진 백화점이지만 정문 어디에도 휘황찬란한 간판은 없다. 세월의 흔적을 고스란히 지닌 검은색에 가까운 석조

건물만 우뚝 서 있을 뿐이다. 친절해 보이지도 않지만 위압감을 주지도 않는다. 그게 백화점이라는 사실을 모른다면 웅장한 박물관쯤으로 여길 것 같다.

　개인적으로 나는 이세탄 백화점에 들어가는 것보다 맞은편 마루이 백화점 이층 스타벅스 창가에 앉아 건널목 하나 사이를 둔 이세탄 백화점의 건축물을 맞바라보는 것을 더 좋아한다. 선을 중시

한 아르데코 건축의 특징 때문인지 그 크기와는 상관없이 어딘가 모르게 멜랑콜리한 느낌과 함께 향수에 젖게 한다. 흐리거나 비가

오는 날 그런 거무튀튀하고 수수한 건물을 바라보고 있으면 정신은 한 백 년 이전의 내가 정확히 알 수 없는 세계의 문 앞으로 다가가는 느낌이 든다.

　1933년 오픈한 이세탄 백화점도 대개의 다른 백화점들처럼 여성 의류에 속하는 오비(여성용 기모노를 입을 때 허리 부분에서 옷을

여며주는 장식띠)를 전문으로 다루는 포목점에서 시작했다. 백화점들의 전쟁터라는 도쿄에서 이세탄 백화점이 그토록 오랜 시간 전통을 이어올 수 있었던 것은 '매일이 새롭다, 패션의 이세탄'이라는 슬로건을 지켜왔기 때문이다. 여기서 패션이라는 말은 의류만을 지칭하는 것이 아니라 트렌드를 포함한다. 세계의 많은 백화점들이 마케팅과 트렌드를 연구할 때 이세탄 백화점의 노하우를 참고하는 데엔 이런 이유가 있다. 바닥에 맨홀을 그려넣어 거리처럼 만들려고 노력한 점이나 지금 전 세계적으로 백화점이나 대형 쇼핑몰에서 유행하고 있는 숍인숍shop in shop의 시도, PB Private Brand라고 부르는 자체 브랜드의 개발, 부부를 위한 매장, 브랜드를 가리고 먼저 상품 자체를 선택할 수 있도록 만든 편집매장, '사이즈의 이세탄'이라 불릴 정도로 다양한 여성복 사이즈를 구비한 점, 손님을 대하는 점원들의 특별한 교육, 그리고 슈즈카운슬러 같은 것을 개발한 첫 번째 백화점이기도 하다. 무엇보다 이세탄 백화점이 성장을 거듭할 수 있었던 것은 백화점에 오지 않는 남성들을 위한 신관을 계획한 그 실험적인 도전에 있었다. 현재 도쿄 내에서 신사복 매출의 25퍼센트를 올리고 있는 데가 바로 이세탄 백화점의 남성관Men's Building이다.

슈 즈 카 운 슬 러 라 는   직 업

남자 고객에 관한 이해는 이세탄 백화점 매장 곳곳에서 드러난다. 지하 일층의 신사용 잡화에서 시작해 골프 스쿨이 있는 R층, 전체 열 개 층이 모두 남성을 위한 물건을 판매할 뿐만 아니라 직원들 또한 압도적으로 남성이 많다. 여성 판매원들도 본관과 다르게 검은색 정장을 입고 있고 적절한 때를 알고 있다는 듯 손님이 있어도 재촉하듯 말을 걸지 않는다. 대개의 남성들이 무난하게 고를 물건들로 가득한, 거대하고 평평한 무채색의 공간 같다. 에스컬레이터 또한 스텝 계단이 블랙과 다크 그레이로 번갈아가며 바뀐다. 백화점이 아니라 남자들을 위한 세상에서 가장 큰 책의 한 페이지 속에 들어와 있는 느낌이다. 아닌 게 아니라 혼자 쇼핑하는 남성들이 대부분이다. 나는 지하로 내려간다. 남성용 물건들 중에서 내가 가장 관심 있고 더 알고 싶은 것은 슈즈니까.

　야행성인 나는 텔레비전도 새벽에야 틀어보게 되는데 그중에 유심히 보게 되는 프로그램이 YTN 새벽 세시 뉴스가 끝나기 전, '날씨 정보'와 '스포츠 뉴스' 사이에 방송되는 '취업 뉴스'다. 한 가지 일을 십오 년 넘게 하고 있지만 글 쓰는 일이란 도약이랄까

성과랄까 하는 성취감을 느끼기 어려운 데다가 그런 것들이 있다고 쳐도 눈에 잘 보이지 않는 종류의 일이다. 게다가 자존감을 잃게 되면 글을 쓴다는 게 한 번도 안 해본 암벽을 등반하는 일처럼 까마득하고 무시무시하게 느껴지는 것이다. 자존감을 지키면서도 원하는 글을 쓰고 즐거워할 수 있고 도약했다고 느끼는 순간이란 십오 년 통틀어 한 사오 분 남짓이나 되었을까.

이제 와서 내가 다른 직업을 선택해 잘해낼 수 있을 거라는 확신은 없지만 그래도 아 정말 이대로는 가망 없지 않을까, 라는 낙담이 들 때는 어쩔 수 없이 내가 조금이라도 할 수 있을 만한 다른 직종의 일을 기웃거려보게 되는 것이다. 그러나 취업 뉴스를 보다가 깨달은 사실은 '고졸 학력 이상' 외에 나에겐 아무런 자격이 없다는 거다. 최근에는 항공우주연구원에서 사람을 뽑는다는 뉴스를 보곤 침대에 삐딱하게 누워 있다가 벌떡 일어난 적이 있다. 나는 언제나 우주에 가고 싶었고 관심이 많다. 그러나 이번에 모집 부문은 전기기술.

새벽 네시가 가까워 오는 시간에 취업 뉴스를 보면서 나는 시인 쉼보르스카 여사 말에 백번 동의하고 있다. 새벽 네시에 행복한 사람은 아무도 없다는. 그런데 문득 호기심이 생긴다. 슈즈카운슬러라는 직업은 어떨까?

이세탄 백화점 남성관의 슈즈카운슬러들은 몸엔 꼭 맞지만 편안해 보이는 유니폼을 차려입고 있다. 슈즈카운슬러가 아니라 전문 모델들 같아 보인다.

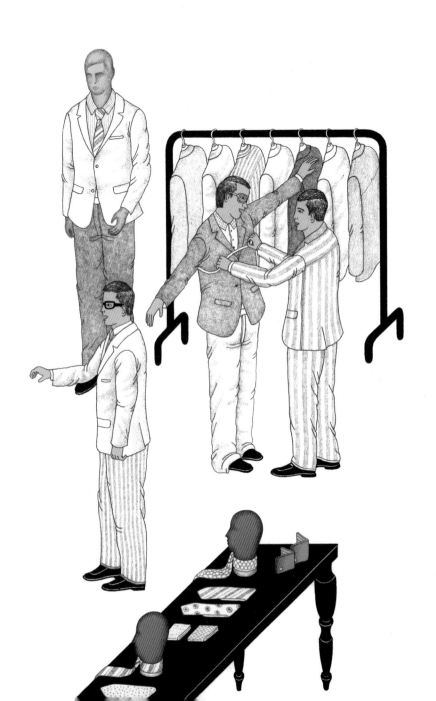

슈즈카운슬러는 고객에게 가장 잘 맞고 어울리는 구두를 고를 수 있도록 도와주는 사람을 말한다. 구두의 제조법, 역사, 피팅 그리고 발의 건강과 해부학적 지식, 구두가 인체에 미치는 영향에 대해서도 해박해야 한다. 내가 만약 슈즈카운슬러가 되겠다면 어렵기로 소문난 이 백화점 사내 인증시험을 치러야만 할 것이다. 실력이 좋으면 독일 전문학교에 가서 더 공부할 수 있는 기회도 얻을 수 있다. 이세탄 백화점의 슈즈카운슬러들이 주력하고 있는 것은 아동 신발이다. 발의 중요성, 특히 아이들 발의 변형의 심각성을 알고 있기 때문이다.

지금 내가 신고 있는 구두를 내려다본다. 그 안에 웅크리고 있을 두 개의 맨발, 열 개의 발가락들. 신체 중 이 부분만큼은 장식이 필요하다. 가장 못생긴 부분이니까. 나는 새의 목뼈처럼 가느다란 발목을 갖고 싶었으나 갖지 못했다. 누구에게도 보여주려고 하진 않지만 일 년 내내 색깔을 바꿔가며 열심히 페디큐어를 한다. 빛깔은 블랙, 때때로 에스티 로더의 퓨어 컬러 로즈. 나는 자주 '발'에 집착하는 나를 본다. 스물여섯 개의 뼈, 열아홉 개의 근육, 백여섯 개의 인대로 이루어진 이 자그마한 인간의 발에.

구두는 나를 생각에 잠기게 만든다.

집 벽에 구두를 숨기면 나쁜 기운도 함께 가둔다는 한 전설을.

구두 제조공의 아들이었던 안데르센의 동화 속에 나오는 한번 신으면 죽을 때까지 계속 춤을 춰야 하는 빨간 구두를.

오즈의 마법사에 나오는 마법의 구두도.

밑창에 사랑하는 사람의 이름을 새겨 걸어다니는 곳마다 그 이름이 땅에 찍히도록 했던 옛날 그리스인들의 샌들을.

사랑한다면 신발 한 켤레를 보내달라고 간청했던 괴테의 연애 편지를.

가죽은 거부하며 평생 파피루스로 땋아서 만든 샌들만 신었던 피타고라스에 대해서도.

새 신발을 신고 하루 종일 거리를 돌아다니는 빌헬름 게나치노의 소설 『이날을 위한 우산』의 주인공인 구두 테스터의 고독한 삶을.

개발도상국 아이들이 구호 물품으로 지급된 운동화를 받아들고 활짝 웃는 모습도.

십만 년 전, 아프리카 남쪽 끝에서 시작된 호모 사피엔스들의 첫 번째 신발에 대해서도.

그리고 또 나에게 '당신의 구두에 발가락이 눌리는 부분에 대해서 이야기하라'라는 표현을 알려준, 한 심리학자를 만난 시간도.

사흘 동안 참여하게 된 성신여대 게슈탈트 심리치료 워크숍 때였다. 멤버들끼리 대화를 통해 자신의 문제를 발견하는 데 도움을 준다는 상담 워크숍이었다. 다른 사람들의 이야기만 들을 뿐, 워크숍이 끝나는 날까지 나에 관해서는 일절 입을 다물고 있던 나에게 지도 선생이 화살처럼 던진 그 말이 오래도록 잊히지 않는다. 그 후 나는 여러 번 그 말을 써먹곤 했다. 어떤 것을 고민하고 말할까 말까 망설이는 사람들에게, 혹은 나 자신에게. 내 구두에 발가락이 눌리는 부분, 그 아프고 불편한 부분에 대해서.

그때로부터 아주 많은 시간이 흘렀다. 인생은 지나가지 않는다. 인생은 쌓인다. 후회가 아니라 이젠 다른 생각을 하고 싶다.

나는 고개를 치켜들곤 질문한다. 이 구두는 이제 나를 어디로 데려가줄까?

　오후에서 저녁 사이, 남성관이 북적이기 시작한다. 일 년 중 유일하게 남자들이 백화점에 많이 간다는 시즌인 크리스마스가 코앞이다. 망설이다가, 나는 슈즈카운슬러에게서 등을 돌린다. 글쓰기도 아직 이십 년은 안 해봤으니까. 그런 생각을 하자 저녁거리를 사들고 얼른 집에 가고 싶어진다.

　그날 저녁, 나는 동생 집 현관 앞에 죽 널려 있는 신발들을 본다. 일본에서는 코가 밖으로 향하게 구두를 놓는다. 조카와 제부,

이제는 동생까지 모두 현관에서 뒤로 선 채 신발을 벗고 들어간다. 나는 내 식대로 코를 안쪽으로 향하게 벗는다. 잠들기 전 문단속을 하다보면 어느새 내 구두도 출입구 쪽을 향하게 놓여 있다. 필경

제부가 그랬을 테지. 그러면 나는 다시 안쪽으로 돌려놓고 불을 끄고 방으로 들어간다. 코는 다른 방향이어도 벗어둔 신발들은 모두 수고롭게 느껴진다. 방심한 채 무릎 사이에 손을 끼우곤 곤히 잠들

어 있는 한 사람을 볼 때처럼. 우리가 몸에 걸치는 것들 중 '헌신적

이다'라는 표현이 가장 잘 어울리는 것은 역시 신발이 아닐까.

　어떤 것을 신든, 우리는 일생 동안 105,000킬로미터를 걷는다.

지구 둘레의 2와 2분의 1에 달하는 그 머나먼 거리를.

"나는 탁 트인 풍경을 좋아한다.
하지만 풍경을 뒤로하고
앉는 것도 좋아한다"

_ 거트루드 스타인 _

철 도 의   발 전 과   병 리 적   도 둑 질

열차 노선이 전원 풍경을 꿰뚫고 지나가게 된 시점은 백화점의 탄생과 때를 같이한다. 석탄의 발명은 증기를 만들었으며 증기력은 철도라는 이동수단을 만들어냈다. 이 18세기의 증기력은 아직 직선 경로에서 크게 벗어나지 못하는 수준이었지만 가축 에너지의 한계를 넘어서 이동수단을 발전시키는 데 큰 역할을 하게 된다. "속도가 증가해도 위험은 없"는 선로를 중심으로 기계화된 교통수단은 이제 물건을 실어 나를 때 따랐던 자연의 속박에서 벗어날 수 있게 되었다. 산업과 자유무역이 활발해지기 시작했다.

욕망은 더 큰 욕망을 낳는다. 철도를 이용하는 것이 가능해지자 철도가 지나갈 수 있는 길을 가능한 한 넓히고 확장하는 데 관심이 커졌다. 사람들은 마치 자연이 만들어놓은 하나의 장애를 극복하듯 경관을 밀어버리고 철도를 깔고 터널을 뚫었다. 선로가 만들어지기 위해서는 마찰을 줄이면서 최소한의 에너지 소모로 가장 높은 출력을 낼 수 있도록 평탄하게 달리게 하는 것이 중요했다. 도시의 굴착과 절개는 철도 건설의 규칙이 되었으며 이제 도시의 풍경에 큰 변화가 찾아온다. '산업'이 사람의 삶으로 걸어 들어오기 시작한 순간이다.

　부시코가 파리에 봉마르셰를 세운 19세기 후반, 우후죽순으로 늘어나던 대형 소매상들의 위치는 변화된 시내의 교통체계를 중심으로 자연스럽게 정해진다. 상품과 구매자들의 거리는 가까워지고 교통수단의 발달과 가속화는 풍경을 빠르게 바꾸는 것뿐만 아니라 상품의 판매고를 올리는 데 큰 몫을 하게 된다. 백화점의 형성은 주된 간선도로의 지형에 근접해 진행되며, 이러한 영향으로 도로의 지형은 다시 대형 상점과 백화점 주변 도로를 중심으로 확장된다.『도시의 산책자』에서 벤야민은 철도가 역사에 남긴 각인은 우편마차나 자동차와 달리 최초로 철도가 대중을 한데 묶어 운반한 교통수단이라는 데서 찾을 수 있을 것이라고 표현했다. 땅은 움직이지 않는다. 공간은 한정적이다. 그러나 '대중'을 한데 묶어 운반할 수 있는 철도의 발달과 하나둘씩 지어지는 건축물들로 인해 도시는 번창한다. 상품과 편리함에 대한 욕구가 커지며 '대중시장'이라는 말이 처음 생겨났다. 이러한 영향으로 프랑스 철도공사는 "도시를 역 안으로 끌어들인다"라는 모토를 갖게 되었다. 실외인 동시에 실내였던 파사주의 시대는 저물고 철도역을 중심으로 한 상업적 거리가 형성되는 것이다.

　자, 이제 상업적 거리의 대표적인 건물인 백화점 내부로 걸어들어가보자. 욕망으로 세워졌으며 욕망 없이는 표현될 수 없는 장소로.

　쇼윈도 안에 물건이 하나 놓여 있다. 갖고 싶은 것들을 다 살 수 있다면 행복해질까. 그건 알 수 없다. 하지만 꼭 갖고 싶은 것이 있는데 살 수 없는 형편이라면 행복하다고 말할 수는 없다. 이런 욕망의 장소, 나를 참가자 혹은 주인공으로 간주하는 폐쇄된 공간에서 자제력을 잃지 않으려는 노력은 매우 중요하다. 생각지도 못했던 것, 불필요했던 것들의 유혹에 끌려가는 건 순식간이니까.

즐기고 행복해지고 싶다면 욕망을 조절해야 할 의무도 있다. 백화점은 진정한 무료 극장이 아니다. 끊임없이 구매자들을 유혹하고 충동질하는 호사스러운 공간이다. 소비시대에서 과소비사회로 진입하면서 가장 두드러진 심리적 현상은 고통이다. 소유하지 못한 것, 소유할 수 없는 사물에서 비롯된 고통. 더 격렬한 고통은 자신은 소유할 수 없는 것을 소유한 사람을 바라볼 때의 고통.

갖고 싶지만 살 수 없는 물건이 눈앞에 있다면 대개의 사람들은 어떻게 행동할까. 체념할까, 다음 기회로 미룰까, 충동구매를 하게 될까, 아니면 슬쩍 훔칠까.

겨울의 가장 어둡고 추운 날, 토성의 영향 아래 태어난 사람들은 목적의식이 강한 반면에 체념이 빠르다. 체념이 빠른 건 신중하고 모험을 좋아하지 않는 기질 탓일 거다. 농담이지만 어떤 것에 대해 억제할 수 있는 능력도 다른 별자리 사람들보다 조금 더 있는 것 같다. 만약 그런 순간이라면, 나는 그 사물 앞에서 쉽게 체념한다. 사람은 다 가질 수 없고 너무 많은 것을 가져서는 안 된다고 언제나 생각해왔기 때문이다. 단, 거기에 해당시켜 생각할 수 없는 하나의 사물이 있기는 하다.

대방동에 있는 중학교를 다닐 때 걸었던 방향은 학교를 기준으로 보면 서북쪽이었다. 너무 시간이 오래 걸리면 버스를 타고 나갔다가 돌아올 때는 우선 서너 정거장 걷다가 집으로 돌아가는 버스를 타곤 했다. 영등포 시장 초입에 헌책방들이 몰려 있는 데가 있었다. 고등학교 때는 광화문과 시청 일대를 조용히 걸어다녔다. 지도로 그린다면 서대문을 중심으로 동서남북, 수 킬로미터씩 거미줄처럼 뻗어 있을 거였다.

책을 읽고 사는 일은 헌책방인 공씨 책방에서부터 교보문고로 이어졌다. 교보문고에 자주 가지 않기 위해 노력했다. 살 수 없는 책들이 너무나 많았고, 그런 사물을 발견한 대단한 기쁨은 곧 고통으로 이어졌다. 단념하기도 체념하기도 어려운 사물이었다. 막강한 힘으로 나를 사로잡고 유혹하는 사물들. 나는 책을 훔치는 일에 대해 진지하게 고민했다.

하지만 소심한 내가 기껏 할 수 있었던 행동은 갖고 싶은 책을 다른 분야의, 먼 서가에 가져다가 책등을 안쪽으로 해서 꽂아두는 거였다. 예를 들면 시집을 철학 코너로 옮겨놓는다. 유능한 직원이 아니라면 쉽게 찾을 수 없을 정도로 교묘하게, 책 제목을 뒤로해서 옆으로 뉘여놓는 것이다. 그 책을 살 수 있을 만한 돈을 모을 때까지 나는 잠도 잘 못 잤고 대개는 전전긍긍하는 상태로 지냈다. 그리고 용돈이 마련되면 이제 걷지 않고 뛰어간다. 그런 시간이 좀 길었다. 고등학교를 졸업하고도, 그러니까 내가 집에만 있었던 스물한 살에서 스물다섯 살까지. 물건을 슬쩍하기라는 뜻의 '후무리기'라는 말을 배운 것은 책을 통해서였다.

그 시절, 내가 책을 훔치지 않은 데는 두 가지 이유가 있었다. 책도둑을 잡아내는 게 일인 서점 직원에게 수색 요구를 당한 적이 있다. 훔치지도 않았는데 내 심장 뛰는 소리가 그 대형 서점의 캐비닛 같은 사무실에 쿵쿵 울리는 것 같았다. 내가 눈으로 점찍어둔 책들이 내 가방 속에서 튀어나올 것만 같았다. 나는 훔치지 않았어요. 고집스럽게 입을 꾹 다물고 있었다.

또 한 가지 이유는 한번 훔치기 시작하면 영원히 멈추지 못하게 될 거라는 짐작이 확연히 들었기 때문이다. 병리적 증상은 스스로의 노력만으로는 멈출 수 없는 종류의 것이다.

후무리기.

재미있는 어감이다. 병리적으로 후무리기가 시작된 장소는 백화점이다. 에밀 졸라의 소설에도 나오지만 초기 백화점의 모토는 "여자를 붙잡아라! 그러면 세계라도 팔아넘길 수 있으리라"였다. 욕망을 자극하는 사물에 유혹당한 여성들의 선택은 둘 중 하나가 아니었을까. 구매하거나 훔치거나. 기타야마 세이이치의 『멋의 사회사』에는 프랑스 백화점의 초기 형성 시대인 1880년부터 1882년 사이에 물건을 훔치다 붙잡힌 여성들의 재판기록이 실려 있는데 그 물건들의 목록은 대략 다음과 같다고 한다. 구두, 비단, 향수, 지갑, 빗, 뜨개띠, 조화, 우산 등등. 19세기 후반부터 20세기 초, 소비사회가 출현하면서 런던과 미국에서 발생한 주요 사건들 역시 주로 중류층 여성들의 절도였다. 이런 기록들은 역으로 구매자들, 특히 여성을 유혹하려는 백화점의 상술과 전술이 얼마나 교묘했는지를 보여주는 것 같다. 그러나 백화점의 상술은 상술일 뿐, 문제가 있다면 그건 바로 욕망이다.

만약 백화점 내에 책방이 있었다면 나는 어떻게 되었을까.

내가 어떤 사물을 슬쩍하게 된 것은 뒷날의 일이고, 백화점에서였다.

도시는 끊임없이 변화하고 발전했다. 하지만 우리가 정말 행복의 길로 들어섰다고 말할 수 있을까. 어떤 사람은 도시로부터 아무것도 얻지 못했을지 모르고 어떤 사람은 도시로부터 많은 것을 얻

었다고 말해야 할 것이다. 누군가를 아무 희망 없이 사랑하는 사람만이 그 사람을 제대로 안다는 말이 사실이라면 나는 조금쯤 그 희망을 내려놓고 이 도시, 내가 태어나고 자란, 내가 오랫동안 걸었

고 걷고 있는 이 도시를 알아가고 싶다. 탐구의 가장 큰 대상이자 공간인 도시. 욕망은 거기에 무엇을 만들어낼 수 있는지 또한.

백 화 점 의 조 건 과 변 신

백화점을 한자와 영어로 쓰면 각각, 百貨店, Department Store이다. '百貨'가 의미하듯 많은 물건을 취급하는 곳이라는 뜻으로, 영국에서는 처음에 '무엇이든 있는 대형 상점Universal Provider Big Store'으로, 독일에서는 '상품관Warenhause'으로 불렸다. 영국 최초이자 최대 백화점인 해롯 백화점의 모토는 아예 "당신이 원하는 것을 모두 구비해놓았습니다"였다. 사십오 년 전 당시 캘리포니아 주지사였던 로널드 레이건이 해롯 백화점에 아기 코끼리를 주문하는 전화를 건 일화는 유명하다. 물론 해롯 백화점은 하루 만에 아기 코끼리를 배에 실어 손님에게 발송했다.

19세기 중반, 작은 식품점으로 창업해 1900년대 초에 최고급 백화점의 반열에 오르게 된 해롯은 지금까지도 "다른 세계로 들어오십시오Enter a different World"라는 캐치프레이즈를 지속해오고 있다. 그 다른 세계란 현실의 삶을 편리하게 만들어줄 수 있는 상품을 파는 전시장이다. 전시장을 유지하고 더 많은 고객들을 끌어들이고 더 오래 머물게 하기 위해 백화점들은 새로운 판매 전략을 끊임없이 고안해내지 않으면 안 되게 되었다.

그렇다면 어떤 조건과 기준이 있어야 '백화점'이라고 불릴 수 있을까.

백화점이라는 공간의 일반적인 특징은 다양한 고객을 상대로 다양한 물품을 비교 구매할 수 있도록 해야 하며 냉난방, 주차장, 휴게실 등 쾌적한 쇼핑을 위한 분위기도 마련되어야 한다. 이러한 조

건을 충족시키자면 매장이 협소해서는 안 될 터이다. 여타의 쇼핑센터나 일반 점포, 상가, 도매센터와 백화점을 구분하는 일반적인 분류 기준은 우선 매장의 면적이다. 법적 구분(도소매 진흥법 시행령

11조)으로 매장 면적이 3,000제곱미터 이상이어야 한다는 것은 쇼핑센터와 백화점 모두 같다. 다른 점은 쇼핑센터에는 백화점 같은 핵심 점포 외에 각종 레저시절, 편의시설을 갖춘 집단적 시설이 있어야 하며 백화점은 동일 경영체에 의한 직영 위주의 대규모 점포

라는 것이다. 그러므로 쇼핑센터의 운영체제는 법적으로 임차 건물의 경우에 매장 면적의 30퍼센트 이상이 직영이어야 하며 백화점은 매장 면적의 50퍼센트 이상이 직영으로 운영되어야 한다.

현대의 백화점들의 매장 면적은 이미 25,000제곱미터를 넘어선 지 오래되었다. 도시와 백화점의 공통점 중 하나가 바로 사람이 없으면 무용하다는 것 아닐까. 예를 들어 백화점은 판매장 면적

100제곱미터당 180명에서 200명 이상의 고객이 있어야 경영이 순조롭다고 말할 수 있다고 한다. 그렇다면 대략 25,000제곱미터

의 면적을 경영하고 유지하려면 하루에 몇 명 이상의 손님들이 필요한 걸까. 실제적으로 모든 것을 다 구비해놓을 수는 없겠지만 백

화점들은 고객을 유치하기 위해 다양한 상품과 이벤트, 마케팅 등

을 활용하는 데 적극적일 수밖에 없게 되었다.

　최근 몇 년 사이 백화점에서 눈에 띄는 것은 바로 편집매장^{multi}^{shop}이다. 편집매장이라는 것은 여러 가지 브랜드의 제품을 한곳에 모아 파는 매장을 말한다. 고객이 브랜드에만 의존할 수 있는 약점을 보완하기 위해 특정한 주제나 고객층에 맞춰 진열해놓고 브랜드는 가린 채 먼저 상품을 보고 판단하고 선택할 수 있도록 한 판매 방식이다. 패션 의류와 잡화, 명품들, 아웃도어, 아동복, 구두, 남성 캐주얼 및 구두 등 중저가 브랜드에서 고급 브랜드까지 한곳에 진열되어 고객의 입장에서라면 보다 차별화된 상품들을 먼저 보고 선택할 수 있는 기회를 갖게 되는 셈이다.

　이처럼 두드러지는 백화점의 또다른 변신 중에는 단일 상품군의 구성에서 오는 단조로움을 피하는 것도 있다. 예를 들면 화장품 매장이 압도적으로 많은 백화점 일층에서 캡슐형 에스프레소 전용 기계를 판다거나 의류 편집매장 옆에 음료나 물을 파는 미니바를 꾸며놓는 것이다. 의류를 파는 곳에는 의류만, 구두를 파는 층에는 구두 매장만 배치시키는 기존 매장 구성과 형식에 변화를 주기 위해서다. 일층에서는 화장품만, 이층에서는 여성의류만 판매한다는 고정관념은 깨졌다. 백화점에 따라 각층마다 건강식품이나 먹을거리, 가발숍, 네일숍, 비타민 카페, 수제 초콜릿 카페 같은 뜻밖의 매장들을 만날 수 있게 되었다. 한때 변화하지 않으면 살 길이 없다, 라는 식의 말들이 유행한 적이 있다. 백화점 매장과 판매 방식은 그런 세태의 변화를 한눈에 보여주고 있다.

젊은 디자이너들의 유니크한 편집매장으로 인기를 얻고 있는 시부야의 파르코 백화점과 마크시티, 편집매장이라는 방식을 처음 시도한 이세탄 백화점, 편집매장을 변형한 인더룸in the room이라는 매장으로 잘 알려진 신주쿠의 마루이 백화점 들을 둘러보는 일은 흥미롭지만 뜻밖에 나는 한가롭게 백화점에서 시간을 보내던 여느 때와는 달리 피로해지는 것을 느낀다.

브랜드의 가치는 그 브랜드를 부각시킬 때 한층 드러날 수 있다. 하지만 브랜드를 가리자 상품에 대한 호기심이 높아지는 것과 비례해서 브랜드에 대한 관심도 더 커진다. 브랜드가 어필하는 방법엔 보여주기가 아니라 감추기도 있다. 편집매장에 진열된 상품들은 브랜드를 숨긴 채 각자의 고객의 눈을 사로잡기 위해서 무심한 듯 그러나 끈질기게 졸라대는 아이들처럼 만보객의 감각 어딘가를 붙들고 놓아주지 않는다.

그 유혹에 끌려 내가 발길을 멈춘 곳은 긴자 미츠코시 백화점 구층 네스프레소 매장이다. 커피 향기가 부드럽게 머리를 끌어당겨 안는 느낌이다. 디카페인, 퓨어 오리진, 룽고 등 종류가 다른 커피의 은빛 금빛 갈색 파랑 노랑 빨강의 캡슐들이 거대한 벽화처럼 매장 한 벽면에 디스플레이 돼 있다. 커피는 핸드드립으로 내려 마시는 터라 전동 그라인더나 에스프레소 전용 머신에 평소엔 별다른 관심이 없었다. 하지만 이 매장 앞에 서서 나는 여기에는 어떤 특별한 느낌이 있다고 생각한다. 그게 뭘까.

밖을 내다볼 수 있는 창과 시계를 두지 않는 것은 오랫동안 백화점 건축의 불문율이었다. 지금은 사정이 다르다. 이것 역시 백화점에 생긴 변화들 중 하나일까. 나는 긴자의 일부가 내려다보이는 창가에서 테이크아웃한 커피를 마시며 생각한다. 몇 개의 편집매장들에서 내가 걸음을 멈추게 되었던 이유는 무엇이었을까. 정말 그 상품에 대한 소유욕 때문이었을까.

창밖은 점점 검은 녹색으로 바뀌어가고 하나둘씩 네온사인이 들어올 때마다 여기 먼 데서 보는 저 불빛들은 이 도시를 지탱하고 있는 주실^{柱室}들처럼 보인다. 크리스마스캐럴이 들리고 커피 향기와 빵 냄새가 난다. 그만 동생 집으로 돌아가야 할 것 같다. 사람은 집을 만들고 집은 사람을 만든다는 그 아늑한 공간으로.

자리에서 일어난다. 그리고 내가 궁금했으며 간과했던 한 가지 것을 깨닫는다. 편집매장의 근본적인 목적 역시 명품매장과 유사한 데가 있다는 것을. 편집매장은 세분화되고 다양한 고객의 요구를 만족시키기 위한 새로운 형식이지만 거기엔 '차별화'라는 뿌리 깊은 전략이 숨어 있다는 사실을.

캐주얼한 차림을 즐기지 않는 나는 등산복이나 운동복 같은 것은 갖고 있지 않으며 특히나 점퍼는 어지간해서는 입지 않는다. 캐주얼한 것을 걸치고 입고 신었을 때 스스로 불편함을 느낀다. 하다못해 운동화도 편하지 않다. 굽이 없는 운동화를 신고 땅을 디디면 몸 전체가 땅속으로 쑥 빨려들어가버리는 느낌이다. 땅속은 상상하는 것만으로도 몸이 오싹해진다. 가능하면 굽 높은 구두를 신고 땅을 걷고 싶다. 그렇다고 땅과 떨어진 고층 아파트에 살기를 원하는 것도 아니면서. 지하에 있으면서도 거기가 지하라는 사실을 잊어버릴 때는 백화점 지하 식품매장을 돌아다니고 있을 때뿐인 것 같다.

누가 말해준 것도 아니고 지적당한 것도 아닌데 스스로 캐주얼한 차림이 어울리지 않는다고 결론지어버렸다. 그러나 나는 종종 여기 육층에 간다. 내가 좋아하는 티셔츠를 사기 위해. 면으로 만들어진 티셔츠와 헐렁하고 부드러운 감촉의 트레이닝 바지. 이것이 나의 작업복이기 때문이다.

소설을 쓴다는 일은 육체노동에 가깝고 다른 육체노동과 다른 것이 있다면 일을 끝낼 수 있는 정해진 시간이 따로 없다는 점이다. 한번 책상 앞에 앉으면 후회하지 않을 만큼, 썼다가 더 이상 지울 수 없는 글을 써내야 한다. 그런 것을 판단하는 사람은 자기 자신이다. 글을 시작하는 것도 중요하지만 그에 못지않게 중요한 건 마치는 일이다. 몇날 며칠, 몇 달이 걸릴지 모른다.

책상 앞에 오래, 편히 앉아 있으려면 그만큼 복장도 중요하다. 겨울이든 여름이든 책상 앞에 앉을 때 내 복장은 반소매 티셔츠와 추리닝 바지다. 겨울엔 카디건이나 패딩 조끼를 걸칠 뿐, 기본적인 차림은 변함없다. 티셔츠의 장점은 뭐니 뭐니 해도 편안함과 면의 부드러운 착용감에 있다. 이런 옷을 발명한 사람은 누구일까.

티셔츠의 디자이너는 미상으로 되어 있다. 1910년쯤 선보이기 시작해 1950년대 들어서면서 겉옷으로 바뀌었다. 원래 미국 해군들이 세일러복 안에 받쳐 입던 이너웨어 개념에 가까운 울 소재의 옷이었다. 그러던 티셔츠가 미국의 공식 단어로 기재되고 말론 브란도 주연의 〈욕망이라는 이름의 전차〉 같은 영화를 통해서 대중화된 것은 제1차 세계대전 당시 유럽 출신의 병사들이 입은 셔츠가 울보다 더 가볍고 편한 면 소재라는 게 알려지면서부터였다. 지금까지 내가 가장 많이 산 캐주얼한 옷, 그리고 남자 옷은 이 티셔츠다. 아버지와 두 명의 제부들, 사내 조카들 둘. 사는 사람이나 받는 사람이나 부담이 적은 옷이 티셔츠인 것 같다. 여행지에서 기념품으로 사기에 적당한 옷도. 풀오버 같은 편물옷 외에 내가 남자 옷 중에 가장 친밀함을 느끼는 것도 이 티셔츠와 면바지의 조합이다. 그 때문인지 두 조카들이 입는 옷과 스타일에는 그런 내 취향이 고스란히 담겨 있다.

건강이 한참 나빠졌을 때 걷기와 요가를 동시에 시작했다. 그때

내가 구매한 품목은 오렌지색 트레이닝복과 운동화, 요가용 쥐색
매트 그리고 또 몇 벌의 새 티셔츠.

내 경험이지만 '옷을 잘 입는다'는 의미 속에는 패션에 대한 감

각뿐만 아니라 공간에 대한 이해 또한 포함돼 있어야 하는 게 아닐
까 싶다. 아무리 근사한 옷이라고 해도 그 옷을 입어야 하는 적절
한 때와 장소를 고려해야 한다. 내 눈에 도서관에서 가장 멋있게

보이는 여자는 최신 유행하는 짧은 스커트를 입은 사람이 아니라
면바지에 톡톡한 후드티나 셔츠를 입은 사람이다.

한 화가의 양평 작업실에 찾아가게 된 적이 있다. 난로를 때놓

긴 했어도 작업실은 이가 덜덜 떨릴 정도로 추웠다. 그 화가가 몇
겹씩 껴입은, 보푸라기들이 잔뜩 일고 군데군데 해어진 구식 스웨

터와 목도리, 털모자 같은 건 정말 근사해 보였다. 신발은 옛날 겨
울 장터에서 할머니들이 신곤 하던 밤색 털신. 그 작업 패션의 화
룡점정처럼 보였다. 스타일은 장소에 따라 달라지기도 한다. 게다

가 옷이라는 것은 밀폐된 곳, 특정한 소수의 사람들 사이에서 위력
을 발휘할 때가 많다. 그런 장소들 가운데 특히 요가원에서 그런
느낌을 받았다.

요가원에서 가장 눈길을 끄는 사람은 신상품 요가복을 입은 사
람이다. 흡수력 신축성이 좋은 데다 컬러풀하기까지 한, 최근에 광

고되고 있는 제품들. 그 요가복을 살 때 같이 사는 건 브랜드뿐만
아니라 그 운동복을 입고 있는 모델의 이미지이기도 할 것이다. 그

모델이 갖고 있는 젊음과 완벽한 보디라인과 자신만만해 보이는 표정까지. 처음엔 집에서 입는 트레이닝복을 대충 걸치고 왔던 같은 반 수강생들이 하나둘씩 최신 디자인의 요가복을 입기 시작하는 걸 보면서 백화점에 갈 때마다 나도 고민을 하기는 했다. 저걸 하나 살까 말까. 한 벌로 된 형광 연둣빛 요가복을 들고 탈의실에 들어갔다 결국 빈손으로 매장을 나왔다. 소규모 집단에서 브랜드가 갖는 '은근한 힘'을 아무리 의식하고 있다고 해도, 내가 어떻게 보여지는지 언제나 의식하고 있다곤 해도, 그걸 입고 사지를 활짝 펴고 구부리고 늘일, 활자세 고양이자세 아치자세 쟁기자세를 취하고 있을 자신은 없었으니까. 대신 땀 흡수 좋은 면 셔츠 세 장 더 샀다. 하의는 그냥 집에서 입는 추리닝 바지.

가깝게 지내는 한 분이 운동 삼아 탱고 개인 레슨을 받기 위해 '특별한 데' 가서 '의상'과 구두를 맞추었는데 막상 파트너가 없어 시작 못 하고 있다고 풀죽어 말씀하시는 걸 듣다 말곤 나도 모르게 쿡, 웃고 말았다. 엄마 나이뻘 되는 분이다. 어떤 운동을 해도 여성들에겐 역시 특별한 의상이 필요한 모양이다.

2008년 12월 29일 오후. 넉 달 동안 살았던 U.C.빌리지에서 이제 내일이면 떠나야 했다. 빌리지 관리인에게 집 검사를 받고 나자 저녁시간까지 한참 남았다. 나를 도와주러 왔던 학교 직원 애런에게 맛있기로 소문난 동네 인도 식당에서 저녁밥을 사준다고 꼬드겨놓고는 숙소에서 오 분 거리에 있는 노스페이스 할인매장으로 앞세워 갔다. 파일럿인 제부 때문에 알게 된 매장이었다.

내가 버클리에 머무는 동안 샌프란시스코로 두 번 비행을 오게 된 제부가 시내에서부터 바트^{BART}를 타고 내 숙소로 온 적이 있었다.

그때 제부가 와, 큰처형 요 근처에 캘리포니아에서 제일 큰 노스페이스 할인매장이 있잖아요! 했다. 비행 왔다 쉬는 날이면 승무원들

이 차를 렌트해서 일부러 쇼핑을 가는 데라고. 노스페이스 매장에서 나를 위해 사고 싶은 품목은 하나도 없을 터였다. 한 번도 가보지 않다가 이 도시를 떠나기 하루 전 애런을 데리고 간 거였다.

나는 남자용 겨울 점퍼를 여러 벌, 애런에게 입어봐달라고 부탁하였다. 본격적인 남자 옷을 사는 건 거의 처음인 데다가 이 매장은 물건을 교환할 수도 환불하러 올 수도 없는, 집에서 너무 먼 곳

이었다. 애런의 체격은 아버지와 엇비슷해 보였다. 이것저것 입혀보다가 진짜 높은 겨울산에서도 견딜 수 있을 만큼 두툼하고 따뜻해 보이는 등산 점퍼로 결정했다. 오렌지색인 게 마음에 걸렸으나

무채색 점퍼들은 끌리지 않았다. 아버지가 이제 칠순이 되는데 이 색을 입을 수 있을까? 망설이다가 그 오렌지색 점퍼를 신용카드로 구매해버렸다. 버클리에 머물던 사 개월간, 내가 한 번에 지출한

가장 큰 금액이었다.

그날 밤, 짐을 꾸리다 보니 한눈에도 위탁 수화물 허용 무게를 초과할 게 분명했다. 남성용 XL사이즈 방한 점퍼는 결코 가볍지

않았고 자리 또한 많이 차지했다. 게다가 공룡이 그려진 조카들 잠옷과 티셔츠, 코듀로이 바지들까지. 어딜 가도 다시는 선물 같은

건 사지 말아야지, 했다가 이내 마음을 고쳐먹곤 트렁크에서 책들을 덜어내기 시작했다.

뜻밖에 그 오렌지색 점퍼를 아버지는 마음에 들어 하였다. 날이 쌀쌀해지기 시작하면 아버지는 체크무늬 셔츠 위에 그 점퍼를 입고 관리소장으로 일하고 있는 청담동의 한 건물로 출근한다. 어느 날 사장이 아버지에게 어디서 그런 멋진 옷을 사 입었느냐고 물은 적이 있단다. 남자 옷 한 벌을 사기 위해 그렇게 큰 지출은 처음 해봤지만 그건 여태껏 내가 다른 나라에서 쓴 그 어떤 돈보다 가치 있고 보람을 느끼게 한 지출로 남았다.

이 글을 쓰고 있는 지금, 내가 입고 있는 면 티셔츠에는 가슴 부분에 두 대의 자전거가 나란히 프린트돼 있다. 바퀴엔 은빛 비즈. 티셔츠를 입어도 무늬 있는 거나 단색이 아닌 종류는 입지 않는데 이건 예외다. 지난가을 막냇동생이 친구와 신사동 가로수길을 산책하다가 '큰언니 생각'을 하며 골라왔다는 티셔츠.

이런 셔츠라면 매일 입어줘야 한다. 매일, 책상에 앉아야 한다. 매일, 단 한 줄이라도 글을 써야 하지 않겠는가, 속으로 다짐하게 되는 것이다.

한번 입게 된 티셔츠는 천이 닳아 구멍이 날 때까지, 보다 못한 가족들이 몰래 갖다 버릴 때까지 입는다. 그러나 다른 옷과 달리 티셔츠는 역시 새것을 입을 때 그 착용감이 가장 좋긴 하다.

가쿠타 미쓰요의 『프레젠트』라는 책을 생각하면 저절로 미소 짓게
된다. 선물에 관한 한 가장 다정하고 귀여운 책이다. 곰인형, 책가
방, 첫키스 같은 선물을 주제로 쓴 열두 편의 짧은 이야기들로 구
성돼 있다. 사람은 태어나서 죽을 때까지 과연 얼마나 많은 것들을
다른 이에게서 받게 될까? 하는 질문 속에서 쓰게 된 소설이라고
한다. 그 열두 가지 선물들 중엔 '이름'도 있다. 이름. 내가 누구를
만나든 가장 먼저 묻고 기억하려고 애쓰는.

　줌파 라히리의 『이름 뒤에 숨은 사랑』이라는 책 또한 우리의 이
름이야말로 부모가 우리에게 준 많은 것들 중 첫 번째 선물이라는
진실을 말해주는 보석 같은 소설이다. 만약 우리가 생의 시기별로
받은 선물의 리스트를 작성한다면 가장 먼저 쓰게 될 것이 이름이
아닐까. 내가 내 이름을 좋아하게 된 때는 서른 살이 가까워져서
다. 이름에 쓰는 글자 '경'은 경치 경景을 사용하는 게 일반적이다.
친할머니의 죽음 이후 고향을 버리고 서울로 올라온 젊은 아버지
는 세 딸들의 이름에 경치 경이 아니라 서울 경京을 쓰기로 결심한
다. 그리하여 자매들의 이름은 京蘭, 京善, 京熙. 게다가 내 이름의

끝자는 내 기준으로 보면 도무지 점잖지도 않은 데다 어딘가 모르게 촌스럽게 느껴지는 난초 란. 이 이름을 온전한 내 것으로 받아들이고 이 이름에 담긴 내 부모의 축복의 의미를 깨닫는 데 무려 삼십여 년이 걸린 셈이다. 지금껏 받은 선물의 리스트를 작성한다면 나 역시 내 이름을 가장 먼저 써넣게 되겠지.

십이월 초 도쿄 백화점들에는 크리스마스 주얼리 특별매장이 생기고 식품매장에서는 벌써부터 크리스마스를 위한 케이크와 칠면조구이 예약을 받고 있었다. 칠면조가 아니면 닭이라도 먹는단다. 텔레비전에는 크리스마스 날을 위한 켄터키 프라이드치킨 광고가 십 분에 한 번씩 쏟아지는 것 같다. 얼떨결에 동생 부부를 따라 미드타운이나 도쿄타워로 '일루미네이션'이라고 부르는 크리스마스트리를 보러 다니자니 그만 어리둥절해지고 만다. 언제부터 이렇게 일본 사람들이 크리스마스를 좋아했을까?

이맘 때 일루미네이션을 보러 다니는 것도 마쯔리^{기념일, 축제}를 좋아하는 일본인들의 연중행사 중 하나처럼 보인다. 백화점에는 지하뿐만 아니라 칠층이나 팔층 등 고객의 왕래가 잦은 층들에 '오세보' 코너를 따로 만들어두었다. 오세보는 그동안 신세졌던 사람들에게 연말연시에 보내는 선물을 말한다고 한다. 오세보를 고르고 예약하고 접수하는 사람들로 그 층은 발 디딜 틈이 없다. 그러고 보니 겪어본 바로도 일본 사람들만큼 선물하기를 좋아하고 잘 챙기고 받은 것을 꼭 되갚는 사람들도 없는 것 같다.

오세보 상품들은 주로 햄과 소시지, 캔맥주, 과일세트 들이다. 그중에서도 내가 탐나는 것은 열두 개짜리 에비스 맥주 한 상자.

받고 싶기도 하지만 동생네 선물해주고 싶은 품목이기도 한. 그러나 이 값이면 동생 집 근처 대형 마트에서 다섯 캔쯤 더 살 수 있다. 히비야 선을 타고 동생 집이 있는 미노와 역이 아니라 우에노 역에서 내린다. 마루이 백화점 옆 골목에 있는 '야부 소바'로 가에비스 한 병과 메밀국수를 주문한다. 도쿄에서 내가 가장 자주 가는 오래된 소바집이다.

미츠코시 니혼바시 본점에서도 이세탄 백화점에서도 그리고 여기 소바집, 저 우에노 공원 안쪽의 이백 년도 넘은 장어구이 식당과 그 아래 찻집에서도 나는 같은 생각을 하고 있다. 내가 자주 가는 장소는 왜 이렇게 노인들이 몰리는 장소일까, 하고. 도쿄의 백화점들은 백화점이 아니라 신주쿠나 오모테산도, 시부야의 쇼핑몰들로 빠져나가는 젊은 층을 끌어들이기 위해 절치부심하고 있다. 이세탄에서는 한때 엄마와 딸이 함께 오는 백화점, 이라는 캐치프레이즈를 내걸기도 했으며 젊은이들이 좋아하는 안나 수이 같은 브랜드를 확장시키거나 미시라는 단어를 아예 없애고 영캐주얼 브랜드들의 매장을 넓히고 있다. 그런데도 역사가 오래된 와코 백화점이나 미츠코시에 가면 나도 모르게 주위를 둘러보게 된다. 깜짝 놀랄 만큼 젊은 사람들이 보이지 않는 것이다.

여기 야부 소바집도 마찬가지다. 이따금 소바를 빨아들이는 후륵후륵 소리가 여기저기서 들리긴 하지만, 손님들 대부분이 나처럼 혼자거나 노부부, 중장년층인 실내는 도서관처럼 조용하다. 소바가 나오기를 기다리는 동안 존 쿳시의 『나라의 심장부에서』를 펼쳐 읽는다. 오후 네시 반. 도쿄의 하늘은 어둑해진다. 맥주를 마시고 후룩거리며 소바를 먹는다. 문득 궁금해진다. 책 외에 나를 변화시킨 것은 무엇인지.

우에노 역 안 '아트레^Atre'라는 쇼핑몰로 들어간다. 마땅한 것이 눈에 띄지 않는다. 스타벅스로 가 크리스마스 한정판으로 나온 초록과 빨간색 머그 그리고 원두 한 봉지를 포장해달라고 주문한다. 동생 부부에게 줄 크리스마스 선물을 들고 히비야 선을 탄다. 마트에서는 에비스 여섯 캔짜리 두 박스, 1.5킬로그램짜리 쌀 한 봉지, 팩에 담긴 소고기, 꽁치 두 마리, 관자, 바지락, 딸기, 멜론을 산다. 더 사고 싶지만 자전거도 없으니 이걸 양손에 나눠 들고 맨션까지 걸어가야 한다. 케이크를 사지 않은 건 잘한 결정 같다. 빠른 걸음으로 맨션을 향해 걷는다. 이게 내가 서울로 돌아가기 전, 동생에게 봐주고 가는 마지막 장이다.

저녁상을 치우고 동생은 여느 때처럼 초등학교 일학년인 유지에게 낭독을 시킨다. 음독音讀, 일본말로 온도쿠라고 한다. 낭독용 교과서가 따로 있고 시를 중심으로 한 문학작품들이 실려 있는 것 같다. 유지는 카랑카랑한 목소리로 한겨울 눈 쌓인 소나무에 대한 시를 낭독하고 유나는 내가 벼룩시장에서 사준 끈 달린 지갑을 소중히 목에 건 채 책을 읽고 있다. 나는 크리스마스캐럴을 조그맣게 튼다.

낭독이 끝나자 갑자기 고요해진다. 동생과 나는 공항에서 헤어질 때처럼 서로의 눈을 마주치지 않기 위해 조심한다. 자리에서 벌떡 일어난 동생이 어디선가 커다란 트렁크를 하나 꺼내온다. 자, 늦었지만 우리도 크리스마스트리 만들자! 조카 둘이 환호성을 지

른다. 저 트렁크, 눈에 익은 거다. 몇 해 전 내가 도쿄에 올 때 들고
와 바퀴들이 망가져 버리라고 말하고 갔던, 내가 나를 위해 산 첫
번째 트렁크.

트렁크의 마지막 쓰임은 다용도함인 모양이다. 트렁크를 거실
에 놓고 펼치자 트리용품들이 쏟아져나온다. 세울 수 있는 접이식
플라스틱 전나무와 초록 빨강 끈들, 방울들, 그리고 황금색 별 하

나. 아이들은 맨발로 신나게 트렁크 안으로 들어가 트리를 꺼내고
만들기 시작한다. 나는 물을 콸콸 틀어놓은 채 설거지를 한다. 내

가 이번에 동생에게 사주고 싶었던 크리스마스 선물은 나와 백화
점에 갈 때마다 동생이 눈여겨보던 가죽 부츠, 선박 회사로 자리를
옮긴 제부에게는 넥타이를, 조카 둘에게는 핑크색 이불과 레고 블

록 그리고 나를 위해서는 칼리타의 알라딘 동 포트 하나.

아무것도 사지 못했지만 괜찮다고 생각한다. 어쩌면 다음엔 선
물할 수 있게 될지도 모르니까. 트리 맨 꼭대기에 비뚤게 기울어진

황금색 큰 별을 나는 다시 반듯하게 세워놓는다.

"사람들은 대상 자체보다
그것을 얻어가는 과정을 좋아한다"

_ 파스칼 _

미소는 육체노동일까 정신노동일까?

십이월의 도시를 빛깔로 치면 종종 은색을 포함한 초록과 빨강인
것 같다. 가로수와 고층빌딩을 장식한 트리들은 아름답고 밤엔 더
찬란하지만 그것을 한낮에 마주치게 되면 터무니없어 보인다. 도
쿄에서 서울로 돌아왔는데도 연속된 풍경을 보고 있는 느낌이다.
오늘은 조카들 선물을 사러 백화점에 간다.

백화점은 세일 기간처럼 혼잡하다. 평소 때 칠층은 그다지 붐비
지 않는다. 오늘은 다르다. 크리스마스가 다가오고 있으니까. 도쿄
에 사는 조카들 선물은 바지와 점퍼를 사 소포로 부칠 요량이고,
나와 같이 사는 조카 둘에게는 털 부츠를 사줄 생각이다. 첫 조카
를 보자마자 회원으로 가입한 브랜드들 매장에 가서 옷과 부츠를
고른다. 아이들 선물을 사려는 손님들로 북적거리는 매장에서 어
렵게 직원을 붙들고 사이즈를 찾아달라고 부탁하곤 다른 물건들을
더 살펴본다. 그러다가 문득 아연해진다.

……이유가 뭘까? 매장을 낯선 눈으로 둘러본다. 영화의 한 장
면처럼 이런 순간의 프레임은 나는 움직임 없이 서 있고 옆 사람들
과 시간은 휙휙 빠르게 지나간다고나 할까.

어떤 매장에 있다가 석연치 않고 좋지 않은 느낌이 드는 순간들이 있다. 마음에 드는 물건의 사이즈나 재고가 없다는 말을 들었을 때나 사고 싶은 물건이 상상을 초월할 정도로 비싼 가격일 때. 불성실해 보이거나 적극적으로 물건을 팔 마음이 없는 직원을 상대하고 있을 때. 물건에 대해 설명하면서 '이 상품은 얼마얼마이시구요' 하는, 잘못된 존대를 꾹 참고 들을 때. 내가 그 고가의 물건을 어차피 사지 못할 손님이라는 걸 간파하고 물건 구경하는 나를 아예 모른 척할 때.

지금은 어느 쪽일까.

도쿄의 백화점들을 구경하다가 새삼 발견한 게 있다. 그들의 친절함, 너무 친절한 태도가 불편하다는 것. 그건 일본의 어느 상점을 가게 돼도 느끼는 감정이긴 하지만. 아무리 자주 도쿄에 가도 그 친절한 인사와 미소와 말투에는 익숙해지지 않는다.

그러나 이렇게 말하는 것도 모순이다. 그 백화점들을 다니면서 즐길 수 있고 기분 좋은 이유들 중 어떤 것은 바로 그 터무니없는 친절 때문인지도 모르니까. 마치 주문하면 당장 아기 코끼리라도 갖다줄 것 같은. 그 친절함 때문에 어느 매장을 가도 기가 꺾이거나 머뭇거리게 되는 경우는 없다. 되레 아무것도 못 사고 나올 때는 아, 다음에 다시 와서 꼭 뭔가 사야지, 하는 마음까지 들게 된다. 그것이 친절의 배후에 있는 진짜 목적일지도 모르지만.

깜짝 놀랄 정도로, 서울의 백화점 직원들은 불친절하다고 느낀다. 곰곰이 생각해봐도 다른 때와 다른 것은 별로 없다. 조금 더 분주하고 손님이 좀 많을 뿐. 점원들이 내가 사고 싶은 물건의 사이즈를 안 찾아주는 것도 아니고 대답을 안 하는 것도 아니다. 그들은 바쁘게 움직이고 있다. 그런데도 왜 이렇게 오늘 내가 만난 거의 모든 점원들이 불친절하다고 느껴지는 것일까. 너무 친절한 도쿄의 백화점에 있다가 돌아온 지 겨우 사나흘밖에 안 돼서일까. 분명 이것은 불친절은 아니다. 상대적으로 친절하지 않다고 해야 하나. 그러나 나는 불편하다고 느낀다. 아무 감정이 실리지 않은 얼굴로, 무뚝뚝하고 피곤이 묻어 있는 얼굴로 손님을 응대하는 점원들이. 미소가 사라진 점원들의 얼굴이.

무조건 친절해야 한다는 백화점이나 호텔의 '고객 응대 매뉴얼'이 바뀌기 시작했다. 30도 이상 고개 숙이는 인사나 '제가 추천해드릴까요?' 하는 말도 가벼운 눈인사 정도로만 바뀌었다. 간섭받지 않고 편하게 상품을 둘러보기를 원하는 손님이 늘었기 때문이다. 매장에 들어섰을 때 거길 나갈 때까지 옆을 따라다닐 것 같은 직원이 있으면 어머 뜨거워라, 바로 그 매장을 나와버리게 된다. 가장 좋은 건 인사만 건네고는 매장을 다 둘러볼 때까지 한 발 물러선 채 상품을 정리하는 직원이 있을 때. 고객이 정말로 원하는 것은 그 매장에 들어서기를 결정한 고객의 마음을 헤아려주는 것이다. 그런 점에 있어서라면 바뀌어가는 고객 응대 매뉴얼이 반갑기만 하다. 불친절도 지나친 친절도 불편하기는 매한가지니까.

여기서 '친절'이라는 태도를 '미소'로 바꿔 말해보자. 미소가 일의 한 부분인 직종들이 있다. 대표적으로는 승무원이나 숍 매니저, 안내원 같은 서비스업 종사자들. 『감정노동』을 쓴 앨리 러셀 혹실드는 감정노동emotional labor이라는 것이 "육체노동과 정신노동을 하

는 과정에서 생기는, 다른 사람들의 기분을 좋게 만들기 위해 자신
의 감정을 스스로 고무시키거나 억제하게 하는 또 하나의 노동"이
라고 정의한 바 있다. 안전한 곳에서 충분한 배려를 받고 있다는
느낌을 즐기고자 하는 '고객'의 욕구에서 비롯된 노동이다.

　항공사나 백화점 같은 대기업들의 첫째 목표는 단순하다. 이익,
이윤을 내고 추구하는 것. 항공사에서는 승무원들이, 백화점에서
는 각 매장의 점원들이 고객과 가장 자주 접촉하는 역할을 한다.
그래서 그들의 과제 속에는 고객의 지위를 높여주고 중요성을 깨
닫게 해주는 것도 포함돼 있을지 모른다. 그런 역할이 행위로 드러
나는 것이 바로 손님을 대할 때의 미소다.

　그러나 원치 않을 때의 미소 짓기란 얼마나 어려운가. 그럴 때 미
소 지어야 하는 건 진짜 자아와 연기하고 있는 자아 사이의 혼란과
갈등이 극대화되는 순간이다. 일을 하는 사람 입장에서는 여기서
어떻게 하면 자존감을 유지하면서 직장에서 요구하는 배역을 소화
해낼 수 있을까? 하는 질문이, 고객 입장에서는 제대로 된 친절과
우위의 느낌을 받고 싶다는 일방적 요구가 맞부딪치는 것이다.

　감정노동이 잠재적으로 좋다는 말은 전적으로 고객의 입장에서
다. 그러나 감정을 관리해야 한다는 말은 두 입장에 다 해당된다.
점원이든 손님이든 어느 누구도 하루 종일, 매 순간 미소 짓거나
친절할 수 없다. 예의를 갖추기도 힘들다. 이럴 때 우리가 할 수 있
는 것이 감정의 통제다.

　도쿄의 백화점 직원들이 너무 친절해서 불편하다고 느꼈다면
아마 내가 거기에 빠져 있을지도 모를 한 가지 것을 발견해서일 것

이다. 마음에서 우러나오는 친절. 지금 여기, 직원들이 불친절하다고 느끼는 것도 같은 이유에서다.

기업이 만든 것들 중에 바로 이 감정을 통제하고 연기해야 하는 감정노동도 있다는 사실을 깨닫는다면 이제 상보성相補性에 대해 생각해봐야 한다. 사람과 사람 사이에서 당연하다고 여겨지는 감정이며, 불평과 불만을 드러내지 않기 위해서도 필요한 것이 바로 이 상보적 관계다. 어떤 감정은 부당하고 어떤 감정은 타당하며 어떤 감정은 반드시 조절해야 할 때가 있다. 감정이 노동이 되는 이유 중에는 지금 내가 상대하는 사람이 누구인가가 아니라 그 사람이 어떤 감정 상태에 있는지 알아차려야 한다는 것도 있다. 나는 친절과 미소 속에서 물건을 구매하고 싶지만 그런 나, 상대에게 그런 감정을 당연하게 요구하고 있는 손님으로서의 태도가 어쩌면 인간의 기본적인 예의에서 벗어난 행동은 아닌가, 잠시 생각해본다. 미소가 사라진, 미소를 짓고 있을 틈이 없는 직원을 미소 짓는 얼굴로 쳐다보며 사이즈를 부탁한 물건을 갖다주길 기다린다. '상호작용face-to-face interaction'은 백화점에서도 중요한 인간관계의 규칙이다. 그러니 손님으로서의 품위도 갖추자.

하지만 역시 원치 않는 순간에 미소 짓는 일은 어렵기만 하고, 대개의 이런 순간처럼 나는 지금 나 자신에게서도 소외되었다고 느낀다.

다른 곳이 아니라 바로 여기 지금

집이나 가족에 관해서 사람들은 어떤 생각을 갖고 있을지 궁금하다. 오래전 『가족의 기원』이라는 장편소설을 썼다. 소설처럼 그때의 나는 세상에는 가족 이데올로기만 남았을 뿐 '가족'이란 없다는, 가족 구성원과 모든 허황한 인간관계를 차갑게 응시하는 비관적 태도를 갖고 있었다. 집이나 가족이라는 것은 사랑 같은, 애초에 허약한 관념에 지나지 않는다고 여겼다.

첫 조카가 태어났을 때 본의 아니게 내가 육아를 도맡게 되었다. 그때껏 한 번도 갓난쟁이를 본 적도 만져본 적도 없던 내가 말이다. 극장이나 공원 같은 공공장소는 물론 식당이나 카페 같은 데서 아이들이 떠들거나 장난치는 것을 보면 나는 대놓고 눈살을 찌푸리던 까칠하기 짝이 없는 싱글녀였다. 그런 내가 육아라니.

무슨 운명의 장난처럼 조리원에서 신생아를 데리고 오자마자 누워 있게 된 두 사람, 오른쪽 다리를 깁스한 엄마와 출산 때 출혈이 심해 몸조리하고 있는 동생을 내려다보며 나는 걱정과 한탄의 숨을 들이쉬고 내쉬었다. 그러나 그 한탄이 경탄으로 바뀌는 데는 채 며칠도 걸리지 않았다.

어느 때 나는 내가 자신에게 기대하는 것보다 훨씬 풍부한 능력이 있다는 걸 깨닫곤 하는데 첫 조카인 유지를 키울 때도 그랬다. 하루 이십사 시간 혼자 발을 동동거렸다. 잠은 고작 서너 시간, 유지를 안고 재우고 우유 먹이고 목욕시키고 자장가 불러주며 하루를 보냈다. 아이는 아직 사람이 아니라 잘못 만지면 깨지고 휙 사라져버릴 것만 같은 투명한 물방울, 그런 '생명체'처럼 보였다. 몸이 피곤한 것도 몰랐다. 나는 콧노래를 흥얼거리는 나 자신, 그 어느 때보다 에너지가 넘치고 활기찬 나를 거울 속에서 발견하곤 깜짝깜짝 놀랐다. 아이 곁을 지키고 싶어 외국어 공부하러 가는 것도 그만두고 약속도 만들지 않았다. 그렇게 석 달을 보냈다. 글을 전혀 쓰지 못하면서도 행복하게 보낸 유일한 기간으로 기억한다.

애 낳으면 잘 키우겠는데!

엄마와 동생들은 진심으로 나를 놀렸다. 그러면 나는 속으로 이렇게 꿍얼거리곤 했다. 치, 모르시는 말씀, 내 아이가 아니니까 이렇게 쏟아부을 수 있는 거라고.

여기 칠층을 드나들게 된 것은 전적으로 조카들 때문이다. 동생들은 약속이나 한 듯 이 년 터울로 차례차례 아들딸, 둘씩 낳았다. 옷을 사도 네 벌, 신발을 사도 네 켤레, 장난감을 사도 네 개. 에잇, 많기도 하네. 나는 쇼핑하다 말고 투덜거렸다. 도쿄, 제 집으로 돌아간 조카 둘에게는 옷이나 책을 사서 우편으로 보내는 재미에 빠져 살기도 했다.

우리 집에서 아이들 물건을 사러 시장이 아니라 백화점에 가는 사람은 나밖에 없었으므로 나는 조카들이 유아였을 때 가장 자주 백화점으로 달려갔다. 해가 바뀌면 막내 조카가 다섯 살이 되니 꽤 수년 동안.

　조카들의 탄생은 나의 쇼핑 기준까지 바꾸어놓은 셈이다. 팔 년 전부터 내가 백화점에 갈 때마다 매번 빼놓지 않고 들르는 층이 바로 칠층 매장이 되었다. 내가 사는 품목은 세탁을 자주 해도 면 상태가 좋은 무냐무냐 내의와 쇼콜라 배냇저고리, 엘르푸퐁의 베개

그리고 블루독, 캔키즈나 알로봇의 바지와 재킷 이월상품들이다. 아이들은 쑥쑥 자라고 우리 자매들이 그랬듯 서로 물려주고 물려

받을 수 있으니까. 장난감은 나도 여기선 구경만 한다. 그건 부모가 사야지, 싶어서. 나는 옷과 유아용 식기와 동화책 담당. 그리고

지금은 어느 것을 사도 꼭 네 개는 안 산다. 조카들도 이제는 말귀를 알아듣고 왜 내 것만 안 샀느냐고, 큰이모는 나만 미워하는 게 틀림없다고 우기며 토라지지 않으니까.

　어떤 점에서 나는 내가 조금은 관대해지고 느긋해졌다는 걸 깨닫는다. 처음에는 나이 때문이라고 생각했다. 그것도 사실일지 모른다. 하지만 최초의 시작은 한 생명이 태어남을 목격하고 그것을

경험하게 된 순간이었을 것이다.

　칠층 매장에서는 바쁘게 움직일 이유도 서둘 이유도, 어떤 것을 사지 못해 고통스럽게 느껴질 이유도 없다. 마음에 들고 주고

싶은 것을 적절히 고르기만 하면 된다. 아이들에게 필요한 게 어떤 것들인지만 알고 있으면 즐겁고 신나는 일이다. 마음이 어떠한

상태에 있든 칠층에 와서 슬프거나 우울했던 적은 한 번도 없었다. 평소엔 그런 생각을 못하다가도 나도 뭔가 돈을 좀 벌 수 있는

일을 해야 하지 않을까, 라고 고개를 갸웃거려보게 되는 층이 나에게는 여기다.

만약 칠층에 다니지 않는 삶을 살았더라면 나는 지금보다 훨씬 비관적이고 시니컬한 독신 여성으로 남아 있을 게 뻔하다. 꼬물꼬물 움직이던 아기 손이 내 검지를 무슨 밧줄인 양 꽉 쥐었을 때의 그 느낌도 영영 모르는 채로.

누구든 엄마가 되고 이모 고모가 될 수 있다. 나는 엄마가 되는 대신 네 아이들의 큰이모가 되었고 그것은 나의 일부를 바꾸어놓은 일생일대의 사건이 되었다. 그렇다면 집이나 가족에 대해서, 이제 나는 다른 대답을 할 수 있을까.

한 생명의 탄생만큼이나 경이롭게 느껴지는 일은 아이가 말을 배워나가는 과정이다. 몸을 뒤집고 일어서고 마침내 걷게 되는 순간부터 아이들의 발화능력은 놀랍도록 빠르게 진화한다. 나는 아직도 셋째 조카가 맨 처음 말한 문장을 기억하고 있다. 엄마와 막냇동생과 식탁에 앉아 복숭아를 먹고 있었다. 식탁 쪽으로 대욱이가 걸어왔다. 저놈이 벌써 저렇게 컸군, 생각하며 나는 복숭아를 우물거렸다. 그때 조카가 불쑥 이렇게 말했다.

복숭아가 이쁘다!

자매들이 결혼한 후로는 아이들을 떼놓고 같이 움직이기가 쉽지 않다. 하는 수 없이 아이들을 데리고 쇼핑을 가기도 한다. 백화점에 갈 때는 좀 낫다. 아이들이 시간을 보낼 수 있는 키즈카페가 있으니까 말이다. 내가 가본 키즈카페 중 가장 크고 넓은 데는 도쿄의 이케아 매장들이다. 거긴 입장 나이 제한도 있지만 대기하는 부모들이 많아 언제나 아이들을 들여보내려면 삼십 분씩은 기다리는 게 보통이다.

몰링malling족이라는 말이 있다. 새로운 쇼핑몰이 생기면 꼭 가봐야 하고 트렌드들을 구경하기 위해 자주 쇼핑몰을 찾아다니는 사람들을 말한다. 내가 보기엔 도쿄에 사는 동생이 몰링족에 가까운 편이다. 그러나 아이들을 데리고 다니는 데 전혀 불편함이 없어 보인다. 현대의, 새로 생기는 모든 쇼핑몰이나 백화점에는 이제 유아를 위한 놀이공간이 마련돼 있기 때문이다.

우리 집에 아이를 맡겨놓고 키우는 막냇동생네가 맞벌이라 종종 둘 다 서울에 없을 때가 있다. 그러면 엄마와 내가 아이들을 씻기고 먹이는데, 어느 때는 내가 아이들을 데리고 외출해야 하는 상황이 벌어지기도 한다. 한번은 아이들을 볼 사람이 없어서 약속 장소인 백화점 카페로 조카를 데리고 나간 적도 있다. 그러고 보니 내가 백화점 키즈카페를 이용하기 시작한 지도 벌써 오륙 년은 좋이 되는 것 같다.

그런데 소비를 연출하는 공간인 이 백화점에 언제부터 이렇게 아이들과 같이 다니게 되었을까.

1963년 우리나라 동아백화점의 한 이미지 광고가 떠오른다.

"家族 同伴하시고 꼭! 한번 求景 오십시오."

그 옆에는 한복에 앞치마를 두른 엄마와 말쑥한 반바지 정장을 입은 꼬마 아이가 기대에 찬 얼굴로 서 있고 엄마 머리 위 말풍선에는 이렇게 쓰여 있다.

"똘똘아 아버지하고 구경 가자."

파리 봉마르셰나 일본의 미츠코시, 미국 존 워너메이커 백화점 같은 세계적인 백화점의 창업자들에게는 몇 가지 공통점이 있다.

젊은 시절부터 남달리 상술이 뛰어났으며 의류점으로 첫 사업을
시작했고, 직원의 복지를 향상시키는 데 비용을 아끼지 않았으며,

입지조건으로 철도역이나 시내 중심가를 선택했다는 점, 그리고
무엇보다 어린이들에게 관심을 기울였다는 점 등이다.

1932년에 파리의 백화점을 조사한 미츠코시의 직원은 그곳 백

화점의 특징으로 "손님들 중 99퍼센트가 부인들이라는 점, 남성
손님이 드물고 아이들을 동반하는 예가 적은 것"을 들었다. 그 당
시만 해도 미츠코시의 상황도 별반 다르지 않아 손님들이 아이들

을 데리고 백화점에 오는 때는 크리스마스 당일 정도였다.

미츠코시는 이 점을 간과하지 않았다. 백화점을 쇼핑의 공간으

로서뿐만 아니라 가족의 향락 장소로도 이용할 수 있게 만들어야
한다고 판단한 것이다. 이때부터 미츠코시는 아동용품점은 물론
백화점 내에 식당을 만들고 어린이를 위한 특별메뉴를 선보이고

놀이방을 설치한다. 일본 백화점에서 가장 먼저 놀이방을 설치한
곳은 1903년, 니혼바시의 시라키야 백화점이다.

미츠코시는 1908년, 본격적인 아동부(아동용품부)를 신설하고

그 이듬해 아동박람회를 개최한다. 지식인들, 특히 백화점 내에 조
직된 연구회이자 메이지 말기부터 문화와 문화산업을 주도한 유행
회流行會에서 아동兒童이라는 개념을 부각시켰다는 점이 긍정적으로

평가되었다. 『박람회』에서 요시미 순야는 "생산자로서의 아동이
아니라 소비자로서의 아동"에 주목한 점이 새로웠다고 기술한다.

오락시설 및 완구, 어린이에 관련된 물건들을 전시한 아동박람

회는 성시를 이루었다. 미츠코시 백화점은 사회공헌의 일환으로

아동박람회를 개최한다고 표방했지만 그 박람회는 사실 아동의 작품을 전시한 것이 아니라 아동에게 필요한 상품들, 부모들이 아이들을 위해 구입할 만한 물건들을 전시한 것이었다. 그러나 이러한 부정적인 시선에도 불구하고 아동박람회는 1915년까지 미츠코시의 대이벤트로 매년 개최되었다.

그런데 미츠코시가 '아동'에 중요한 의미를 둔 이유는 무엇일까. 그 당시 일본에서 활발히 전개된 아동연구운동은 일종의 양풍洋風 유행 현상이었다. 이미 19세기 후반 파리 봉마르셰에서는 아이들에게 '봉마르셰에 가서 물건을 산다'라는 가치를 부여하는 광고를 시작했다. 그리고 백화점에 관한 대개의 것들처럼 미츠코시는 이 새로운 경향을 적극적으로 수용했다. 이제 어린이는 미래의 고객으로서 백화점의 적극적인 타깃이 되었다.

벽돌공의 아들로 태어나 훗날 백화점의 왕이라고 불리게 된 존 워너메이커가 최초로 한 일들 중에 어린이들을 위한 날을 만들어 각종 이벤트를 개최했다는 기록도 보인다. 그때가 이미 1878년이었다.

백화점에 아이들을 데리고 오는 부모가 부쩍 많아졌다. 안 그랬다가 최근엔 입장료조로 음료수 값을 꼭 내야 하는 데도 생겼다. 이용자들이 많아서인지 장난감이며 책들이 많이 낡고 구식이 되었다. 백화점 내부에 개선이 필요하다면 여기부터 시작해야 할 것처럼 보인다. 이 어린이층, 키즈카페에서 시간을 보내는 저 아이들이 자라 다시 이 백화점엘 드나들게 될 것이다. 그게 이미 백여 년 전

부터 시작된 마케팅의 일환이라고 생각하니 그 좋고 나쁨과 상관
없이 씁쓸한 느낌이 드는 것이 사실이다.

　생애 첫 문장을 복숭아가 이쁘다, 라고 시작해 나를 감격시켰던
조카 녀석은 이제 내가 누군가와 통화중이거나 저를 데리고 백화
점이나 공공장소에 와 있을 때면, 내가 기겁하는 게 재미있는지 나

를 이렇게 소리쳐 부른다.

　엄마, 엄마아!

크 리 스 마 스   이 야 기

백화점들이 크리스마스트리를 설치하는 날은 대개 십일월 마지막 주 목요일, 폐점 후다. 그다음 날, 간밤의 일을 알지 못하는 보행자들, 고객들은 백화점 외벽과 실내를 장식한 크리스마스트리를 보게 된다.

올해 백화점들의 크리스마스트리는 더욱 화려해진 느낌이다. 한 백화점은 '즐거운 크리스마스 이야기'라는 주제로 피노키오 마을을 연출했고 본관 외벽에 1031개의 별 장식을 설치한 백화점도 있으며 사천여 개의 LED 조명을 달아 영상을 설치한 백화점도 있다. 강원도 홍천에서 높이 25미터짜리 대형 전나무를 공수해와 초대형 트리를 만든 곳도 있다. 그 모든 트리에 피노키오나 신데렐라의 호박 마차, 루돌프 같은 추억과 동심을 자극할 동화적 요소들을 담는 건 필수. 특히 올해 트리에는 빨간 옷을 입은 산타클로스가 그 어느 해보다 더 많이 등장한 것 같다.

산타클로스는 서기 270년쯤, 지금의 터키에 해당하는 고대도시 리키아의 작은 마을 미라^{Myra}의 주교였던 성 니콜라스 설화에서 시작되었다. 그는 남몰래 선행을 많이 베풀어 '기적의 니콜라스'로

불렀다. 이 산타클로스가 마케팅에 쓰인 건 1931년, 코카콜라가 비
수기인 겨울철에 매출을 늘리기 위해 로고에 쓰이는 붉은색과 신
선한 거품을 형상화한 흰색의, 현재 전 세계인의 눈에 익숙해진 산
타클로스 이미지를 만들어낸 것이다. 코카콜라가 펼친 이 산타클
로스 마케팅은 가장 뛰어난 감성 마케팅 사례로 전해진다. 2010년
백화점 크리스마스트리에 산타가 많이 눈에 띄는 이유는 산타클로
스가 여든 살을 맞기 때문일까. 간혹 알면서도 모른 척하고 싶을 때
가 있다. 이를테면 마케팅. 산타 할아버지가 정말 존재한다고 믿고
기다렸던 유년의 밤은 설레고도 따뜻했다.

　맨 처음 뉴욕 메이시Macy's 백화점에 갔을 때 건물 외관에 설치해
놓은 크리스마스트리를 보고 입이 떡 벌어질 만큼 감탄한 적이 있
다. 그건 그저 전나무 하나를 세우고 알록달록한 전등을 켜놓은 게
아니라 인도로 난 백화점 외벽 유리 안쪽마다 하나의 이야기가 있
는 동화를 구성해 인형과 사람들, 산타클로스, 사슴들, 눈의 은빛
결정체들, 그리고 우리가 크리스마스에 대해 떠올릴 때 가능한 모
든 것을 디스플레이 해놓은 것이었다. 나는 백화점 안으로 들어갈
생각을 못 하고 촌뜨기처럼 밖에 선 채로 그 유리창 안쪽을 물끄러
미 들여다보았다.
　오르골을 돌리듯 부드럽게 흘러나오는 캐럴, 은은히 바뀌는 조
명 속에서 침대에 누워 있는 아이 머리맡에서 파자마를 입은 아버
지가 책을 읽어주고 머리 위로는 썰매를 탄 산타와 루돌프가 날고
있었다. 이것은 분명 하나의 디스플레이에 지나지 않을 텐데, 나는

눈앞에서 꼭 환상을 보고 있는 것 같았고 가능한 한 오래 그 동화가 지속되기를 바랐다. 집 떠나면 어지간해서는 집 생각 잘 안 하는 편인데, 나도 모르게 조카들과 같이 볼 수 있다면, 하는 안타까움이 밀려들었다. 순식간에 나를 동심으로 돌려놓고 압도한 크리스마스 디스플레이였다. 발이 너무 시리다고 느꼈을 때쯤에야 나는 회전문을 밀고 안으로 들어갔다. 영화 〈34번가의 기적〉의 배경이 된, 그 인공의 장소로.

마케팅에 P로 시작되는 몇 가지 '체크리스트'가 있다. 이를테면 Product(제품), Pricing(가격), Promotion(판촉), Publicity(광고), Packaging(포장) 등등. 마케터들이 어떤 상품에 대해 자신의 역할을 제대로 수행해냈는지 체크해보는 항목들이다. 안전한 것은 위험하다! Safe is Risky!라는 말로 유명해진 컨설턴트 세스 고딘은 여기에 새로운 P를 하나 더 만들어낸다. 'Purple Cow(보랏빛 소).'

자동차로 프랑스 여행을 하던 고딘은 고속도로 저쪽 초원에 수백 마리나 되는 소 떼가 쏟아지는 빛 속에서 풀을 뜯고 있는 모습을 보고는, 뭐에 끌린 것처럼 매혹되었다고 한다. 하지만 아름답고 평화롭다는 느낌도 잠시. 채 이십 분도 지나지 않아 그는 계속 나타나는 그 평화로운 풍경들, 풀을 뜯고 있는 소 떼에게서 시선을 거두게 되었다. 새로 본 소 떼는 처음에 본 소 떼와 다를 바 없었고 그를 압도했던 풍경들은 이미 평범해 보였다. 거듭되는 지루한 풍경을 보며 그는 만약 저 소가 보랏빛 소라면 어떨까? 상상하기 시작한다. 이 '보랏빛 소' 이론은 마케팅의 세계에서 말할 가치가 있고 예외적이며 새로운, 지금까지 없었던, 흥미를 끌어낼 수 있는,

같은 의미로 쓰인다.

그 후 나는 세 번쯤 더 뉴욕 메이시 백화점의 크리스마스트리

들, 디스플레이를 보았다. 가깝게는 2008년 십이월 샌프란시스코
의 메이시에 오래 있었는데 그때 보랏빛 소에 대해 진지하게 생각
했던 것 같다. 한번 보고 느낀 것에 다시 감탄하게 되는 경우가 점

점 드물어지는 것은 왜일까.

그날 나에게는 '공룡'을 찾아야 하는 숙제가 있었다. 아메리카
어딜 가나 메이시 백화점은 넓었지만 과연 여기에 공룡 인형이 있

을까, 미심쩍은 얼굴로 메이시 전체를 뒤지고 다녔다. 조카들이 커
갈수록 내가 집을 떠날 때 아이들이 원하는 선물의 리스트가 늘기
시작한다. 각자 취향이 생기면서 주문도 까다로워졌다. 체류지에

서 선물을 사 가야 하는 것은 신경 쓰이는 일이지만 조카들 것만이
라도 챙기려고 하는 이유는 그 애들이 나에게 자신들의 넘치는 생
명력을 나누어주었다고 믿기 때문이다. 아무리 사소해도 꼭 지켜

야 할 위대한 약속처럼 느껴지는 게 바로 아이들과 한 약속이다.
그런데 이번에는 공룡이란다. 그것도 티라노사우루스로.

실내는 혼잡했고 칠층 크리스마스 특설매장에는 트리에 매달

장식들을 고르는 사람들로 더 복잡했다. 혹시 공룡 인형을 살 수
있을까? 직원들을 붙잡고 이 말을 얼마나 여러 번 했는지. 그러다

크리스마스 특설매장 한쪽, 온통 크리스마스에 관계된 인형들만
진열된 코너에서 딱 한 마리 남아 있는 공룡을 발견했다. 티라노사
우루스인지 트라케라톱스인지 구분이 잘 안 가지만 어쨌든 공룡은

공룡이다. 아, 이제 숙제 끝. 눈을 반짝거리며 기다리고 있을 조카

녀석에게 그 인형을 갖다줄 생각을 하니 피곤함도 싹 가신다. 산더미처럼 쌓인 봉제인형들 속에서 가격표도 안 보고 호기롭게 공룡을 쑥 집어든다. 그런데 웬걸. 솜 빠진 공룡 목이 덜렁덜렁거린다.

십이월은 백화점 연간 매출의 십 분의 일쯤 차지하는 달이다. 그 어느 때보다 마케팅에 주력하는 달.

의도야 어쨌든, 세계 백화점의 창업자들이 어린이를 새 타깃으로 삼고 시작한 마케팅 가운데 대표적인 것으로 '산타클로스 마케팅'을 들 수 있다. 해마다 시민 축제의 일환으로 열렸던 퍼레이드가 맨해튼에서 사라진 것은 제1차 세계대전 후다. 그리고 다시 시작된 퍼레이드가 바로 1924년 메이시 백화점이 신관 오픈을 기념하여 마케팅의 일환으로 주도한 행사였다.

당시 메이시는 건물을 이십층으로 확장했으며 '메이시를 만든 것은 완구 부문이다'라는 말을 들을 정도로 중점 고객을 '어린이'에 두고 있었다. 이제 메이시에서 가장 필요한 마케팅은 어린이를 백화점으로 오게 할 수 있는 새로운 상품들, 디스플레이 그리고 그러한 기획을 홍보할 수 있는 기업광고였다. 그래서 선택한 방법 중 하나가 크리스마스 퍼레이드를 다시 진행하는 거였다. 그 퍼레이드에 어린이 고객을 위해 꼭 필요한 게 있었다. 바로 산타클로스. 이때부터 메이시는 쇼윈도에 인형극 무대를 설치하였고 산타클로스와 사슴들을 실은 퍼레이드 카와 밴드를 동원했다.

행렬은 타임스퀘어를 지나 메이시가 있는 34번가에서 산타클로스가 하늘을 날듯 백화점 지붕 위로 올라가는 장면으로 절정을 이룬다. 비록 백화점의 홍보용으로 시작되었지만, 크리스마스 퍼

레이드의 기원은 19세기 후반 미국으로 건너온 이민자들을 통해 전해진 유럽의 카니발 전통이었다. 원하는 사람은 누구나 자유롭게 참가할 수 있었고 다양한 가장행렬을 볼 수 있었다고 한다.

　이 새로운 마케팅은 전 세계 백화점으로 퍼져나갔고 이때부터 모든 백화점들이 산타클로스를 등장시키게 된 것이다. 종교적이고 자유로운 시민 축제를 특정 백화점의 홍보에 이용한다는 비난 속에서도 크리스마스 시즌을 알리는 메이시 백화점의 퍼레이드는 미국 전역에 텔레비전으로 생중계되는 맨해튼의 명물이 되었다.

　백화점의 천재라 불렸던 파리의 부시코도 이미 1872년 신관 개점 때부터 아동매장을 설치해 봉마르셰가 '아이들에게 꿈의 나라'가 될 수 있도록 장난감과 문구 매장을 만들었지만 이러한, 미래의 산타클로스 마케팅까지는 아직 꿈꾸지 못하고 있었다. 십이월 상순에 열리는 봉마르셰의 '새해 선물 및 장난감 대매출'은 매년 호황을 누렸으나 그 무렵 프랑스에 산타클로스는 아직 존재하지 않았다. 가시마 시게루가 봉마르셰에 대해 쓴 글을 읽다보면 "산타클로스는 제1차 세계대전 후에 미국의 백화점에서 수입된 것이다"라고 기록돼 있다. 그러니 백화점과 산타클로스의 관계는 실로 긴밀한 역사를 갖고 있다고나 할까.

　그날 결국 공룡 인형을 사지 못한 나는 메이시 아래 블록에 있는 갭GAP 키즈에서 각종 공룡들이 프린트된 하늘색 파자마 한 벌을 살 수 있었다. 일부러 찾았다면 어려웠을, 그러나 운 좋게 발견한 그런 상품들 중 하나였다. 사내아이용이고 보푸라기가 일었지만 요즘은 네 살짜리 막내 여자 조카에게 어르고 달래 입히고 있다.

백화점의 탄생과 함께 마케팅에도 새로운 시대가 열렸다. 상품을 만드는 사람들, 고객의 눈을 끌어야만 하는 기업들은 최초의 '보랏빛 소'를 찾기 위해 분투하고 있다. 이 아름답고 은성한 크리스마스트리를 보는 지금은 보랏빛 소 같은 건 떠올리고 싶지 않다. 하지만 아름답고 보기 좋아도 새롭지는 않다. 전에 본 적 없는 크리스마스트리는 어디 없을까.

조카들과 거실 바닥에 앉아 색종이와 반짝이 종이를 둥글게 말고 오리고 엮어 트리를 만든다. 나 어렸을 적엔 반짝이 종이가 귀한 편이라 신문지를 섞어 만들고는 했었는데. 어디서 무엇을 보든 무엇을 하든 딴생각이 많은 난 지금 내 무감각과 지루함을 일깨워줄, 내가 찾고 싶은 보랏빛 소를 떠올린다. 이십대의 어느 날처럼 심장을 쾅 울리게 하는 그런 책을 만나고 싶고 쓰고 싶다고. Safe is Risky. 이 말은 삶에도 과연 해당되는 말일까.

어려서부터 내가 아들 없는 집의 맏딸이라는 것, 큰언니라는 사실을 늘 의식하곤 했다. 그게 외모에도 영향을 미쳤는지 초등학교 때는 사람들이 중학생으로 봤고 중학생 때는 고등학생으로, 막상 고등학생이 되자 내가 거울을 봐도 대학생 언니처럼 보였다. 그래서인지 지금도 나는 또래보다 조숙한 아이들을 보면 우울해진다. 대개는 내성적일 그 아이들이 혼자 있을 때 뭘 할까, 외로울 땐 어떻게 견딜까 하는 오지랖 넓은 생각들을 해보기 때문이다.

나는 겉모습만 조숙해 보였을 뿐 정신적으로는 되레 또래들에 뒤처져 있었을지 모른다. 그때는 학교, 공부, 친구들, 이것이 세계의 전부였을 텐데도 하루하루가 쉽지 않았다. 지금 떠올리면 유치하기 짝이 없는 짓들로 시간을 보내곤 했다. 게다가 성적으로 말할 것 같으면 남달리 일찍 포기한 상태라 할 말이 많지 않다. 더욱이 논리나 반직관적인 인식을 요구하는 과목들, 수학이나 물리학 같은 것엔 영 젬병이었다.

고등학교 1학년이 되자 엄마 마음이 급해졌다. 집에 세 들어 살고 있던 서울대 물리학과 남학생에게 수학 과외를 받기로 했다. 나는 아직도 나 자신을 잘 모르지만 그때만큼은 내가 참 나다웠다고 생각한다. 어떻게 하면 수학을 잘해서 창피를 면할까, 가 아니라 어떻게 하면 용의주도한 핑계를 대고 그 수업을 취소시킬까 궁리하고 또 궁리했으니까. 그러나 과외는 뜻밖에 단기간, 시시하게 끝났다. 어느 날 내 방에 온 그 물리학과 학생이 내 책장을 둘러보며 이렇게 말한 게 계기가 되었다.

니가 읽는 책들은 온통 시시한 것들뿐이구나.

그 표정 위엔 이런 말풍선이 둥둥 떠 있었다. 대체 넌 커서 뭐가 되려고 그러냐?

내 책상과 그 옆에 하나뿐인 책장 주변에 나는 일찌감치 커튼을 둘러쳐놓았다. 자매들과 같이 방을 쓰는 탓도 있었지만 노크도 없이 엄마가 불쑥 방문을 열고 들어오는 걸 견디기 어려웠기 때문이다. 책상에 앉아 커튼을 쳐놓으면 임시방편으로나마 혼자가 될 수 있었다. 적당한 조도와 적당한 고요. 이것을 확보하고 나면 트레이싱 페이퍼를 꺼내 만화 〈외인구단〉의 '까치' 얼굴을 옮겨 그렸다. 하필이면 왜 까치였냐고는 묻지 말아주기 바란다. 왜 그렇게 오랫동안 핑크에 집착했느냐는 질문처럼, 그건 정말 대답할 수 없는 질문이니까.

까치를 그리고 또 그렸다. 트레이싱 페이퍼로 윤곽을 잡는 데 익숙해지면 스케치북에다 그리기 시작했다. 책상 안쪽과 벽에 내가 그린 까치 얼굴을 더덕더덕 붙였다. 봉투에 잘 넣어 친구들에게 주기도 했다. 서랍 속엔 열쇠가 달린 일기장은 물론 쓰다 만 편지들, 교환노트 등 남들에게 보여줄 수 없다고 여겼던 것들로 가득했다.

까치 이전의 대상은 스누피와 친구들이다. 만화 〈피너츠^{Peanuts}〉의 주인공이자 야구를 좋아하지만 못하는 찰리 브라운, 피아노 천재인 슈로더, 항상 담요를 끌고 다니는 라이너스 그리고 루시와 페퍼민트. 찰스 먼로 슐츠가 탄생시킨 스누피와 그의 친구들. 고독과 불만을 한순간에 웃음과 유머로 뒤바꾸어놓았던 캐릭터들. 나는 페이소스라는 것을 그 캐릭터들을 통해 배워갔다. 그들, 전 세계인의 친구이자 나의 친구였던.

내 교과서를 싼 포장지, 필통, 지우개, 자, 샤프펜슬, 수첩, 메모지, 스티커, 편지지와 편지봉투, 투명 파일, 손수건, 도시락, 그 안의 수저 세트와 물통까지, 신발과 아래위로 입고 있는 옷을 제외한 모든 것에 스누피 만화 캐릭터가 프린트되어 있었다. 까치가 나타나지 않았더라면 덩치 큰 고3이 되어서도 나는 스누피 캐릭터들에 둘러싸여 있었을 게 뻔하다. 특히 라이너스가 담요를 잃어버릴까 봐 걱정됐고 누가 그 담요를 빼앗아가면 어쩌나 불안했다.

심리학에서 자신의 욕구나 감정 등을 타인의 것으로 지각한다는 투사^{projection}는 그 의미에 따라 창조적인 투사와 병적인 투사, 긍정적인 투사와 부정적인 투사로 나눌 수 있다. 특정한 한 대상에 집착할 때의 투사는 자신의 억압된 욕구를 충족시키거나 대리만족을 느끼는 것 혹은 감정의 전이에 가깝다. 이런 점에서 보면 어떤 한 '사물'은 그것을 선택하고 소유한 자의 감정과 생각을 연결하는 매개체의 역할을 수행하는, 열정의 사물이 된다.

마론인형이나 로보트 태권V, 캔디, 바비를 거치며 성인이 된 많은 사람들이 있을 것이다. 지금도 어떤 사물과 내가 '일치감을 느낀다'라고 생각되는 때가 있다. 이를테면 휴대전화나 노트북, 아이팟 같은 사물들. 이런 것을 나 자신과 동일시하게 되는 이유는 이 사물들이 없으면 안 된다고 믿고 있기 때문 아닐까. 아니면 나 자신이 완성되지 못한다, 라는 불안감이 들기 때문이거나. 이럴 때 프로이트가 말한 "대상의 그림자가 자아에 드리워졌다"라는 문장은 의미심장하게 들린다. 사물에 생명이 있다고 믿어질 때가 있기 때문이다. 그때 정작 나한테 필요하고 내가 원한 담요는 어떤 것이었을까.

아이들을 보며 감탄하게 될 때가 많다. 아이들은 의심할 줄 모른다. 어떤 나이에 이를 때까지는. 사물에 생명이 있는지 없는지도 의심하지 않는다. 눈앞의 대상에게 말을 걸고 그것이 설령 영원히 침묵을 지키는 물건이어도 웃고 쓰다듬고 보살피고 때로 걱정한다. 한번은 아이들 보는 앞에서 종이로 된 호비를 찢어 폐휴지통에 담으려다가 혼쭐이 난 적이 있다. 오모테산도에 있는 키즈랜드나 백화점 아동매장에 가면 네 명의 아이들은 약속이나 한 것처럼 토마스, 헬로키티 앞으로 달려가 떨어질 줄 모른다. 특히 두 여자 조카들은 핑크색 헬로키티의 열혈 마니아 수준에 가깝다. 청소년기에 한때 내가 그랬듯.

아무리 졸라도 이번만은 절대로 아무것도 안 사줄 거야, 라는 새침한 태도로 네 살, 여섯 살, 여자아이들에게 묻는다.

느이들은 대체 이 입도 없는 애가 뭐가 그렇게 좋으니?

어른들은 몰라요!

권나연, 시오카와 유나야!

네, 큰이모.

사실은 큰이모도 얘 되게 좋아했어.

언제요?

큰이모가 어렸을 때.

큰이모도 어렸을 때가 있었어요?

옛날에 어떤 디자이너 언니가 비닐 지갑에 필요한 캐릭터를 만

들었는데, 그게 바로 얘야. 그런데 입을 귀엽게 표현하고 싶은데

어떻게 해야 할지 몰랐대. 그래서 그냥 그리지 않고 놔둔 거야. 그

래서 얘 표정이 없잖아. 귀엽게 보이기도 하고 점잖게 보이기도 하

고. 또 우는 사람이 보면 우는 것처럼 보이고 웃는 사람이 보면 웃

는 것처럼 보여. 그 사람이 보는 대로 보이는 거지. 입이 없으니까

말이야. 헬로키티가 성공한 건 바로 이것 때문이었단다. 사람들이

쉽게 자신의 감정을 얘한테 투사할 수 있었거든. 어떤 문화학자 아

저씨는 이 헬로키티의 매력이 '접근가능성'과 '일관성'이라고 말했

어. 이 알쏭달쏭한, 해석할 수 없는 표정 때문에 어떤 사람한테는

향수를 어떤 사람한테는 유행을 어떤 사람한테는 어렵고 힘들었던

시기를 떠올리게 한다는 거야. 그래서 얘를 보면 같이 슬퍼하고 기

뻐할 수 있다는 거지. 너희들이 얘 좋아하는 이유도 아마 그럴걸?

또, 또, 애들한테 쓸데없는 말 하고 있다!

동생이 손바닥으로 내 등짝을 한 대 치고는 애들을 블록 코너로

끌고 가버린다.

두 꼬맹이들은 내가 하는 말을 알아들었을까? 이럴 땐 아이들

이 빨리 컸으면 좋겠다.

　헬로키티뿐만 아니라 동물 모양의 봉제인형, 디즈니의 캐릭터 등 누구에게나 자신과 동일시하거나 투영 투사한 캐릭터들이 있었을 것이다. 그 캐릭터와 자신만의 언어로 대화를 나누거나 놀이를 하거나. 그러면서 자신도 모르는 사이에 잠시 현실에서 비껴나 있거나 회피했을지 모른다. 그저 즐겁기만 했을 수도 있다. 그것이 놀이의 첫째 목표니까. 나는 종종 조카들에게 뽀로로나 썬더일레븐 같은 캐릭터 장난감을 사줄 것이냐 말 것이냐를 두고 제부나 동생들과 논쟁을 벌이기도 한다. 그리고 맨 마지막에 이것을 사자! 하고 결정을 내리는 사람은 나다.

　아이들이 장난감을 갖고 노는 모습을 유심히 지켜보면 아이들은 분명 다른, 자신만의 세계에 빠져 있고 그것은 흡사 우리가 어떤 일에 몰입해 있을 때와 유사해 보인다. 놀이의 영역은 내면세계와 연결되어 있다. 아이들에게도 다른 누가 접근할 수 없는 자신만의 세상, 비밀스러운 영역이 있어야 한다고 생각한다.

　아이들은 놀이를 통해, 그 대상인 캐릭터들을 통해 자신의 감정을 발견하고 현실을 보게 될 것이다. 캐릭터들은 그러한 놀이와 실재를 엮어주는 '의미 있는 사물^{evocative object}'이 되는 것이다. 나는 이 헬로키티와 미키 미니 마우스들이 아이들에게 때로 장난감이 되기도 하고 친구이자 카운슬러가 되어줄 거라고 믿는다. 장난감이 우리에게 줄 수 있는 가장 큰 것은 위로다.

　어떤 사물을 나의 일부로 받아들이며 놀고 웃고 견디는 틈에 어느새 어른이 되어버렸고 나는 이제 청년기에서 장년기로 접어들었다. 지금은 마론인형도 까치나 캔디, 스누피 없이도 혼자 놀고 견디는 방법을 터득하고 있지만 이러한 최초의 수업은 그 캐릭터들로부터 배웠다. 어떤 캐릭터는 죽고 어떤 캐릭터는 서서히 사라지며 어떤 캐릭터는 시대의 상징으로 남는다. 한 캐릭터가 문화적 상징이 된다는 것은 거기에 생명력이 깃들어 있다는 뜻이기도 할 거다.

나를 투사했던 수많은 캐릭터들을 거치면서 나는 어른이 되었다. 크게 빛났던 순간은 없었어도 지금 나는 다른 몰입할 수 있는 일, 생각만 해도 심장이 뛰는 그런 일을 갖게 되었다. 시인 윌리엄 블레이크가 "아이의 장난감과 노인의 이성은 두 계절의 결실"이라고 한 말도 이해할 수 있는. 그리고 엄마 말도 맞다. 나는 저절로, 혼자 크진 않았다.

스누피와 친구들을 탄생시켰던 찰스 먼로 슐츠가 죽었을 때 나는 하루 동안 그의 죽음을 애도했다. 지금도 스누피와 친구들, 헬로키티를 보면 이렇게 걸음을 멈추게 된다. 머쓱해서 괜히 주위를 한번 둘러보곤 다시 그 캐릭터들을 마주 본다. 사고 싶고 갖고 싶은 욕구가 처음처럼 생긴다. 그것이 캐릭터들의 위력이다.

"어째서 아무것도 없지 않고
무언가가 있는가?"

_ 고트프리트 빌헬름 폰 라이프니츠 _

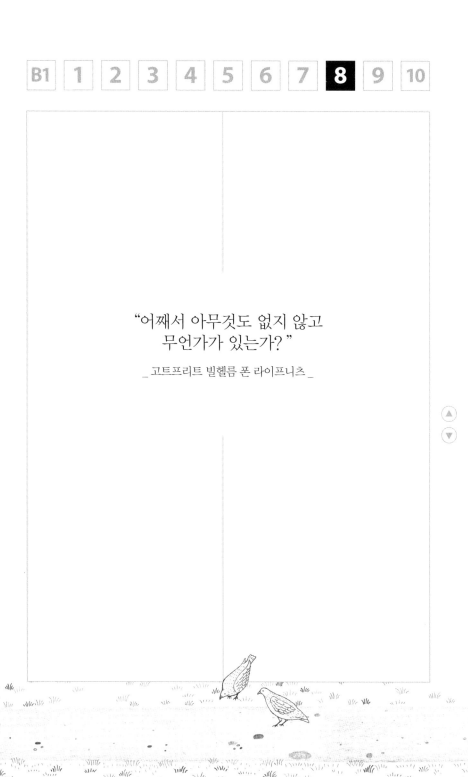

혼자 쇼핑하는 사람들

연일 강추위가 기승을 부리고 있다. 밖에 나가야 할 일이나 누굴 만나야 할 일도 엄두가 나지 않는다. 많이 움직이지 않고도 필요한 물건을 살 수 있고 제대로 된 커피도 마실 수 있고 음식도 먹을 수 있는 곳. 너무 시끄럽지도 않고 격식을 차리지 않아도 되는 곳에 가고 싶다. 나쓰메 소세키가 「회상」에서 한 말처럼, 인간은 지나치게 한적한 분위기에 있다고 생각되면 자신이 불행하다고 착각하는 경향이 있는 법이니까. 게다가 계절이 겨울이라면 더 쉽게 그런 느낌에 빠지게 된다. 춥다고 이렇게 웅크리지만 말고 자, 밖으로 나가볼까!

만나야 할 사람이 어려운 사람이 아니라면 이럴 때의 약속 장소로는 백화점이 편하다. 하긴 가까운 사이가 아니라면 선뜻 정하기 어려운 약속 장소도 백화점. 혼자라면 더 좋다. 그런데 이렇게 추운 날에도 사람들이 백화점에 갈까? 세계 경제활동에 큰 영향을 미치는 요소 중 하나가 날씨라는데, 이런 강추위는 혹시 백화점 매출을 떨어뜨리지 않을까? 궁금하다.

날씨가 추워질수록 백화점 매출은 뜻밖에도 눈에 띄는 상승곡

선을 그린다. 매서운 추위 때문에 모피나 패딩, 겨울 난방용품을 사러 오는 사람들이 크게 늘기 때문이다. 소비자에 대한 백화점의

접근성이 좋아진 이유도 있지만 최근 오 년간 시내 대형 백화점들의 십이월 매출 분석 결과를 보면 온도와 매출은 뚜렷한 반비례 관계를 보인다. 기록적인 추위를 남겼던 2009년 십이월, 백화점들의 겨울옷, 겨울용품 매출은 55퍼센트까지 증가했다고 한다.

강추위는 사람들을 백화점으로 몰고 가고 나는 모든 층들 중 가장 밝고 따뜻해 보이는 곳, 팔층으로 올라간다. 리빙Living. 이 층을

표시하는 이 단어, 안내판을 보기만 해도 그냥 지나치기 어렵다. 쓰기 좋고 아름다운 물건이 가장 많은 공간이다.

옷 매장, 식품 코너, 화장품 매장 등 누구에게나 특별히 선호하

는 층이 있을 것이다. 나는 거의 모든 매장에 가는 것을 좋아하지만 언제나 즐겁지만은 않다. 쇼핑의 즐거움들 중에는 아이러니하

게도 돈을 쓸 때 불현듯 몰려드는 반성과 회의도 있다. 그 물건이 생필품이 아니며 꼭 필요한 것이 아니라는 의식. 그 드리워진 그늘 속에서도 쇼핑은 한다.

꼭 필요한 것이 아니어도 괜찮아, 라는 느낌을 주는 곳이 바로 팔층 매장이다. 다년간 백화점에서 내가 본 게 맞다면 혼자 쇼핑하

는 사람들이 가장 많은 층도 여기다. 최근의 눈에 띄는 변화는 그중에 남성들이 늘었다는 점이다.

최근 기사를 보면 그동안 백화점 매출에서 큰 비중을 차지한 것

은 우리가 흔히 '386세대'라고 지칭하는 사람들이었다고 한다. 1960년대 출생, 1980년대 학번, 2000년대에 삼십대. 소비의 주축

이었던 그들이 장년층인 사십대로 접어들면서 이런 통계에도 변화가 일기 시작했다. 현재 삼십대이며 1990년대 학번, 1970년대 생들인 '397세대'가 핵심 소비층으로 등장한 것이다. 이 397세대의 특징은 자기표현에 익숙하고 절약이나 절제가 미덕이기보다는 소비행위를 삶의 양식으로 받아들이는 데 자연스럽다는 점이다.

자신의 취향과 기호에 따른 능동적 소비를 즐기는 남성들이 늘었다. 그들은 자신에게 잘 어울리는 브랜드를 갖고 있으며 코디도 스스로 한다. 소비와 쇼핑이 자신을 표현하는 한 가지 방식이 될 수 있으며 그것이 인생을 즐기는 데 도움이 된다는 걸 아는 사람들이다. 그런 사람들이 팔층에 점점 늘어나기 시작했다. 이제 이 리빙 코너에서 와인 잔을 고르고 에스프레소 머신이나 데미타스들, 심플휴먼이나 하일로의 휴지통을 고르는 남성들을 자주 볼 수 있다. 그런 사람들의 프로필에는 이런 문장이 쓰여 있을 것 같다. 내 삶은 내가 디자인합니다.

그렇다면 1969년 십이월 마지막 날에 태어나 학번은 1990년대에 속하는 나는 386세대일까, 아니면 397세대라고 은근슬쩍 말해도 되는 것일까? 아리송한 얼굴로 나는 왼쪽, 밝은 곳으로 걸어가기 시작한다. 실제로 밝기를 재본 것은 아니지만 다른 층보다 여기가 더 밝고 환한 느낌이 드는 것은 왜 그럴까.

백화점 내의 조명은 크게 세 종류로 나눌 수 있다. 실내 전체를 밝히기 위한 기본조명, 쾌적한 느낌을 주기 위한 환경조명, 그리고 상품을 집중적으로 비춰 그 소구력訴求力과 손님의 구매의욕을 높이

기 위한 중점조명. 이때 소구란 다음과 같은 의미를 뜻한다고 한

다. "필요한 것이 빨리 보인다, 필요한 것이 풍부하게 있다, 쾌적

성과 즐거움이 있다."

　　기본조명은 대체로 400에서 600룩스 정도다. 반면에 중점조명

의 표준은 1,000~3,000룩스, 색조가 어둡거나 유리처럼 투명한

상품에 효과적인 역할을 한다. 여기 팔층 매장은 이러한 백라이트

back light와 고객의 눈을 자극하지 않으면서도 특정 상품을 강조하는

스포트라이트, 그리고 기본조명이 적절히 조화를 이루었다는 느

낌이다.

　　그 따뜻하고 밝은 빛 때문일까. 아무리 추운 곳에 있다 와도 리

빙 코너에 오면 저절로 '스위트홈'의 이미지가 떠오른다. 어쩌면

그건 빛 때문이 아닐 것이다. 여기 있는 사물들, 젓가락 숟가락, 타

월, 욕실 슬리퍼, 머그, 밥그릇, 접시, 주걱, 휴지통, 액자, 칫솔꽂

이 같은 잡다하며 익숙한, 생활필수품들이 모여 있기 때문일지도.

　　어떤 층은 쌀쌀맞고 어떤 층은 도도하며 어떤 층은 허물없고 어

떤 층은 친근하다. 후자에 속하는 팔층에서 내가 느꼈던 특별한 즐

거움들은 많다. 세일하는 아사의 블랙 앤드 화이트 머그들, 보르미

올리의 기하학적 형태의 유리잔들, 질레트 도마, 하리오 주전자,

아이들용 욕실 슬리퍼 같은 것들을 우연히 발견했을 때. 이런 물건

들을 구매할 때 나는 망설이지 않는다. 불필요한 물건이라는 그늘

의 의식도 버린다. 지금이야말로 잉여가 필요한 때라고 여긴다. 모

든 필연적인 이유에서 벗어나는 짧은 순간, 쇼핑의 즐거움은 배가

된다.

백화점의 팔층은 불필요한 것을 손에 넣는 것이 꼭 필요한 것을 손에 넣는 것보다 훨씬 큰 정신적 흥분을 느끼게 하며, 인간은 필요의 피조물이 아니라 욕망의 피조물이라는 바슐라르의 말을 가장 잘 깨닫게 되는 공간이다. 이 층에서 쇼핑하는 사람들, 마치 여기가 태어나고 자란 초원인 양 매장 사이를 천천히 어슬렁거리는 기린 같은 남자들. 평상시엔 대체로 까칠해 보일, 투명한 유리잔과 접시를 들여다보고 만지며 호기심과 탐구로 반짝반짝 눈을 빛내고 있는 싱글 여성들. 만약 우리가 쇼핑의 필요성, 잉여의 필요에 관해 이야기한다면, 잉여를 추구하는 것은 비근본적인 행위가 아니라 취향이며 섬세함이 동반된 영혼의 특별한 고양, 이라고 말할 것 같은 사람들. 이들은 그 고양된 감각을 아는, 잉여의 가치를 아는 사람들일 가능성이 크다.

　　나도 지금 그 속에 있다.

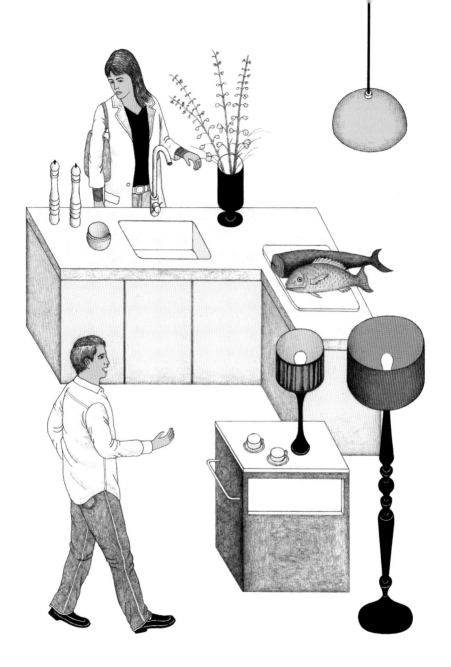

해 보 지 않 으 면 결 코 이 해 하 지 못 하 는

'취미趣味'의 사전적 의미는 이렇다. 전문적으로 하는 것이 아니라 즐기기 위해 하는 일, 감흥을 느껴 마음이 당기는 멋, 아름다운 대상을 감상하고 이해하는 힘.

　내가 싫어하지도 좋아하지도 않는 것의 리스트에 이 한 가지가 더 있다. 취미가 뭐예요? 라는 질문. 지금도 그런지 모르겠지만 한 시절 내가 써내야만 했던 거의 모든 서류에 '취미'란이 따로 있었다. 그 칸에 '독서'나 '음악 감상'이라고 쓰는 건 지나치게 상투적이기도 했지만 나의 경우에 그것마저도 사실은 아니었다. 독서는 취미라기보다 생활의 일부고 음악 감상은 그렇게 말할 만큼 대단한 것이 못 되었다.
　지금도 그런 질문을 받으면 잠시나마 난감한 기분에 빠지지만 내가 그 촌스러운 질문을 먼저 하기도 전에 자신의 취미에 대해서, 관심 있는 대상에 대해서 이야기하는 사람들과 함께 있는 시간은 즐겁고 흥미롭다. 어쩌면 내가 자주 하는 질문, 좋아하시는 게 뭐예요? 속에는 취미의 영역까지 포함되어 있지 않을까.

놀라운 것은 누구나 다 한두 가지쯤은 자신만의 취미를 갖고 있다는 사실이다. 내가 아는 사람들 중엔 낚시, 와인, 미식에 심취해 있는 사람뿐만 아니라 삼십여 평도 넘어 보이는 휴식 공간의 벽면을 온통 머그로 채워놓은 사람도 있고 단종된 명품 시계를 수집하는 사람, 비비드한 원색 컬러의 르쿠르제 냄비를 수집하는 골드미스도 있으며 에르메스 스카프 마니아, 거울과 액자, 스니커즈, 소니 엔젤 미니 피규어만 모으는 사람도 있다.

수집이 특정 계층의 전유물처럼 여겨진 시대도 있었다. 지금은 다르다. 대량생산이 가능해지면서 상품과 브랜드들이 다양해졌고 인터넷 같은 매체를 통해 국내는 물론 해외 중고 시장, 직거래 장터를 손쉽게 이용할 수 있다. 무엇보다 수집 대상과 수집가들이 눈에 띄게 증가했다. 이런 현상은 삶의 질을 중요시하는 사람들, 즐거움을 찾는 사람들이 늘었다는 말과 다르지 않다. 색다른 거면 뭐든지 모으는 시대는 지났다. 수집 대상을 통해서 안정감과 성취감, 그 대상과의 열정적 관계를 느끼려는 수집가들이 늘었다.

"당신이 먹는 음식을 말해달라, 그러면 나는 당신이 어떤 사람인지 말해줄 수 있다"라는 미식가 브리야 샤브랭의 말은 다양한 방식으로 인용된다. 사물들, 혹은 수집의 세계에서는 이런 말이 쓰인다. 당신이 모은 물건을 보여주시오, 그러면 당신이 어떤 사람인지 말해줄 수 있소.

자기계발에 관심이 많고 무엇이든 일 년에 한 가지씩은 배우기 좋아하는 나는 유독 취미에 관해서 말하다보면 스스로도 좀 의아해진다. 빵을 만드는 일도 요가도 '취미'라고 말하기는 선뜻 내키지 않기 때문이다.

그러나 지금은 다르다.

쓰기 편하고 아름다운 물건이 많아서 좋아하기도 하지만 팔층, 리빙 코너에서 내가 시간 가는 줄 모르고 보내는 까닭은 이곳이 나의 취미 생활과 직결된 공간이기 때문이기도 하다. 작고 앙증맞은, 커피 방울 하나 바닥으로 흘러내리지 않도록 세심하게 디자인된 데미타스를 고르는 사람들, 캔들 홀더, 에센스 오일, 거울, 동물 모양의 크리스털 장식품을 고르는 사람들을 유심한 눈으로 본다. 여기 혼자 오는 사람들이 많은 이유를 알 것 같다. 그들은 지금 세 가지를 동시에 즐기고 있는 셈이다. 쇼핑과 취미 생활, 그리고 휴식.

'백화점이 만든 테이스트'라는 부제가 달린 진노 유키의 『취미의 탄생』을 보면 일본에서 '취미'라는 말이 일상적으로 사용된 것은 메이지 40년 전후라고 한다. 테이스트^{taste}, 즉 유럽에서는 칸트에서 비롯하여 '미학적 판단능력'이라고 쓰였던 단어의 의미가 문학을 통해 '아름다운 것, 질서 있는 것, 선한 깃을 감지하고 애호하는 마음의 작용'이라는 의미로 전해진 것이다. 문명개화 및 문화와 교양의 필요를 깨닫게 된 시대였다. 이러한 과제를 해결하기 위한 일환이 '취미'의 교육이었다.

서양 문명의 흡수가 발 빠르게 이루어지면서 소비형 문화가 생겨났고 이것은 백화점의 탄생을 촉진하게 된다. 백화점이 생겨나자마자 고객층을 끌어들일 수 있었던 여러 가지 이유들 중 하나는 '취미'라는 말의 유행과 사물에 대한 자신만의 기호를 갖게 된 개인들이 백화점을 통해 그 물건들을 획득할 수 있게 되었기 때문이다. 사물로 표현된 취미라는 개념이 일반인들과 가장 가깝게 만날 수 있는 장場이 바로 백화점이었다. 미츠코시 백화점의 '유행회'가 일본 근대문명사에 남게 된 이유도 소비자들에게 '취미란 무엇인가' 하는 것을 가르쳐주었기 때문이라고 평가된다. 오늘날 흔히 쓰게 된 취미라는 말 속에는 개인의 취향 외에 이러한 동서양의 문화사적 만남, 최초의 소비자상像 같은 것들이 담겨 있는 것이다.

취미와 긴밀하게 연결된 행위가 바로 수집이다. 비트겐슈타인이 취미는 우리를 매혹할 수는 있으나 사로잡을 수는 없다고 말했을 때, 그 사로잡을 수 있는 행위가 바로 수집이 아닐까. 취미가 사물에 관계된 것이라면 그 활동이 깊어질수록 사물을 소유하고 싶은 욕망도 커진다. 냄비에 관심 있으면 더 많은 냄비를, 우표에 관심 있으면 더 희귀한 우표를 갖고 싶어진다. 수집이란 아름다움을 발견한 어떤 한 사물, 혹은 그 대상 속에서 자기의 본래 모습을 살펴보는 행위를 말한다. 누구에게나 무엇을 수집할 자유가 있지만 모두 같은 이유로 수집을 하는 건 아닐 것이다.

우표 수집은 일찌감치 그만두었다. 가는 데마다 집어왔던 성냥갑도, 비싸게 주고 샀던 잭나이프들도. 그다음에 빠진 것이 비디오테이프다. DVD가 나오기 전이었다. 처음 시작은 동네 단골 비디오가게에서부터였다. 곧 문을 닫게 돼 폐기처분한다고 했다. 〈욕망〉〈희생〉〈연어알〉〈바그다드 카페〉〈녹색광선〉 같은 소위 예술영화 테이프를 사들이기 시작했다. 이참에 정말 예술영화 비디오들을 모아볼까? 욕심이 생겼다.

폐업하는 비디오가게를 찾아다니기 시작했다. 관악구 일대는

물론이거니와 그런 비디오 폐업 전문가들과 은밀히 전화번호를 주
고받곤 먼 데까지 찾아갔다. 신길동 대방동 영등포 일대를. 그런
접선은 주로 밤중에 이뤄졌다.

그 당시 나만 그랬던 건 아닌 것 같다. 그런 비디오를 모으는
'꾼'들이 있었다. 서둘러 가서 물건이다 싶은 걸 얼른 건져와야 했
다. 얼굴을 익힌 사장님들이(영화에 자주 나오는 캐릭터다. 인상은

험악해 보이지만 막상 말을 붙이고 나면 그렇지 않은) 거 참 묘한 아가
씨네, 하며 값도 깎아주었다. 그렇게 삼백 편 넘게 비디오를 모았
다. 이따금 전직 CF 감독이나 지금은 영화평론가가 된 친구들에게
한 보따리씩, 과시적으로 빌려주곤 했다.

그러나 아무리 좋은 영화도 특정한 것을 제외하면 두 번 이상
보게 되지 않았다. 발품을 팔아가며 건져와 행여 이물질 같은 게

묻어 있을까봐 케이스까지 일일이 소독약으로 닦아가며 보관해온
테이프들이었다. 더 이상 손길이 닿지 않은 그것은 애물단지가 되
어가고 있었다. 무한히 잠들어 있는 쓸모없는 물건들의 덩어리. 취

미의 즐거움을 넘어선 지 오래였다. 비디오테이프가 쌓여 있는 작
은방에 들어갈 때마다 외면해버리곤 했다. 알 수 없는 부끄러움이,

먼지처럼 켜켜이 쌓였다.

시작은 동경과 탐험이었다. 그리고 집착과 혼돈, 마지막은 허무
와 반성이었다. 나의 어떤 수집도 그 후 가경佳境에 이르지 못한 건

그 경험 때문이다. 그러나 애타게 찾고 있던 비디오를 발견했을

때, 마침내 그것을 손에 넣었을 때, 그 성취의 기쁨은 잊기 어렵다. 혹시 모든 수집은 갈망하던 것에 손을 대는, 바로 그 짧은 접촉을 탐하는 행위가 아닐까.

책을 제외하고 내 작업실에 가장 많이 눈에 띄는 것은 '코끼리'. 본격적인 첫 자전소설인 「코끼리를 찾아서」를 쓴 게 2001년이었다. 내가 믿고 의지하며 기대서 입을 틀어막고 읍읍읍, 울 수 있는 그런 코끼리가 상징인 단편소설. 소설을 쓰고 나자 소설을 쓰기 이전보다 코끼리가 좋아졌다. 거기에 어떤 투사의 감정이 있든, 그 작품이 계기가 되어 내 소설들이 외국에 번역되고 판권이 팔리기 시작했든, 크고 듬직해 보이는 이상형을 갖고 있든. 어느 멋진 도시, 낯선 곳에 가면 우선 코끼리부터 찾게 되었다. 나무나 청동, 오닉스, 유리로 만들어진 각종 코끼리들.

그러나 나는 콜렉터가 되는 것을 경계했다. 의지도 있었지만 어쩔 수 없는 제약도 있다. 아무리 근사해 보이는 코끼리라도 내가 살 수 있는 형편의 것인지, 그것을 갖다 놓을 수 있는 넉넉한 공간이 있는지 반드시 질문해야 했다. 그 두 가지 질문만으로도 내가 소유할 수 있는 건 기껏 커봐야 어른 주먹만 한 것이다.

유일하게 책상에 세워둔 나무 코끼리가 한 마리 있다. 어느 날 소포가 배달돼 왔다. 박스를 열고 겹겹이 싸인 흰 포장 종이를 풀었다. 종이를 한 겹 한 겹 벗겨갈수록 가슴이 뛰었다. 그리고 마지막 한 겹이 남았을 때 나는 그것이 무엇인지 알아차렸다. 종이를 다 벗겨내자 30센티 높이의 나무 코끼리 한 마리가 나에게로 뚜벅뚜벅 걸어왔다.

그 얼마 전 여느 때와 다름없이 혼자 도서관에서 오후를 보내다가 간 백화점 리빙 코너에서였다. 거기서 본 코끼리. 단순한 형태의 흠치르르한 진갈색 나무 코끼리. 길게 코를 늘어뜨린 채 묵묵히 서 있던, 가격표를 보기조차 엄두가 안 났던 코끼리. 나는 내가 무리해서라도 그것을 사버리게 될까봐 얼른 돌아섰다. 그랬던 코끼리가 내 앞에 나타난 것이다. 관심 가는 사물이 생기자 그 사물이 나에게 다가오는, 그런 경험을 하게 된 것은 그때부터였다.

그러나 지금은 일부러 찾지 않는다. 어떤 너무 많은 사물의 집합, 진열이 언제나 아름다워 보이지는 않기 때문이다.

그런 사물과 달리 '책'을 모으는 일은 좀 다른 것 같다.

수집, 그 쓸모없음의 의미

수집에 관한 책들을 읽다보면 대개의 집요한 수집가들은 남성이었다. 여성 수집가들 중에 이사벨라 데스테라는 사람이 있다. 르네상스 시대, 도시와 상업의 중심지였던 피렌체와 베네치아에서 여성들은 남편이 죽은 후에야 장터에 나와 소비자로서의 역할을 할 수 있었다. 그러나 과부가 될 때까지 기다리지 않고서도 강력한 구매자의 역할을 했던 독립적인 여성들도 드물지만 있었다. 이사벨라의 경우가 그렇다.

처음에 그녀의 소비는 식료품에서 시작해 실크, 벨벳 같은 고급 직물로 이어졌다. 그러다가 수집하게 된 것들이 보석, 귀중품, 골동품들이었다. 16세기였다. 그녀는 배를 타고 다니거나 상인들과 끊임없는 서신 교환을 통해 얻고 싶은 물건들, 특히 베네치아의 지역 골동품들을 수집했다. 르네상스 예술사에서 '명민한 구매자'로 명성을 누렸던 이사벨라가 죽고 나자 그녀의 수집품들은 유럽 전역에 알려지게 되었다. 그녀가 "필요를 위한 창고"라고 표현했던 것들이었다.

한편, 많은 품목들을 거쳐 남성 수집가들이 가장 마지막에 헌신

하게 되는 대상은 바로 '책'이라고 한다. 책 수집을 가리켜 성적^{性的} 사냥과 다르지 않다고 말한 사람은 수전 손택이었다. 책 수집은 쾌락을 배제시켜 생각할 수 없으며 바로 그 행위가 수집가가 세계를 방황하는 또 하나의 이유가 되기 때문이다.

수첩을 모으는 어떤 사람은 수첩이 있으면 가능성의 행렬을 만들 수 있다고 말했다. 마찬가지로 책이 있으면 이 세상에 하나의 새 질서를 세울 수 있으며, 그것을 실현시킬 수 있다고 믿게 된다. 한번 책을 모으게 되면 자신만의 세계, 그 질서에 대한 깊은 갈망 때

문에 멈추기 어렵다. 게다가 책은 물건이 아니라 의식을 담고 있다. 「나의 서재 공개」라는 에세이에서 인간과 수집품의 열정적 관계를 보여준 벤야민은 수집을 이런 말로 요약했다. "혼돈의 바다 위에

떠 있는 질서."

수많은 종류의 수집가들과 장서광들에 대해 말할 때 소유욕과 정복욕에 대해 말하지 않기란 어렵다. 수집가와 수집품, 소유와 정

복. 부족한 것, 아직 갖지 못한 것을 찾기 위한 노력. 그리고 그것을 마침내 소유했을 때의 희열. 그런 이유 때문일까. 프랑스 역사가 자크 아탈리는 모든 수집가는 일종의 돈 후안이다, 라고 했다.

카사노바가 말년에 장서광으로 돌변한 것을 이해하지 못할 것도 없어 보인다.

그런데 평생 수많은 책과 골동품 등의 열렬한 수집가였던 프로이트가 '수집'에 관해서는 거의 아무 말도 하지 않았다는 사실은 어떻게 이해해야 할까. 1908년에야 그는 편집증에 대해 말할 때

수집에 관해 짧게 언급한다. 편집증의 핵심이란 결국 성적 본능을

대상에서 분리시킨 결과라는 것이다. 그리고 그 반대, 과잉 성적 충동의 예로는 무생물, 물건에 집착하고 투사하는 수집가들을 들었다.

릭 게코스키라는 사람이 있다. 초판본 수집광인 그는 책에 관해 자신이 심리적인 증후군이나 어떤 문제를 갖고 있는 건 아닐까 고민하다가 심리치료사인 친척 아주머니를 찾아간다. 그의 이야기를 들은 아주머니가 이렇게 말한다.

"여러 가지가 얽혀 있다고 봐. 첫째, 처녀성을 소유하려는 욕망이지. 수집가란 수집 대상품을 순결한 상태로 획득해서 혼자서만 희롱한다는 특별한 성적 쾌락을 얻지. 그는—수집가는 일단 남자라고 하자고—수집 대상과 자기만의 내밀한 관계를 맺게 되는 것이지."

그리고 그 심리치료사 아주머니는 책이 갖고 있는 대리모적 행위에 대해 설명해준다. 결론은 이렇다. "정신심리 분석가의 견지에서 볼 때, 책 수집이란 정말로 합리적인 행위"라고. "고맙습니다, 아주머니! 정말로 큰 도움이 되었어요" 하고 돌아온 릭 게코스키가 쓴 책이 『아주 특별한 책들의 이력서』이다.

남자든 여자든, 소유욕이나 정복욕을 갖고 있든 아니든, 책을 많이 갖고 있고 책 읽기를 좋아하는 사람들이 있다. 나도 그렇다. 그런데 책을 대하는 나의 태도가 조금 달라진 것을 최근에 느꼈다. 예전에 나는 내가 못 읽은 책이 세상에 너무나 많다는 데 절망했다. 즐거움과 기대로, 어떤 열기와 순수한 갈망만으로 책을 읽을 수 있었던 시절은 작가가 되면서부터 끝난 것 같았다. 강박적으로,

쫓기듯 책을 읽어치우고 사들였다. "작가는 어떤 책을 읽어야 합
니까?" 하고 헤밍웨이에게 묻자 그가 대답했다. "모든 것을 다 읽
어야 해, 그래야 무엇을 딛고 일어서야 할지 알 수 있거든." 꼭 내

심정을 말해주는 것 같았다. 내가 읽지 못한 책에 대해 말하는 사
람을 보면 질투에 사로잡혔다. 말할 것도 없이 내가 가장 사랑하는
사물을 앞에 두고도 나는 전혀 행복하지 않았고 즐기지도 여유를

갖지도 못했다. 그건 책에 관한 태도만이 아니었다는 걸 나중에야
알게 되었다. 모든 것에 대한 나의 일상이 내가 책을 대하는 태도
와 같았던 것이다.

　애써 모은 책과 비디오테이프를 버린 데는 캐런 킹스턴의 『아무
것도 못 버리는 사람』이라는 책의 영향이 컸다. 한가하게, 편한 마
음으로 들춰본 책에서 뜻밖에 무언가 배우게 된 경우다. 내 무의식

이 끌어오려고 애쓴 그 사물들을 종이 박스에 차곡차곡 담아 대문
앞에 놓아두었다. 이런 메모를 붙였다. 필요한 분, 가져가십시오.
　채 삼십 분도 안 돼 박스들이 사라졌다. 나는 흐뭇했다. 누군가

에게는 필경 소용에 닿을 것들이었으니까. 그런네 그날 저녁, 내
눈치를 살피던 엄마가 이렇게 털어놓는 것이 아닌가. 그걸 가져간
사람은 바로 건넛집에 사는 폐휴지 줍는 아주머니였다고.

　책을 읽고 모으는 이유는 저마다 다를 것이다. 그러나 한 가지
공통점이 있다면 그건 책을 사랑한다는 사실. 그것 외에 어떤 이유

가 더 중요할까. 일본 민예운동의 창시자이자 우리나라에 조선민
족미술관을 개설한 야나기 무네요시는 『수집 이야기』에서 "수집이

란 심리적으로는 흥미요, 생리적으로는 성벽性癖"이라고 말하였다.

그런 이유로 수집이라는 행위는 인간으로 하여금 쉽게 몰두할 수 있고 열중할 수 있게 하며 지知보다는 의意와 정情이 더 작용하는 행위라고.

수집의 대상이 책이라면 그것은 지와 의 그리고 정이 모두 작용하는 행위일 것이다. 그러나 다른 수집 대상과 달리 책만큼은 소장용에 불과해서는 안 된다. 나는 자주 책 정리를 하며 이렇게 질문한다. 이것은 소장용인가 독서용인가? 소장용 책은 더 이상 갖지 않는 것. 이것이 나의 책 수집의 원칙들 중 하나가 되었다.

사물에 대한 자신만의 취향을 갖고 있는 사람과 대화하는 것, 그의 수집 공간을 얼핏 한번 보는 것, 그리고 그런 물건이 많이 있는 장소를 구경하는 시간을 좋아한다. 나도 책이라면 제법 갖고 있고 어쩌면 내가 갖고 있는 유일한 것이 그것밖에 없겠지만 내 작업실에 누군가를 초대하는 일은 잘 하지 않는다. 브리야 샤브랭의 말을 장서광들은 이렇게 변형시키니까. 당신의 책꽂이만 보여주시오. 그러면 당신이 어떤 사람인지 알아맞힐 수 있소.

그렇게 내가 어떤 사람인지 말해줄 수 있는 책들에 둘러싸인 채, 때때로 나는 이것이 나를 보호하고 있다, 라는 느낌을 받곤 하는 것이다.

수집이란 그저 공허를 채우기 위한 행위일 수 있고 세계를 자신의 구조 안에 담고자 하는 불가능한 욕망일 수도, 소유욕에 지배당한 자들의 어리석은 행위일 수도 있다. 그러나 일상의 아름다움, 찻잔 하나, 설탕 한 조각의 아름다움을 알지 못하는 사람은 결코 들어갈 수 없는 신세계가 거기다. 아름다움. 수집품을 가치 있게 만드는 것은 '쓸모'가 아니라 '의미'에 있다. 그 쓸모없음을 의미 있게 만드는 것, 거기에 특별한 가치를 부여하는 것이 수집가의 눈과 발견이다.

수집품에 담겨 있는 것은 뜨거운 마음의 힘이다. 그러나 잊지 말아야 할 게 하나 있다. 수집은 결코 끝나지 않는, 끝날 수 없는 행위라는 것. 수집의 행위에 반성이 필요한 이유는 바로 이 습벽과 사욕 때문이라는 것을.

요즘도 매일 나는 새 책을 찾는다. 희귀한 책은 아니다. 절판된 책도 아니다. 내가 읽고 싶은 책, 아직 못 읽은 책들이 다른 세계의 질서를 보여줄 때, 거기에서 즐거움을 느낄 수 있다면 이 수집은 지속되어야 하지 않을까!

그러나 버리는 일도 소유의 순간처럼 즐거워질 수 있다는 경험은, 뜻밖에 새롭고 특별한 것이었다.

스마일 라인

영등포 신세계 백화점 식당가에서 오랜만에 한 선배를 만났다. 도쿄에 이십 년째 살고 있어 서울로 출장을 오게 되면 그 근처 언니 집에서 신세를 진다고 하기에 못 가본 타임스퀘어 구경도 할 겸 약속 장소를 그쪽으로 정했다. 영등포는 중학교 때 하교 후 헌책방 순례 다니던 재미에 빠져 살던 이후로는 여태 손꼽을 정도로밖엔 와보지 않았다.

서로 안부를 주고받다가 나는 최근에 백화점에 관한 책을 쓰고 있다고 말했다. 백화점이라. 말끝을 흐리는 선배 얼굴에 보일 듯 말 듯 미소가 번졌다.

"……왜요?"

"뭘 봤거든요."

"백화점에서요?"

"네, 정확히는 어떤 사람을."

"어떤, 사람요?"

"절하는 사람을요."

"절이요? 손님한테요?"

"아뇨. 건물한테요."

"백화점에다 대고요?"

"아마 교대시간이거나 먼저 퇴근하는 길이었던 것 같아요. 그

백화점 유니폼을 입은 직원이었는데, 문 앞에서 허리를 깊이 숙이고는 절을 한 번 하는 거예요. 난 화장실에서 나오던 참이었고, 우연히 그 직원의 뒷모습을 보게 되었죠. 그런데 그 절하는 모습이

시간이 지나도 잊히지가 않아요. 그 한 번의 절 속에 마치 제가 일을 할 수 있게 해주셔서 고맙습니다, 뭐 이런 뜻이 배어 있는 듯했

어요. 어쩌면 의무였을 수도 있겠지만, 아무도 없는 곳에서, 보이지 않는 무엇에 대고 허리 깊숙이 숙여 절하는 모습을 봤기 때문이

었을까요. 그 후론 다른 데보다 그 백화점에 먼저 가게 되고 그 백화점을 떠올릴 때마다 그 직원의 모습이 떠오르곤 해요."

선배는 대화할 때도 단문을 쓰고, 말도 길게 하는 편이 아니다.

그런데 그 이야기를 할 때는 달랐다. 아직도 그 이른 저녁 아무도 없는 공간에서 본, 절하는 사람의 모습에서 느낀 감동이 남은 듯 아련한 표정을 짓고 있었다. 엄마 생각이 났다. 엄마는 집을 떠날

때나 다시 집으로 돌아올 땐 꼭 안방과 현관 앞에서 고개 숙여 한 번씩 인사하고는 한다. 알게 모르게 그런 것을 가족들도 배웠는지 자매들도, 이젠 꼬맹이 조카들도 며칠씩 우리 집을 떠날 때는 대문

과 현관 앞에서 배꼽인사를 한다.

나는 여간해서는 고맙다는 말, 사랑한다거나 좋아한다는 말을

입 밖으로 꺼내지 못한다. 내가 자주 쓰는 미안하다, 라는 말 속에 그 모든 의미가 담겼으리라 여기기 때문일까. 그러나 미안한 것은

미안한 거고 고마운 건 고마운 거겠지. 선배의 이야기를 듣고 난 뒤로 작업실에서 일을 마치고 나갈 때 뭔가 반드시 해야 할 일을 빼먹은 느낌이 자꾸만 들었다. 좁고 누추해 보이는 방이지만 나의 첫 번째 작업실이자 힘들게 얻은 공간이었다. 에이, 아무리 그래도 쑥스럽게. 나는 도망치듯 계단을 내려갔다. 말 안 해도 알지? 그런 심정이었다. 그 얼마 후, 원고를 쓰고 작업실을 나올 때였다. 신발을 신고 안쪽을 향해 꾸벅 고개 숙여 인사했다. 작업실아 고맙다! 그러곤 재빨리 문을 닫고 도망치듯 나와버렸다.

백화점 십이층에 있는 의무실을 돌아보고 나오는 길이었다.

백화점 안에는 일반 고객들이 가보기 어렵거나 갈 수 없거나 거기 있을 거라고 생각하지 못한 장소들이 몇 군데 있다. 나로서는 의무실 또한 그런 장소였다. 거긴 학창 시절 양호실을 연상시켰고 양호실과 마찬가지로 실내 한쪽엔 고무나무 화분 하나, 벽에는 시력검사표, 달력 같은 것, 그리고 침대가 두 대 놓인 작은 방이 있었다. 여기 의무실에 오게 되는 사고는 주로 고객들이 어딘가에 발이 걸려 넘어진 경우라고 한다.

'Staff Only'라고 표시된 철문을 밀고 나오는데 문에 이렇게 쓰여 있는 게 보인다.

이제부터 스마일 라인입니다.

문 안쪽은 직원만 드나들 수 있고 그 문을 열고 나가면 어디서든지 고객과 마주칠 수 있는 공간이 시작된다. 아닌 게 아니라 나를 안내해주던 백화점 직원들이 그 철문 앞에서 모두 약속이나 한

듯 허리 숙여 인사를 했다. 아무도 없는데. 그 문 밖, 바닥에 '스마일 라인'이라고 새겨져 있었다. 백화점 과장의 말로는 아직 본점에서만 시행하고 있으며 차츰 모든 백화점에서 실행할 거라고 했다. 한 공간이지만 고객과 사원이 서로 만나게 되는 지점이 있다. 거기서부터는 스마일 라인.

알면 보이는 게 맞다. 그때부터는 백화점 이곳저곳, 주로 직원 전용 출입구 앞에서 인사하는 사람들을 자주 목격하게 되었다. 어떤 직원은 건성으로 목례를 어떤 직원은 진심을 담아 절에 가까운 인사를 한다. 선배가 일본 백화점에서 본 것도 그 스마일 라인 앞에서 인사하는 직원이 아니었을까. 그러나 그게 만약 어떤 의무처럼, 노동이 감정을 지배하는 일방적 행위처럼 느껴졌다면 선배가 그런 표정으로 이야기를 들려주지는 않았으리라.

얼마 전, 이십 년간 대중음악 평론을 해온 사람의 인터뷰 기사를 읽다가 웃은 적이 있다. 술 취해 집에 들어간 어느 날, 그는 음반 앞에다 "고맙습니다" 하곤 큰절을 했다고 한다.

직원들만 사용하는 백화점 내부 이곳저곳에 전신거울이 달려 있는 이유가 궁금했다. 가까이 다가가 보니 그 거울 위엔 이렇게 적혀 있다. 나의 용모는 World Class에 맞습니까? 두발, 복장, 스마일, 스스로 체크해보세요!

역시 직원들만 다니는 통로 벽에 걸려 있는 서비스 다짐 및 결의는 이렇다.

─고객과 눈 맞으면 무조건 밝은 미소!

10F

9F

8F

7F

6F

5F

4F

3F

2F

1F

B1F

−크고 밝은 목소리로 2단계 인사하자(안녕하십니까, 어서 오십시오.)

−고객 말씀 2번 듣고 맞장구는 3번 하자(네~ 어머~ 그러셨어요~)

−전송할 땐 입구에서 2단계 인사하자(고맙습니다, 안녕히 가십시오.)

그리고 직원들에게 써놓은 이 한 문장이 기억에 오래 남는다.

당신이 최고입니다!

백화점에 스마일 라인이 있다는 것을 알고 나서 깨달은 사실. 어떤 문, 어떤 공간 앞에서는 손님인 우리들도 그 선, 스마일 라인을 밟고 지나가기도 한다는 것이다.

앉 고 쉬 고 일 하 고 놀 기

'이것이 없으면 덜 행복하다', 라는 것의 리스트에 대해 생각해볼 때가 있다. 쌀이나 물 같은 생필품은 제외다. 모두들 어떤 목록을 떠올리게 될까. 옷, 음악, 커피, 휴대전화, 책, 노트북, 영화, 필기도구, 카메라, 담배, 맥주, 양말, 기초화장품, 타월, 텔레비전, 구두, 교통카드⋯⋯ 그리고 또 무엇이 있을까? 내 경우엔 담배만 제외하고 대체로 위의 물건들을 좋아하고 필요로 한다. 꼭 없어도 살아갈 수는 있겠지만 없어서 행복하지 않은 사물을 하나 더 보태자면 책상과 의자. 그리고 가능하다면 침대.

스무 살 때 내가 몰두했던 일은 가구를 디자인하는 거였다. 대입 시험에 실패하고 남영동에 있는 한 디자인센터에 다녔다. 당시로서는 파격적인 커리큘럼과 해외파 강사들, 그리고 비싼 학원비로 유명한 곳이었다. 자매들은 지금도 나에게 대학은 제때 못 들어갔지만 대학 사 년 학비만큼의 지출을 이미 그때 한 거나 마찬가지라고 놀리곤 한다. 넉넉하지 않은 형편이었을 텐데도 부모는 당신 맏딸이 무엇을 잘할 수 있고 무엇에 관심 있는지 알고 싶었고 밀어주고 싶어 했던 것 같다.

그 디자인학원을 다니던 칠팔 개월 동안 내가 이상한 열기와 흥분으로 들떠 있었던 것을 뚜렷이 기억한다. 누드를 크로키하는 시간도, 그때 막 우리나라에 들어온 컴퓨터 그래픽 디자인을 배우는 일도, 설계 책상에 앉아 내가 만들고 싶은 가구의 도면을 그리는 일도 무엇과 맞바꿀 수 없을 만큼 즐거웠고 대체 나에게도 어떤 탤런트가 있을까? 하는 우울한 고민을 잊고 내가 그런 일에 약간의 재능이 있다는 것을 깨닫기 시작했다. 그러는 통에 패션 디자인을 배우겠다는 결심은 뒤로 늦춰지고 있었다. 여러 가지 디자인 수업들 중 나를 가장 사로잡은 건 가구 디자인이었다.

나는 단순하고 실용적이며 아름답기까지 한 가구들, 이 세상엔 아직 없을 그런 가구들을 그리고 또 그렸다. 건축 설계를 할 때보다 아이디어가 더 많이 떠올랐다. 자매들과 같이 쓰던 방에 아예 설계 책상을 하나 들여다놓고 앉아 일어날 줄 몰랐다. 내가 주로 디자인했던 가구들은 커다란 책상과 의자, 테이블, 수납장들이었다. 내가 갖고 싶었던 가구들. 트레이싱 페이퍼를 둘둘 말아 넣은 도면통을 한쪽 어깨에 깃발처럼 메고 무스로 앞머리를 잔뜩 치켜세운 채 나는 얼마간 남영동 일대를 휘젓고 다녔다.

어느 날 컴퓨터 그래픽을 이용해 가구 설계 도면을 그리다 말고 나는 강사에게 물었다. 어떻게 하면 가구 디자인을 잘하게 될까요? 강사는 시무룩한 표정으로 의자에 앉아 있는 나를 내려다봤다. 그리고 말했다. 가구 디자인을 잘하고 싶다면 가구에 대해 생각하는 게 최선이지.

그때 내가 그 말을 제대로 알아들었는지는 자신 없다. 어찌 되

었든 그 후로 나는 그 말을 이런 식으로 바꾸어 생각하는 버릇을
갖게 되었다. 두려움에서 벗어나고 싶다면 두려움에 대해 생각하
는 것이 최선이다, 혹은 좋은 소설을 쓰고 싶다면 소설에 대해 생
각하는 것이 최선이다, 라고.

　그 강사가 내 도면들을 눈여겨보고 있는 줄은 몰랐다. 나는 그
강사가 주주이자 실장으로 일하게 될, 신생 컴퓨터 그래픽 디자인
회사의 메인실 직원으로 제안받았고 얼마 후 입사하게 되었던 것
이다. 그 실장의 파트너 격인 또다른 실장은 그때 막 시라큐스 대
학에서 컴퓨터 그래픽 박사를 마치고 서울로 돌아와 일을 하게 된
사람이었다. 독서를 더 깊이 하기 시작하기 전까지만 해도 그 두
디자이너들에게 실무를 배운 일은 값진 경험으로 남았다. 그래서
지금도 어디선가 "실장님" 하는 소리가 들리면 이상한 향수에 젖
곤 한다.

　팔층에서 나는 코끼리나 캔들 홀더 같은 인테리어 소품, 알레시
의 새 모카포트나 자센하우스의 핸드밀 같은 것을 사고 싶어 할지
모른다. 하지만 팔층에서 내가 가장 보고 또 보고 갖고 싶어 하는
품목은 가구다.

　'이동 가능한'이라는 뜻의 라틴어 형용사 'moreo'에서 파생된
가구 meuble 의 의미는 넓게 쓰인다. 사람의 신체를 지지하는 기구를
말하기도 하며 사람이 쉬고 앉고 일하고 놀고 하는 등의 활동 및
생활공간에 필요한 기구, 수납과 진열을 위한 물체들을 포함하기
도 한다. 그렇기 때문에 가구 디자인은 다른 디자인과 달리 인간의
신체에 대한 세심한 이해가 없으면 불가능한 작업이기도 하다.

가구 디자이너들이 그 물건을 사용할 사람의 행동패턴에 대한 이해와 사회적 거리에 대한 분석 자료를 바탕으로 네 가지 카테고리로 분류한 '숨겨진 치수the hidden dimension'라는 게 있다. 이를테면 포옹이나 속삭임을 위한 친밀한 거리는 15.2~45.7센티, 친한 친구 간의 상호작용을 위한 개인적 거리는 0.45~1.21미터, 공적인 대화를 위한 거리는 3.65미터 이상. 가구를 디자인하는 일은 가구 디자인에서 가장 중요한 덕목으로 여기는 견고함이나 유용성, 아름다움뿐만 아니라 사람과 사람의 상호작용에 대한 이해 또한 담겨 있어야 하는 것이다.

청춘 시절을 떠나보낼 무렵, 내가 가구 디자인에 몰두할 수 있었던 이유가 무엇이었을까, 궁금했던 적이 있다. 어쩌면 내가 사랑한 것은 그 사람과 사람의 상호작용, 사람과 사람의 거리에 대해서 생각하던 시간이 아니었을까.

방문교수 자격으로 버클리U.C.Berkeley에 가게 되었는데 큰 골칫거리가 생겼다. 떠나기 전에 내가 직접 숙소를 구해야 한다는 것이었다. 드물지만 운이 좋다고 느낄 때가 있다. 방세도 저렴하고 시설도 좋은 방 구하기가 하늘의 별따기라는 빌리지에 방 하나를 얻어 들어가게 된 거였다.

어딜 가게 되든 나에게는 체류할 곳의 풍경보다 숙소가, 그리고 숙소 주변의 공원이나 산책길보다는 펍과 카페, 식당 같은 것들이 더 관심거리다. 버클리에 도착해서 가장 먼저 해야 할 일은 사 개월짜리 살림살이가 든 커다란 트렁크 두 개를 끌고 학교에 가 관계자에게 빌리지 열쇠를 받는 일이었다. 모든 행정적인 절차에 서툴고 해내기가 쉽지 않았지만 넓고 깨끗할, 지금부터 나 혼자만 살게 될 방을 떠올리자 기분이 나아졌다. 그런 설렘으로, 지진에 대비해 외관은 유리를 전혀 사용하지 않고 지어 올렸다는 빌리지 164동 203호 문을 열쇠로 열었다.

……뭘 잘못 본 걸까? 아무것도 없었다. 냉장고와 가스레인지를 제외하고는 정말, 아무것도. 진짜 여기가 앞으로 내가 살 게 될 방이 맞나? 나는 눈을 비볐다. 그러나 아무리 눈을 비빈다고 해서 없는 의자와 책상이, 없는 침대가 나타날 리 없었다. 거실 창으로 들어오는 캘리포니아의 무시무시하게 따갑고 환한 햇살 때문인지 방은 방이 아니라 공터 같아 보였다. 신발을 벗을 수도 어디 잠깐 엉덩이를 붙이고 앉을 수도 없었다. 마치 깡그리 도둑맞은 남의 집에 들어온 것처럼 우물쭈물하고 있다가 용변이 급해 화장실에 들어가보았다. 203호에 없는 것은 단지 가구뿐만은 아닌 모양이었다. 두루마리 휴지 하나 보이지 않았다.

현관 앞에 세워놓은 트렁크를 바닥으로 눕히고, 그 위에 걸터앉았다. 생각이란 걸 할 때는 어딘가에 신체를 내려놓거나 기대게 해야 한다. 가구의 기능 중 하나가 인체를 지지하는 거라면 사람의 활동을 바닥에서부터 분리시키기 시작한 것도 바로 가구다. 그렇게 얼추 한 시간쯤 흘렀을까. 나는 로밍해온 전화를 열어 근처 한국학과 직원에게 전화를 걸었다. 그리고 해외 체류 중 한 번도 겪어본 적이 없는 이 난감한 사태를 해결하고자, 역시 체류 중에 터득한 지혜를 짜내 이렇게 딱 한 마디 했다.

이케아에 가야겠어요, 지금 당장.

대학 도시에 반드시 있는 매장이 스웨덴의 저렴한 생활용품들, 특히 조립식 가구로 유명해진 이케아다. 버클리에 도착한 첫날 오후, 내가 이케아에서 구입한 것은 조립식 책상 하나와 의자 두 개. 의자는 책상용과 여분의 것 하나. 침대는 숙소 앞 푸통Futon 전문점에서 매트리스만 하나 샀다. 매트리스를 얹어놓을 수 있게 따로 파는 일본식 나무 프레임은 가격이 엄청났다. 결국 그 햇볕 좋은 캘리포니아에 가서 내가 첫날 한 일은 서너 군데의 몰을 바쁘게 돌아다니며 살림살이를 사들인 것이다.

간신히 딱딱함을 면한 채 잠을 잘 수 있는 매트리스만 제외하곤 그 가구 없는 생활을 일주일 동안 했다. 조립식 가구가 배달돼 오고 그것을 다 조립할 때까지. 모든 것에 있어서 단순하고 최소한의 것만 있는 공간과 디자인을 좋아하지만 가구에 있어서만큼은 다르다. 젠 스타일의 방, 젠 스타일의 실내에서는 편안함을 느낄 수 없다. 내 몸을 기댈 데가 있고 바닥으로부터 나를 안전하게 분리시켜줄 수 있고 앉아서 생각하고 글을 쓸 수 있는 가구들만은 꼭 필요하다.

도저히 사람 사는 것 같지 않은 텅 빈 실내, 바닥에 누워 몸을 뒤척거리며 나는 다행히 위안거리를 찾았다. 이 이불마저 없었더라면!

수납장이든 침대든, 스툴이든 주머니의자든 누구에게나 그러한 가구가 하나쯤은 있을 것이다. 앉을 수 있고 쉴 수 있고 일할 수 있고 때론 놀기도 할 수 있는 그런 개인적 가구들이.

가구家具.

이 단어는 나에게는 책상과 의자를 의미한다. 책상은 나에게 글쓰기를 가능케 했다. 잃어버릴 뻔한 꿈을 찾아주었다. 지금은 글쓰기 외에 그 역할도 퍽 다양해졌다. 중세의 수도사들은 복잡한 미로를 내려다보며 명상 훈련을 했다고 한다. 나는 가끔 빈 종이를 책상 위에 올려놓은 채 세 시간이고 네 시간이고 꼼짝 않고 앉아 명상에 잠긴다.

이 글을 쓰고 있는 책상이 내 인생의 첫 번째 책상이다. 〈목수를 찾아서〉라는 다큐멘터리를 보다가 마음에 점찍어둔 윤대오 목수에게 부탁했다. 재질은 홍송紅松. 예전의 솜씨를 살려 내가 디자인해봤다.

"매일매일이 천국 같다고
생각하는 사람은 아무도 없다"

_ 랠프 월도 에머슨 _

우 리 나 라 백 화 점 의 역 사

우리나라 백화점의 탄생은 1930년대 근대화가 시작된 시기와 맞물려 있다. 종로와 충무로를 중심으로 남대문 을지로 태평로로 이어지는 경성의 중심가에 새로운 판매 방식과 유통구조를 갖춘 상점가가 형성되었다. 그리고 이곳은 일본이나 서양의 외래문화가 모이는 집합지 및 도시의 소비문화를 주도하는 거점이 된다.

그런데 '우리나라 최초의 백화점'은 기준을 어디에 두느냐에 따라 각기 다른 대답이 나온다. 시기적으로 가장 앞선 것은 1916년 미츠코시다. 한일합방 이전부터 우리나라에 거주하던 일본인들을 대상으로 통신판매를 해왔던 '출장원 대기소'가 상권 확대를 꾀하기 위해 물건을 유통시켜주던 미츠코시 포목점과 협력하여 1929년 경성 지점으로 변모한 것이다.

미츠코시 경성점은 충무로 1가, 경성부 청사가 현재의 서울 시청 자리로 이전하면서 생긴 부지에 르네상스 양식의 건축물을 짓고 1930년 시월 화려하게 오픈한다. 대지 730평, 종업원 수 360여 명, 지하 일층 지상 사층으로 당시로서는 대규모라 할 수 있었다.

한편, 평안도에서 인쇄소를 하다 상경한 박흥식이라는 사람이

종로 2가에서 금은방 영업을 하던 화신상회를 인수하여 일 년 뒤
인 1931년 화신상회를 확장 재오픈하면서 규모는 작았지만 '한국
인 최초의 백화점'이라는 기록을 남긴다. 세계 최초의 백화점인 파
리의 봉마르셰가 탄생한 지 약 팔십 년, 그리고 미츠코시가 포목점
에서 '디파트먼트 스토아 선언'을 한 지 이십육 년 뒤의 일이다.

그러나 한국 백화점의 역사를 좀더 들여다보면, 실은 1916년
김윤배라는 상인이 종로 2가 68번지에 설립한 김윤배 백화점이
있었다. 명칭을 우리나라 최초로 백화점이라고 붙이기는 했지만
취급한 품목이 도자기와 철물 등에 지나지 않아 현대식 백화점이
라고 보지는 않는다. 이 김윤배 백화점뿐만 아니라 종로 2가를 중
심으로 메리야스나 양산을 판매하던 고려양행이라든가 혼수품,
원삼, 포목 등 다양한 품목을 취급하고 있던 계림상회 등 백화점식
경영을 표방한 여러 잡화점들이 기록에 남아 있다.

또 화신 백화점과 더불어 한국인 설립자, 한국 자본의 백화점으
로 쌍벽을 이루었던 동아 백화점은 북촌 상가에서 좋은 상품을 싸
게 파는 잡화상으로 유명했던 최남이 1931년에 설립한 백화점이
며 우리나라 최초의 민족계 백화점으로 불리기도 한다. 현재의 종
로타워가 있는 곳이었다. 그러나 같은 해에 바로 옆에 들어선 박흥
식의 화신과 경쟁하다가 곧 화신에 인수되며 사라졌다. 우리나라
에 현대식 백화점이 등장할 수 있었던 데는 이러한 준백화점 역할
을 했던 잡화점들이 꾸준히 나타났다 사라지고 다시 나타나 확장
된 영향이 클 것이다.

지금도 마찬가지지만 그 당시 역시 잡화점과 백화점을 나누는

기준이 있었다. 한 장소에서 다양한 제품을 일괄 구매할 수 있어야 하며 각 유사 제품들을 비교 구매할 수 있어야 했다. 이러한 백화점의 기준들이 수정되고 발전해 현재 백화점의 대표적인 특성들을 갖춘, 불특정 다수의 고객을 상대하며 철저한 품질검사를 통과한 양질의 상품만 입점시키고 고객이 원할 때는 언제든 반품 교환 수리를 해주며, 물건만을 파는 장소가 아니라 각종 편의시설을 갖추고 지역사회와 문화 발전에 기여하는 공간을 만들어내게 되었다.

다시 1930년대 초반 경성으로 돌아가보면, 남대문로를 중심으로 포목점에서 출발한 일본계의 미나카이三中井, 히라타平田, 조지아丁字屋 백화점 들이 등장하고 있다.(조지아 백화점은 미도파 백화점의 전신으로, 오늘날 명동의 '롯데 영플라자' 자리에 지어졌다.) 미나카이 백화점은 경성뿐만 아니라 부산 대구 평양 원산 군산 광주 청진 등에도 지점을 설립했다. 이 사실이 백화점사에 남게 된 것은 백화점을 전국적인 규모로 확장한 새로운 운영방식을 도입했다는 점에서다.

그러던 중, 1935년 1월 27일 화신 백화점에 화재가 발생한다. 당시로서는 고층에 속했던 사층짜리 목조건물이었다. 시내 한복판에서 일어난, 저녁의 그 맹렬한 불길을 구경하느라 장안의 시민들이 몰려나왔다. 그 당시 신문기사를 보면 경찰만으로는 통제가 되지 않아 헌병대까지 출동했다고 한다. 이 화재로 서관 전체와 동관 일부가 전소되고 만다. 화재 당시 삼십대 초반이었던 젊은 박흥식은 이에 좌절하지 않고 곧 복구 작업에 착수한다. 그해 팔월부터

증개축하여 서관의 일부를 개점하고 한국인 건축가 박길룡의 설계로 이듬해 십일월, 신구관을 통틀어 연건평 2,500평에 달하는 현대식 백화점을 탄생시킨다. 이제 화신은 최신 설비를 갖춘 한국 최대의 백화점으로서 근대적인 소비문화를 주도하기 시작한다.

사람들은 낯설고 신기한 것에 열광한다. 다양한 상품 구성이나 정찰제, 반품제 같은 기존의 유통체제에서는 경험할 수 없었던 판매 방식과 운영 방식은 큰 호응을 불러일으켰다. 6·25를 겪기 전까지 별다른 혼란 없이 백화점의 전성시대는 계속되는 듯 보였다. 관람성과 유희성을 갖춘 백화점들이 밀집된 진고개(현재 명동)는 "불야성을 이룬 별천지"로 사람들을 끌어모았다. 특히 그 당시의 문화계 인사들을 비롯한 모던걸 모던보이들은 이제 물건을 사러 갈 때뿐만 아니라 사람들을 만나러 갈 때도, 차 한 잔을 마시기 위해서도 백화점으로 몰려들었다. 식당 코너에는 아침부터 모닝커피를 즐기는 손님들로, 점심 저녁에는 식사 손님들로 앉을 자리가 없었다고 한다. 그러한 변화가 도심의 새로운 명물이 되었고 문학작품에도 그 풍경이 다음과 같이 나타나기 시작한다.

나는 어디로 어디로 디립다 쏘다녔는지 하나도 모른다. 다만 몇 시간 후에 내가 미쓰코시 옥상에 있는 것을 깨달았을 때는 거의 대낮이었다. 나는 거기 아무 데나 주저앉아서 내 자라온 스물여섯 해를 회고하여 보았다. (중략) 이때 뚜우 하고 정오 사이렌이 울었다. 사람들은 모두 네 활개를 펴고 닭처럼 푸드덕거리는 것 같고 온갖 유리와 강철과 대리석과 지폐와 잉크가 부글부글 끓고 수선을 떨고 하는 것 같은 찰나! 그야말로 현란을 극한 정오다.

_ 이상, 『날개』(1936)_

오늘도/푸른 바다 대신에 꾸겨진 구름을 바라보려/「엘리베이터」로/五層 꼭대기를 올라간다/거기서 우리들은/될 수 잇는대로 머-ㄹ리 故鄕을 떠나잇는 것처름/서투른 손짓으로 인사를 바꾸고/그러고는 바다까인 것처름/소매를 훨신 거둬 올리고 欄干에 기대서서/동그라케 담배연기를 뿜어올린다.

_ 김기림, 「바다의 향수」(1935)_

문학작품뿐만 아니라 이 시기에 《매일신보》나 《동아일보》 《조선중앙일보》와 같은 신문과, 《신동아》《조광》《신여성》《삼천리》 같은 잡지들이 다량 발간되며 전성시대를 펼친 점도 흥미롭다. 서양의 백화점 형성사와 마찬가지로 백화점과 더불어 지면에 상품광고를 싣는 마케팅 또한 탄생하게 된 셈이다. 백화점들은 고객을 유치하기 위해 서로 경쟁하며 비난하는 광고를 만드는 등 과연 현상을 겪기도 했다. 이 치열함 속에서 화신이 백화점 산업의 선발주자격인 일본계 백화점들과 경쟁해 성공적인 경영을 할 수 있었던 이유가 눈에 띈다.

적절한 시점에 백화점 사업을 시작한 이유도 있지만 화신은 당시 일본인이 운영하는 백화점에 가기를 꺼려했던 사람들에게 민족백화점이라는 사실을 강조하며 고객을 유치했다. 또한 선진 경영기

법을 적극적으로 도입하여 이미 1930년대 중반부터 매출액의 6퍼센트를 차지하는 광고비를 지출했으며 물산장려운동에 적극 참여하였다. 화신 백화점이 자주 사용했던 광고 문구는 이것이었다. "조선의 백화점, 도약하는 조선의 화신."

하지만 백화점의 역사는 역사적 사건과 시대의 소용돌이와 무관할 수 없었다. 6·25와 4·19 혁명, 5·16 군사정권을 겪으며 백화점들도 입지가 줄어들고, 사라지거나 양도되는 백화점이 급격히 늘었다. 먼저 1945년 8·15 해방과 함께 미츠코시 경성점은 한

국인에게 소유권이 이전되어 동화 백화점으로 재개점한다. 그러나 동화 백화점은 6·25 전쟁이 터지면서 미군의 PX로 이용되는

등 백화점으로서의 직영 기능을 상실한 채 매장 임대업으로 전락해버린다. 그다음으로 5·16 군사정권이 들어서면서 '재건국민운동'의 일환으로 외래품 판매가 금지되기 시작했다. 가장 타격이 큰

건 백화점들이었다. 상당수 임대업자들이 백화점을 떠나야 했고 점포 가격은 하락할 수밖에 없었다.

이러한 혼란기를 거쳐 역사 속의 백화점들이 현대적 의미의 백

화점으로 거듭나고 마침내 대중적인 장으로 성장한 것은 1988년 서울올림픽 전후였다.

백화점의 대중화가 이루어지던 1986년에 서울에서 아시안 게임이 개최되었고 그해 서울에 거주하며 고등학교 2학년이던 여학생들은 개막식 공연 준비를 하느라 알록달록한 한복을 입은 채 잠실

운동장에 모여 대규모 연습을 했다. 나 역시 예외는 아니었다. 그리고 백화점의 최대 황금기였던 1988년에 대학에 입학하였다. 나는

가지 못했다. 묵묵히 집으로 돌아갔다.

　그 시절에 대한 나의 유일한 증거는 서랍 속의, 손잡이에 교화校花인 배꽃이 새겨진 금도금 스푼 하나로 남았다. 뒷면엔 '86아시안 게임 기념'이라고 박혀 있다. 지나치게 한적한 분위기에 있어 내가 불행하다고 착각하는 경향이 생기는 것 같으면 버스를 타고 혼자 종로 광화문 명동으로 나가 걸어다니기 시작했다. 내가 최초로 다녔던 백화점은 명동에 있던 미도파 백화점. 그러나 1988년 이후로도 아직 몇 년은 더 있어야 한다.

쓸모 있는, 경험법칙들

내가 지금 있는 곳은 2010년 겨울, 백화점의 특별행사장.
잠깐 아래의 글을 읽어보시라!

위에서부터 아래로 내려오면서 순서대로 쇼핑을 하는 것이 편하
다고 생각해 우선 엘리베이터로 5층에서 내렸다. 일요일, 요시
꼬는 모처럼 쇼핑을 가는 어머니를 따라 미츠꼬시에 왔다.
그날 쇼핑이 끝나고 1층까지 내려왔는데 어머니는 당연한 것처
럼 지하 특별판매장으로 들어간다.
"저렇게 붐비는데 어머니, 난 싫어요" 하고 요시꼬가 투덜거렸
지만 어머니에겐 들리지 않는지, 경쟁이라도 하는 듯한 특별판
매장의 분위기가 어머니에게 옳은 듯했다.
특별판매장은 낭비를 하도록 만들어진 것인데 우리 어머니는 어
떨까 바라볼 요량으로 요시꼬는 좀 떨어져서 뒤따라갔다. 냉방
이 되어서 그다지 덥지는 않다.
먼저 어머니는 세 묶음에 25전 하는 편지지를 산 뒤 요시꼬를 돌
아보는 바람에 둘이서 씽긋 웃었다. 최근 어머니가 요시꼬의 편

지지를 이따금 사용해서 불평을 들었기 때문에 이 정도면 안심이다, 하는 얼굴을 보였던 것이다.

어머니는 부엌용품 매장이니 속옷 매장 등 사람들이 쓸데없이 많이 몰리는 곳으로 다가가, 사람들을 헤치고 들어갈 용기는 내지 못한 채 발꿈치를 들고 들여다보거나 앞 사람의 소매 사이로 손을 뻗기도 했지만 물건은 하나도 못 사고 뭔가 미련을 떨치지 못한 듯, 결단을 내리지 못한 표정으로 출구로 발을 옮겼다. 그 출구 언저리에서

"어머, 이게 95전이라고? 어쩜……" 하고 어머니는 박쥐우산을 하나 집었다. 거기에 쌓인 박쥐우산 더미를 파뒤집어보면 어느 거나 다 95전짜리 가격표가 붙어 있는데도 어머니는 자못 놀라운 표정으로

"정말 싸지? 요시꼬, 싸지 않아?"라고 말하며 갑자기 기운을 되찾았다. 마음이 개운치 않았던 망설임이 배출구를 찾은 듯한 기세였다.

가바와타 야스나리의 「삽화」라는 네 쪽짜리 짧은 소설에 나오는 장면이다. 때는 1939년. 이 뒤에 딸 요시코가 우산을 고르고 있는 어머니에게 평소에 쓰는 게 집에 있지요? 묻자 있지만 낡았고 구식이며 또한 하나 더 사서 누굴 줘도 좋아할 거라는 어머니의 변명, 그 물건을 꼭 사야만 하는 어머니의 이유가 이어진다. 제대로 된 물건을 이렇게 싸게 팔 리가 없다고 의심하는 딸과 있는 물건이지만 싸게 파는 그 물건을 꼭 지금 사고 싶어 하는 어머니의 모습

을 눈앞에서 바로 보게 되는 것 같은 소설이다. 이 장편掌篇은 『설국』을 비롯해 내가 문학을 꿈꾸던 청춘 시절부터 읽어왔던 가바와타 야스나리의 모든 소설들 중에서 유일하게 쿡쿡 웃으면서 책장을 넘겼던 글로 기억한다.

요시코의 말이 맞다. 특별판매장, 요즘 특별매장이라고 부르는 곳은 낭비를 할 가능성이 큰 데다. 요시코의 어머니처럼 갖고 있는 물건을 지금 싸게 판다는 이유만으로도 새로 하나 더 살까? 하는 충동을 불러일으키기 쉽기 때문이다. 실은 이 특별매장은 내가 백화점에 와서 전 층을 천천히 돌아볼 여유가 없을 때 먼저 체크하게 되는 층이기도 하다. 낭비를 유도하는 층이라는 걸 모르지는 않지만 때로는 자가치료의 일종으로 스스로에게 낭비를 허락하고 싶은, 그런 날이 있기도 하다. 그리고 요시코 어머니의 이러한 마음, 있는 물건을 왜 또 사냐는 딸에게 있지만 너무 낡았고 구식이고 하나 더 사서 누구에게 선물해도 좋을 것 같다는 충동적인 마음, 그 마음을 전적으로 이해하게 되고 휘말리고 싶고, 그것이 이 매장에서 하는 구매의 가장 타당한 이유가 되기를 바랄 때도 있는 것이다. 때로 슈퍼마켓 같은 곳에서 '1+1' 같은 더블포장 물건을 발견하면 하나 더 사야 할 것 같은 충동을 느끼지 않나? 이미 갖고 있는 물건이긴 하지만 말이다.

백화점의 대부분의 층이 남자(일반적으로 쇼핑을 좋아하지 않는)와 함께 다니기에 불편할 수 있지만 이 층에서만큼은 같이 쇼핑하지 않는 편이 나을 것 같다. 남자는 필요한 것만 사고 여자는 꼭 필요하지 않은 것도 산다. 그 이유가 쇼핑할 때 남자는 우선순위를 정하고 여자는 쇼핑의 범위를 최대한으로 넓게 생각하기 때문이라는 『쇼핑의 심리학』의 저자의 말은 일리가 있다. 충동구매의 문제는 우선순위를 정하지 못했거나 매장에 들어선 순간 까먹어버렸기 때문이며 그 '최대한의 범위'는 바로 지금 당장 필요하지 않은 물건을 구입하도록 유도하는 주범인 것이다. 이 특별매장을 자주 적절히 활용하고 있는 사람의 입장으로서 한마디 덧붙이자면 이 층에서 반드시 잘 다루어야 할 감정 요소는 '선택'이다. 지금 이 구매가 현실적 사용가치 혹은 심리적 위안의 가치가 있는가, 없는가.

내 작업실은 일곱 평쯤 된다. 처음부터 이 공간에는 책장과 책상 그리고 여분의 의자 하나만 두겠다는 계획을 세웠다. 하지만 하루 중 반나절 넘게 머물다보니 필요한 게 하나둘씩 생겼다. 작업실에서 원고만 쓰면 좋을 텐데, 실은 굳은 결심을 하고 책상 앞에 앉아도 원고 한 줄 못 쓰는 날이 부지기수다. 그렇다고 에잇, 포기하고 돌아설 수는 없는 법.

원고를 못 쓸 때도 고집스럽게 이 공간에서 방황한다. 커피도 내려 마시고 때론 책상에 앉아 시위하듯 캔맥주도 마시고 엎드려 잠도 잔다. 그러다보니 휴지통, 머그, 티슈각의 알록달록한 무늬를 가려줄 케이스, 컵받침, 맥주잔, 땅콩을 담을 만한 작은 접시, 포크, 나이프, 타월, 무릎담요, 비누, 치실 따위의, 처음엔 예상치 못했던 물건들이 필요해지기 시작한 거다.

봐온 것은 있어서 시시한 물건은 갖다놓고 싶지 않았다. 그동안 내가 축적해온 쇼핑의 노하우를 본격적으로 발휘해야 할 때가 온 것이다. 작업실을 얻고, 내 옥탑방과 거실에 있던 책들을 세탁 바구니에 담아 집에서부터 이곳으로 다 옮겨오는 한 달여의 기간 동안 단기간으론 가장 자주 백화점에 다녔다. 특히 여기 특별매장을.

소심한 데다 소시민인 내가 백화점에 가거나 쇼핑할 때 활용하는 몇 가지 법칙이 있다.(대범한 데다 소시민이 아닌 사람에게는 전혀 쓸모가 없을 팁이다.)

첫째, 그 층의 본 매장이 아니라 매대, 즉 에스컬레이터 옆 특별매장부터 가본다. 매주 매장들이 돌아가면서 좋은 물건을 그날 하루나 사나흘씩 싸게 판매하기 때문이다.

둘째, 특별한 경우가 아니라면 세일 기간에는 백화점에 가지 않는다. 세일 기간 전에 이미 브랜드 세일이나 아니면 경우에 따라 같은 물건을 몇 퍼센트씩 싸게 판매한다. 그 매장의 매니저와 알고 지낸다면 할인 폭을 더 크게 받을 수도 있다.

셋째, 언제나 구층 특별매장엔 들러본다. 세일 기간이 아닌 때, 평소에는 잘 내놓지 않던 고가의 좋은 물건들을 조금, 내놓는 매장을 발견할 수 있다.

넷째, 아이들 옷(내 경우엔 조카들 옷)과 속옷은 본 매장이 아니라 특별매장에서만 구입한다. 의복 중에서도 가장 자주 사야 하고 자주 세탁해야 하는 제품들이다.

다섯째, 직관의 힘을 믿는다. 아무리 좋아 보이는 물건이고 할인 가격에 마음이 흔들려도 잠시라도 살까 말까? 갈등이 생길 때는 구매하지 않는다. 만약 구매했다면 집에 가는 길엔 반드시 후회하게 된다.

여섯째, 내가 무엇을 필요로 하는지, 나에게 필요한 게 어떤 것인지 언제나 잘 알고 있어야 한다. 이런 경우, 이런 문장이 가능해진다. 나는 선택한다. 내가 무엇이 필요한지 알기 때문에.

나의 백화점 쇼핑은 이 특별매장을 빼고는 말하기 어려운 형편이다. 이 여섯 가지 법칙들을 한마디로 요약하자면 세일 기간이든 아니든 특별매장은 꼭 들러보라는 것. 그러나 세일 기간이 아닌 때의 특별매장 물건들이 더 구입할 만한 가치가 있다는 것. 그리하여 작업실에서 나는 안캅 에스프레소 잔, 책상 밑의 하일로 휴지통, 보르미올리 맥주잔, 발터글라스의 유리 접시 등을 지금 후회 없이 잘 쓸 수 있게 되었다.

내 서가를 보여줌으로써 내가 어떤 사람인지 남들이 짐작하게 될까봐 겁먹은 나도 어쩔 수 없이 작업실을 공개해야 할 경우가 드물지만 생긴다. 모 방송국에서 피디와 카메라맨이 왔을 때였다. 물컵을 들곤 둘러볼 것도 없는 실내를 몇 걸음 만에 휙 보더니 피디가 말했다. 하드웨어는 좀 그런데 소프트웨어는 훌륭하네요!

처음에는 그게 칭찬인지 아닌지 갸우뚱거려졌다. 하지만 나는 아, 이건 틀림없이 칭찬일 거야, 라고 믿곤 배시시 웃어버렸다. 그 피디가 들고 있는 물컵은 보덤의 참보드 머그. 나는 나의 쓸모 있는 쇼핑의 경험법칙들로 마련할 수 있었던, 실용성과 심리적 위안을 가진 소품들로 채워진 공간을 뿌듯한 마음으로 휘 둘러보았다. 그리고 일 분 후쯤, 갑자기 의아해졌다. 내가 좋아하고 쓰는 물건들은 브랜드가 보이지 않거나 눈에 띄지 않는 제품들이다. 그런데

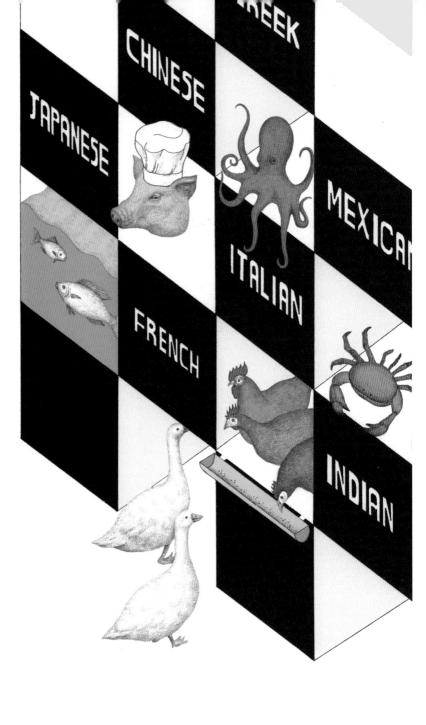

그 피디는 어떻게 '소프트웨어가 훌륭하다'라고 말할 수 있었을 까? 게다가 그런 것엔 대체로 둔감한 남자가 말이다. 혹시 그 피디 가 염두에 둔 건 내가 꾸준한 노력과 시간을 바쳐 사 모은 소소한 생활용품들이 아니라 벽을 채우고 있는 책들이었을까?

구층 특별매장은 사실 백화점 매장 중에서도 가장 북적거리고 소 란스러운 층이다. 가장 문턱이 낮고 친근하고 하나 더 있어도 괜찮 은 물건들을 파는 층이며 사고 났을 때도 순전한 만족감을 느끼게 되는 층.

그러나 모든 쇼핑과 구매 충동의 슬픔은 필요한 것과 원하는 것, 필요한 것과 얻을 수 있는 것이 일치하는 경우가 드물다는 데 있다. 이쯤에서 쇼핑에 관한 나의 쓸모 있는 경험법칙 중 일곱 번 째를 말해야 하겠다.

한 좁은 방의 이미지를 떠올린다. 좋아하는 무엇이든, 강박적으 로 모아놓지 않으면 안 되는 남자의 방을. 자신이 좋아하는 사물들 로 채워져 있으나 정작 거기서 벗어나고 싶을 땐, 납작한 여권 하 나를 찾으려 해도 찾을 수 없었던, 쓰레기 더미 같았던 방의 이미 지를. 단편 「국자 이야기」를 쓰면서 취재하다 알게 되었다.

그 후로 나는 내가 무엇을 하든 균형에 대해 생각해보는 버릇을 갖게 되었다. 아무리 아름답고 매혹적이어도 차선의 물건, 한 번만 쓰게 될 물건은 고려하지 않는다.

돈은 신비의 창일까

일반적으로 사람은 육만 개의 어휘를 구사할 수 있다고 한다. 이러한 언어구사 능력은 특별한 노력이나 의식적인 개입 없이도, 마치 팔다리가 자라는 것처럼 자연스럽게 발생한다고 암시한 언어학자도 있다. 겉으론 보이지 않으면서도 인간을 구성하고 기능하게 하는 것들은 언제나 흥미롭다. 개인적으로 나는 췌장에 관심 많다. 거긴 우리 몸에서 없어서는 안 될 단백질이 존재하며 그 '흐름'이 멈추지 않기 때문이다. 그와 유사한 의미로 나는 언어에도 관심이 크다. 어떻게 사람은 말할 수 있게 되고 서로의 언어를 이해할 수 있게 되었을까. 그리고 사람이 사용한 최초의 언어는 무엇이었을까?

최초의 언어를 찾고자 노력한 사람은 고대 이집트의 파라오 프삼티크로 알려져 있다. 언젠가 최초의 언어가 존재했지만 후세에 어떤 다른 조건으로 언어들이 다양하게 갈린 게 틀림없다고 생각한 이 이집트 왕은 산속의 오두막에 두 명의 갓난아기를 가두었다. 먹을 것과 입을 것을 주기 위해 양치기를 그 오두막에 보내기는 했지만 아기들에게 절대로 말을 걸진 못하게 했다. 한 번도

'말'을 들은 적이 없다면 그들에게서 발화되는 첫 번째 음성이 바로 인간의 최초의 언어일 거라고 믿었던 것이다. 그리스 역사학자 헤로도토스가 기록한 바에 의하면 아기들이 말한 첫 번째 단어는 '베코스bekos'였다고 한다. 프리기아어로 빵을 의미하는.

빵과 돈을 동일한 언어로 인식하는 데는 어떤 큰 오류가 있을지 모른다. 그러나 나에게는 내가 선천적으로 타고난 눈물이나 웃음처럼 그 단어들은 겹쳐 있고, DNA의 이중나선 구조처럼 긴밀한, 떼어놓을 수 없는 것들처럼 느껴진다.

나쓰메 소세키의 중편소설 「영일소품」에 「돈」이라는 짧은 글이 있다. "밥을 먹고 있어도 생활난이 엄습하는 기분"이 든 화자 소세키는 한담이나 나눌까 하여 친구 쿠코코시를 찾아간다. 무언가 생각에 빠져 있는 듯하던 쿠코코시는 문득 이렇게 이야기한다.

"돈은 요물이야."

이야기인즉 돈은 무엇으로든, 옷이나 먹는 것, 전차나 여관으로 변하기 때문이라는 것이다. 그래서 돈을 커다란 동그라미라고 생각한다면 그 동그라미는 착한 사람도 만들고 나쁜 사람도 만들 수 있으며 인류가 발달한다면 언젠가는 돈의 통용 범위에 제한을 두어야 한다고 주장한다. 돈을 빨강 파랑 노랑 등, 다섯 가지 색깔로 나누어 빨간 돈은 빨간 구역 안에서만, 노란 돈은 노란 구역 안에서만 쓰도록 해야 한다는 거였다. 돈을 구분해야 한다는 데는 동의하면서도 소세키는 돈은 수고의 대가가 아니겠는가? 힘없이 반문한다. 결국 그는 친구와 "지금처럼 돈이 전지전능하다면 신도 인간에게 항복할" 것이며 "현대의 신은 야만스럽기 그지없다"
는 대화를 나누고 집으로 돌아간다.

나는 의식적으로 돈에 관해 별로 생각하지 않으려고 한다. 그
러나 벌어들이는 게 언제나 시원찮기 때문에 '밥을 먹고 있어도
생활난이 엄습하는 기분'에 자주 빠지는 것만은 어쩔 수 없다. 백
화점 안에 있는다고 해서 언제나 들뜬 기분이 될 수 없는 이유도
거기에 있다. 사고 싶은 걸 사지 못하고 구매충동을 조절해야 하
는 이유도. 돈이라는 게 얼마나 무서운 것인지는 집을 잃을 뻔했
던 경험으로 크게 남아 있고, 지금 생각해도 그때와 똑같이 두렵
다. 그때 진 빚을 지금도 갚고 있고 어쩌면 그것은 영원히 끝나지
않을지도 모른다. 일상은 비참해지거나 위대해질 수 있다. 그게
전적으로 돈 때문이라고는 믿고 싶지 않다.

다른 때는 의식하지 않고 있다가도 어떤 보상의 심리 때문에, 혹
은 위축되고 주눅 든 채로 백화점에 달려와 있을 때면 어쩔 수 없이
진지하게 돈에 대해 생각하지 않을 수 없게 된다. 이럴 때 나는 돈
에 관해 이렇게 단정한다. 돈이 문제가 되는 것은 돈 그 자체가 아
니라 돈을 대하는 기준이 달라지기 때문이라고. 즉, 돈의 가치가 오
직 양에 의해서만 결정된다고 말이다.

꼬박꼬박 큰 액수의 월급을 받으며, 사회적으로 지위도 괜찮은
그런 사람들과 이따금 자리를 같이할 때가 있다. 빈틈없이 보이기
위해 아무리 롱부츠를 신고 외투 단추를 목까지 꽉 잠그고 앉아
있어도, 나는 안다. 나와 조금만 이야기를 나누다보면 내가 얼마
나 허당 같은 사람인지 상대가 눈치 챌 거라는 사실을. 그래서 대

개는 입을 다물고 남들 이야기에 귀 기울이곤 하지만 나는 보기보
다 퍽 수다스럽다. 얼마쯤 그런 나를 지켜보던 한 사람이 정말로
궁금하다는 듯 이렇게 묻는 게 아닌가.

저, 그럼 국민연금보험 같은 건 드셨나요?

일 년에 인세가 얼마쯤 되느냐고 묻기에 생활에 큰 도움이 될
만큼은 아니라고 말하고 난 뒤였다. 좌중은 나를, 명색이 '작가'
지만 정기적인 수입도 없고 저축도 없으면서 그럼 미래 대책은 어
떻게? 하는 표정들로 보고 있었다. 사람들이 다 친절하고 따뜻해

보여도 어느 땐 뾰족한 모서리를 갖고 있다고 느낄 때가 종종 있
다. 상대는 그게 아니었는지 모르지만.

그러나 정작 그 걱정스러운 표정들보다 나는 국민연금보험은

들어놓았느냐는 그 구체적인 질문이 더 곤혹스러웠던 것 같다. 집
으로 돌아오는 길에 돈에 관해 참으로 진지하게 생각했던 그런 밤

이었다. 선진국과 후진국을 나누는 기준은 언제 닥쳐올지 모르는
위험을 오늘의 문제인 듯 준비하는지의 여부에 달려 있다고 들었
다. 나라로 치자면 나는 그럼 후진국이다. 아무런 준비도 하지 않

고 있으니까. 새삼스럽게 걱정이 되어 다음 날 일어나 밥을 먹다
말고 엄마에게 우물쭈물 엄마, 혹시 내 국민연금보험 같은 건 들

었……어? 물어보기도 했다.

마거릿 애트우드의 '인간, 돈, 빚에 대한 다섯 강의'라는 부제

가 붙은『돈을 다시 생각한다』는 '빚'이 문화적인 문제라고 전제
하며 시작하는 책이다. 그 자체로도 명쾌하고 멋진 책이지만 나

는 때때로 위안 받기 위해서 아무 데나 펼쳐놓고 다시 읽곤 한다. 흔히들 돈은 있어도 문제, 없어도 문제라고 말하지만 그건 사실이 아니다. 돈이 없는 사람들은 절대로 그렇게 말할 수 없고 나 역시 거기에 동의하지 못한다.

돈에 욕심이 생길 때가 있다. 돈이 되는 어떤 일을 해야 하지 않을까 갈등이 일 때도 많다. 그럴 땐 이기적이지만, 나 자신을 보호하기 위한 감정적인 노력을 한다. 현실적으로 내가 할 수 있는 것은 언제나 별로 없다는 식으로. 그리고 가끔은 훌륭한 작가가 되고 싶어 했으나 결국 파산에 이르고 마는 조지 기싱의 『꿈꾸는 문인들의 거리』의 인물들과 그 소설 속의 이런 대사를 떠올린다. "돈이 있는 사람과 없는 사람의 차이란 단순히 이런 것이오. 한 사람은 '내 인생을 어떻게 쓸 것인가?'라고 생각하고, 다른 사람은 '어떻게 살아남을 것인가?'를 생각하지."

캐나다를 대표하는 작가로 추앙받는 마거릿 애트우드가 이 '돈'에 관한, 직접적인 책을 쓰게 된 계기는 이 주제가 자신을 혼동시켰으며 가장 신경 쓰이게 하는 주제였기 때문이라고 한다. 어떤 작가는 사라지는 것들에 대해서 쓴다. 어떤 작가는 자신이 고통을 느끼게 되는 것에 대해서 쓰고 어떤 작가는 두려움에 대해서 쓴다. 십삼사 년 전 가을, 나는 나를 나사처럼 조여오는 것에 대해 쓰지 않을 수 없었다. 바짝 마른 나무처럼 나사가 조여올 때마다 몸이 쩍쩍 갈라지는 느낌이었다. 단편소설이었고, 계간지 마감을 앞두고 있었다. 집을 잃어버릴 위기에 처했던 때였다. 그런 상황에서도 소설을 쓸 정신이 있었다는 게 의아하긴 하지만, 돌아보면 그와 유사한 일이 있을 때마다 나는 매번 그래왔던 것 같다.

　집달리로 돌변한 친척들이 찾아와 아래층에서 밤새 부모를 협박하는 소리를 들으면서도, 작가가 된 당신 큰딸 명의로 각서 한 장 써내라는 무시무시한 소리를 들으면서도 나는 위층 내 옥탑방에서 그날 분량의 소설을 썼다. 화장실에 가기 위해서 이따금 턱을 꼿꼿이 치켜든 채 그들 옆을 지나치곤 했다. 그 단편소설 제목은 '돈'. 그러나 소설을 마쳐놓고도 도무지 확신 같은 게 들지 않았다. 고민 끝에 그 시절 가장 가까운 사람이었던 풀오버의 주인공, H에게 원고를 보여주었다. 그가 고개를 갸웃거렸다. 제 발이 저려 내가 먼저 소설, 아닌 거 같지? 물어보았다. 오 분 후, 우린 서로 말없이 고개를 주억거리고 있었다. 마감을 앞두고 처음 펑크를 낸 원고가 그 소설이다.

　시간이 더 지나서야 나는 그 글이 가진 문제점을 알게 되었다. 조각가 앤 트루트가 예술가로 평생을 사는 것의 가장 힘든 부분은 자신의 가장 사적인 감수성에 의거해 꾸준히 작업하도록, 자기 자신을 채찍질해야 하는 엄격한 자제력에 달려 있다고 말한 적이 있다. 그 소설을 쓰면서 나는 바로 그 자제력을 잃었던 것이다. '엄격한' 자제력을.

　내가 잘 알고 있다고 생각하는 것, 내가 가진 현재의 고통이라는 것에 관해서 의심해볼 것. 상식적으로 판단하지 말 것. 어떤 문제든 다각도로 생각하고 꼼꼼히 관찰할 것. 그리고 잠시 밀쳐둘 것. 미발표로 남은 단편소설이 나에게 가르쳐준 글쓰기의 작법이다.

돈의 기준과 돈의 본질과 돈의 가치와 돈의 의미는 누구에게나 다르다. 그러나 돈은 집단사회 속에서의 일련의 규칙과 긴밀히 연관돼 있을 것이다. 이러한 규칙과 관계를 언어학에서는 '사회적 체계social syntax'라고 한다. 인간의 최초 언어가 빵이라는 걸 배우고 나서 나도 모르게 이 언어적 체계를 돈과 연결시켜보았다. 긴밀히 연결된 사회적 법칙. 그중에는 돈과 선물의 공통점도 있으리라. 받으면 그만큼 돌려준다라는 '공평 감각'. 일상의 비참함이 많은 부분, 비록 이 돈 때문에 생긴다고 해도 일상의 위대성은 삶은 지속된다는 데 있다.

돈 걱정은, 이따금 나를 흔들어놓는 강풍이기도 하지만 노동의 대가로 그것을 약간이나마 얻게 될 때의 뿌듯함 또한 크다. 돈 걱정과, 얻게 될 돈을 기다리며 결국 나는 일상인, '호모 코티디아누스homo quotidianus'로 살아가는 것이다. 숫자로만은 말해질 수 없는 것들에 기대곤 하면서 말이다. 허나 가진 게 없다는 사실은 여전히 기가 죽게 만드는 일임엔 틀림없는 것 같다.

「현대문화에서의 돈」에서 돈이라는 사물은 자신이 낸 상처를 스스로 치유할 수 있는 능력이 있는 신비의 창檢을 닮을 수 있을 거라는, 짐멜의 불확실한 문장을 떠올리며, 그리고 빵 다음에 인간의 두 번째 언어는 과연 무엇이었을까? 고개를 갸우뚱거리며 다시 걸음을 옮긴다.

문 화 가   사 물 처 럼

2011년 1월 12일 수요일. 오늘은 나답지 않게 일찍 일어나 부지런히 외출 준비를 한다. 낮 두시에 폴 포츠 내한 공연이 있다. 공연을 보기 위해서 지금 내가 가는 장소는 신세계 백화점 본점.

에스컬레이터를 타고 문화홀이 있는 층으로 올라간다. 문화홀 입구를 기점으로 공연 티켓을 든 사람들이 길게 줄 서 있다. 그저 긴 정도가 아니라 식당가와 통로 사이로 구불구불하게 몇 줄씩 겹쳐 있는 형국이다. 낮 두시. 한가하고 느긋하게 공연을 볼 수 있을 거라고 생각했던 나는 부랴부랴 맨 뒤로 가 줄을 선다. 폴 포츠의 인기인가? 아니면 문화홀 공연이 있는 날의 보통 풍경일까?

백화점에서 이렇게 긴 줄은 처음 보는 것 같다. 사은품 행사나 상품권 행사가 있을 때 백화점 마감 시간의 줄도 이만큼은 아니다. 자리를 마련해준 백화점 과장에게 묻자 대개 이 정도는 아니지만 많은 고객들이 문화홀을 이용하며 그것 또한 다른 백화점 행사들처럼 일반적인 일이 돼가고 있다는 대답이 돌아왔다. 그리고 오늘 폴 포츠 공연에 이렇게 많은 고객이 몰릴 줄 몰랐다는 대답 또한.

백화점 미술관은 틈틈이 가보곤 하지만 문화홀에서 공연을 보기는 처음이다. 의자는 접이식. 오늘같이 고객들이 몰리는 날에는 여분의 의자까지 등장한다. 규모는 이백여 석. 간신히 자리 하나를 차지하고 앉는다. 홀의 조명이 꺼지고 무대 왼쪽에서 폴 포츠가 등장한다. 고객들, 아니 청중이 박수를 치기 시작한다.

첫 곡, 영화 〈티파니에서 아침을〉 중 〈문 리버〉를 듣다 말고 나는 또 딴생각에 빠져 주위를 두리번거린다. 오후, 쇼핑백을 든 관객들 속에 나는 앉아 있다. 쇼핑백을 든 관람객들 속에서 그림을 볼 때도 자주 있다. 예전에도 그랬을까? 문득 궁금해진다. 상점 안에서 문화를 만나기 시작한 때가.

따로 찾은 미술관이나 공연장이 아니더라도 이제 백화점 안에서 부르델 조각전이나 밀레와 바르비종파전展, 정명화 연주, 김덕수 사물놀이, 서울바로크합주단의 공연 등을 보고 듣고 관람할 수 있게 되었다.

1980년대 후반부터 백화점들 사이에서 붐이 일어난 '전생활관 full life store'은 여가와 문화에 대한 관심이 높아진 고객들을 끌어들이기 위한 전략, 마케팅의 하나라고 볼 수 있다. 백화점들은 이제 단지 상품만을 판매하는 공간으로서는 우후죽순처럼 등장하는 쇼핑몰이나 대형 유통업체들과 차별화될 수 없다고 판단한 것이다. 쇼핑과 여가, 엔터테인먼트 그리고 문화에 대한 관심을 한꺼번에 충족시켜줄 수 있을 만한 마케팅의 고민 끝에 기획된 것이 미술관의 확대와 문화홀이다.

상품과 문화가 닮은꼴이 한 가지 있다면 복제와 대량생산이다.

소수를 위한 '문화' 혹은 예술이 복제되고 상점 안으로 들어올 거라고 생각하지 못했던 시절이 있었다. 앤디 워홀이 "오늘 상점 하나를 닫고 백 년 뒤에 열어보라, 그러면 현대 미술관이 되어 있을 것이다"라고 말한 것은 1985년이었다. 그 당시 그 말을 믿는 사람은, 더군다나 그것이 실현될 거라고 짐작한 사람은 아무도 없었다. 문화에 대한 고전적 사고에 사로잡힌 사람들, 미술관이나 상업시설에 대한 고정관념에 사로잡힌 채로는 불가능한 상상이었다. 그러나 현대의 큰 상점들, 백화점들은 이제 앤디 워홀의 문화에 대한 낙관처럼 상점이 미술관이 되고 미술관이 상점이 되는 시대를 맞게 되었다.

이제 사람들은 꼭 물건을 사기 위한 목적만으로 백화점에 가지 않는다. 그림을 보기 위해서, 밥을 먹기 위해서, 친구를 만나기 위해서, 영화를 보기 위해서, 폴 포츠의 공연을 보기 위해서도 백화점에 간다. 『기술복제시대의 예술작품』에서 벤야민이 우려한 것은 예술의 대중화가 아니다. 예술이 대량생산되면서 잃어버리게 될 가치나 아우라, 희소성이 아니라 소수를 위한 예술이 대중에게 열릴 때의 접근 방식과 가치의 변화였다. 문화를 받아들이고 재생산하고 그것을 보고 참여하는 사람은 대중이라는 생각은 지금과 다르지 않았다.

영화 〈러브 스토리〉의 테마곡이 흘러나온다. 다음 곡은 〈대부〉의 테마곡. 어제저녁 세종문화회관에서 공연을 가졌다는 폴 포츠의 목소리는 이제 제 성량과 음색을 찾기 시작한 것 같다. 찍을 때마다 찰칵찰칵 소리가 나는 휴대전화로 사진을 찍던 사람들도 귀엣말을 속삭이던 사람들도 자리를 잡지 못해 우왕좌왕하던 사람들도 지금은 모두 고요히, 휴대폰 외판원이었다가 전 세계로 공연을 다니게 된 폴 포츠의 목소리에 귀 기울이고 있다. 나는 감동적인 것을 강요하는 어떤 것에도 호감을 갖지 못하는 경향이 있지만 폴 포츠의 노래는 꼭 한 번 가까이서 듣고 싶었다. 그리고 지금 여기서, 그의 노래를 듣고 있다. 이 티켓은 VIP와 이십만 원 상당의 구매자들에게 주어진 거다.

백화점들이 '감성서비스'를 강조한 이유는 백화점이 도시의 문화예술 공간으로 변신해야 한다는 판단 때문이었다. 한 백화점의 2009년 소비자 경향 분석을 보면 문화홀을 이용한 고객의 매출이 일반 구매자보다 여섯 배가 많았다. 백화점들마다 문화홀을 넓히고 사오백 석씩 대형화하며 유명인들의 공연을 유치하기 위해 노력한다. 내부의 문화홀을 벗어나 공연장을 대관하여 대형 공연을 열기도 하며 질 좋은 콘텐츠를 확보하기 위해서도 백화점들은 경쟁한다. 문화 이미지로 백화점의 위상을 높이려는 '문화마케팅'의 일종이다.

지난해 초겨울, 한 젊은 피아니스트와 밥을 먹는데 내년 공연 일정에 백화점 문화홀 공연도 있다고, 어쩐지 망설이는 듯한 기색으로 말하기에 나는 거기에 긍정적인 의견을 보냈다. 그것은 내가 문화홀을 이용한 경험이 있거나 자주 갈 수 있거나 백화점의 문화마케팅을 이해한다는 것과는 다른 일이다. 되레 나는 오늘같이 초대받는 경우가 아니라면 문화홀을 이용하기도 어렵거니와, 문화

마케팅일지라도 내게 필요하고 가치가 있는 것을 선택할 줄 알아야 한다고 믿는 입장에 가깝다. 그 피아니스트의 경우를 예로 들자면 비싼 티켓을 구매하고 공연장에 가야 그의 음악을 들을 수 있지만 이곳 백화점에서라면 문턱이 낮아졌다는 느낌을 받을 수 있다. 다만 이곳의 VIP 고객이거나 해당 금액의 물건을 구입해야 한다는 전제가 있지만.

어떤 예술은 대중과 더 가까워져야 하며 가까워지는 길을 찾기 위해 노력해야 할 필요도 있다. 대형 공연장이나 예술을 위한 예술 공간에서만의 연주와 전시로는 열린 소통을 하기 어려운 시대가 되었다. 어떤 마케팅은 생산자나 운영자가 아니라 구매자가 만들고 확대시킬 수도 있다. 문화마케팅이 특히 그렇다. 백화점 내의 미술관, 문화홀에서의 시간은 물건을 구경하고 어떤 것은 스스로 '선택'하여 구매하는 것과 마찬가지로, 자발적으로 보고 즐기고 느끼고 참여할 수 있다.

문화홀에서의 '문화'란 아름답고 쓸모 있는 사물처럼 '가까이 끌어오고' 싶은 욕망을 불러일으킬 수 있어야 하며 그럴 만한 가치가 있는 것들이어야 한다.

"우리는 삶보다 위대한 노래를
만들고 싶어 한다 "

_ 밥 딜런 _

인 공 정 원 에 서

1930년, 흰 두루마기를 입은 사람들, 서구풍의 양복을 차려입은 사람들이 테이블에 모여 앉아 있다. 그 한쪽에는 유니폼을 입고 주문을 기다리는 종업원들이 있다. 일본에서는 '공중정원'이라고 불렸던 미츠코시 경성점의 옥상이다.

당시 이곳은 '유원지'라는 유희의 공간 개념으로 상류층들에게 인기가 높았다. 미츠코시 옥상에 가서 차를 마시거나 약속 장소로 이용하는 것이 유행처럼 번졌다. 시대에 특히 민감한 예술가가 바로 작가들이다. 이상의 소설뿐만 아니라 박태원의 『여인성장』이나 채만식의 『태평천하』 같은 작품들 속에서 이 당시의 사회상들, 미츠코시 옥상과 바로 아래층에 있던 식당에서 일어났던 해프닝들과 빈부의 차 같은 시대상들을 엿볼 수 있다.

때는 바야흐로 백화점의 전성시대가 열리고 있었다. 미츠코시 외에도 조지아, 히라타, 미나카이, 박흥식이 설립한 화신, 이렇게 다섯 개가 '경성의 5대 백화점'으로 불리기 시작했다. 고려인삼 같은 조선의 특산품을 제외한다면 백화점의 마케팅이나 경영 방식, 판매상품들도 대부분 일본에서 들여온 것이었지만 손님의

60, 70퍼센트 이상이 조선인이었다고 한다.

당시 신문과 잡지들을 살펴보면 "실로 백화점의 시대다"라고 보도하고 있다. 또 1920, 30년대의 다양한 풍경을 보여준 『모던뽀이, 경성을 거닐다』에는 양장이나 한복을 입은 여학생들이 물건을 사러 백화점으로 몰려가는 모습 등 "현대의 유행"을 좇는 사람들을 풍자한 삽화들을 볼 수 있다. 특히 경성 시내 여학생들 사이에서는 여름방학을 맞아 고향에 내려가기 전, 미츠코시나 조지아에 들러 최신식의 상품들로 치장하는 것이 유행이었다고 한다. 모던걸, 모던보이들을 비롯해 사치와 낭비에 빠진 주부들을 비난하는 기사들, 근대가 가져오기 시작한 변화와 문제점을 지적하고 조명하는 기사들도 이어진다.

미츠코시가 공중정원을 만든 것은 놀이방과 레스토랑을 신설한 것처럼 백화점을 가족 단위로 찾아올 수 있는 오락시설로 만들고 싶어 한 이유에서였다. 도쿄 본관을 르네상스 양식의 목조건물로 개축한 미츠코시는 옥상에 60여 평 규모의 정원을 꾸민다. 도쿄 일대 백화점의 대전환기였던 1910년대의 일이었다. '도시문화의 근대'라는 부제가 붙은 하쓰다 토오루의 『백화점』에 보면 온통 식물을 심어놓은 옥상에 연못과 분수를 만들고 망원경을 설치하여 전망대 역할을 한 것 등 그때의 상황이 잘 그려져 있다.

미츠코시 옥상정원이 명소가 되자 긴자의 마츠야, 마츠자카야, 시로키야 등의 백화점들도 잇따라 '옥상 유람소'라고 부르는 정원을 개설하게 되었다. 엘리베이터를 타고 옥상에 올라가 꽃구경을 하는 것이 유행이었다. 옥상엔 식물을 관리하는 특별 원예부가 신설되었다. 전망대라는 오락시설의 개념이 백화점 옥상에서 비롯된 것이다. 그러나 이 무렵 관동대지진이 일어난다.

이후 고층건물들은 철근 콘크리트로 지어지게 되었다. 개수공사로 증축된 미츠코시는 칠층에 지진 이전과 마찬가지로 연못과 정원을 다시 설치한다. 이때부터 백화점들의 옥상정원은 오락시설을 넘어 '도심 속의 공원'으로 본격적으로 이용되기 시작했다.

니혼바시, 미츠코시 본점 옥상정원을 기억한다. 이러한 역사적 사실들을 알기 한참 전이다. 내 눈에는 그저 넓고도 을씨년스러워만 보인다. 비어 있는 긴 벤치들. 동그란 벽시계. 왼쪽 간이시설처럼 보이는 작은 카페를 제외하곤 다른 건 눈에 띄지 않는다. 오직 가드닝gardening을 위한 가게들만 나란히 들어서 있다.

백화점 옥상에 왜 이렇게 원예용품 전문점들만 있을까, 나는 당연히 그렇게 생각한다. 그 자리에 분수와 연못이 있었고 정원사의 손길이 정성스럽게 닿은 식물들이 빼곡히 심어져 있었다는, 한때는 거기에서 "햇빛 반짝반짝거리는 가운데 철쭉꽃이 선명하게 피었고, 달팽이 모양을 한 분수에서는 물줄기가 조용히 양방향으로 품어져 나왔다"라는 사실을 모르는 채. 여기저기 상점들을 기웃거린다. 꽃씨들, 주둥이가 날렵하게 생긴 물뿌리개, 선인장. 종류도 생김새도 다양한 분재들이 눈에 띈다. 당시 이 옥상정원에서 유명했던 것이 바로 이 분재였다는 걸 아직 알 리 없다.

2011년 1월. 지금 내가 서 있는 곳은 서울시 중구 충무로 1가 52-5번지. 팔십여 년 전, 이 장소에 관해선 미츠코시 사내보였던

《금자탑》에 이렇게 나와 있다. "신규로 양복, 귀금속, 도서, 악기 매장을 설치하고 지하층을 시장으로 하고 1층에서 3층까지는 각각 매장으로 채우고 4층에는 대식당과 홀(특별 행사 매장), 5층은 갤러리, 옥상에는 정원을 조성하였다."

그 옥상에서 내가 보고 있는 것은 루이스 부르주아의 〈거미〉, 호안 미로의 〈인물〉, 헨리 무어의 〈와상〉 같은 현대 조각 작품들이다. 나는 생각한다. 어슴푸레해지는 저녁의 빛과 나를 둘러싼, 작품들 속에 있어서 어쩌면 더 포괄적으로 느껴지는 이 온기에 대해서. 문득 뒤돌아본다. 등 뒤로, 유리로 만들어진 방이 하나 있다. 지금 내가 서 있는 이 옥상정원을 한눈에 맞바라볼 수 있는 곳, VIP 퍼스트라운지다.

취재의 목적이 아니었다면 그 VIP룸은 내가 들어갈 수 없는 공간이다. 거기서 마실 수 있는 음료는 그 옆 카페, 디저트로 유명한 페이야드에서 만든다. 나는 샷을 하나 더 추가한 아메리카노를 주문했다. 김환기와 주명덕, 엘리어트 어윗, 김승환, 이정록의 작품들을 거기서 보았다. 너무나 어려 보이는 두 젊은이들이 옆 테이블에서 영어로 대화하는 것을 듣고 앉아 있었다. 천천히 비가 내렸고, 옥상정원이 보이는 유리창에 빗물이 흘러내렸다.

자리가 불편했지만 더 앉아 있었다. 군더더기 없이 만들어진 오렌지와 미색 가죽 의자와 테이블이 멋있었다. 청년들의 말소리만 아니라면 고요한, 외딴 방일 것 같았다. 저 테이블이 하루 종일 비어 있다면, 거기 앉아서 글 쓰고 싶다고 생각했을지 모른다. 작업실이 없어 시내 카페를 전전하던 때였다면.

건축가 헤르만 헤르츠버거 식으로 말한다면 공간에는 두 종류가 있다. 모든 사람이 언제 어느 때나 접근할 수 있고 공동으로 관리 책임을 지는 공적 영역, 그리고 단 한 사람 혹은 소수만 접근할 수 있으며 관리 책임도 그들에게 있는 영역. 이 룸과 이 룸을 감싸고 있는 정원은 공적 영역일까 사적 영역일까. 그곳이 어디든, 나는 물이 흐르고 물이 흐를 수 있는 장소로 가고 싶다고 생각한다.

자리에서 일어났다. 만약 영문도 모른 채 불편하다고 느낀다면 그건 적절한 장소에 와 있지 않기 때문이라고 믿고 있다.

옥상정원 가장자리로 조심스럽게 다가가본다. 깊은 호기심 때문에 삶의 가장자리로 걸어가보는 사람처럼. VIP룸보다는 여기, 야외공원이 편하다. 그리고 이곳보다는 저 아래 거리, 인파 속에서 나는 더 편안할 것이다. 여기는 미술관이 아니다. 조각공원도 아니다. 그 모든 것처럼 보인다.

1980년에 닫았다 다시 문을 연 백화점 옥상정원. 남대문로 일대가 한눈에 내려다보인다. 도심 한가운데. 저녁의 빛 속에서 풍경은 흑백사진처럼 서서히 무채색으로 변한다. 그러자 눈앞, 정면으로는 싱업은행 본점이, 왼쪽으로는 조선은행, 오른쪽에는 경성우체국이 우뚝 서 있는 것 같다. 이상이 『날개』에서 "아무 데나 주저앉아서 내 자라온 스물여섯 해를 회고하여 보았다"라고 말한 장소.

모든 공간은 사적이거나 공적이다. 접근성에 따른 영역의 구분이 있을 뿐. 공간에 변화가 생기는 것은 '참여'를 통해서다.

트리니티 가든이라고 부르는 이 인공의 정원에서, 나는 지금 과거 속에 남겨진 것일까.

식당가에 관한 몇 가지 단상들

어느 한때는 점심시간의 백화점 식당가에 혼자 자주 다닌 적이 있다.

여기 한 여자가 에스컬레이터 옆, 매장 안내도를 들여다보며 신중히 메뉴를 고르고 있다. 번잡한 낮 시간대의 백화점이다. 식당가가 가장 붐비고 단체 여성 손님이 많은 때. 뭘 먹을까? 메뉴를 결정하곤 그 식당을 찾아 문 앞에 선다. 어서오십시오. 직원이 인사하며 몇 분이냐고 묻는다. 한 사람이요. 그러면 십중팔구 직원은 그 여자 손님을 구석 테이블로 데려다줄 것이다.

한 사람이요, 혼자인데요, 저스트 미$^{Just\,me}$, 히토리^{ひとり}, 아인스^{Eins}. 이것이 내가 우리나라 식당에서, 내가 다닌 도시들의 식당에서 맨 처음 말하게 되는 문장이었다. 식당 종업원들에게 혼자 온 손님은 무조건 한쪽 구석으로 안내하라는 지침 같은 게 있나, 의아할 정도였다. 의자를 빼줘도 실내를 등지게 되는 그런 위치. 가운데, 넓은 자리가 텅텅 비어 있을 때도 말이다. 우리나라 백화점 식당가뿐만 아니라 뉴욕이나 베를린, 파리 같은 대도시에서도 마찬가지였다. 그때보다 나이가 많아져서 좋은 건 별로 없지만 이제 이런 요구 정도는 당당히 하게 되었다. 아뇨, 거기 말고, 저기 저 자리에 앉을게요.

우동을 파는 식당 한가운데 자리를 차지하고 앉아 있다. 평일이라 그런지 주말 점심시간보다 소곤소곤 달그락달그락 부스럭부스럭 소리들이 한결 차분하게 들린다. 나는 노트를 꺼내 까만 펜으로 이렇게 쓴다. 백화점에 이런 식당가들이 들어서기 시작한 것은 언제부터였을까? 그리고 어떤 이유로?

가족들과 함께 오는 행락장소를 만드는 게 목적이기도 했던 일본 백화점들 중에서 가장 먼저 식당을 설치한 곳은 도쿄 니혼바시의 시라키야 백화점이다. 1903년 건물을 개축하고 난 후였지만 그때만 해도 놀이방처럼 식당 또한 가설 수준에 지나지 않았다. 약 백 명의 손님을 수용할 수 있을 정도로 식당을 넓히게 된 것은 사십여 년 후의 일이다. 뒤질세라 다이마루, 마쓰야, 미츠코시 백화점 등에서도 식당이 만들어지기 시작했다. 그중 미츠코시는 1907년, 우에노에서 개최된 도쿄권업박람회가 계기가 되었다. 메뉴는 초밥이나 정식, 메밀국수, 전통과자, 커피, 홍차 같은 것. 그러나 미츠코시 백화점 식당가를 유명하게 만든 것은 다이쇼大正 11년인 1922년경부터 서양요리를 선보이기 시작한 양식당이었다. 정장을 갖춰 입고 백화점 레스토랑으로 양식을 먹으러 가는 것이 보통 사람들의 꿈이 되었다.

1922년부터 무려 십이 년에 걸쳐 구미의 백화점들을 시찰하고 온 시라키야 백화점의 직원이 "백화점의 식당이 크게 번창한 것은 일본만의 특징"이라고 자랑스럽게 말할 수 있었던 이유는 백화점을 탄생시켰던 구미에서는 아직 식당이 발달하지 않았기 때문이 아니었을까 추측할 수 있다. 식사시간에 손님을 건물 밖으로 내보내지 않기 위해서 서양의 백화점이 한 일은 간단히 허기를 면할 수 있는 스낵바 정도를 갖춘 것 외엔 없었다. 일본 백화점의 식당가가 번성한 것은 어린이 놀이방처럼 '가족 동반 손님'에 대한 배려이자 한편으로는 더 많은 고객을 끌어들이기 위한 마케팅의 일환이기도 했다.

우리나라 백화점에 처음 생긴 식당은 1971년, '공작의 집'이라는 뜻의 '까사 빠보Casa Pavo'였다. 신세계 백화점이었다. 그 후 롯데 백화점 등 대형 백화점들에 다양한 식당가가 만들어졌고 거기에는 당시 가족들이 함께 찾을 수 있는 행락 장소가 드물었다는 데서 온 필연성과 요구, 어쩌면 영리의 목적을 넘어 고객에 대한 이해와 배려가 숨어 있었을지도 모른다.

존 워너메이커가 백화점에 레스토랑을 처음 연 것은 1876년. 그리고 손님이 아니라 직원을 위한 식당을 백화점 내에 제일 먼저 설치한 사람은 바로 봉마르셰였다. 그 누구보다 종업원들의 복지 시설에 관심이 컸던 오너였다. 1872년, 신관 개관을 했을 당시 사람들의 주목을 끌었던 것은 다름 아니라 종업원을 위한 시설들이었다. 한 일간지는 그 개관 모습을 두고 이렇게 적었다. "봉마르셰 신관에는 종업원 600~650명이 한꺼번에 식사를 할 수 있는 시설이 있다. 커다란 식당 네 개와 최신의 설비를 갖춘 주방이 있기 때문이다." 당시로서는 획기적으로 무료식당이었다고 한다.

식사는 햇빛이 잘 들어오는 창가 마호가니 테이블에서 점심과 저녁, 두 번 제공되었다. 그때의 사진을 보면 남자 점원용 대식당과 여자 점원용 식당으로 구분돼 있으며 이십여 명에 가까운 조리사 복장을 차려입은 사람들이 '가르강튀아의 주방'으로 불리던 거대한 조리장에서 요리하는 모습을 볼 수 있다.

백화점의 직원 전용 출입문이나 눈에 잘 띄지 않는 한쪽 구석 철문을 밀면 대개 또다른 엘리베이터가 나온다. 백화점 직원들이 출퇴근 때나 아니면 지하 깊은 곳, 집배실이나 사무실, 상품관리과에 갈 때 이용한다. 그걸 타고, 고객의 엘리베이터엔 표시되어 있지 않은 고층으로 올라가면 직원전용 식당이 있다.

내가 올라간 곳은 십오층.

음, 꽤나 높고 넓군! 이것이 직원식당에서 맨 처음 든 생각이었다. 식당 입구에 메뉴 A와 B가 쓰여 있었다. 내가 간 날의 메뉴들은 이랬다. 안동찜닭, 수수밥, 얼큰 콩나물국, 햄 구이, 무생채, 포기김치. 내일의 메뉴는 바지락 수제비, 미니 밥, 만두찜, 얼갈이배추겉절이, 음료수.

영양사 말에 의하면 일이 주 전부터 미리 식단을 짜둔다고 한다. 수용 인원은 한꺼번에 대략 이백 명. 점심은 열한시 삼십분부터 두시, 저녁은 다섯시에서 일곱시. 저녁에는 주로 떡볶이 같은 분식이나 간식 위주의 음식을 제공하고 있다고 한다.

주방에선 한창 저녁 준비를 하고 있었다. 옥상정원에서처럼 테이블이 놓인 식당 창가로 일대가 한눈에 내다보였다. 손님이 이용할 수 있는 식당가보다 전망이 좋아 보였고 무엇보다 탁 트였다,

라는 느낌을 주는 공간이었다. 직원식당 한쪽에는 직원들만을 위한 외주업체 카페가 있었다. 좋은 원두를 쓰기로 유명한 커피집이었다. 그리고 수제 햄버거집도. 내가 만나본 이 백화점의 직원들, 그들에게서 느껴지는 일터에 대한 자부심을 조금은 이해할 수 있을 것도 같았다.

식당을 나오다 보니 입구 한쪽 공간에 판매대가 보였다. 직원들이 할인받아 살 수 있는 특별판매대라고 했다. 그날은 남녀용 옷이 행거에 걸려 있었다. 동행한 과장에게 언제 쇼핑을 하느냐고 슬쩍 물어보았다. 사원이고 같은 건물 안에 있다고는 해도 근무시간에 쇼핑을 하기는 어렵지 않을까 싶었다.

퇴근을 앞둔 저녁 일곱시와 여덟시 사이. 백화점 직원들도 서로 번갈아가며 쇼핑한다.

백화점 식당으로 점심을 먹으러 다니던 때는 첫 실연을 했을 때였다. 어떻게 그 시간을 지나가야 하는지에 대한 경험과 지혜가 전혀 없는 데다 마음 놓고 울 수 있는 공간 또한 없었다. 집에는 엄마가 있고 딸자식에 관해서라면 세상의 모든 엄마들은 귀신같은 데가 있는 법이다.

궁여지책으로 서른한 살의 나는 일찍 집을 나와 지하철 이호선을 타고 다니기 시작했다. 순환선이고, 한 바퀴 돌아봐야 오래 걸리지도 않았다. 출입구 한쪽에 등을 기대고 서서 누군가 눈물을 줄줄 흘리고 있어도 이상하게 쳐다보는 사람도 없었고 사진을 찍어 유튜브 같은 데 올릴 수도 없던 시절이었다.

문제는 허기였다. 낮 열두시가 되면 슬슬 배가 고파오기 시작하는 것이다. 웃고 있다 배고플 땐 몰라도 울고 있는데 배가 고파지면 어쩐지 기필코 먹어야겠다는 의지가 인다. 눈은 충혈되고 화장은 얼룩덜룩해져 있다. 이럴 때 눈에 띄지 않게 혼자 밥 먹기 불편하지 않은 장소는 이 도시에서 어디일까? 누가 누구에게도 관심두지 않는, 가장 붐비고 소란스러운 때와 장소.

여러 가지 이유로, 오랫동안 백화점에 다녔다. 식당가에는 더 그랬다. 슬플 때도 오고 즐거울 때도 한가할 때도 친구를 만날 때도. 밥은 언제나 먹어야 했으니까. 내가 혼자 들어서면 구석 자리로 안내하려는 종업원을 제지하곤 가운데 넓은 자리로 안내해주는 매니저도 생겼다. 그 우동집은 최근에 문을 닫았다. 백화점에 단골 식당이 있다고 말하면 어련하시겠어, 하고 놀림을 받았다.

예전과 달리 이제 나는 거리에서 울고 다니지 않게 되었다. 눈물이 날 것 같으면 왼쪽 위, 허공을 쳐다보곤 잽싸게 오른쪽 대뇌반구에게 멈춰! 명령한다. 그러고는 숨을 크게 들이쉬고 내쉰다. 밥을 먹기 위해 식당가로 걸음을 옮긴다. 더러 저쪽 테이블에서 리빙 고니에서 스쳐간 사람과 눈을 마주치게 될 때도 있다. 물론 아, 당신이군요, 아는 척을 하는 것은 아니지만. 무심코 서로 눈길을 돌리고, 나는 젓가락을 든다. 씹는 행위가 눈물을 멈추게 한다는 것도 이젠 안다.

정 안 되면 가방 속에서 검은 선글라스를 꺼내 쓴다. 그러면서, 감정을 통제하면서, 어쩌면 순정을 잃고 나는 여기까지 왔는지 알 수 없다.

악 어 를 만 났 다

나는 걸음을 딱 멈추곤 이렇게 중얼거리고 말았다.

……어? 악어잖아!

그랬다. 눈앞에 악어 한 마리가 있었다. 2004년 3월이었다. 악어는 한 이삼 년 정도 된 놈으로 보였다. 북아프리카산일 것이다. 책에서 보고 배운 건 많았다. 그 정도는 알 수 있었다. 내가 좋아하는 동물은 코끼리뿐만이 아니다. 기린과 악어도 좋아한다. 기린과 악어, 각각 그 동물들에 관한 글을 쓴 적도 있다. 악어는 제 몸처럼 긴 직사각형, 거대한 유리 상자에 들어 있었다. 불안한 듯 느리게, 그러나 쉬지 않고 눈을 굴렸다. 납작하게 엎드려 있었다.

나는 자주 동물원에 간다. 과천 서울대공원은 미술관보다 동물원이 더 익숙하고 잘 안다. 베를린에 두 번째로 체류하고 있을 때는 더위를 피해서 다닌 데가 우리 식의 교보문고 같은 대형 서점과 그 도시에서 가장 오래된 동물원^{Zoologischer Garten}이었다. 부슬부슬 안개비 오는 날 빨간색 레인코트를 걸쳐 입고 지상을 달리는 전철 우반^{U-Bahn}을 타고 혼자 동물원에 가는 시간은 언제나 특별하고 쓸쓸했다. 그러므로 악어를 본다는 게, 생각 없이 걷다 우연히 마주치게 되는 것이 전혀 이상한 일은, 더군다나 놀랄 만한 일도 아니다. 그러나 지금 내가 서 있는 곳은 도시 한가운데다. 게다가 여긴 백화점이 아닌가 말이다.

폐관 시간이 되어 도서관에서 등을 떠밀리듯 나온 날이었다. 서초역까지 걸어 내려갔다. 사거리에서 사람들이 긴 사다리를 타고 올라가 팔백육십오 년 된(그해 기준으로) 향나무를 세척하고 있는 장면을 우두커니 서서 지켜보았다. 그 장면을 보다가 나는 두 가지 사실을 깨달았다. 곧 봄이 시작될 거라는 사실과 지금 난 목이 마르다는 것.

지하철을 타고 거기서 가장 가까운 백화점으로 갔다. 그 당시만 해도 '워터 카페' 같은 매장이 따로 없었다. 작은 생수 한 병을 사려고 근처 아파트 주부들이 장을 보러 와 북새통 같은 식품매장에서 길게 줄을 서야 했다. 어딘가, 조금은 한가한 층에서 물을 마시고 싶다고 생각하며 물이 뚝뚝 떨어지는 생수병을 든 채 에스컬레이터를 타고 한 층 한 층 올라간 게 여기까지 오게 되었다. 에스컬레이터 옆에 소파들이 보였다. 어쩌면 내가 먼저 본 것은 악어가 아니라 잠깐 앉았다 갈 수 있는 의자들이었을 것이다. 그러니까, 그 악어는 고객용 휴식 소파들 바로 앞에 진열돼 있던 거였다. 모든 전시용들이 그렇듯.

안녕.

혼자 간 동물원에서 하듯 나는 악어에게 인사하고, 소파에 슬그머니 엉덩이를 걸치고 앉았다. 물병을 땄다. 그리고 물었다.

너, 북아프리카에서 온 거 맞지?

……

좋아. 말하고 싶지 않다면 안 해도 돼. 근데, 너 목마르냐?

……

너, 꼬리만 묶어버리면 옴짝달싹 못한다면서?

……

알았어, 안 놀릴게. 그런데 한 가지만 묻자. 너희들이 언제부터 이렇게 백화점에까지 출몰하기 시작한 거니?

눈을 뒤룩뒤룩 굴리던 악어가 문득 이쪽을 봤다. 그 눈이 이렇
게 말하는 것 같았다.

에이, 나 좀 귀찮게 하지 마라.

디스플레이의 목적은 손님의 눈을 사로잡는 데 있다. 손님의 눈을 사로잡지 못한다면 그 상품은 영원히 유리 상자 안에서만 존재
할 것이다. 상품으로서의 가치가 사라지는 셈이다. 각 나라의 백화점 창시자들이 크게 신경 쓴 부분은 쇼윈도였다. 사지 않고서도, 사지 못해도 그저 보는 것만으로도 즐거움을 누릴 수 있는 것이 윈
도쇼핑을 하는 이유이기도 하다. 그러나 그런 윈도를 보고 있는 사람들을 갈망하는 사람으로 만드는 게 진열의 목적이기도 하다. 프랑스 사람들이 윈도쇼핑을 '라 레슈 비트린 la lèche-vitrine(윈도핥기)'라
고 부른 것은 그러한 전시, 디스플레이의 위력을 말한 것이 아니었을까.

부시코는 마가쟁 드 누보테에서 종업원으로 일하던 시절부터
디스플레이의 힘을 누구보다 잘 알았다. 그는 상품, 여성용 옷감

과 옷들이 우중충한 불빛 속에 있는 것, 가게 안이 어둡고 천장이 낮은 것을 보다 밝고 환하게, 널찍한 공간에서 전시할 수 있게 개선해나가기 시작했다. 상품을 팔기 위해서는 무엇보다 행인의 눈길을 끌고 걸음을 멈추게 하고, 출입문을 열고 들어올 마음이 일게 해야 한다는 걸 알았다. 부시코가 봉마르셰를 건축할 때 샤를 가르니에의 설계로 세워진 오페라 극장의 이미지를 원형으로 하여 지었다는 사실은 잘 알려져 있다. 그는 백화점의 외관, 건축물 자체부터 일종의 디스플레이 역할을 할 수 있어야 한다는 철학을 갖고 있었다. 봉마르셰의 외관은 그의 바람대로 "가게가 극장이고 손님이 관객"인 거대한 오페라로 연출되었다.

더불어 이 시기, 제2제정기부터 가스등의 보급으로 파리의 밤은 한층 환해지게 되었다. 그 전까지만 해도 켜놓아도 어두컴컴해 보이는 석유등밖에 없었다. 상점이든 아케이드의 쇼윈도든 밤이 되면 침침해 보이는 것은 당연한 일이었다. 이 당시 가스등과 그에 따른 환한 쇼윈도를 두고 '문명의 선물'이라고 표현한 이도 있었다. 게다가 봉마르셰 외관은 그 거리 무엇보다 화려하고 눈에 띄는 건물이었다. 그건 지금도 마찬가지다. 누구든 파리 생제르맹 데프레 거리에 가서 그 건물을 보면 한번쯤 들어가보고 싶은 마음이 절로 들지 않을까. 딱히 무엇을 사겠다는 작정 같은 게 없어도 말이다. 디스플레이에 관한 부시코의 관심과 열정은 여기서 끝나지 않았다. 전문적인 디스플레이어가 있어도 중요한 코너나 전시에는 직접 아이디어를 내고 참여했다.

1923년, 봉마르셰 홀에 백곰과 펭귄이 전시되었다. '북극'을 주제로 한 '백색 상품 세일' 행사 때였다. 지금 내가 보고 있는 사진 속엔, 백화점 홀에서부터 일층으로 올라가는 계단 양쪽에 얼음을 껴안고 있는 거대한 북극곰 두 마리가 나란히 놓여 있고 계단 위 전시대에는 수십 마리의 펭귄들이 화려한 조명을 받고 서 있다. 물론 이 초대형 곰들과 펭귄들은 진짜가 아니라 봉마르셰 종업원들이 만든 봉제인형이었다. 그러나 이 디스플레이는 당시 봉마르셰에서 가장 인기 있었던, 스펙터클한 전시로 기록된다. 백화점의 천재 부시코의 디스플레이 기본 원칙은 이것이었다. '불의의 충격을 통해 경이로움^{merveille}을 불러일으키는 것'. 때론 세련됨이나 색채의 조화에서 벗어난, 과감한 디스플레이를 한 것도 이런 이유에서였을 터이다. 세계 최대의 파이프오르간을 백화점 안에 설치한 사람, 백화점의 왕 워너메이커 또한 이러한 디스플레이의 중요성을 잘 인식하고 있었다.

    글쓰기에 관해, 특히 작가들에게 헤밍웨이는 일찌감치 이렇게 조언했다. 모든 것은 보는 것, 듣는 것에서 나온다네.
    악어를 만난 날로부터 일주일 동안, 나는 매일매일 백화점에 가 맞은편 소파에 앉아 있었다. 그리고 스케치를 하듯, 노트에 뭔가 써나가기 시작했다. 그동안 나를 보호해왔던 사람, 나를 보호해주던 엄마를 잃은 무력감에 빠진 한 남자 이야기였다. 걷는 것밖에는 아무것도 할 수 없었던 남자. 목이 말라 생수를 사러 들어간 백화점 지하에서 흰 블라우스에 검은색 조끼와 바지를 입은 한 여자를 보게 된다. 그녀를 뒤따라 에스컬레이터를 타고 위층으로 위층으로 올라간다. 그녀가 휴식 의자에 주저앉아 무연히 바라보는 것을 그도 옆자리에 앉아서 보게 된다. 악어. 그는 악어와, 근무시간 중에 악어를 보러 와 있는 백화점 직원인 여자, 둘을 동시에 바라본다. 십일 년 동안 키우던 거북이가 죽었는데 그 정든 거북이를 이 도시에서 정작 묻을 데가 없어 침울함에 빠져 있는. 나는 이런 문장을 생각해냈다. 너무나 달라서 가까이 할 수 없고 너무나 비슷해서 서로 밀쳐낼 수 없다면 그땐 어떻게 해야 할까. 그 남자와 여자. 그렇게 시작되는 이야기.

더 이상 악어를 볼 수 없게 된 날이었다. 나는 악어가 있던 자리에 얼마간 더 무춤히 앉아 있었다. 아직 잘 알진 못하지만 사귀고 싶었던 친구를 놓친 느낌이었다. 주섬주섬 노트를 가방에 챙겨 넣곤 집으로 돌아갔다. 그 후 한동안 도서관도 백화점도 가지 않았다. 어디든 가지 않았다. 그렇게 「100마일 걷기」라는 단편소설을 썼다. 소설 말미쯤, 그와 그녀의 이런 대사들이 나온다.

악어가 왜 갑자기 사라진 거냐고 나한테 물어봤던 거 생각나요? 사실은 그때 구층 특별전시장에서 가방이랑 구두 같은 피혁제품들을 판매하고 있었거든요. 그중에 악어나 가오리로 만든 비싼 특피 제품들을 만들어 파는 브랜드가 있었어요. 거기 사장님이 고객들 눈길도 끌고 매출도 올릴 겸해서 직접 기르고 있는 악어를 특별히 거기다 갖다놓은 거였어요.
그럼 지금 악어는 어디 있습니까?
사장님 집이라니까. 거긴 아마 안전할 거예요.

아무튼 한때 거기서 악어가 살았었잖아요.

지금도 있는지 모르겠지만 그때 내가 취재를 할 당시엔 '아스테드'라는 브랜드였고 위의 대화들은 모두 사실이다. 다른 동물도 아니고 집에서 악어를 기를 수 있다는 생각은 해보지 못했다. 지금도 별반 다르지 않지만 나는 모르는 게 너무나 많다. 지금은 가깝게 지내는 한 어른이 나를 처음 봤을 때 이렇게 말했다. 작가라면서 견문이 없어도 너무 없군그래. 애정이 안 느껴지는 충고였다면 다시는 그 사람을 만나지 않았을 거다. 그 말이 가슴을 찔렀으니까. 가슴을 찌르는 타인의 말이 대개 그렇듯 그것은 인정하고 싶지 않은 진실이었다.

그때 그 악어는, 지금도 잘 있을까? 문득문득 생각난다. 어쨌든 그놈은 내가 대도시 백화점에서 지금까지 본 처음이자 마지막 악어니까. 게오르그 짐멜이 메트로폴리스 삶의 특징 중 하나가 내외부적 자극에 의해 우리의 정서적 삶이 강화되는 거라고 했던 말, 그 의미를 아마 그때 처음 이해한 것 같다. 그 악어가 나에게 알려준 것은 또 있었다. 리처드 롱Richard Long이라는 예술가를.

그는 오랫동안 인적이 드문 황무지와 한적한 곳을 걸어다녔다. 그리고 그 길 위에 돌멩이를 늘어놓는 방식으로 선 같은 걸 만들어 자신의 흔적을 표시했다. 다트무어 지역이었다. 걸으면서 느낀 점을 한두 줄의 문장으로 남겼으며 사진으로 찍어 기록하였다. 사진을 위에서, 먼 데서 찍고 보자 그 길은 하나의 원이 되었다. 리처드 롱의 자연에 대한 낭만적인 태도에 마음이 움직인 사람들은 땅 위의 그 흔적을 롱의 '100마일 걷기^{a hundred mile walk}'라고 부른다. 오래 걸었으되 악어를 보기 전까지는 몰랐던 사실이었다. 소설은 이런 문장으로 끝난다. 저 거대한 태양의 눈에 나는, 우리는 어떻게 비칠까요. 지구라는 이 작은 정원 속의 우리는 말입니다.

남 앞에서 제 자식 자랑하는 팔불출처럼 본의 아니게 내 소설 이야기를 길게 해버리고 말았다. 그런 얼간이들을 나는 좋아하지만 말이다.

어느 날 백화점에서 만난 악어 한 마리. 그놈이 나에게 준 것은 단지 단편소설 한 편만이 아니었다. 그리고 내가 저를 처음 본 날 말 붙였을 때, 에이 나 좀 귀찮게 하지 마라, 그 말 뒤엔 혹시 '인간아', 이 한마디가 빠져 있었던 것은 아니었을까. 어쩌면, 그래 어쩌면 말이다.

지금은 없는 백화점을 위하여

학교 동문에서부터 좁은 뒷골목을 따라가면 나오는 동방플라자 지하에서 시간을 보내고 있을 때는 몰랐다. 내가 곧 오갈 데 없는 신세가 될 거라는 사실을. 아시안게임이 끝나자 88서울올림픽이 개최되었다. 1988년이 생의 특별한 해로 기억되는 사람들이 많을지 모르겠다. 나에게 역시 그러했다.

수업을 빼먹고 시청과 광화문 일대에서 어슬렁거리던 나는 그해부터 집에 들어앉게 되었다. 떨어진 대학 입시를 한 번은 더 쳐봐야 하지 않을까, 갈등하다 학원들이 밀집한 노량진 거리에서 시간을 보내기는 했지만. 그 시절, 그리고 그 이후로도 꽤 오랫동안 내가 세상과 불화했던 이유는 못 간 대학도, 가족도, 뒤늦게 앓기 시작한 사춘기도 아니었다.

자신의 꿈이 무엇인지 모를 때, 되고 싶은 모습이 어떤 건지 모를 때는 사방이 캄캄한 폐허 속에서 누군가의 손길을 간절히 기다릴 때의 심정과 비슷하다. 그건 사방이 벽으로 막힌 것과는 다르다. 어쨌든 나를 인도해줄 한줄기 빛, 손길 하나를 포기하지 않고 기다리고 있으니까. 정확히 말한다면 내가 대학에 가기 위해 세상

밖으로 나왔던 스물여섯 살까지, 오로지 집에만 틀어박혀 책만 읽었다는 말은 사실이 아니다. 대부분의 시간을 그런 식으로 보낸 것은 맞지만 그 시절부터 나는 걸었다. 이 도시를, 한강을 건너 나에게 처음 근대를 보여준 이 도시의 큰길과 구석구석 안 보이는 비좁은, 숨은 골목길들을.

어느 날 걸음을 멈추었다. 꽃샘추위가 있던 봄날이었다. 손이 시렸고 배가 고프고 다리가 아팠다. 봄옷을 입은 날씬한 마네킹들과 노란 나비와 봄꽃들로 화려하게 디스플레이 된 미도파 백화점 앞이었다. 매장 통유리로 내 모습이 고스란히 비쳤다. 치렁치렁한 블랙 카디건을 걸치고 있었고 뾰족구두를 신고 있었다. 어깨에 한 사코 메고 있는, 책들이 든 검고 큰 가방은 무릎께까지 축 늘어져 있었다. 그 당시 나는 가방에 거의 모든 것을 넣어갖고 다녔다. 생수, 책, 노트, 손전등, 초콜릿, 티슈 그리고 내가 사라져도 내가 누구인지 말해줄 수 있을 주민등록증. 마치 재난가방처럼. 어디로 가고 싶은지 몰랐으나 어디로든 떠나고 싶었다.

미도파 백화점 쇼윈도 앞에 오랫동안 서 있었다. 내가 그날을 지금도 생생히 기억하는 것은 그때 내가 본 쇼윈도 속의 꽃과 나비 때문이다. 나는 중얼거렸다. 얼마나 오랫동안 희망에게…… 그리고 입을 다물었다. 그 문장은 끝까지 다 말해서는 안 되는 그런 종류의 것일 테니까.

산동네에서 뛰어놀 땐 흙도 많이 먹었다. 학창 시절에는 많이 먹었어도 먹고 싶은 게 없었다. 지금은 꿈을 먹고 싶었다. 내가 가질 수 없는 화려한 세계, 빛나는 유리 저 너머에선 사월의 노란 꿈이 뭉게뭉게 피어오르고 원한다면 당신도 가질 수 있어, 이 세계로 진입할 수 있어, 속삭이는 듯했다. 그러나 어떤 꿈은 위험했다. 정말 가질 수 없는 어떤 꿈은.

돌연히 나는 등을 돌렸다.

그 화려한 장소를 떠나고 싶지는 않았다. 그 커다랗고 결코 무너질 것 같지 않은 건축물에, 봄의 유리창에 나의 일부를 기대고 싶었다. 누가 훔쳐갈 것을 크게 염려하듯 어깨에 멘 가방끈을 왼손으로 꽉 쥐고는 쇼윈도에 등을 기대고 선 채 오른쪽을 바라보았다. 길고 뾰족한, 어쩌면 그때 막 라이트온이 시작되고 있을 남산타워가 있는 쪽이었다.

그 밑에 학교가 하나 있었다.

나에게 문학을 가르쳐준 많은 작가들, 그들이 청춘을 보낸 장소였다. 내가 이 도시에서 가장 가고 싶은 곳. 거기는 안전할 것 같았다.

저녁은 아직 오지 않았다. 일 분 일 초가 천천히 흐르는 소리를 듣고 있었다. 인파로 휩싸인 그 거리에서, 미도파 백화점 쇼윈도에 등을 기댄 채 남산 밑을 가늠하고 있던 나는 현기증이 이는 것을 느꼈다. 그것은 여느 때의 아침, 무기력하게 이부자리를 털고 일어나 느낄 때의 어지럼증과는 사뭇 달랐다. 헬륨을 빵빵하게 채워 넣은 기구를 타고 하늘을 막 날기 시작한 그런 느낌이라고 할까.

일상은 지루한 것 같지만 누구에게나 극적인 사건은 일어난다. 일어난 그 순간 곧바로 극적인 거라고 알아차릴 때와, 시간이 아주 오래 지난 후에야 비로소 알아차리게 되는 그런 극적인 순간들이 있다. 그때가 나에게는 그런 순간이었을 것이다. 그때 내 모습, 내가 느낀 그 돌연한 설렘과 위로의 느낌을 기억한다. 그건 이 도시가 나에게 준 최초의 선물일지 모른다.

그날 이후 더 자주 그 거리에 나와 서성거리게 되었다. 쇼윈도를 보고, 이윽고 그런 순간을 기다렸다는 듯 마음이 가득 차오르면 뒤돌아서서 오른쪽을 오래 바라보았다. 어쩌면 내가 서 있는 시간만큼 미도파 백화점에 자주 들어가 구경하고 감탄했을 것이다. 아무도 나를 가로막진 않았지만 그 거리에서 내가 출입할 수 있었던 유일한 백화점이었다. 근처의 다른 백화점들은 도시의 패잔병 같은 나에겐 지나치게 화려하고 웅장해 보였다. 만만한 게 미도파 백화점이었다.

그 이상한 떨림을 느낀 날, 나는 늦은 밤 이불을 깔고 잠들었다. 그리고 꿈속에서 이런 목소리를 들었다.

시를 써라.

어떤 경험들은 사실이어도 너무나 허구처럼 느껴질 때가 있다. 그리고 그런 이야기들은 대개 타인의 공감을 이끌어내거나 설득력 을 만들어내기 어렵다. 이런 경험들에 관해선 그래서 지금껏 글로 는 한 번도 쓰지 않았다.

홀연히 나는 잠에서 깨었다. 새벽 네시였다. 부엌으로 가 식구들 밥 먹을 때 쓰는 플라스틱 호마이카 밥상을 갖고 와 그 앞에 앉았다. 동생들이 나란히 누워 자고 있는 머리맡, 책상은 그때 막 대학을 들어가고 고3이 된 자매들의 것이었다. 나는 밥상 위에 노트를 펼쳤다.

그때부터 썼다. 시와 유사하다고 생각되는 어떤 글을. 내가 쓴 것은 시도 산문도 어쩌면 아무것도 아닐지도 모른다. 그러나 스물세 살 봄의 나는 그 이전과 달라져 있었다. 문학은 더 이상 암흑의 영역이 아니었다. 미지의 영역도 아니었다. 가볼 수 있을 것 같았다.

쓰다가 손이 곱아오면 쪽문을 열고 나가 아궁이를 점검했다. 서로 달라붙어 안 떨어지는 연탄을 식칼 등으로 힘껏 내리쳤다. 연탄이 쩍 갈라지면서 숨어 있던 불꽃이 확 튀어오르곤 했다. 곧 따뜻해질 방으로 돌아가, 나는 쓰기를 멈추지 않았다. 삽으로 흙을 떠 산을 옮기는 심정이었다.

우리나라 백화점이 폭발적으로 팽창했던 1980년대까지 서울에서는 신세계 롯데 미도파 백화점이 도심의 3대 백화점으로 꼽혔다. 1988년부터 시작된 백화점의 황금기는 1995년까지 이어졌다. 그 이듬해 나는 남산 밑의 그 학교에 있었다. 의리를 저버리지 않느라 학교와 가까운 명동뿐만 아니라 미도파에 자주 나갔다. 그 거리에 나는 언제나 있었다. 조지아 백화점으로 출발했다가 한국전쟁 후 '미도파 백화점'이라는 상호로 다시 태어났던 미도파가 법정관리에 들어간 것은 1998년, 그리고 2002년에 결국 롯데에 인수되고 만다.

미도파 백화점이 사라졌을 때 내가 느낀 상실감은 표현하기 힘들다. 청춘 거리 건물 도시, 이 모든 것들이 모서리가 닳은 채 서서히, 흔적 없이 사라지는 것을 이쪽에서 물끄러미 지켜보고만 있어야 하는 심정이었다. 어쩌면 나는 그 백화점, 백화점이 있던 거리와 도시, 그 대상들에 어느 것과도 비교할 수 없는 동일시, 애정을 갖고 있었던 것은 아닐까. 어두운 장소, 구석진 장소, 옥탑방에 오래 있던 나는. 그러나 백화점이 있던 거리, 이 도시는 나에게 사회적인 첫 접촉을, 불가해한 친밀한 느낌을 준 장소로 기억될 거였다. 내가 잊지만 않는다면. 백화점이 사라진 자리에서 나는 그렇게 중얼거리고 있었다.

'도시에 대한 권리'는 '도시에서의 권리'와는 분명히 다를 것이다. 도시에서의 삶이 중요한 것은 차이를 발견하는 것과 만남이다. 이 도시에서 나는 불안한, 곧 어딘가로 떠밀려가야 할 임시의 거주자가 아니라 여기가 바로 나의 총체적 삶의 터전이라는 발견, 만남을 느낄 권리가 그때 있었던 것이다. 꿈꿀 권리가 있었다. 백화점 쇼윈도에 등을 기대고 서 있던 그때 나는 나에게 질문했다.

난 지금 행복한가? 그렇지 않은가?

기구에 올라탄 어지러움과 떨림 때문만은 아니다. 나는 내가 그때 행복하다고, 이런 감정을 느낀 이 마음의 상태가 행복이라는 것을 알았다. 이 도시가 나에게 준 첫 번째 접속을 느꼈기 때문이다. 맨발의 궁수처럼, 뒤꿈치를 살짝 들고 조심조심 나는 집을 향해, 한강이 있는 쪽을 향해 걸어가기 시작했다.

탐험인지 모르고 했던 그 도시 탐험은 그 후로도 계속되었다. 풍경의 전체를 보고 싶었다. 그래야 비난을 할 자격도 찬가를 부를 수 있는 순간도 주어질 테니까.

나는 몸으로 도시를 느끼고, 자연은 책을 통해 배웠다. 그러나 도시와 자연은 처음부터 나에겐 하나였다. 동일한 대상이었다. 훗날 애니 딜라드가 쓴 『자연의 지혜』를 읽다가 무척 놀란 적이 있다. 어느 날 팅커 냇가를 따라 산책을 하던 애니 딜라드는 머릿속으로만 알던 "빛이 깃든 나무"를 보게 된다. 그 작가가 숲에서 발견하고 싶어 했던 바로 그 나무였다. 나무는 불처럼 타오르고 있었다. 그리고 그녀는 이렇게 쓴다. "나의 전 생애 동안 나는 하나의 종^鐘이었다. 무언가 나를 들어올려 두들길 그때까지 나는 내가 종인 줄을 몰랐다."

도시 한가운데서 나는 그 나무를 보았다. 빛이 깃든 그 나무는 나를 들어올려 종처럼 두들겨주었다. 여기까지 오게 해주었다.

이 책은 그날, 아래위로 검은 옷을 차려입은 스물세 살의 컴컴한 내가 미도파 백화점, 화려한 봄의 쇼윈도 앞에 서 있던 그 장면으로부터 시작되었다.

"새가 왔다.
탄생하려고 빛을 가지고 "

_ 파블로 네루다 _

종이를 경배하라

올라갈 때는 느리고 천천히, 내려갈 때는 빠른 속도로 내려가고 싶다. 그것도 급격히, 미련을 남기지 않겠다는 태도가 중요하다. 그곳이 어디든 마찬가지다. 십층에서는 엘리베이터를 탄다. 쇼핑백을 든 사람들 틈에 섞인다. 에스컬레이터와 더불어 백화점 내부에 있는 또다른 수송기관이다.

만약 당신이 엘리베이터를 기다리는 동안 초조해진다면 그건 당신이 지금 무엇인가 기다리고 있다는 것을 의식하고 있기 때문이다. 즉 시간에 쫓기는 사람인 것이다. 실제 대기 시간과 감각적 대기 시간은 다르다. 초조감이 커질수록 대기 시간은 길어진다. 그럴 땐 엘리베이터 주변으로 눈을 돌리는 게 좋다. 안내판이나 광고, 홍보물 혹은 뉴스나 일기예보가 나오는 화면, 어쩌면 팔등신 모델의 사진이 붙어 있을지 모른다. 그러한, 엘리베이터를 기다리는 동안에도 초조감을 느끼는 이용자들을 배려한 아이디어다.

우리가 이렇게 높은 데 서 있을 수 있게 된 것은 전적으로 이 엘리베이터 덕분이다. 엘리베이터가 발명되고 나서야 고층빌딩들이 만들어지기 시작했다. 고층빌딩들 중에서 엘리베이터를 가장 먼저 설치한 건물도 백화점들과 박람회장이었다. 1889년, 파리 만국 박람회에서 사람들의 이목을 집중시킨 것은 높이 307미터, 당시 세계에서 가장 높은 건조물인 에펠탑이었다. 에펠탑 안에 있던, 한

꺼번에 승객 구십 명을 운반했던 분당 60미터 속도의 사행 엘리베이터. 그리고 2011년 2월. 나는 십층에서부터 약 10갈^{Gal}의 진동을 느끼며 0.9㎨의 가속도로 떨어지고 있는 중이다. 이 움직임엔 낭

비가 없다.

지

하

다.

어느새 나도 여러 개의 쇼핑백을 들고 있다. 백화점 로고가 들어 있는 쇼핑백도 있고 브랜드 자체에서 만든 쇼핑백도 있다. 내가

볼 때마다 신기해하는 것이 있는데 그게 바로 정교하게 접어 만든 상자들이나 이 쇼핑백들이다. 종이로 물건을 담고 운반할 수 있는 이런 형태를 만들다니. 게다가 디자인도 다양하고 세련되었다. 어

떤 쇼핑백이나 상자는 책상 위에 장식품처럼 올려두고 계속 바라보고 싶은 것도 있다. 대체로 크기가 작으면서 단단한 것들, 네 귀

가 딱딱 맞는 것들.

환경보호나 물자절약의 차원에서 쇼핑백을 아껴 쓰고 안 쓰는 캠페인을 실행했던 적이 있다. 쇼핑백을 사용할 때마다 동전을 내

야 했던 기억도. 어느 틈엔가 흐지부지돼버린 감이 있긴 하지만 말

이다.

우리 집에서 쇼핑백의 쓰임은 신문지만큼이나 다양하다. 어디 선물 같은 것 담기 좋은 쇼핑백은 따로 모아두었다가 적절한 때 골라 쓴다. 백화점용 쇼핑봉투는 피아노 의자 밑에 두곤 일간지들과 폐휴지들을 한데 모으는 데 쓴다. 일간지들을 반으로 접어 넣으면 딱 들어맞는다. 코팅된 단단한 쇼핑백은 생수나 캔맥주 같이 무게가 나가는 것을 담아 매일 집에서부터 작업실을 오갈 때 들고 다닌다. 로봇이나 만화 캐릭터가 그려진 쇼핑백들은 조카들이 각각 제 물건을 담아 엄마아빠 놀이를 할 때 쓴다. 집에 수납공간이 없는 터라 계절이 지난 옷들이나 CD들, 일 년 동안 받은 편지나 우편물들, 버려야 한다는 걸 알면서도 못 버리는 물건들을 담아 차곡차곡 벽에 세워두거나 책장 위에 올려둔다.

어떤 쇼핑백이나 종이봉투도 찢어지기 전에 먼저 버리는 법은 없다. 백화점에 오면 가능한 한 나는 여러 개의 쇼핑백을 가져온다. 그래서 어떤 매장에 들렀을 때 점원이 물건을 내주며 같이 넣어드릴까요? 하고 물어오면 배시시 웃으며 아뇨, 라고 거절한다. 이런 거절을 유독 자주 해야 하는 백화점이 있다.

도쿄 신주쿠 지하도나 그 근처 거리를 걷다보면 똑같은 쇼핑백을 들고 다니는 사람들이 자주 눈에 띈다. 주로 짙은 녹색의 타탄 체크무늬 쇼핑백이다. 계절에 따라서는 오렌지, 레드 같은 다양한 색으로 바뀌기도 하지만 타탄체크인 것만은 변함없다. 모두 이세탄 백화점의 쇼핑백들이다. 다른 백화점 쇼핑백을 들고 있어도 이세탄 백화점 점원들은 상냥하게 한군데 담아드릴까요? 묻는다. 쇼핑할 땐 손이 자유로워야 한다. 손님들은 대개 그렇게 해달라고 대답한다. 그 근처에 타탄체크 무늬 쇼핑백을 들고 다니는 사람들이 유난히 많이 눈에 띄는 이유다.

물론 이것은 고객을 배려하는 이세탄 백화점의 잘 알려진 서비스 정신에서 나왔을 것이다. 그러나 한편으로 이것 역시 숨은 마케팅의 한 방법은 아닐까 추측하지 않을 수 없다. 신주쿠 일대에서 그 쇼핑백을 들고 다니는 사람들이 너무 많자 혹시 이세탄에서

세일을 하나? 하고 일부러 백화점에 들르는 사람도 있다고 한다. '고객이 떠나지 못하는 곳, 이세탄 백화점의 비밀'이라는 부제가 달린 『마케팅은 짧고 서비스는 길다』라는 쿠니토모 류이치의 이

세탄 백화점에 관한 책을 읽다보면 이런 사실도 알게 된다. 이세탄 백화점의 쇼핑백이 타 백화점의 것보다 크게 만들어졌다는 소문이 돌기도 했다. 그러나 실제로 사이즈를 재보니 별반 차이는

없었다고 한다.

이세탄 백화점에 가면 쇼핑백을 좋아하는 나조차도 어느 땐 네, 다 같이 담아주세요, 라고 말할 수밖에 없게 된다. 아무리 작은 상품이라 할지라도, 그러니까 양말 한 켤레나 스티커 한 장을 사도

모두 그 체크무늬 쇼핑백에 담아주니까. 백화점 쇼핑백의 사이즈가 그렇게 다양한 데 놀랐다.

내가 더욱 감탄하게 되는 쇼핑백은 화장품 매장에서 주는 사이즈가 가장 작은 것들이다. 연필보다 작은 마스카라 하나만 넣었는데도, 지우개만 한 아이크림 하나만 넣었는데도 테이블 위에 올려

두면 쓰러지기는커녕 여봐란듯이 당당하게 서 있다. 큰 쇼핑백은

어깨에 메고 다니기도 손에 들고 다니기도 부담스럽다. 거기엔 대체로 로고 같은 게 큼직하게 박혀 있으니까. 기호로서의 역할을 눈에 띄지 않게 하는 것이 나는 좋다.

작고 단단해 보이는 쇼핑백을 가만히 보고 있으면 종이를 몇 번 접고 풀칠을 하는 것만으로도 그런 형태를 만들 수 있다는 데 새삼 놀라게 된다. 그런데 대체 누가 이런 걸 만들었고, 우리는 언제부터 이런 종이가방들을 상점에서 사용하게 된 것일까.

손잡이가 달린 쇼핑백이 나오기까진 시간이 걸린다.

종이봉투가 최초로 만들어진 것은 1840년대 영국 브리스틀에서라고 한다. 그러나 모든 첫 번째 디자인이 그렇듯 이 종이봉투는 완벽할 리 없었다. 봉투 밑면이 서류봉투처럼 밋밋해서 물건을 담는 데 불편했기 때문이다.

마거릿 E. 나이트라는 여성이 있었다. '19세기 미국의 가장 유명한 여자 발명가'로 알려진 사람이다. 여러 임시직을 전전하던 십대 후반의 그녀가 일한 회사 중에 '콜롬비아 종이봉투 회사'가 있었다. 결국 밑바닥이 평평한 종이봉투는 그 회사의 기계와 마거릿의 발명으로 기록된다. 특허권엔 '마거릿 E. 나이트의 종이봉투 제조기계 단면도'가 묘사돼 있고 종이 밑바닥의 형태는 현재 우리가 사용하고 있는 종이봉투, 그것과 같다.

마거릿의 봉투와 달리 봉투를 접어 좀더 보관하기 쉽도록 종이 윗면과 옆면에 아코디언처럼 잡은 주름으로 특허를 받은 루터 C. 크로웰의 종이봉투도 있다. 루터의 주름은 쓰임새뿐만 아니라 디

자인에서 중요한 것은 디테일이라는 사실을 종이봉투에서 보여준
사례로 남는다. 주로 식료품을 담는 데 쓰이는 이 봉투의 재료는

크라프트^{Kraft} 종이라고 알려져 있다. 독일어로 힘과 박력을 의미한
다. 소나무 같은 침엽수에서 뽑아낸 펄프로 만든다. 그러나 이 두

사람의 봉투는 여러 개를 한꺼번에 들고 운반하기엔 적절하지 않
았다. 상점의 쇼핑카트에서 자동차, 혹은 집까지.

　1910년경, 미네소타에서 식료품점을 운영하던 월터 E. 듀브너

라는 사람이 고객들이 짐을 든 채 쩔쩔매는 모습을 보고는 봉투에
끈을 달면 어떨까? 궁리했다. 봉투에 필요한 것은 손잡이처럼 보
였던 것이다. 현재의 쇼핑백은 이런 여러 사람(그 밖에 찰스 스틸웰

이나 로버트 멘트켄 같은)의 발명과 아이디어로 완성되었다.

　한때 비닐봉투의 사용량이 급격히 는 적이 있다. 종이봉투보다
무게를 더 견딜 수 있고 들고 운반하기 편하다는 이유에서였다. 미

국 마트에서 이 비닐봉투를 사용하기 시작한 시기는 1970년대 중
반이라고 한다. 폴리에틸렌을 압출하여 만든 비닐봉투의 사용량
이 줄어들기 시작한 이유는 환경문제 때문이었다. 비닐봉투를 재

활용해 쓰고 장바구니나 천가방이 권장되었다. 백화점마다 에코
백을 디자인하고 만드는 데 주력했던 것도 불과 얼마 전의 일이다.

　오늘날 이 "혼자서 똑바로 서는 최초의 봉지"인 종이봉투는 매

년 250억 개 이상 사용되고 있다고 한다.

　백화점 지하에 '상품관리과'라는 부서가 있다. 백화점에서 쓰
이는 모든 쇼핑백과 비닐백을 관리하는 곳이다. 백화점 로고가 들

어간 포장지와 끈도 여기서 관리한다. 어느 팀에서 몇 개 사용하는 지 기록한다. 총 세 명의 직원이 근무하고 있었다. 사내에서의 호칭은 선생님이다. 하루에 쇼핑백이 몇 장쯤 쓰일까 궁금해서 물었더니 스무 박스쯤 사용된다고 한다. 한 박스에 이백 장. 비닐백은 현재 유상이다.

'종이'와 관련하여 언급하자면 상품관리과가 있는 여기 지하 이층에 '집배실'이라는 데가 있다. 처음에 나는 집배실이 백화점에서 오는 DM 같은 것을 보내고 분류하는 곳인 줄로 짐작했다. 그러나 DM에 관한 일은 따로 외주를 준다고 한다.

집배실에서 하는 일은 크게 두 가지다. 택배회사를 통해 고객에게 물건을 배송하는 일, 그리고 백화점으로 물건을 싣고 오는 각종 브랜드들의 차량에서 물건을 접수하는 일이다. 집배실 바로 앞은 주차장이다. 배달 차량들에서 누군가 커다란 종이박스들을 내리고 있었다. 집배실에서 근무하는 여직원의 호칭은 여사님.

백화점 내부 이곳저곳을 다녀보았지만 이곳, 집배실과 상품관리과를 둘러보고 나올 때 더없이 침울해졌다. 누구라도 이런 지하에서 히루 종일 근무하고 싶진 않을 것 같다는 생각이 스쳤기 때문일 거다. 매번 노동에 대해 생각하는 일은 쉽지도 간단하지도 않다.

백화점에서 재생종이가 쓰이기 시작한 것은 대략 1990년대 초다. 에콜로지라는 말이 등장하고 재활용 상품과 절약형 상품들이 팔려나갔다. 거품경제가 사라지고 전 세계적으로 불황의 그림자가 드리워지기 시작했던 것이다.

어쩌면 나는 종이가 귀했던 시절을 기억할 수 있는 마지막 세대에 속할지 모른다. 부모는 내가 글자를 익히기 전부터, 그 살림 속에서도 일간지 두 종류를 구독해왔다. 읽고 난 신문 활용법은 일찌감치 부모에게 배웠다. 지금도 동생들 집에 가면 내가 불편을 느끼는 이유는 종이신문을 구독하지 않는다는 데 있다. 신문을 신문이 아니라 이젠 '종이신문' 이라고 표현해야 하는 것도.

지금 나는 저 희고 깨끗한 더블에이 용지를 마음껏 쓰는 사람이 되었지만 한 장 한 장 아껴 쓰려고 한다. 파지 뒷면은 단어를 외울 때 쓰고 조카들이 그림 그릴 때 쓰고 가족들의 메모용지로 쓴다. 다른 것은 아껴 쓸 줄 몰라도 종이에 관해서라면 남다른 태도를 갖고 있다. 나에게 종이란 나무와 동일한 단어다. 책과 다르지 않은 말이다.

종이에도 따뜻한 피가 흐르고 있는 것일까? 조금만 손을 대고 있어도 온기가 느껴진다. 어떤 형태의 종이든, 나는 언제나 매혹당한다. 책을 훔쳐본 적은 없다. 내가 백화점에서 남몰래 가져간 것 한 가지. 공중전화 부스에 놓인 메모용지다. 그것도 꽤 여러 번. 종이가 좋아서 그랬다. 백화점 로고가 조그맣게 새겨진, 아직 아무것도 안 쓰인 그 메모용지가 탐나서. 쇼핑을 하느라 지출을 너무 많이 한 날, 나 자신에게 화가 나서 에잇, 이 백화점에서 이거라도 공짜로 가져가야지, 그런 마음으로 덥석 집어간 적도 있다.

휴대전화가 보급되고 백화점 내 공중전화 부스가 줄어들기 시작하면서부터는 그만두었다. 취재 간 김에 옛날 생각이 나 공중전화 부스를 슬쩍 들여다보았다. 아직도 그런 메모용지가 있나?

있었다. 예전처럼 많이 놓여 있지는 않았다. 가져오지 않았다.

여기 지하 일층, 포장 코너를 둘러보다가 종이 이야기를 좀 해봤다.

내게 무상으로 주어진 세상의 모든 종이들을 경배한다는 말을.

이러나저러나 쇼핑을 마치고 집으로 돌아가면 맨 마지막까지, 찢어지지 않고 남는 종이는 아아, 역시 영수증들인 것이다.

에드거 앨런 포의 단편소설 「군중 속의 남자」는 '나'라는 화자가 어느 가을 저녁 런던에 있는 D라는 커피하우스의 커다란 유리창 가에 앉아 사람들을 지켜보는 장면으로부터 시작한다. "모든 것에 차분하지만 들뜬 관심"으로. 그러다가 많은 사람들 속에서 한 남자를 발견한다. 그 남자는 다른 이들과 달랐다. 어떤 절대적인 특질이 느껴졌다. 그를 관찰하는 동안 나는 거대한 정신력, 냉정함, 탐욕 그리고 절대적인 절망과 매혹을 느낀다. 나는 그에게서 이런 것을 발견한 것이다. "거친 이야기가 가슴속에 쓰여" 있다는 것을.

이런 경우도 있다. 『행복의 건축』을 쓰기 위해 자료조사차 간 파리에서, '셰르 앙투안' 카페에 앉아 있던 알랭 드 보통은 이렇게 생각한다. "한쪽 구석 탁자에 앉아 세상을 지켜보며 살 수 있다면 그보다 더 행복한 일이 없겠다"라고 말이다.

나는 지하 일층 카페에 앉아 있다. 이곳은 스타벅스일 수도 있고 폴 바셋 카페일 수도 있다. 그저 빈 의자들이 모여 있는 장소일 수도 있다. 그러나 커피를 마실 수 있고 잠시 앉아 있을 수 있는 곳. 맞은편은 슈퍼마켓이다. 그곳에 가려면 약간의 기운이 필요하다.

지금껏 잘 통제해왔던 구매욕을, 나의 경우엔 곧바로 잃어버리기 십상이니까. 커피를 마실 수 있고 앉아 있을 수 있는 곳. 그리고 사람들을 바라볼 수 있는 장소. 이런 데라면 나는 어디나 내 집처럼 익숙하다.

작업실을 갖게 된 것은 불과 삼 년 전이다. 십여 년이 넘도록 책과 노트, 필통, 노트북을 챙겨 넣은 무거운 가방을 메고 거리를, 카페들을 돌아다녔다. 대개는 광화문이었다. 그 거리는 서울에서 내가 집이 있는 관악구 다음으로 가장 잘 아는 장소였다. 카페들, 잠시라도 앉아 책을 읽을 수 있을 만한 곳이라면 가보지 않은 데가 거의 없다. 아무리 시끄러운 실내라고 해도 집중해서 책을 읽고 원고를 쓸 수 있는 버릇은 그때 생겼다.

나는 실내에 함께 있는 사람들, 지나다니는 사람들을 물끄러미 지켜본다. 그런 일은 결코 싫증나는 법이 없다. 그러다 한 남자를 발견한다. 한 여자일 때도 있다. 거친 이야기가 가슴속에 쓰여 있는 사람들, 슬픈 이야기가 쓰여 있는 친밀한 타인들. 그들이 가진 절대적인 특질들을 놓치려 하지 않았다. 모든 지켜보는 행위와 시간은 그런 것을 가능케 했다. 군중 속의 한 남자와 한 여자, 그들의 뒤를 말없이, 여러 번 따라갔다. 그러나 대개는 등을 구부리고 이렇게 앉아, 커피나 마시면서 창밖을 그저 지켜보며 살 수 있다면, 하고 생각하는 경우가 대부분이다.

주위는 소란스럽다. 퇴근시간이고 백화점 인근 아파트 주부들이 손지갑만 든 채 슈퍼마켓으로 장을 보러 오는 시간. 카페 공간도 넓을 리가 없다. 듣고 싶지 않아도 옆 테이블, 뒤, 앞 테이블에 앉은 사람들이 하는 이야기들이 다 쏟아진다. 나는 이런 소음이 좋다. 소음들이 만들어내는, 부풀어오르는 이야기의 가능성들이. 혼자 군중 속에 섞여 있어도 혼자라는 느낌이 들지 않는다. 아무도 나를 주시하는 사람이 없기 때문이다. 이런 웅성거림 속에서 나는 자유롭다고 느낀다. 이런 경우 괴테가 "모두가 있는 곳에서, 나는 아무것도 아니다"라고 한 고백은 혹시 그 자유 속에서 나온 감정은 아니었을까.

그러다 문득 이게 무슨 냄새지? 어디서 이런 좋은 냄새가 나지? 코를 킁킁거리게 된다.

빵 냄새다.

기억하는가? 프루스트 현상을.

영풍문고에서 책을 팔고 난 후 나는 다시 터덜터덜 집으로 돌아오게 되었다. 여러 날, 밤새 뒤척였다. 지갑을 챙겨들고 집을 나섰다. 봉천로 사거리, 서울제과기술학원으로 가 등록했다.

지금 생각해도 그건 이상한 행동이었다. 행복해지고 싶어서 한 선택이, 잠자코 책상 앞에 앉아 글을 쓰는 일이 아니라 빵 만드는 일이라니. 어떤 감정의 기저핵 같은 게 작용한 것이었을까. 글 쓰는 일만으로는 내가 쉽게 행복에 도달하지 못하리라는 짐작을 했는지도 모른다. 그 당시만 해도 행복이라는 게 정말 엄청난 것, 어마어마한 어떤 순간이라고 여겼으니까.

작가가 되자마자 미래에 대해 생각했다. 보장된, 아무것도 없었다. 음식을 만들고 빵을 굽는 일. 그런 일이라면 글 쓸 때처럼 밤마다 좌절하지도 않고, 어떤 것을 간신히 해낸다, 라는 느낌은 들지 않을 것 같았다.

그 어느 때보다 성실하게 제빵학원을 다녔다. 수업이 끝나면 마지막까지 남아 청소를 하고, 잘 만들지 못하는 빵의 종류들, 크루아상이나 바게트는 학원에 오래 다니고 있는 동기들에게 물어보고, 그들의 비밀 노트를 빌려보기 위해 차를 사주기도 하고 그랬다. 한 반이었던 수강생들 중 몇 명을 제외하곤 고등학교를 막 졸업한, 나와는 나이차가 많이 나는 남학생들이었는데 제빵사 시험에 합격하여 취업하는 게 꿈이었다. 밀가루 반죽으로 서로 장난을 치게 되기까지는, 시간이 좀 걸렸다.

어느 날 발효기에 반죽을 넣고 발효가 되기를 기다리는 동안 팔짱을 지른 채 창밖을 내려다보고 있었다. 병아리처럼 노란색 모자와 원복을 입은 유치원 아이들이 두 줄로 서서 횡단보도를 건너고 있는 게 보였다. 아닌 게 아니라 창밖엔 봄이 완연했다. 아직도 너무나 밝은 많은 빛들이 세상엔 가득해 보였다.

그때 무슨 생각이 들었을까?

나도 모르게 어떤 이야기를, 하나의 제목을 떠올리고 있었다. 이십 분 후. 발효가 다 되었다는 신호음이 들리고, 나는 창에서 천천히 몸을 돌렸다.

다음 날은 일 년에 두 번 있는 같은 반 수강생들의 실기시험일이었다. 나는 그들에게, 시험을 앞두고 초조하고 불안해하는, 이제 내일부터 만나지 못하게 될 그들에게 인사를 했다. 그다음 날 동네 커튼집에 가 두꺼운 감을 끊어와 뾰족한 고리 핀으로 창문에 걸었

다. 그리고 첫 문장을 쓰기 시작했다. 당신. 이제 당신에게 식빵 이
야기를 하고 싶어.

1996년 오월이었다. 아카시아 향기에 관해 말했던 그때 그 시
절. 글 쓰다 잠시 쉬는 늦은 오후나 한밤중에만 커튼을 젖혀놓았다.
십칠 일 후, 경장편 한 편을 완성했다. 소설 등장인물들 중 강여진

이라는 가명으로 문학동네 제1회 신인작가상에 응모해놓곤 제주
도로 내려갔다. 삼방산 근처, 한 소박한 집에서 그해 가을까지 민박
했다. 첫 책이 된『식빵 굽는 시간』이야기다.

그 글을 쓰기 위해 일부러 제빵학원에 다녔다면 아마도 쓰지 못
했을지 모른다. 그랬다면 마냥 즐겁고 신기하고 새로운 것을 배우
고 만든다는 순수한 기대감만으로 학원에 다니지 못했을 테니까.

또 무엇엔가, 써야 한다는 강박에 짓눌려 있었을지 모른다. 그러나
빵을 만들고 있어도 나의 일부는 여전히 소설 생각을 하고 있었던
모양이다. 그런 느낌은 요리를 배울 때도 마찬가지였다. 그림을,

외국어를 배우러 다닐 때도.

그러지 않으려고 해봐야 소용없었다. 책상에서 도망칠 거야, 라
고 결심하고 눈을 딴 데 팔아도 결과는 마찬가지로 나타났다. 내가

경험하고 보고 배우고 깨우치는 모든 것들이 글이 되는, 그런 삶을
살기 시작했다는 것을 오랫동안 깨닫지 못하고 있었다.

제빵학원은 그 후로 가보지 못했다.

지금도 나는 어디선가 빵 냄새를 맡게 되면 1996년 오월로 순
간이동하는 듯한 환상에 빠지곤 한다. 그러나 같은 냄새를 맡게

되어도 그때 그 시절로는 돌아갈 수 없다. 지금 내가 맡고 있는 빵

냄새는 다시는 돌아올 수 없는 시절에 대한 향수나 그리움의 일종인 셈이다. 롤랑 바르트가 자신의 경우 냄새에 관한 기억이나 욕망, 불가능한 회귀는 프루스트와 다르며 그것은 "더 이상 되돌아오지 않을 것으로부터 바로 냄새가" 자신에게 돌아온다고 썼던 「냄새들」이란 짧은 글을 기억한다. 더 이상 되돌아오지 않을, 절대의 냄새.

……빵 냄새를 따라, 나는 고개를 쑥 빼곤 주위를 둘러본다. 백화점 지하 식품매장이라면 어디에나 있는, 베이커리들에서 나는 냄새다. 한 손에 빵을 얹은 쟁반을 든 사람들이 계산대 앞에 길게 줄 서 있다. 빵이란 게 그렇지 않은가. 좋아하든 그렇지 않든 우선 냄새에서부터 우리를 끌어당긴다. 내가 썩 좋아하진 않아도 옆 사람, 가족을 위해서 한 봉지 사갈까? 하는 가볍고 흔쾌한 마음이 드는. 미츠코시 본점 지하매장에 가면 한 베이커리가 있다. 하루에 두 번, 갓 구워낸 옥수수빵이 나온다. 생긴 것도 맛도 특별하지 않다. 그러나 빵이 나오는 시간엔 믿지 못할 만큼 긴 행렬이 늘어서 있다. 가난했던 시절, 1960년대 급식시간에 보급되었던 빵이라고 한다.

그런데 왜 베이커리들은 꼭 이 지하 식품매장에 있는 것일까?

갓 구워낸 빵이 주는 이미지와 냄새. 우리는 그 냄새를 맡게 됨으로 해서 허기를 느낄지 모른다. 기름 냄새, 도넛에 뿌려진 흰 설탕을 통해서 집의 부엌을 연상하게 될지도. 장바구니를 든 채 저도 모르게 빵 냄새를 따라간다. 그러다 무심코 빵 한 덩어리를 집어 들게 된다. 그 행위, 빵을 사는 행위가 이미 매장을 배치할 때부터 중

요하게 논의된 감각 마케팅이라는 사실을 알지 못한 채 말이다. 빵
냄새가 풍기고 슈퍼마켓의 다양한 식품들이 눈앞에 있다. 고객의

후각과 시각을 자극하기 절적한 공간이다. 즉, 마케팅에서의 새로
운, 고객의 감각을 확장시키는 능력을 뜻하는 '확산proliferation'의 전
략이다.

　저녁이 가까워 오는 시간. 빵들은 금방 동이 난다. 흰 조리복을
입은 제빵사들이 갓 구워낸 빵을 매장 진열대에 수시로 채워 넣는
다. 나는 커피를 한 잔 더 주문한다. 등단하자마자 더 커진 두려움

때문에 그때 소설을 못 쓰고, 계속 빵 만드는 일을 했더라면, 제빵
시험에 합격하고 취직이 되었더라면, 상상해볼 때가 많다. 미련이
남아서가 아니다. 핑계를 둘 수 있어서다.

　물품보관소 외에 백화점에서 내가 일하고 싶은 다른 매장. 거기
가 저 베이커리다. 말쑥하게 조리복을 차려입은 채 어쩌면 분주히,

나의 특별한 자질을 드러내보일 수 있었던 곳. 뭔가를 간신히 해낸
다는 느낌은 버릴 수 있었을지 모르는. 나는 사과파이와 식빵을 잘
구웠었다.

　지금도 오후가 되면 종종 조카들을 데리고 식탁에 앉아 같이 머
핀을 반죽하고 와플을 만든다. 기계는 사용하지 않고 팬으로 한다.
그래야 '굽는다'라는 느낌이 들기 때문이다. 와플이 구워질 때의 냄

새는 정말 달콤하다. 벌꿀색으로 잘 구워진 와플에 눈 같은 슈가파
우더를 살살 뿌리고 과일이나 녹차 아이스크림으로 토핑한다. 디즈

니 만화 캐릭터 접시를 각자 손에 든 조카들이 와와, 신나서 소리친
다. 이런 시간, 행복은 어떤 굉장한 것이 아니라 지금처럼, 다른 여

느 순간보다 조금 더 나은 순간이라는 생각을 하게 된다.

「냄새들」의 마지막에서 롤랑 바르트는 이렇게 절망적으로, 희극적으로 고백한다. 나는 냄새들을 미치도록 회상한다. 결국 나이가 든 것이다.

어떤 그리운 냄새를 자주 돌이키게 된다면 결국 나이가 든 게 사실일 거다. 개인적으로 나는 서른일곱 이후로 젊음에 대한 자부심은 잃어버렸다. 에스트로겐 수치도 눈에 띄게 줄어들고 있을 것이다. 그런 만큼 나는 나의 테스토스테론에 대해 생각한다. 나이가 들수록 늘어가는, 무엇엔가 더욱 집중할 수 있으며 자신감을 이끌어낼 수 있다는 그 호르몬에 대해서.

빵 냄새. 이것이 어느 젊은 시절에 관한, 나의 압도적인 프루스트 현상이다. 어떤 무엇보다 삶이 먼저라는 것을 몰랐던 청춘 시절에 대한.

백화점 카페. 다양한 얼굴들이 보인다. 이 군중 속의 남자와 여자들. 쇼핑한 것을 후회하는 듯한 표정, 앞의 슈퍼마켓에 가서 살 목록을 점검하는 듯한 표정, 집에 돌아갈 일이 걱정인 것 같은 표정, 그리고 무덤덤한 얼굴들, 지나가는 사람을 뚫어지게 바라보고 있는 사람들, 오로지 자신에게만 몰두해 있는 사람들. 내 얼굴도 그럴 것이다. 파이 조각을 잘라놓은 듯, 그 모든 표정을 다 담은 얼굴로.

거친 이야기가 가슴속에 쓰여 있는 얼굴을 보면 지금도 가만히 그 뒤를 따라가보고 싶다. 여보세요, 하고 말 걸고 싶다. 그러나 카페에 앉아 하게 되는 것, 그것은 결국 타인을 관찰하는 일이 아니다. 자신을 들여다보는 시간이다. 내 속에 쓰인 이야기를 차곡차곡 불러내는 시간.

　지금도 원고를 다 쓰고 나면 프린트아웃한 원고와 넷북을 들고 카페로 간다. 주로 창가에 앉는다. 지금처럼 식품매장이 맞바라보이는 백화점 지하 카페에 올 때도 있다. 넷북을 켜고 마치 필사하듯 첫 문장부터 새로 다시 타이핑한다. 주변은 웅성웅성, 시끄럽다.

커피 머신에선 때로 굉음이 난다. 그러나 상관없다. 소설을 쓰는 건 골방에서, 고치는 작업은 시장에서 한다. 어떤 땐 문장을 완전히 새로 고칠 때도 있다. 객관적으로 보고 읽을 수 있어서다. 개방형의

장소는 그런 것을 가능케 한다. 프란시스 베이컨이 '선술집'이라고 정의했던 커피하우스에서. 나는 에스프레소, 아메리카노를 번갈아

가며 쓴 줄도 모르고 연신 마신다. 때때로, 씨앗을 머리에 이고 땅에서 나오는 커피의 싹을 떠올리기도 한다. 원고가 다 완성되면 소

리 내서 읽고 또 고친다. 주변 소음들 덕분이다. 다 되었다, 라는 느낌이 들면 주섬주섬 짐을 챙겨 집으로 간다. 작업실이 없던 시절부

터 들인 나의 작업 방식이다.

　자, 이제 행장을 꾸리듯 신중히 내 옆엣것들을 살피고 챙긴다. 자리에서 일어나 반듯하게 의자를 밀어넣는다. 맞은편, 슈퍼마켓

으로 갈 시간이다. 이 백화점에서의 마지막 장소로.

닭집이 있었다

학교에 가는 것보다 시장에 가는 것이 더 좋았다. 미취학아동이었
을 때는 거의 매일 엄마를 따라 시장에 다녔다. 그때만 해도 동네
아주머니들 사이에서 일수日收라는 게 유행이어서 그랬는지 기억
속의 엄마는 매일 시장에 다녔고 나는 장바구니를 든 채 엄마 뒤를
졸졸 따라다녔다.

우리 동네에선 현대시장이 제일 성시를 이루고 있었다. 백화점
같은 데 다니는 사람은 주변에 아무도 없었고 세상에 그런 단어가
있다는 사실도 모를 때였다. 살림에 필요한 모든 생필품과 먹거리,
옷을 사러 갈 때도 언제나 현대시장으로 갔다. 우리 동네 유통의
중심지는 말할 것도 없이 거기였다. 나에겐 별천지였다. 그 자리에
서 바로바로 찹쌀 도넛을 튀겨주던 아주머니, 물 좋은 고등어를 툭
툭 토막내주던 생선장수, 한복 가게 아주머니들이 모두 친구들 엄
마였다.

한번 자리에 앉으면 엄마와 아주머니들은 일어날 줄 몰랐다. 모
든 소문은 시장에서 만들어지는 것 같았다. 나는 시장 골목을 빙글
빙글 돌고 또 돌았다. 미로도 그런 미로가 없을 거였다. 온통 흥미

롭고 신기한 것들로만 가득 찬. 젖은 바닥과 비린내, 흥정 소리, 싸움 소리, 기름 냄새, 시장은 깨끗하거나 청결한 것과는 거리가 멀었다. 골목마다 개나 고양이들이 어슬렁거리고 가끔 퉁퉁한 쥐도 나타났다 잽싸게 사라지곤 했다. 그러나 시장은 추가 닳은 시계처럼 삐걱거리면서도 내가 이해할 수 없는 규칙과 질서로 잘만 돌아가는 것 같았다. 훗날 어른이 되어 나는 패총이란 게 왜 가치가 있나? 그깟 조개껍데기 하나가 왜 아름다운가? 골똘히 생각한 적이 있었다. 그것은 생명의 힘으로 만들어졌기 때문이었다. 조개껍데기에 새겨진 그 동적인 질서가. 내가 나의 유년을 떠올릴 때면 붉게 상기된 뺨으로 시장 골목에 서 있던, 깡총한 나팔바지를 입은 아이의 모습이 떠오르곤 한다.

시장 안은 활기와 생명의 힘으로 터져나갈 것 같았다. 그중에 나를 가장 압도했던 것은 닭집이었다. 내가 왜 스스로도 이해할 수 없는 힘에 이끌려 제과제빵학원에 가 덜컥 등록을 하고 요리를 배우고 술 마시는 걸 좋아하게 되었나 짚어볼 때가 있다. 그런 나의 많은 취향과 끌림은 현대시장의 닭집에서 비롯되었을지 모른다. 유년에 관해 말할 때, 그리고 시장에 관해 말할 때 나는 그 닭집을 빼놓고 이야기할 수 없다.

닭집의 모양은 꼭 거대한 서재와도 같았다. 바닥부터 천장까지 빼곡히, 층층이 닭장으로 채워져 있었다. 입구만 빼놓고 벽의 삼면이 닭으로 가득한 풍경을 한번 상상해보라. 그 시절에 보신을 한다거나 맛있는 것을 먹자, 라는 말은 닭 한 마리를 삶아먹자는 것과 같은 의미였다. 쇠고기 돼지고기는 자주 못 먹었어도 엄마는 세 자매들에게 닭만큼은 자주 삶아주었다. 닭다리는 사막에서 돌아온 아버지나, 아버지가 없을 때는 내 차지가 되었다. 내 눈에 현대시장에서 단연 손님이 많은 데는 닭집이었다. 눈이 유난히 또렷하고 부리가 뾰족해 보이는 놈들이 많았다. 그런 놈도 무섭지 않았다.

닭을 고르는 일을 엄마는 꼭 나에게 시켰다. 그 많은 닭들을, 나는 신중히 둘러보았다. 그중에 가장 눈빛이 또릿또릿하고 재발라 보이는 놈을 골랐다. 나는 손가락으로 저거! 하고 가리켰다. 엄마는 닭집 주인에게 저놈으로 주세요, 라고 당당히 말했다. 그러면 닭집 주인은 창살 같은 작은 문을 열고 놈의 두 다리를 한손으로 쥐고 끌어낸다. 꼬꼬댁꼬꼬고, 닭이 나를 흘겨보며 앙칼지게 소리친다.

가게 앞에 커다란 원통이 하나 있었다. 닭털을 뽑는 기계였다. 주인은 닭을 미련없이 그 통 속으로 던져넣곤 스위치를 누른다. 닭의 깃털들이 푸득 푸드득, 원통 위로, 내 머리 위로 솟구쳐 오른다. 그럴 때마다 나는 심장이 쿵쿵 뛰는 것을 느꼈다. 지금 같으면 닭을 고르는 일도, 닭털이 뽑히는 걸 지켜보는 일도, 푹 고아진 닭다리를 맛있게 뜯지도 못할 것 같은데. 그때는 모든 게 신기하기만 했던 것일까.

닭집 앞에 떨어진 깃털들은 눈처럼 쌓였고 눈처럼 희고 아름다웠다. 점점이 붉은 피가 떨어져 있기도 했다. 커다란 나무 도마 밑에 잘못 떨어진 닭발과 물풍선같이 허룩하고 작은 내장들도. 어떤 내장은 투명한 물에 비친 조약돌처럼 이쁘기까지 했다. 그 속에서 어른들은 웃고 떠들고 돈을 주고받고 흥정을 하고 막걸리를 마셨다. 매일 내가 본 풍경, 그게 내게 각인된 시장의 모습이다.

그런 영향이 컸는지 일찍부터 나는 '시장'에 관련된 어휘나 도량형量衡을 표현하는 단어들에 익숙했다. 이를테면 홉이나 되, 말, 주판, 저울추 같은 것들, 그리고 김 백 장은 한 톳이라고 부르는 것, 조기 열 마리는 한 뭇, 오이 쉰 개는 한 거리, 마늘이나 사과 백 개는 한 접으로 불렀다. 시장에 가서 이따금 그 조기 한 뭇 주세요, 라고 말할 때가 있다. 요즘은 아무도 알아듣지 못하는 것 같아 섭섭하다.

지금은 동네도 사람들도 풍경도 크게 달라졌다. 나도 그때와는 다른 사람이 되었을 것이다. 그러나 그때나 지금이나 변하지 않은 것은 나는 여전히 그 시장 주변에 살고 있다는 사실이다. 집이 있는 골목 언덕에서 윗길로 내려가면 그 시절의 현대시장이, 아랫길로 내려가면 중앙시장이 나온다. 지하철역이나 버스정거장으로 가기 위해선 언제나 그 시장통을 지나쳐야 하고, 시장통의 어물전과 채소가게를 지나칠 때마다 나는 아 지금이 주꾸미 철이구나, 톳이 맛있을 때구나, 아는 척을 하곤 한다.

시장은 보통 장시場市, 혹은 줄여서 장場이라고 부른다. 우리말로는 '저자'. 시장이 갖는 중요한 사회사적 의미는 지역과 지역을 엮는 끈, 교류의 중심지 역할을 담당해왔다는 데 있다. 그러나 그런 시장들이 하나둘씩 사라지기 시작한 것은 도시의 발달이 큰 이유가 되었다. 도시가 커지면서 대형 마트들, 슈퍼마켓들이 앞다투어 생겨나고, 시장은 제 기능을 잃곤 서서히 상설화되어갔던 것이다.

엄마가 자주 한숨을 내쉬었다. 아무래도 중앙시장이 없어져버릴 것 같다고 했다. 그럼 이제 우린 어디 가서 장을 보나? 나는 엄마 옆에 털썩 주저앉아 같이 걱정하는 척했다. 현대시장이 겨우 명맥만 유지하고 있은 지도 벌써 오래전부터였다. 그러다가 우리 동네, 관악구 역사상 처음으로 백화점이 들어서게 되었다.

1997년 시월 마지막 날, 롯데 백화점 관악점에서 대대적인 오픈 행사가 열렸다. 장바구니를 들고 동네 아주머니들이 우르르 몰려갔다. 우리 엄마도 갔다. 지하, 슈퍼마켓으로.

현대식 소매 유통기구인 슈퍼마켓이 처음 생긴 것은 1930년대 미국에서부터였고 그 후 새로운 형태로 변형, 발전하면서 전 세계적으로 급속도로 보급되었다. 우리나라에 최초로 개점한 슈퍼마켓은 1964년 '한국슈퍼마켓'이었으나 근대적인 의미의 슈퍼마켓은 1968년 개점한, 뉴서울슈퍼마켓과 삼풍슈퍼마켓으로 기록되어 있다. 그러나 경영난으로 뉴서울슈퍼마켓은 곧 폐점하게 되고 삼풍슈퍼마켓은 을지로 삼풍상가 지하에서 대규모로 성장한다. 이 슈퍼마켓의 성장의 영향으로 미도파, 보광, 제일, 코스모스 같은 슈퍼마켓들이 연달아 개점하게 된다.

1970년대부터 슈퍼마켓이라는 이 새로운 유통기구는 전국적으로 확산되었다. 1980년대에 붐을 이뤘던 강남 개발 또한 슈퍼마켓의 대형화에 한몫을 하며 거대한 시장을 형성하게 된다. 이러한 소매업의 발달은 소비자에게 다양한 상품을 다양한 할인가격에 판매하는 등 백화점이 갖지 못한 전략을 취하는 데 중점을 두었다. 우선 셀프서비스 방식으로 식료품과 잡화 판매에 주력했다. 매장의 경우 점포 규격이 서울에서는 225제곱미터, 지방에서는 165제곱미터 이상이어야 하는 규제가 있었다. 모든 상품마다 가격표가 부착되어 있어야 했고 대량 매입과 판매를 원칙으로 저마진 염가판매 방식을 유지해야 했다.

근대적인 의미의 슈퍼마켓이 설립된 1968년 이후부터 서울을 중심으로 각종 슈퍼 체인점들, 초대형 할인점들, 아웃렛 매장 등이 생겨났다. 그동안 백화점, 슈퍼마켓, 재래시장이라는 단순한 구조로 유지되었던 우리나라 소매업에 일대 변화가 생겼다. 이러한 대형 할인점들, 소매유통업이 활성화되면서 생긴 변화 중 하나는 경쟁관계에 있던 백화점의 수 또한 급속도로 증가하게 되었다는 점이다. 1980년대 위성도시의 발달과 수도권 및 직할시 등, 대도시에 인구가 집중되는 현상이 일었기 때문이다. 고객을 확보하기 위한 소매업체 간의 경쟁과 갈등이 그 어느 때보다 치열해지기 시작했다.

구멍가게였던 자리에 새로 간판이 내걸리면 죄다 무조건 무슨 무슨 슈퍼마켓이었다. 규모나 서비스, 상품의 종류와는 상관없었다. 24시간 편의점이 생긴 것은 그 후였다. 중앙시장과 현대시장은 관악구 역사를 놓고 본다면 빠질 수 없는, 주민들의 활발한 만남과 교역의 장소였다. 그런 재래시장이 곧 사라질 거라는 소문이, 꽤 오랫동안 나돌았다.

롯데 백화점 개점날 이후 몇 번인가 더 식료품을 사러 갔다 온 엄마는 더 이상 거기 다니지 않는 눈치였다. 하루가 멀다 하고 다시 동네 시장엘 다녔다. 이유를 물었더니 엄마는 어째 당근도 당근이 아닌 것 같고 생선도 생선이 아닌 것 같다고 했다. 흙 한 점 묻어 있지 않은 게 신경이 쓰이는 모양이었다. 에이, 비싸서 그런 게 아니고? 은근슬쩍 정곡을 찔러보았지만 엄마는 넘어오지 않았다. 시장에, 나라도 다녀야지, 한숨을 푹 내쉬었다.

그 무렵 가깝게 지내던 친구가 우리 동네로 이사를 왔다. 나는 그때 구청에 가서 빌려온 『冠岳20年史』를 읽으며 동네에 관해 공부하고 있던 참이었다. 관악의, 사라지는 많은 것들을 기억하고 싶었고 내가 지금 발 딛고 있는 땅의 기원에 대해 알고 싶었다. 친구가 이사 온 아파트 바로 아래가 곧 사라지고 말 중앙시장이었다. 우리는 가끔 그 시장에서 만나곤 했다.

그런 시간은 이제 추억으로 남았지만, 다행히 시장은 아직 사라지지 않고 있다. 동네 사람들이 대형 마트나 슈퍼마켓, 백화점 지하 식품매장으로 몰려가는 통에 영원히 폐장될 위기에 처했던 재래시장들이 아연 활기를 띠기 시작한 것은 아이러니하게도 산을 밀어내고 짓기 시작한 아파트들 때문이었다. 아파트 밀집지역들이 생겨나면서 거기 살게 된 사람들이 가까운 재래시장을 찾기 시작한 것이다. 불과 이삼 년 사이에 벌어진 일이다.

불붙듯 늘어나던 우리나라 소매 시장에 찬물을 끼얹게 된 일대 사건은 외환위기에 따른 경제침체였다. 재래시장들이 하나둘씩 제 모습을 찾아간 데는 그런 이유도 있었을 거다. 현대시장도 중앙시장도 내가 유년에 기억하던 시장보다 훨씬 더 규모가 커졌을지 모른다. 엄마는 시장에 다녀올 때마다 사람들이 발에 밟혀! 하고 투덜거린다. 그런데 그 표정이 흐뭇해 보이는 건 왜일까. 명절 때 장이라도 볼라치면, 아니 저녁 무렵에 가면 시장 골목은 정말 발 디딜 틈이 없을 정도다.

어쩐 일인지 동네에 백화점이 생겼을 때 나는 거기 가지 않았다. 예전처럼 엄마를 따라 곧 철시될 것처럼 으스스하고 인적이 드문 시장에 따라갔다. 그런 아주머니들이 꽤 되었다. 모두 우리처럼 이사 한 번 안 가고 이삼십 년씩 같은 동네, 같은 집에 살고 있는, 아는 얼굴들이었다.

내가 재래시장과 가깝게 지내게 된 건 요리하는 걸 좋아하기 때문일 것이다. 호박이나 새우, 오징어, 고등어, 고구마, 감자, 토마토, 도토리묵 같은 재료는 복닥거리는 시장에서 사야 제맛이다. 닭도 자주 사러 간다. 상인들과 흥정하는 재미도 크다. 내가 만든 것을 누군가와 나누고 함께하고 그리고 얼마간의 찬사를 받는 것. 혹시 내가 원하고 내가 필요로 하는 것은 그런 게 아닐까. 아니면 내가 몸을 움직여 어떤 것을 만들어냄으로써 가치와 필요, 존재감을 느끼는 순간이 필요한 것은?

아무래도 상관없다. 최소한, 희고 매끈한 대파를 다듬거나 연초록 시금치 이파리들을 만지고 허브의 향기를 맡는 시간만큼은 책상 앞에서와 달리 모든 불안과 잘해내고 싶다는 욕심과 강박에서 벗어날 수 있으니까.

그간 가출도 시도해보고 독립할 방법을 찾느라 고심했던 나는 그대로 집에 눌러 있는 쪽을 택하게 되었다. 여러 가지 이유가 있었다. 그러나 이 도시 어디서도 지금 내가 살고 있는 곳처럼 교통도 편리하고 시장도 가까워 매일 산책 삼아 다닐 수 있고 산이 가깝게 있고 학교와 카페들이 있는 장소는 흔치 않다는 핑계로. 무엇보다 가족과 멀리 떨어져 있고 싶지 않다고 마음을 고쳐먹게 되었다. 음식과 눈물을 동시에 나눌 수 있는 존재, 그건 바로 가족이라는 사실을 깨닫게 되는 데 오래 걸렸다.

복닥거리는 저녁시간의 집과 부엌, 거기서 앞치마를 두르곤 날렵하게 몸을 움직이며 음식을 만들 때, 아마도 내 모습은 가장 소박한 기쁨을 누리는 사람처럼 보일지 모른다. 누구에게나 '정신적 유형의 장소being-place'가 있을 것이다. 친밀한 사물들이 제자리에 있어 든든하고 안심이 되는 장소. 나에게는 거기가 여기다.

관악이십년사도 다 읽었다. 운동화를 신고 어릴 때 살았던 동네를 찾아가보았다.

집도 골목도 거짓말처럼 사라지고 없었다.

소음에 아무리 익숙해져 있다고는 해도 도무지 익숙해지지도 좋아
할 수도 없는 소리가 하나 있다. 딱딱. 바코드가 찍히는 소리다. 이
런 것이야 말로 '화이트 노이즈$^{white noise}$'다. 『화이트 노이즈』는 이탈
리아계 미국 작가 돈 드릴로의 장편소설이다. 제목의 화이트 노이
즈란 우리가 매일매일 접하는 텔레비전과 상업광고, 대형 쇼핑몰
에서의 소비행위가 형성하는 '보이지 않는 목소리' 즉 하얀 소음
을 뜻한다. 현대문명의 핵심을 꿰뚫은 날카로운 통찰력이 돋보이
는 소설이다. 그중에 이런 장면이 나온다. 화자인 잭이 아내와 있
는 곳은 슈퍼마켓.

배비트와 나는 우리가 구입한 상품들의 질량과 다양성에서, 저
렇게 빽빽하게 들어찬 봉투들이 암시하는 저 순전한 충만감─무
게와 크기와 수량, 친근한 포장 디자인과 생생한 활자, 초대형
규격품, '데이-글로' 세일 스티커가 붙은 가족용 바겐세일 꾸러
미─속에서 우리가 느낀 재충전감, 이를테면 이런 상품들이 우
리 영혼 속의 어떤 아늑한 집에 가져다주는 행복감, 안전감, 만

족감으로 존재의 충만함을 성취한 것 같았다. 이런 감흥은 외로
운 저녁 산책을 중심으로 삶을 꾸리면서 물질을 덜 필요로 하고
덜 기대하는 사람들은 알지 못하는 것이다.

슈퍼마켓을 나오면서 잭이 자신들의 짐에 추가한 것은 이웃에
사는 동료의 것이었다. 싱글인 그는 "단 하나뿐인 가벼운 봉투"만
을 들고 있었다.

때때로 나는 이 계산대 앞에서 그 둘의 모습, 그 둘이 갖고 있는
봉투를 들고 있을 때가 있다. 어느 때는 "물질을 덜 필요로 하고 덜
기대하는 사람"처럼 달랑 하나의 물건이 든 봉투만을, 어느 때는
"행복감, 안전감, 만족감으로 존재의 충만함을 성취한 것 같"은 느
낌을 주곤 하는, 물건으로 빽빽하게 들어찬 봉투들을. 그 봉투들은
나에게 지시해주고 싶어 하는 것 같다. 나의 혼자인 삶과 가족과
함께하는, 이중의 삶.

오늘 이 식품매장에서 구입한 것. 나는 내가 들고 있는 것을 물
끄러미 본다.

소금 한 봉지다.

세이부, 파르코 매장, 마크시티 등을 돌아다니던 지난 십이월,
시부야에서 길을 잃었다. 길을 잃었다는 그 느낌 그대로 계속 걸어
나갔다. 내가 멈춘 곳은 '소금·담배 박물관' 앞이었다. 실내엔 입
장객이 한 명도 없었다. 나는 완전히 혼자였다. 텅 빈, 약간은 어둡
고 적막하게 느껴지는 박물관을 느릿느릿 돌아다녔다. 소금의 희

고 섬세한 결정체는 단단해 보였다. 다이아몬드처럼 각이 많고, 밀도도 높아 보였다. 바람과 햇빛 속에서 자란 결정체였다. 인류의 첫 번째 교역품. 나는 '소금의 길The Salt Road'에 대해 오래 생각했다. 돌아가면 언젠가 소금에 관한 글을 쓰리라, 생각했을지 모른다. 그러는 대신 나는 지금 소금 한 봉지를 산다.

태양과 바람 속에서, 갯벌에서 탄생한 200그램짜리 천일염 한 봉지를 사는 것. 이것이 내가 봄을 맞는 한 형식이다.

삼월이 되었다. 백화점에는 일찍부터 봄이 왔다. 이제 나에게도 왔다. 일 년 중 열무가 가장 맛있을 때다. 땅의 기운을 간직한 잔뿌리가 많고 싱싱한. 나는 일 년 내내 몸이 차다. 엄마가 닭을 자주 고아준 데는 이유가 있었다. 언제나 나는 얼음처럼 차가웠다. 손가락 발가락이 꽁꽁 어는 줄도 모르고 겁 없이 뒷산과 아카시아 나무를 오르곤 했다. 아주 오랫동안 콩을 넣은 커다란 주머니 속에 두 손을 집어넣고 자야 했다. 손가락이 뚝뚝 끊어지는 것 같았다. 몸을 따뜻하게 해준다는 닭과 열무를 많이 먹었다. 특히 봄과 여름 내내. 인삼은 예나 지금이나 비싸다.

이제 내가 열무김치를 담근다. 무엇보다 좋은 소금을 써야 하고, 배추김치를 담글 때와는 달리 찹쌀풀이 아니라 밀가루풀을 써야 잘 어울린다. 국물은 자작자작하게. 한 소쿠리 소면을 삶아 찬물에 싹싹 비벼 건져내곤 가족들을 불러 모은다. 열무비빔국수를 먹는 시간이다. 우리 집엔 그렇게 봄이 온다.

집으로 돌아갈 시간이다.

자동차는 없다. 집에 갈 때는 지하철을 탄다. 계단도, 지금은 괜찮다고 생각한다. 극복하지 못한 두려움에 대해서만 생각하진 않는다. 계단이 아니라 내가 극복한 두려움도 지금은 있다. 그런 두려움은 찬미받을 가치가 있으며 그것이 삶을 살 만한 가치가 있는 것으로 만들기도 한다. 어쩌면 나는 영원히 이 계단에 대한 두려움에서 벗어나지 못할지도 모른다고 짐작한다. 이렇게 골방에서, 내가 좋아하는 책과 사물들에 둘러싸인 채 생을 마치게 될지도 모른다. 그런 일은 아직 일어나지 않았으며 그 사물들이 내게 주는 위안만으로 지금은 충분하다.

지하철이 오기를 기다린다.

철도 다음에, 백화점이 발달시킨 교통수단이 바로 이 지하철이다. 백화점들은 도심 지하를 관통하는 대량 수송기관인 지하철을 연계시키기 위해 노력했다. 미츠코시 백화점의 경우 역에서 곧바로 백화점으로 통할 수 있는 개찰구를 만들기 위해 지하철의 건설비용을 대기도 했다. 관동대지진이 일어난 이 년 반쯤 후의 일이다. 미즈코시와 지하철 사이의 이러한 계약은 1931년에 체결되었다. 그 후로 도쿄의 긴자역과 마츠야, 니혼바시역과 다카시마야, 오사카의 우메다역과 한큐 등등, 지하철역과 백화점을 연결하는 일이 계속해서 진행되었다.

아직 현대식은 아니었지만 미국식 쇼핑몰의 시작은 1923년 캔자스시티에 지어진 쇼핑센터였다. 그 주변을 중심으로 고속도로가 급격히 발달하기 시작했다. 새로운 도시 풍경이 만들어진 것이다. 시기적 차이는 있지만 우리나라의 상황 역시 마찬가지였다. 지하철역들은 대부분 시내 백화점, 동네 백화점들 중심으로 혹은 대학 주변으로 발달했다.

지하철뿐만 아니라 지금은 거의 사라졌지만 백화점 셔틀버스라는 것도 시내에서 종종 볼 수 있었다. 백화점과 지하철역의 관계, 이것은 소비와 공공건물의 결합이 아니었을까. 세계 대부분의 백화점은 이제 지하철에서 내리면 곧바로 입구로 연결된다. 상품에 접근할 방법이 수월해진 셈이다. 철도역을 중심으로 도시가 발달하고 백화점을 중심으로 지하철역이 발달하게 되었다.

변화는 지도地圖에도 나타났다. 르네상스 시대에는 상점들을 한군데로 모아 도시를 계획했다. 밀라노 지도 등 16세기에 대량 제작된 지도를 보면 거리와 광장에 따라 지도의 모습이 재분류, 배열되었다는 사실을 발견할 수 있다. 그 거리와 광장에 들어선 것은 시장과 상점들이었다. 상점의 발전은 지도의 형태를 바꾸었다.

모든 지도는 땅의 형태를 표현하는 것을 목표로 하며 관념과 경험의 기록으로 만들어진다. 한 개인의 경험이 집단의 경험을 형성해나간다. 내가 옆 사람의 손을 잡는다, 그 사람이 그 옆 사람의 손을 잡는다. 마침내 둥글게 늘어선, 긴 사람의 띠가 생기게 된다. 『세계 지도의 탄생』을 쓴 오지 도시아키는 이렇게 표현해놓았다. "그 띠 안에 있는 사람은 양옆에 있는 사람밖에 알지 못하지만 타자의 손으로 연결되어 멀리 있는 사람과도 맺어져 있다"라고. 그것이 '흩어져 있으면서도 함께' 하는 관계이다. 간주관성間主觀性의 세계.

나는 내가 어떻게 이 도시에, 이 지하철 역사驛舍에 와 있게 되었는지 궁금하다. 내가 가장 먼 곳에 있었던 때는 부천 신곡동이었다. 나는 어렸고 이제 막 중학생이 된 이모 뒤를 따라 논길을 걷고 있다. 버들강아지들과 메뚜기들이 있었다. 자매들은 코를 흘리며 언니야, 언니야, 내 뒤를 뒤뚱거리며 따라오고 나는 외할아버지가 일하는 벽돌공장으로 가는 중이다. 계란을 부쳐서 할아버지에게 드릴 도시락을 쌌고 한 손에 들고 흔들고 있다. 저 앞, 복개천 너머로 다리가 보이고 강물 같은 물살이 흐른다. 엄마는 어디 간 걸까? 나는 뒤처진 동생들을 소리쳐 부른다. 심심하면 유리병 속의 메뚜기를 구워 먹었다. 그 천변은 내가 가장 멀리 가본 곳이다.

벽돌 한 장의 아름다움을 이해하기 시작했을 때 나는 다시 이 도시로 돌아오게 되었다. 언어의 진화가 중요한 이유는 그것이 모든 이야기의, 모든 삶의 기초가 되기 때문이다. 이 도시는 나에게 언어와 같다. 내 삶은 이곳에서 시작되었고 눈에 띄진 않지만 천천히 진화해왔다는 걸 안다. 단일한 직선 과정은 아니다. 나의 진화는 구불구불하거나 뾰족했다. 막다른 골목으로 잘못 들어선 때도 있었다. 나는 한 단어에서 한 단어로 옮겨갔다. 본능적으로 보다 안전해질 수 있는 데를 찾아다녔다. 위험한, 필요한 것보다 더 많은 것을 파괴할지도 모르는, 장악하는, 시끄러운, 불친절한, 소외시키는, 정치적인, 팽창하는, 왁자지껄한, 독창적인, 광범위한, 활력 넘치는, 끝나지 않을, 다양한, 충만한, 분투하는, 두근거리게 하는 이 도시에 간신히 책상 하나 놓았다. 도시와 내가 그렇듯, 언어와 내가 그렇듯. 상호의존적이면서도 독립적인 관계로. 불화를 건너. 이렇게 되기까지 긴 시간이 걸렸다. 마치 다른 종種에게 언어를 가르쳐야 하는 일만큼이나, 매와 나 사이에 믿음이 생기는 시간만큼이나 오래 걸리거나 불가능할지 모른다고 생각했던 일.

그런 일이 실제로 일어나게 된 것이다.

이 책을 쓴 기간은 지난해 늦가을부터 올 사월까지다. 백화점에
관한 정보나 사실들은 그 사이 내가 알게 되고 본 것이 대부분이
다. 내가 다른 사람들보다 백화점에 대해 많이 알고 있는 것은 아
니다. 더 자주 가는 것도 아닐지 모른다. 다만 나는 오랫동안 백화
점 생각을 해왔고 걸어다녔다. 그냥 걷지 않고 바라보고 걸었다.
호기심이란 더 알고 발견하고 싶은 감정이며 그것의 목적은 예찬
에 가깝다. 나는 백화점에 머물면서 감탄하고 저항하고 쓸쓸해하
고 이해하게 되었다. 이 책은 그러한 결과물이다. 백화점들의 역
사나 기록에 관해서는 할 수 있는 만큼 자료들을 찾아보고 참고했
다. 책에 부득이한 오류가 있다면 나의 탓이다.

　백화점에서 가장 마지막까지 떠오르게 될 곳은 의류 수선실일
듯하다. 수선실 한쪽 벽면을 가득 채우고 있던 색색의 둥근 실패
들. 눈을 찌르듯 빛나던 그 다채로운 색깔들은 백화점 안의 어떤
사물들보다 옹골차고 쓸모 있어 보였다. 아무리 많이 갖고 있어도
후회하지 않게 될. 수선실 안은 복도처럼 길고 좁았지만 다섯 명의

수선사들과 그만큼의 브라더미싱이 있었다. 나의 번쩍거리는 옷들도 그와 유사한 공간에서 태어날 것이다. 그 실패들과 내부에서 일어나는 움직임들로. 그것은 백화점과 나의 상관성, 도시와 변두리의 삶, 그 한 장면을 묵묵히 보여주는 것 같았다. 시간이 흘러도 끝까지 남을 장면이어서, 정작 본문에는 쓰지 못했다.

보는 것의 기쁨, 보는 것의 고통, 보는 것의 가치에 대해 말하고 싶었다. 두려움이나 일상의 남루함에 대해 쓴 데가 많아도 그게 전부처럼 느껴지진 않았으면 좋겠다. 이 책은 내가 쓸 수 있는 단 한 권의 책으로 남을 것이다. 오직 예찬과 삶의 의지로만 가득한.

십육 년 전, 첫 책의 출간을 앞두고 제주에서 다시 집으로 돌아오게 돼 짐을 꾸릴 때였다. 내가 스스럼없이 어머니라고 불렀던, 나를 자식처럼 걱정해주고 함께 밥 먹곤 했던 숙소 주인이 그건 놓고 가라, 했다. 왜요? 돌아앉아 물었더니, 그래야 또 올 게 아닌가, 하였다. 귀가 어두운 분이라 바로 곁에 있어도 서로 고함치듯 큰

소리로 대화해야 했었다. 입고 있던 티셔츠 몇 벌과 추리닝 바지를 개어 그 집 안방 서랍에 놓고 왔다. 첫 책이 나온 걸 보고 곧 돌아가야지, 했다. 그 앉은뱅이책상으로 돌아가야지 생각했다. 여태 한 번도 가보지 못했다. 거기 내가 두고 온 말들이 항상 남아 있는 느낌인 채로. 고배율의 현미경과 천체망원경을 갖고 싶어 하지만, 아마 내가 수일 내로 뭔가 사게 된다면 그건 프레임이 큰 새 선글라스일 가능성이 높다. 어딜 가든 비행기를 타게 될 때는 그런 게 먼저 필요하니까. 매 순간 나는 정신적인 삶, 물질적인 삶 사이에서 갈등한다. 이 갈등의 기록이 나를 여기까지 오게 했다.

책이란 것은 혼자 쓸 수 있어도 혼자 만들 수는 없는 사물이다. 멋진 일러스트를 그려준 노준구 씨와 디자인을 맡아준 손현주 씨, 그리고 취재를 도와준 이은화 과장에게 고마움을 전한다. 이 책의 에디터이자 꼭 필요한 순간마다 조언을 아끼지 않았던 이수은 씨에게도.

이 도시에서 나는 '빛이 깃든 나무'를 발견했다. 그리고 집으로 돌아가 천천히 글을 쓰기 시작했다. 맨발로 모래 언덕을 오르는 일과 같았다. 한 발짝 오르면 반은 미끄러져버리는. 그러나 그것은 내가 꿈꾸던 나와 가까워질 수 있는 유일한 삶이었다. 이 도시에서 또 어떤 것을 발견하게 될까. 이제 나는 당신이 발견한 빛이 깃든 나무에 관한 이야기를 듣고 싶다. 누구에게나 있으나 어쩌면 잊고 있을, 자신을 종처럼 울리게 하던 그런 특별한 순간에 대해서. 어느 날 당신이 길모퉁이를 돌다 문득 뒤돌아보았을 때, 거기 까만 옷을 입고 크고 무거워 보이는 가방을 든 사람이 가만히 서 있다면 그것은 나일 것이다.

2011년 5월
조경란

참 고 문 헌

이 책을 쓰면서 적극적 도움을 받은 책들은 아래와 같다.

『백화점의 탄생』 가시마 시게루, 장석봉 옮김, 뿌리와 이파리, 2006
『백화점-도시문화의 근대』 하쓰다 토오루, 이태문 옮김, 논형, 2003
『박람회-근대의 시선』 요시미 순야, 이태문 옮김, 논형, 2004
『한국 백화점의 역사』 김병도·주영혁, 서울대학교출판부, 2006
『백화점 건축계획』 전병직, 세진사, 1996
『취미의 탄생-백화점이 만든 테이스트』 진노 유키, 문경연 옮김, 소명출판, 2008
『미나카이 백화점』 하야시 히로시게, 김성호 옮김, 논형, 2007
『백화점의 문화사』 김인호, 살림, 2006
『성경이 만든 사람-백화점 왕 워너메이커』 전광, 생명의 말씀사, 2005
『아케이드 프로젝트』 발터 벤야민, 조형준 옮김, 새물결, 2008
『일방통행로-사유이미지』 발터 벤야민, 심영옥 외 옮심, 노서출판 길, 2007
『구별짓기』 피에르 부르디외, 최종철 옮김, 새물결, 2005

1F

『어느 작가의 오후』 페터 한트케, 홍성광 옮김, 열린책들, 2010
『내 인생의 의미 있는 사물들』 셰리 터클 엮음, 정나리아 · 이은경 옮김, 예담, 2010
『시계구조의 이해 및 분해 · 조립』 조선형 외, 대광서림, 2003
『백화점 건축계획』 전병직, 세진사, 1996
『냄새―그 은밀한 유혹』 안톤 반 아메롱겐 · 한스 데 브리스, 이인철 옮김, 까치, 2000
「코」, 『어느 바보의 일생』 아쿠타가와 류노스케, 조사옥 옮김, 웅진출판, 1997
『식빵 굽는 시간』 조경란, 문학동네, 1996
『코』 가브리엘 글레이저, 김경혜 옮김, 토트. 2010
『열린 감각』 다이안 애커만, 임례련 옮김, 인폴리오, 1995
『르네상스 시대의 쇼핑』 에블린 웰치, 한은경 옮김, 에코리브르, 2010
『불멸』 밀란 쿤데라, 김병욱 옮김, 청년사, 1992
『참을 수 없는 존재의 가벼움』 밀란 쿤데라, 송동준 옮김, 민음사, 1998

2F

「다리의 천사」, 「그게 누구였는지 말해봐」 존 치버, 황보석 옮김, 문학동네, 2008
『롤랑 바르트가 쓴 롤랑 바르트』 롤랑 바르트, 이상빈 옮김, 강, 1997
『백화점의 탄생』 가시마 시게루, 장석봉 옮김, 뿌리와 이파리, 2006
「코끼리를 찾아서」, 『코끼리를 찾아서』 조경란, 문학과지성사, 2002
「토니 다키타니」, 『렉싱턴의 유령』 무라카미 하루키, 김난주 옮김, 열림원, 1997
『아주 사소한, 그러나 중요한』 피에르 상소, 백선희 옮김, 현대문학, 2008
「마네킹에 대한 논설」 『계피색 가게들』 브루노 슐츠, 정보라 옮김, 길, 2003

3F

『구두, 그 취향과 우아함의 역사』 루시 프래트 · 린다 울리, 김희상 옮김, 작가정신,
    2005
「후미코의 발」, 『일본대표단편선 1』 다니자키 준이치로 외, 김정미 옮김, 고려원, 1996
『신발의 역사』 로리 롤러, 임자경 옮김, 이지북, 2002
『사물들』 조르주 페렉, 허정은 옮김, 세계사, 1996
『소비의 사회』 장 보드리야르, 이상률 옮김, 문예출판사 1994
『쇼핑의 철학』 프레데리크 페르넹, 백선희 옮김, 개마고원, 2007
『행복의 역설』 질 리포베츠키, 정미애 옮김, 알마, 2009

『쇼핑학』 마틴 린스트롬, 이상근 · 장석훈 옮김, 세종서적, 2010
『백화점 건축계획』 전병직, 세진사, 1996

4F

『블랙 패션의 문화사』 존 하비, 최성숙 옮김, 심산, 2008
『움직임』 조경란, 작가정신, 1998
『패션의 유혹』 조안 핑켈슈타인, 김대웅 · 김여경 옮김, 청년사, 2005
『청바지 돌려 입기』 앤 브레셔어즈, 공경희 옮김, 문학동네, 2002
『사치의 문화』 질 리포베츠키 · 엘리에트 루, 유재명 옮김, 문예출판사, 2004
『패션의 제국』 질 리포베츠키, 이득재 옮김, 문예출판사, 1999
『재키 스타일』 패밀러 클라크 키어우, 정연희 · 정인희 옮김, 푸른솔, 2003
『쇼핑의 과학』 파코 언더힐, 신현승 옮김, 세종서적, 2000
『아주 사소한, 그러나 중요한』 피에르 상소, 백선희 옮김, 현대문학, 2008

5F

『기타노 다케시의 생각노트』 기타노 다케시, 권남희 옮김, 북스코프, 2009
『백화점』 하쓰다 토오루, 이태문 옮김, 논형, 2003
『박람회』 요시미 순야, 이태문 옮김, 논형, 2004
『나의 자줏빛 소파』 조경란, 문학과지성사, 2000
『도시의 산책자―아케이드 프로젝트 3』 발터 벤야민, 조형준 옮김, 새물결, 2008
『세상에 없는 트렌드를 만드는 사람』 가와시마 요코, 이철우 · 백인수 옮김, 중앙북스,
   2008
『쇼핑의 심리학』 엘리자베스 페이스, 정상수 옮김, 웅진윙스, 2010
『신발의 역사』 로리 롤러, 임자경 옮김, 이지북, 2002
「잠시 동안의 일」, 『축복받은 집』 줌파 라히리, 이종인 옮김, 동아일보사, 2001
『이날을 위한 우산』 빌헬름 게나치노, 박교진 옮김, 문학동네, 2010

6F

『철도여행의 역사』 볼프강 쉬벨부쉬, 박진희 옮김, 궁리, 1999
『도시의 산책자―아케이드 프로젝트 3』 발터 벤야민, 조형준 옮김, 새물결, 2008
『백화점의 탄생』 가시마 시게루, 장석봉 옮김, 뿌리와 이파리, 2006

『백화점의 문화사』 김인호, 살림, 2006
『백화점 건축계획』 전병직, 세진사, 1996
『프레젠트』 가쿠타 미쓰요, 양수현 옮김, 문학동네, 2006
『이름 뒤에 숨은 사랑』 줌파 라히리, 박상미 옮김, 마음산책, 2004
『나라의 심장부에서』 존 쿳시, 왕은철 옮김, 문학동네, 2010

7F

『감정노동』 앨리 러셀 혹실드, 이가람 옮김, 이매진, 2009
『가족의 기원』 조경란, 민음사, 1999
『한국 백화점의 역사』 김병도 · 주영혁, 서울대학교출판부, 2006
『백화점』 하쓰다 토오루, 이태문 옮김, 논형, 2003
『박람회』 요시미 순야, 이태문 옮김, 논형, 2004
『보랏빛 소가 온다』 세스 고딘, 이주형 · 남수영 옮김, 재인, 2004
『백화점의 탄생』 가시마 시게루, 장석봉 옮김, 뿌리와 이파리, 2006
『내 인생의 의미 있는 사물들』 셰리 터클 엮음, 정나리아 · 이은경 옮김, 예담, 2010
『게슈탈트 심리치료』 김정규, 학지사, 2006
『욕망의 코드』 롭 워커, 김미옥 옮김, 비즈니스맵, 2010

8F

『회상−나쓰메 소세키 소설 전집 2』 나쓰메 소세키, 노재명 옮김, 하늘연못, 2010
『백화점 건축계획』 전병직, 세진사, 1996
『우울한 열정』 수전 손택, 홍한별 옮김, 이후, 2005
『수집−기묘하고 아름다운 강박의 세계』 필립 블롬, 이민아 옮김, 동녘, 2006
『취미의 탄생』 진노 유키, 문경연 옮김, 소명출판, 2008
「코끼리를 찾아서」, 『코끼리를 찾아서』 조경란, 문학과지성사, 2002
『르네상스 시대의 쇼핑−1400~1600년 이탈리아 소비자 문화』 에블린 웰치, 한은경
    옮김, 에코리브르, 2010
『아주 특별한 책들의 이력서』 릭 게코스키, 차익종 옮김, 르네상스, 2007
『아무것도 못 버리는 사람』 캐런 킹스턴, 최이정 옮김, 도솔, 2001
『수집 이야기』 야나기 무네요시, 이목 옮김, 산처럼, 2008
『가구 디자인』 짐 포스텔, 강형구 외 옮김, 광문각, 2010

9F

《신세계 80년사》, 2010

『꿈꾸는 문인들의 거리』 조지 기싱, 성로 옮김, 김영사, 1995

『한국 백화점의 역사』 김병도 · 주영혁, 서울대학교출판부, 2006

『백화점의 문화사』 김인호, 살림, 2006

『대중적 감수성의 탄생』 강심호, 살림, 2005

「삽화」, 『이상한 소리—일본』 가와바타 야스나리 외, 서은혜 엮음, 창비, 2010

『언어의 진화』 크리스틴 케닐리, 전소영 옮김, 알마, 2009

『쇼핑의 심리학』 엘리자베스 페이스, 정상수 옮김, 웅진윙스, 2010

「국자 이야기」, 『국자 이야기』 조경란, 문학동네, 2004

「영일소품」, 『런던소식—나쓰메 소세키 전집 1』 나쓰메 소세키, 노재명 옮김, 하늘연못, 2010

『돈을 다시 생각한다』 마거릿 애트우드, 공진호 옮김, 민음사, 2010

「현대문화에서의 돈」, 『짐멜의 모더니티 읽기』 게오르그 짐멜, 김덕영 · 윤미애 옮김, 새물결, 2005

『기술복제시대의 예술작품』 발터 벤야민, 최성만 옮김, 도서출판 길, 2007

『현대세계의 일상성』 앙리 르페브르, 박정자 옮김, 기파랑, 2005

10F

『자연의 지혜』 애니 딜라드, 김영미 옮김, 민음사, 2007

『모던뽀이, 경성을 거닐다』 신명직, 현실문화연구, 2003

『백화점』 하쓰다 토오루, 이태문 옮김, 논형, 2003

『미나카이 백화섬』 하야시 히로시게, 김성호 옮김, 논형, 2007

『백화점의 문화사』 김인호, 살림, 2006

『백화점의 탄생』 가시마 시게루, 장석봉 옮김, 뿌리와 이파리, 2006

「100마일 걷기」, 『국자 이야기』 조경란, 문학동네, 2004

B1F

『마케팅은 짧고 서비스는 길다』 쿠니토모 류이치, 이철우 · 백인수 옮김, 중앙북스, 2007

『디자인이 만든 세상』 헨리 페트로스키, 문은실 옮김, 생각의나무, 2005

『디자인, 일상의 경이』 파올라 안토넬리, 이경하 · 서나연 옮김, 다빈치, 2007

「군중 속의 남자」, 『우울과 몽상』 에드거 앨런 포, 홍성영 옮김, 하늘연못, 2002
『행복의 건축』 알랭 드 보통, 정영목 옮김, 이레, 2007
『헤르만 헤르츠버거의 건축 수업』 헤르만 헤르츠버거, 안진이 옮김, 효형출판, 2009
『식빵 굽는 시간』 조경란, 문학동네, 1996
「냄새들」, 『롤랑 바르트가 쓴 롤랑 바르트』 롤랑 바르트, 이상빈 옮김, 강, 1997
『한국 백화점의 역사』 김병도 · 주영혁, 서울대학교출판부, 2006
『엘리베이터 하이테크 기술』 서병화 옮김, 성안당, 1996
『화이트 노이즈』 돈 드릴로, 강미숙 옮김, 창비, 2005
『시장의 사회사』 정승모, 웅진출판, 1992
『언어의 진화』 크리스틴 케닐리, 전소영 옮김, 알마, 2009
『도시와 인간』 마크 기로워드, 민유기 옮김, 책과함께, 2009

백화점 그리고 사물·세계·사람

1판 1쇄 │ 2011년 5월 20일
1판 7쇄 │ 2012년 11월 29일

지은이 조경란
펴낸이 강병선
편집인 이수은
디자인 손현주
마케팅 방미연 정유선
온라인 마케팅 김희숙 김상만 이원주 한수진
제작 서동관 김애진 임현식
제작처 영신사

펴낸곳 (주)문학동네
출판등록 1993년 10월 22일 제406-2003-000045호
임프린트 톨

주소 413-756 경기도 파주시 교하읍 문발리 파주출판도시 513-8
문의전화 031-955-2690(편집부) │ 031-955-2660(마케팅) │ 031-955-8855(팩스)
전자우편 toll@munhak.com

ISBN 978-89-546-1495-5 (03810)

www.munhak.com